*Maurice Denuzière est né le 29 août 1926 à Saint-Etienne. Après des études de lettres à Lyon, il choisit de faire carrière dans l'aéronautique navale mais il est réformé. Il se lance alors dans le journalisme et ses premiers articles paraissent dans les quotidiens de Lyon et de Saint-Etienne. Pierre Lazareff l'invite à monter à Paris en 1951 où il devient reporter, puis chroniqueur à France-Soir et au Monde.*

*Ecrivain en même temps que journaliste, à seize ans il correspondait avec Charles Morgan, l'inoubliable auteur de* Sparkenbroke *et de* Fontaine. *Il écrit des romans depuis 1960. Citons entre autres :* Comme un hibou au soleil *(1974),* Un chien de saison *(1979),* Pour amuser les coccinelles *(1982),* Louisiane *(Prix des Maisons de la Presse),* Fausse-Rivière, Bagatelle, *sa saga du vieux Sud américain, dont le succès est considérable.*

*1890-1920.* Bagatelle, *troisième tome de la saga louisianaise de Maurice Denuzière, fait franchir au lecteur le tournant du xxe siècle. Les péripéties ignorées du conflit hispano-américain, le jaillissement de l'or noir dans les terres à coton, les balbutiements du jazz, les pétarades des premières automobiles, les exploits des fous volants, l'engagement des Etats-Unis dans la première guerre mondiale : autant d'événements, spectaculaires ou tragiques, qui déferlent dans le roman. Autour des héritiers de Virginie, la dame de Bagatelle, et de Clarence, l'inoubliable intendant, tous les acteurs de cette épopée et leurs descendants maintiennent, dans cette nouvelle fresque tendre et violente, l'esprit, les traditions et l'honneur des Cavaliers. Le domaine de Bagatelle demeurera, dans son indépendance hautaine, le symbole inaltérable de la civilisation du Vieux Sud.*

*Paru dans Le Livre de Poche :*

UN CHIEN DE SAISON.
POUR AMUSER LES COCCINELLES.
COMME UN HIBOU AU SOLEIL.
LOUISIANE, I : t. I et II.
LOUISIANE, II : *Fausse-Rivière*, t. I;
*Fausse-Rivière*, t. II.

# MAURICE DENUZIÈRE

# *Bagatelle*

## Tome II

### (*Louisiane*, tome III)

ROMAN

J.-C. LATTÈS

9

En débarquant à La Nouvelle-Orléans, M. de Vigors et son petit-fils furent un peu surpris de trouver, sur le quai, Gustave de Castel-Brajac qui les attendait près d'une somptueuse limousine conduite par un chauffeur noir en livrée blanche.

« Vous avez acheté une automobile, oncle Gus? s'enquit tout de suite Osmond.

— Non, fiston, cette limousine appartient à un nabab, à M. Oliver Oscar Oswald, « le superbe ». Il me l'a prêtée pour venir vous attendre, car j'ai plusieurs nouvelles à vous annoncer.

— Bonnes, j'espère, dit Charles de Vigors.

— Sauf une, mon pauvre Charles, qui va te causer bien de la peine... Gratianne est décédée, le télégramme est arrivé hier. »

M. de Vigors eut une brusque crispation de la mâchoire mais domina son émotion.

« Pauvre Gratianne; la dernière des Damvilliers quitte donc ce monde loin de Bagatelle où elle était née. Tu sais qui elle était, Osmond, pour toi une sorte de demi-grand-tante si je puis dire, puisque ma demi-sœur, issue du premier mariage de ma mère avec le marquis de Damvilliers.

– Maman m'en a parlé quelquefois. Elle m'a même montré un daguerréotype. Elle était belle et, paraît-il, gentille et généreuse.

– Oui, très belle et... vraiment généreuse avec ceux qu'elle aimait », souligna M. de Castel-Brajac en mettant dans ces mots un sous-entendu qu'Osmond ne put éventer mais dont son grand-père pénétra aisément le sens.

L'ancien sénateur jeta un regard de biais à son vieil ami, qui lui sourit béatement. Quand le trio fut installé dans la limousine et les bagages chargés, on en vint aux détails.

« Qui nous a prévenus ? demanda Charles, car Gratianne n'a plus aucun parent hormis moi-même.

– Le notaire, mon bon, car tu es son héritier. Le tabellion souhaite ta présence à Paris. »

M. de Vigors se tourna vers Osmond.

« Si tu ne devais pas retourner au collège, je t'emmènerais avec moi en Europe, car, mon cher Gustave, Osmond et moi nous nous entendons fort bien en voyage.

– Très bien, renchérit Osmond.

– Je sais que dans certaines matières tu peux être un fameux professeur, mais Osmond n'a pas encore l'âge des frasques, fit Gustave ironiquement.

– Des frasques, nous en avons fait, fit Osmond avec un clin d'œil à son grand-père.

– Ah ! ça oui, nous avons fait la fête, hein !

– J'ai bu du vin à tous les dîners et j'ai fumé un cigare, expliqua le garçon.

– C'est du propre ; il ne t'a pas mené dans de mauvais lieux ? Les Cubaines, dit-on...

– Dans les mauvais lieux, oncle Gus, j'y vais seul. Papy est trop respectable pour m'y accompagner. »

La boutade d'Osmond, qui pensait peut-être aux

6

soirées musicales du Pélican blanc, fit rire les deux hommes.

M. de Vigors se souvint brusquement du deuil qui venait de lui être signifié et prit un air de circonstance. Gustave le remarqua et ramena la conversation sur la défunte.

« Quel âge avait-elle, Gratianne?

– Soixante-quatorze ans, Gus, c'était mon aînée de dix ans. Sa mort a dû être subite car, dans sa dernière lettre, qui date d'octobre ou novembre, elle ne se disait pas souffrante. Elle se préparait à passer l'hiver à Monte-Carlo, comme chaque année. Elle jouait comme un boyard.

– Va peut-être pas te rester grand-chose en fait d'héritage; un hôtel particulier rue Cambon[1] à Paris, une villa à Monaco et peut-être des dettes de jeu...

– Penses-tu, elle gagnait de façon insolente, c'était la terreur des casinos... avec cet argent, elle entretenait de jeunes peintres, moitié esthètes, moitié gigolos.

– Toujours sa générosité », fit Gustave narquois.

Tandis que la Packard remontait l'avenue Saint-Charles, Gustave se souvint qu'il avait d'autres nouvelles moins tristes que le décès de Gratianne à annoncer aux voyageurs.

« Boun Diou, où ai-je la tête, j'aurais peut-être dû commencer par te dire, Osmond, que tu vas trouver ta mère installée avec nous à la maison Pritchard. Oui, nous l'avons décidée à venir à La Nouvelle-Orléans. Elle s'étiole à Bagatelle, un peu de mondanités, de théâtres et de concerts lui changeront les idées. Je dois vous dire que dans deux jours, nous sommes tous conviés à une gigantesque party chez notre bon ami Oswald qui pend la crémaillère dans sa nouvelle

---

1. Anciennement rue du Luxembourg.

maison de Carrollton, un vrai palais. Il y aura bal et « le superbe » souhaite, Osmond, que tu lui donnes aujourd'hui même par téléphone les adresses de tes deux amis Meyer et Foxley qu'il veut inviter, à condition qu'ils amènent des cavalières. Toutes nos filles sont prisonnières de leurs sacrés pensionnats et nous manquons, paraît-il, de demoiselles.

– Ils en trouveront, soyez tranquille, dit Osmond, que la perspective d'une fête et surtout la présence de sa mère réjouissaient.

– Eh bien, amusez-vous donc chez ce m'as-tu vu, lança avec humeur M. de Vigors.

– Tu es invité aussi, Charles; tu trouveras chez toi un carton.

– Je n'irai pas; tu oublies le procès que j'ai perdu.

– Tu auras tort, Charles. Oswald m'a dit qu'il te réservait une énorme surprise... et tu sais qu'il fait toujours somptueusement les choses.

– D'abord, je suis... en deuil! »

M. de Castel-Brajac se retint pour ne pas rire. Mais comme il avait promis à Triple Zéro de lui amener l'ancien sénateur, il se fit aimable.

« Notre vieux *carpetbagger* est malade, Charles, sais-tu qu'il a soixante-dix-neuf ans, que cette fête est le couronnement de sa carrière et qu'il a, quoi qu'on dise, bien mérité de ce pays. Tu ne vas pas le snober. Macadiou! un peu de charité... vois comment nous finissons. Tous comme la pauvre Gratianne!

– Oh! oui, papy, vous n'allez pas rater ça. Vous êtes si beau... si... ornemental en tenue de soirée!

– Ornemental, vraiment, fit M. de Vigors fausse-ment dubitatif, en dégustant comme un alcool les compliments si spontanés de son petit-fils.

– Oui, vous viendrez, n'est-ce pas?

– Eh bien, j'irai pour faire plaisir à Osmond et à

condition qu'il me présente quelque jeune danseuse...
ornementale!

– Ah! toi aussi tu sais être... généreux, Charles »,
conclut Gustave.

En qualifiant de palais la résidence citadine des
Oswald, M. de Castel-Brajac n'avait pas sacrifié à
l'enflure méridionale. Quand il avait décidé d'acquérir
– pour une poignée de pralines, disait-on – l'ancien
hôtel particulier qu'un magnat du sucre s'était fait
construire en 1872 par l'architecte James Fréret, Triple Zéro entendait doter sa famille d'un ancrage
princier. Les travaux de restauration avaient duré deux
années et coûté plus de 100000 dollars, mais le
résultat justifiait l'investissement.

Interprétation libre mais adroite du style Renaissance tempéré par le goût local, la demeure, de nobles
proportions, présentait sur l'avenue Carrollton une
façade blanche aux chaînes d'encoignure en pierre
taillée et percée de hautes fenêtres aux impostes sculp-
tées. Un péristyle, dont la couverture soutenue par
quatre groupes de colonnes corinthiennes jumelées
formait terrasse à hauteur du premier étage, abritait un
porche monumental assez large pour livrer passage à
un escadron. Sur les pentes de la toiture, dont la partie
plate ceinturée d'une balustrade de fonte moulée pouvait servir de belvédère, de gros œils-de-bœuf sertis
dans des frontons à volutes et surmontés de palmettes
et de fleurons semblaient guetter l'horizon comme des
cyclopes. Un beau portail ouvragé fermait, au bord de
la chaussée, l'allée qui, entre des pelouses agrémentées
de massifs de fleurs, conduisait au péristyle. L'intérieur
tenait les promesses de la façade. Un magnifique
escalier de marbre en spirale et à grosse rampe d'acajou s'élevait au fond d'un hall spacieux. A droite et à
gauche de ce dernier, des salons où cinq cents invités

pouvaient tenir à l'aise formaient une impressionnante enfilade.

Au soir de la réception donnée par les Oswald, toutes les portes à quadruple battant avaient été ouvertes, si bien que le rez-de-chaussée surélevé de la maison apparaissait telle une impressionnante salle brillamment éclairée par les lustres à pendeloques de cristal et les appliques de bronze à globes d'opaline.

Des buffets dressés entre les portes-fenêtres proposaient aux invités des soupes d'huîtres, des consommés à la tortue, des canetons en gelée, des jambons de Virginie cloutés de girofle, des blancs de dinde, des saumons de Norvège, des viandes rouges et vingt sortes de pâtés ou de terrines ainsi que des pâtisseries, des glaces, des sorbets, des entremets aux fruits, des crèmes anglaises et des montagnes de petits fours. Le bar, derrière lequel officiait le chef barman de l'hôtel Saint-Charles, offrait toutes les boissons imaginables, du champagne français aux meilleures fines, en passant par les bourbons, les whiskies et les vins les plus recherchés.

« Boun Diou, Oswald, c'est royal. Vous avez bien fait les choses », dit M. de Castel-Brajac en serrant la main du maître de maison qui, en compagnie de sa femme, accueillait sous la galerie les invités descendus des automobiles et des landaus.

M. Oscar Oliver Oswald, que personne n'aurait osé appeler Triple Zéro, ressemblait à un lord de bonne souche. Les audaces vestimentaires de l'ancien *carpetbagger*, qui avaient si souvent fourni dans le passé des sujets de plaisanteries aux bagatelliens, n'étaient plus de mise.

Amaigri, mais encore puissant, le vieillard aux cheveux argentés, au teint rosé, qui s'inclinait sur la main des dames était un tout autre homme que le rouquin truculent et hâbleur que les planteurs de Pointe-Coupée avaient connu. Il portait avec aisance un habit bleu de nuit ouvert sur un gilet de soie de même ton. Son col cassé, son nœud papillon, la perle grise qui, discrètement, éclairait le plastron amidonné de sa chemise et rappelait celles des boutons de manchette, tout dénotait chez l'hôte une science du bon goût enfin assimilée.

La chaîne de montre, si agressivement lourde à une époque, avait été remplacée par une fine tresse de fils d'or, dont la modestie ne pouvait surprendre que les fournisseurs.

Près de son mari, Clara Oswald figurait la *perfect lady*. Ses cheveux blancs relevés en volutes souples supportaient un léger diadème de saphirs, que n'eût pas dédaigné une duchesse. Sa robe-tunique gris nacré, au décolleté étroit et bordé d'une passementerie au fil d'argent, était d'une sobriété irréprochable et tout à fait adaptée à une sexagénaire. Mme Oswald ne portait, en plus de son diadème, qu'un seul bijou : une étoile de platine dont les branches étaient des baguettes de saphir et le cœur un diamant de belle taille.

En observant ses vieux amis, M. de Castel-Brajac glissa à Gloria très admirative :

« Qui reconnaîtrait dans ce couple si parfaitement assorti l'aventurier aux mains velues et la petite jeune fille noiraude qui, par dépit amoureux, renversa, il y a bien longtemps, mes ruches pleines d'abeilles affamées ?

– Je suis heureuse pour eux, cher Gustave. Les voilà maîtres de leur conquête sociale et honorés par le gratin.

– En effet, pour Oswald, c'est le jour du sacre, l'aboutissement d'une longue et ambitieuse carrière. Voulez-vous que je vous dise, Gloria, Triple Zéro incarne à merveille cette Amérique nouvelle, impérialiste, avide de profit, de puissance, de considération et qui n'a pas honte de ses appétits. Ce sont de tels hommes qui dépouillent le qualificatif « parvenu » de tout ce que nos vieilles familles y ont mis de péjoratif et de méprisable. »

A cet instant, Charles de Vigors, en habit noir, pénétra d'un pas vif dans le hall et baisa les doigts de Clara, avant de s'approcher d'Oswald qui lui tendit les bras comme à un ami. L'ancien sénateur ne put se dérober à l'accolade. A distance, on ne décelait aucune différence d'allure entre les deux hommes, ni dans leur tenue, ni dans leur comportement. M. de Castel-Brajac saisit le coude de sa femme.

« Regardez-les, Gloria. L'instant est historique. Nous assistons à la relève de la fortune reçue par la fortune acquise; de ceux qui « n'ont eu que la peine de naître » comme disait Beaumarchais par ceux qui se sont faits eux-mêmes; de l'aristocratie déclinante par la roture présomptueuse. Car l'aristrocratie est là, ce soir – puisque Charles est venu et que nous y sommes – pour entériner l'élévation de tous les Oswald... Ce n'est pas une pendaison de crémaillère, ma chère, c'est un adoubement. Si nous étions en Angleterre, Triple Zéro serait fait baronnet et le chambellan du roi lui passerait la jarretière. »

Gloria rit franchement, comme chaque fois que l'exaltation de son mari donnait lieu à des tirades qui n'étaient pas toujours aussi aimables.

« Je vous abandonne un instant, voilà Augustine et Lucile qui arrivent avec leurs maris, je les rejoins.

– Bien, vous me retrouverez sans doute entre le bar et le buffet. Si vous voyez Osmond, envoyez-le-moi.

– Soyez frugal et sobre, Gustave, pensez à votre cœur, à vos artères.

– Mon cœur va bien, bougonna Gustave, c'est de l'estomac que je souffre et de la gorge aussi.

– Mon Dieu, qu'avez-vous?

– L'un est vide et l'autre est sèche, mais je vais me soigner. »

Mme de Castel-Brajac regarda s'éloigner la pesante silhouette de son mari, traçant droit son chemin à travers une foule d'inconnus ou de gens qu'il ne voulait pas reconnaître, en direction du bar.

Pour répondre à l'invitation de M. Oswald, à peine entrevu lors d'un séjour à Bagatelle, Bob Meyer et Dan Foxley avaient facilement recruté des cavalières. Otis ne s'était pas fait prier pour accompagner Bob, mais Dan avait eu plus de mal à décider sa sœur Margaret. Plus âgée que les autres, elle fit remarquer « qu'on ne la sortait que pour jouer les utilités ».

« Osmond ne va tout de même pas danser toute la soirée avec sa mère, avait glissé un peu lourdement le jeune Foxley, tu seras très invitée, sois sans crainte.

– Et puis, il nous racontera son voyage à Cuba, ajouta Meyer, nous saurons enfin si les Cubaines sont aussi libres qu'on le dit. »

Quand Osmond de Vigors, donnant le bras à sa mère, fit son entrée dans l'hôtel illuminé des Oswald, une foule d'invités occupaient déjà les salons. Le bruit de houle qui est la respiration des assemblées élégantes et des salles de spectacles avant le lever du rideau les surprit.

« Il y a un monde fou! » dit Stella en embrassant Clara.

Les gens déambulaient en examinant les meubles et les tableaux, comme s'ils se fussent trouvés dans une exposition, prêts à critiquer l'éclairage ou le choix des couleurs et des tissus. Des groupes, formés de couples habitués des manifestations mondaines, potinaient autour des canapés occupés par des femmes âgées que l'on tenait, à tort ou à raison, pour les oracles de la bonne société louisianaise. Il y avait dans l'air des relents de médisance et de flatterie éhontée. Des banalités débitées sur le ton pédantesque constituaient le fond des conversations.

Le petit-fils de Charles portait un spencer bleu roi ouvert sur une chemise au plastron lisse et un gilet-ceinture de piqué blanc. Un simple ruban de velours noir, large comme un doigt, noué sous le col souple et retombant sur le plastron, ôtait à la rigueur de sa tenue tout aspect guindé.

Margaret Foxley savait apprécier l'élégance masculine. Il est vrai que le spencer, coupé par l'habilleur de M. de Vigors, mettait en valeur l'étroitesse de la taille, la largeur avantageuse des épaules et la longueur des jambes qu'Osmond avait fines et nerveuses.

« Un vrai pur-sang de George Stubbs[1], mon petit-fils, observa Charles à l'intention de Stella.

– Vous en êtes assez fier, n'est-ce pas?

– Il a de la race, ma chère, et du tempérament. Nous sommes ainsi, nous les Vigors. »

La mère d'Osmond sourit, en pensant que son beau-père négligeait un peu l'apport de sa propre famille. Ne lui avait-il pas dit un jour : « Les femmes ne sont que des réceptacles et des nourrices, hélas! indispensables à la procréation des mâles. »

Quand tous les invités furent arrivés, M. Oliver Oscar Oswald, un peu las de complimenter les dames et de serrer les mains des hommes, demanda à M. de Vigors d'ouvrir le bal avec Clara.

« J'ai toujours dansé comme un ours, sénateur,

1. Peintre animalier anglais du XVIIIe siècle. Auteur d'une série de planches rassemblées en 1766 sous le titre *Anatomie du cheval.*

14

soyez aimable de suppléer aux déficiences du maître de maison. »

Charles s'exécuta de bonne grâce et, quand l'orchestre attaqua la *Valse de l'Empereur*, le couple s'élança tandis que les invités s'écartaient du centre du hall.

Peu de gens savaient que ce vieillard au port altier et cette femme menue, presque sèche, qui semblait descendue d'un tableau de Arthus Dévos, le peintre des douairières anglaises, avaient été cinquante ans plus tôt des amoureux ardents. Eux s'en souvenaient comme on se souvient d'une page lue autrefois dans un roman.

« Votre soirée, Clara, est une réussite et votre demeure est superbe, dit Charles.

– Venant d'un arbitre tel que vous, le compliment me touche. Oswald – elle appelait toujours son mari par son patronyme – serait heureux de vous l'entendre dire.

– Finalement, vous avez une bonne vie avec lui, Clara, de beaux enfants, une position confortable et la perspective de finir vos jours dans la sérénité. Je m'en réjouis sincèrement. Dire que j'aurais pu autrefois vous demander en mariage.

– Vous auriez pu en effet... mais vous ne l'avez pas fait, heureusement pour moi, car j'aurais été capable d'accepter.

– Vous pensez que je ne vous aurais pas apporté autant que ce cher Oswald?

– Vous n'êtes pas de ceux qui apportent, Charles, vous êtes de ceux qui prennent. La fortune et la considération sociale sont des avantages enviables, mais je suis plus exigeante que ça. Je voulais un mari bien à moi.

– C'est pourquoi vous l'avez fait! souffla Charles avec un peu d'humeur.

– Oswald le dit par modestie et par tendresse, mais ce n'est pas vrai. Je n'ai fait que lui révéler ses propres qualités et lui apprendre certaines petites choses, qui passent pour importantes dans nos milieux où l'on juge les gens sur la façon qu'ils ont d'éplucher une orange plutôt que sur leurs facultés réelles. »

Tout en tournoyant, sourire aux lèvres, les danseurs reconnaissaient dans les couples de leur génération des témoins de toute leur vie. Des gens qui, quelques années auparavant, n'auraient jamais accepté une invitation de M. Oswald : le maire de La Nouvelle-Orléans, le collecteur des Douanes, une demi-douzaine de banquiers, plusieurs membres influents du Boston-Club, où le maître de maison venait d'être admis, avaient l'air enchanté de se trouver là.

L'ancien sénateur, en reconduisant Clara à son mari, après la danse, se demandait avec un peu d'amertume s'il n'était pas en train de cautionner aux yeux de toute la bonne société créole l'adition de l'ancien *carpet-bagger*.

Un moment plus tard, ayant retrouvé Gustave qui pérorait au milieu d'un cercle de jeunes gens et de jeunes filles où figuraient Osmond et ses amis, Charles fit un signe discret à son vieil ami pour qu'il le rejoigne à l'écart.

« Dis-moi, cette fameuse surprise que doit me faire Oswald, c'est pour quand? Je n'ai pas l'intention de passer la nuit ici.

– Il nous attend à onze heures dans son bureau au premier étage, il m'a chargé de te le dire.

– Nous? Tu es aussi compris dans la surprise?

– Tu oublies, mon cher, que Marie-Virginie, ta fille, a épousé Félix, mon fils... et que nous sommes grands-pères une fois de plus tous les deux.

– Je ne vois pas le rapport... avec la surprise.

16

– Il paraît qu'elle intéresse l'avenir de nos familles, alors!

– J'ai l'impression, Gus, que M. Oswald entend cimenter les fondations de sa dynastie. »

Le ton persifleur fut immédiatement relevé par Gustave.

« C'est probable, mon bon. Il faut toujours un fondateur et les dynasties nouvelles ne sont ni moins valables, ni moins légitimes que celles qui déclinent. Laisse tomber tes préjugés et allons voir notre hôte. »

Un *butler*, cérémonieux comme un chambellan de Buckingham, conduisit les deux hommes jusqu'au « cabinet de travail de Monsieur », situé au premier étage de l'hôtel.

La pièce, de belles dimensions, éclairée par deux portes-fenêtres donnant sur le toit-terrasse du péristyle, contenait un somptueux mobilier de style Empire. M. Oswald, grand admirateur de Napoléon comme beaucoup de *self-made men* américains qui voyaient dans le lieutenant d'artillerie devenu empereur un noble modèle, avait fait tendre les murs de soie verte où pullulaient les abeilles dorées de l'Hymette. La table de travail en acajou, supportée par des atlantes de bronze pieds nus et à tête de guerrier, impressionna M. de Castel-Brajac qui ne put retenir un petit sifflement admiratif.

Oliver Oscar, en allant au-devant de ses invités, apprécia cet hommage désinvolte.

« Ce sont des bronzes de Thomire, comme les palmettes à feuilles de lotus que vous voyez sur ces fauteuils où je vous convie à vous asseoir. »

Le coin salon, une demi-douzaine de sièges tapissés du même tissu que les murs et répartis autour d'un guéridon sur lequel trônait, dans un seau à glace de métal argenté, une bouteille de champagne, parut lui aussi du meilleur goût. Sur une console demi-lune soutenue par une sphinge, une pendule en forme de temple grec égrena onze coups bien timbrés.

« Nous sommes à l'heure militaire, remarqua Charles que ce décorum et ce mystère irritaient.

— Naturellement, Omer est en retard, grommela gentiment Oswald.

— Parce que votre fils est aussi de la... petite surprise?

— Mon cher sénateur, je ne suis plus qu'un rentier. Mon fils aîné gérant nos affaires est un des premiers intéressés par ce que je vais vous dire... »

Le mari de Lucile apparut bientôt. Il était un peu essoufflé.

« Je vous prie de m'excuser pour ce léger retard... Je ne pouvais pas abandonner ma cavalière au milieu d'une polka. »

Quand les quatre hommes furent assis, que M. de Castel-Brajac eut allumé son cigare et Charles vérifié pour la dixième fois le pli de son pantalon, Triple Zéro baissa la tête, joignit les mains et parut se concentrer, comme un pasteur avant l'homélie. En réalité, il s'offrait un instant d'indicible jouissance, celle du meneur de jeu qui, ayant éveillé puis excité la curiosité des autres, temporise pour la satisfaire.

« Si je vous ai demandé de nous réunir, mes amis, c'est pour vous faire part de deux découvertes qui peuvent influencer très heureusement la fortune de nos enfants et de nos petits-enfants. »

Il se tourna résolument vers Charles de Vigors, comme si l'affaire le concernait au premier chef.

« Je ne vais pas évoquer, rassurez-vous, mon cher sénateur, les pénibles démêlés que nous avons eus à propos de cette parcelle de Bagatelle que j'ai achetée à votre belle-fille et dont vous m'avez contesté la propriété : sans toutefois vouloir aller jusqu'à l'ademption d'une donation qui faisait honneur à vos sentiments paternels, vous avez obtenu de la Cour que ma jouissance de ces terres, que je cultive depuis maintenant plus de douze ans, soit limitée dans le temps. Or, cher ami, je suis aujourd'hui en mesure de vous prouver que, pour arriver à vos fins, vous avez tout bonnement, avec la complicité de votre tabellion, falsifié un acte notarié. »

Charles de Vigors blêmit et se dressa comme un diable jaillissant d'une boîte.

« Vous m'accusez de faux, Oswald, prenez garde, et devant témoin, c'est d'une extrême gravité... vous déraisonnez.

– J'ai voulu qu'il y ait des témoins et si vous y tenez, je puis faire monter votre notaire, qui est de mes invités. Il peut répéter ici ce qu'il a été contraint de reconnaître dans son étude, sous menace de se voir retirer sa charge et jeter en prison. Car, monsieur de Vigors, vous avez fait ajouter après coup, et surtout après la mort de votre fils, un paragraphe à l'acte de donation de Bagatelle et vous savez lequel, n'est-ce pas?

– Vous êtes odieux, cria Charles, ce notaire a trahi la réserve à laquelle il est tenu... c'est une machination, vous me répondrez de ça. »

M. de Vigors, le visage crispé, les mains tremblantes, fit un pas vers la porte.

« Si vous quittez cette pièce maintenant, dit Oswald d'un ton sec, sans même connaître mes intentions, demain je ferai éclater le scandale, car toutes les preuves sont réunies, croyez-moi... et vous n'êtes plus intouchable. Il y a eu machination, c'est vrai, mais c'est vous, vous qui l'avez ourdie et je sais pourquoi...

c'est la seconde découverte dont je veux vous faire part. »

Castel-Brajac était si ému qu'il avait laissé éteindre son cigare. Quant à son gendre, Omer Oswald, il découvrait en son père un Fouquier-Tinville dont il ne soupçonnait pas l'existence.

Charles lut dans le regard de Gustave une sorte d'indifférence amusée. Il comprit que le Gascon accordait crédit à l'accusation de Triple Zéro qui, au soir de sa consécration mondaine, n'aurait pas eu un tel comportement sans être certain de son jeu.

L'ancien sénateur reprit place dans son fauteuil; la pâleur de son visage, la crispation de ses maxillaires indiquaient clairement qu'il était atteint.

« Voyons, reprit calmement Oswald, j'ai quatre-vingts ans l'an prochain, vous en avez soixante-quatre, nos carrières sont terminées. Nous n'allons pas nous déchirer alors que des alliances familiales nous unissent à travers les Castel-Brajac puisque Félix a épousé votre Marie-Virginie et que Lucile est la femme d'Omer. Nous devons penser à nos petits-enfants à tous trois. »

M. de Castel-Brajac intervint :

« Avant que vous n'alliez plus loin, Oswald, je voudrais savoir si Charles admet que vos accusations, très graves et qui portent atteinte à son honneur..., peuvent avoir... une chance d'être exactes.

— Nom de Dieu, Gus, ne te mêle pas de ça, ne complique pas les choses.

— Mais mille Diou, je ne les complique pas... J'entends au contraire les simplifier : ou tu as trifouillé l'acte et Oswald continue... sa... conférence, ou il t'insulte gratuitement et ce n'est pas parce qu'il est le beau-père de Lucile et qu'il a quatre fois vingt ans qu'on va le laisser faire. Tu comprends, Charlot, c'est trop grave. »

M. de Vigors, surpris par le diminutif qu'employait autrefois Gustave quand les deux étudiants partageaient la même chambre au Quartier latin, comprit que l'affection de son vieil ami demeurait intacte. Gus lui avait passé tant de choses, au fil des années, que l'affaire de la donation falsifiée, si elle était adroitement présentée, passerait elle aussi.

L'ancien sénateur s'était ressaisi, prêt à vivre cette minute de vérité impérieusement réclamée par les trois hommes qui le fixaient.

« J'ai agi comme un niais, reconnut-il enfin. Ce que dit Oswald est exact. J'ai agi pour protéger l'intégrité de Bagatelle, notre terre... »

Oliver Oscar eut un mouvement d'impatience.

« Il faut aller jusqu'au bout, sénateur, ne pas chercher à ennoblir une intention qui n'avait rien de sentimental.

– Pourquoi voulez-vous à tout prix m'humilier, Oswald, puisque je reconnais mon... égarement.

– Vous humilier? Loin de là ma pensée, monsieur de Vigors. Je suis un vieil homme qu'on a bien souvent humilié, qu'on a moqué pour ses manières rustaudes, dont on s'est gaussé parce qu'il avait été garçon de piste chez Barnum, dont on a fait des gorges chaudes parce qu'il avait vécu d'expédients, auquel on a même dénié le droit d'avoir de l'honneur. Non, je ne cherche pas à vous humilier et vous seriez bien étonné de connaître les sentiments qui m'agitent car, voyez-vous, vous me faites pitié.

– Pitié, grand Dieu, qu'ai-je à faire de votre pitié, la pitié d'un aventurier qui a réussi?

– Oui, monsieur, pitié, car ce qu'on peut attendre d'un aventurier, on ne peut l'admettre d'un aristocrate dont la conscience doit être fatalement plus exigeante que celle d'un enfant de la balle. »

Posément, avec la minutie qu'il apportait à cette opération délicate, M. de Castel-Brajac ralluma son cigare en faisant la moue. Il souffrait pour Charles, mais il admirait Oswald, à qui les vigoureuses leçons de la vie semblaient avoir profité.

« Et alors, en fait de mystère, qu'est-ce qu'il y a, boun Diou, dans ce morceau de terre à coton, hein?

— Du pétrole! jeta Oswald presque malgré lui.

— Du pétrole! répétèrent en chœur le Gascon et son gendre.

— Oui, du pétrole et M. de Vigors le savait... C'est même ce qui l'a déterminé à falsifier un acte notarié pour récupérer la parcelle que Stella m'avait vendue. »

L'admiration forcée que Gustave se découvrait pour Oswald, augmenta d'un degré en voyant la mine déconfite de Charles, qui venait de prendre dix années en quelques secondes et s'était laissé aller contre le dossier de son fauteuil.

« Il se pourrait qu'il y ait du pétrole, il y a des indices bitumineux, pas plus, on ne peut être sûr de rien, concéda l'ancien sénateur.

— Vos indices étaient bons, monsieur de Vigors. Sous prétexte de puits artésiens pour irriguer mes terres, j'ai fait pratiquer un forage profond... le pétrole est là, votre flair ne vous avait pas trompé.

— Mais n'étant que métayer des terres, vous ne pouvez pas exploiter un sous-sol qui ne vous appartient pas.

— Métayer, grâce à la falsification qui vous permet de reprendre à terme des terres que j'ai payées au prix fort, mais propriétaire, dès que la Cour aura eu à connaître de vos agissements, qui vous vaudront aussi d'être poursuivi pour faux, usage de faux et outrage à magistrat.

– Vous allez porter toute cette affaire sur la place publique... vous me tuez, Oswald!

– Si telle avait été mon intention, sénateur, c'est un huissier de justice qui vous l'aurait fait connaître et je n'aurais pas organisé cette petite réunion. Non, monsieur, ce pétrole, nous allons l'exploiter ensemble pour nos enfants et nos petits-enfants... Nous allons fonder une société et les royalties seront partagées entre nos deux familles. N'est-ce pas équitable? »

Charles, décontenancé, ne s'avouait cependant pas vaincu.

« En somme, vous prenez aux Vigors la moitié de ce qui leur appartient.

– Macadiou, tais-toi, Charles. Regarde les choses en face. Oswald donne aux Vigors la moitié de ce qui lui appartient et que tu as tenté de reprendre en te conduisant, passe-moi le terme, comme un forban, reconnais-le! »

Charles fit un signe de tête indiquant une capitulation complète.

« Demain à trois heures, si vous le voulez bien, sénateur, nous nous retrouverons chez mon notaire, maître Couret, un homme de confiance, de qui vous n'auriez pas obtenu ce qu'a fait le vôtre. J'ai fait préparer des actes de copropriété sur la parcelle et les statuts de la société d'exploitation. Il y aura une mise de fonds assez importante pour le forage, mais ça ne vous gêne pas, j'espère?

– C'est bon, dit Charles. J'en passerai par où vous voulez, vous êtes maître de la situation. »

Oswald regarda M. de Vigors avec un air de commisération qui fit sourire Gustave.

« Je crois que voilà les choses clarifiées. Vous me détestez, n'est-ce pas, pour le moment, mais un jour, vous m'aurez quelque reconnaissance de ce que je fais aujourd'hui. Un homme comme vous ne peut pas partir sans être net.

– On la débouche, cette bouteille, ou si vous l'avez mise au frais pour les domestiques? lança soudain Gustave à qui les émotions donnaient toujours soif.

– Débouche-nous ce champagne, Omer, que nous trinquions à l'association de nos intérêts. »

Charles accepta une coupe, avec l'air du condamné à mort auquel on tend le verre de rhum du dernier matin.

« Vous devriez porter un toast, oncle Gus », dit Omer ouvrant la bouche pour la première fois.

Gustave huma le vin pétillant, éleva son verre dans la lumière du lustre et, satisfait de ses examens, toussa pour s'éclaircir la voix.

« Buvons à l'oubli de tout ce qui vient de se dire ici, mais souvenez-vous qu'il y a dans tout homme un aristocrate et un *carpetbagger*. L'humaine nature fait que l'intérêt conduit parfois le premier à user des méthodes qu'il reproche au second, alors que ce dernier est capable de relever l'honneur qu'on lui dénie. »

M. de Castel-Brajac, ayant parlé, vida sa coupe pétillante et fit claquer sa langue contre son palais d'un air maussade.

« Quel goût lui trouvez-vous, Gustave? s'inquiéta aussitôt M. Oswald.

– Un goût de pétrole, mon bon... mais je m'y ferai.

– Je dois rejoindre mes invités, maintenant », dit Oswald.

Au pied de l'escalier, que Gustave descendit lentement, laissant Charles, qui ne tenait plus en place, le précéder, Osmond et ses amis attendaient l'ancien sénateur.

« Miss Margaret Foxley brûle de danser une valse avec vous, papy », dit Osmond après avoir présenté ses amis et la jeune fille.

Une telle invitation ne pouvait se refuser.

« Si vous ne craignez pas de danser avec un vieillard! » fit Charles, retrouvant soudain le sourire de Bel-Ami et offrant son bras à Margaret.

Osmond rejoignit oncle Gus.

« On dirait que vous sortez d'un conseil d'administration.

— C'était un peu ça, fiston. T'amuses-tu au moins? C'est plein de jolies filles!

— Beaucoup de filles à marier, oncle Gus.

— Avez-vous invité Oriane et Olympe Oswald que je vois là-bas faire tapisserie? Dites-vous bien, jeunes gens, qu'il ne faut pas vous consacrer exclusivement aux belles... pensez aux autres. »

Dan et Osmond se dirigèrent d'un pas résolu vers les jumelles qui, bien qu'ayant atteint la trentaine, s'obstinaient à porter des toilettes identiques, la même coiffure, les mêmes bijoux comme si elles voulaient se rendre interchangeables.

Pendant que les deux garçons enlevaient dans une valse les demoiselles pareillement rougissantes, Bob Meyer et Otis accompagnèrent M. de Castel-Brajac et Mme de Vigors au buffet.

Pendant ce temps, M. Oswald avait retrouvé sa femme. Clara venait de découvrir que le vieux collecteur des Douanes confondait les pas de la mazurka et de la polka, ce qui lui avait valu de se faire écraser les orteils à plusieurs reprises.

« Chère Clara, je me suis un peu fatigué et je vais monter me coucher car, partis comme ils sont, ces gens vont danser toute la nuit. Omer vous assistera quand les invités prendront congé.

– Allez, mon ami, je vous trouve en effet bien pâle. Votre petite réunion s'est-elle déroulée comme vous le souhaitiez ? Le sénateur a pris la chose fort mal sans doute ?

– Fort mal, en effet, mais il n'avait pas le choix quant à la conclusion... Nous signons demain à trois heures chez Couret. J'avoue qu'il m'a fait pitié, le sénateur, on aurait dit un gamin pris en faute. Gustave a été très bien... comme toujours.

– Charles n'a peut-être pas dit son dernier mot, avec lui on ne peut être sûr de rien.

– Tout est réglé, Clara, ne vous faites aucun souci. Le sénateur est vaincu, c'est sûr... comme la mort. »

Discrètement, après s'être arrêté auprès de quelques groupes pour recevoir les félicitations que méritait une soirée aussi réussie et les vœux qu'on prononce lors d'une pendaison de crémaillère, M. Oswald gagna sa chambre, par l'escalier réservé au service. Son valet l'aida à se mettre au lit. Atténuée par l'épaisseur des murs et la distance, la musique parvenait jusqu'à la chambre située au deuxième étage de l'hôtel. Bien que las, Oliver Oscar Oswald, étendu entre les draps frais, se sentait bien et satisfait. Il avait accompli tout ce qu'il s'était fixé. Désormais son nom serait aussi respecté que celui des plus vieilles familles créoles et il figurerait bientôt sur les barils de pétrole, accolé à celui de Vigors. « Oswald and Vigors Petroleum Company », murmura-t-il, car l'ordre alphabétique lui vaudrait d'être cité en premier.

Cet aboutissement, il le devait à Clara, certes, qui jamais n'avait douté de lui, mais aussi un peu à cette étrange Virginie, dont il avait autrefois volé les bijoux et qui, le sachant, lui avait laissé, par goût pervers du jeu plus que par générosité, courir sa chance.

La seule préoccupation, toujours présente à sa pensée, était le sort d'Odilon, ce fils qui lui ressemblait plus qu'Omer et qu'il avait dû chasser. M. Oswald se consola en imaginant qu'il serait peut-être un jour un grand peintre, puis il s'abandonna au sommeil, après avoir fait de son oreiller moelleux un informe boudin, comme s'il s'agissait encore de la couverture de cheval sur laquelle, au cours des folles équipées de sa jeunesse, il reposait sa tête à la belle étoile, son colt à portée de la main.

## 10

Quand on est une jeune Noire de dix-huit ans, assez bien tournée, sachant lire, écrire et compter et qu'on a été chargée par sa maîtresse de l'entretien et du rangement de l'argenterie, des porcelaines et des cristaux d'une grande maison, on a toutes raisons d'être satisfaite de son sort. C'est ce que se disait Minnie, en marchant d'un pas décidé sur le trottoir de l'avenue Saint-Charles, en direction de l'hôtel des Oswald. Minnie s'était levée à six heures du matin, car elle savait qu'elle aurait, ce jour-là, beaucoup de travail à cause de la réception donnée la veille par son maître et qui s'était prolongée tard dans la nuit. Mme Oswald lui avait fait des tas de recommandations pour que tout soit en ordre à l'heure du déjeuner.

Comme il était impossible que les invités aient dévoré toutes les victuailles qu'elle avait vu livrer la veille, Minnie se disait aussi qu'elle serait la première à profiter des reliefs de la fête. Tout en marchant, elle voyait les domestiques laver à grande eau les perrons et les péristyles et les jardiniers biner les massifs avant que le soleil ne vienne rendre ce travail trop pénible. Certains la reconnaissaient au passage et lui décochaient des quolibets extrêmement flatteurs, encore qu'un peu grossiers, car ils faisaient généralement référence à son anatomie. Mais Minnie, faraude et pressée, semblait ne pas entendre. Alors que tant de jeunes Noirs cherchaient des emplois lucratifs et dignes de leurs compétences, elle se répétait qu'elle avait vraiment de la chance que le cousin John, valet de chambre de M. Oswald et qui avait servi dans les meilleures familles, ait pu la faire embaucher. John, qui aurait pu être son père, lui avait toujours porté beaucoup d'intérêt. Quand il venait chez ses parents, les poches toujours pleines de cigares et de bonbons au miel, il ne manquait jamais, tout en se balançant dans le meilleur rocking-chair, de l'attirer contre lui. S'ils étaient seuls, tout en parlant de choses et d'autres, il s'enhardissait jusqu'à lui caresser les cuisses, ce qui la gênait un peu. Mais le cousin semblait prendre plaisir à ces manifestations de tendresse. Tous les hommes ayant paraît-il des manies, elle le laissait faire, d'autant plus volontiers que, dans sa nouvelle place, l'autorité du valet de chambre protégeait Minnie des entreprises des autres domestiques mâles.

Ayant passé la grille du jardin, elle traversa de biais la grande pelouse, se dirigeant vers l'arrière de la maison, où se trouvait la porte de l'office. Tout dormait encore dans la grande maison. Seul le vieux jardinier ratissait l'allée principale pour effacer les empreintes laissées dans le gravier par les roues des voitures. Quand Minnie parut, l'homme, qui travaillait mollement, s'appuya sur son râteau pour la regarder passer.

« Bonjou' m'amselle l'argentière, va y avoir à astiquer aujou'd'hui, je vous le dis. Si vous trouvez une petite chose à boire pour moi, je donnerai un coup de main.

– Occupez-vous du jardin », répondit Minnie d'un ton sec, en pressant le pas.

C'est en contournant la maison, par le passage dallé, qu'elle vit la chose qu'aucune jeune Noire de bonne famille ne souhaite voir : les fesses blêmes d'un homme blanc à demi nu, couché à plat ventre sur l'asphalte et vêtu en tout et pour tout d'une simple chemise de nuit retroussée sur le haut du corps.

Minnie fit demi-tour en relevant sa jupe pour courir plus vite. Le jardinier, qui rêvassait, la vit venir avec étonnement.

« Vite, il y a un homme nu par là, un Blanc, venez, je vous dis, oh! là! là!

– C'est un qui a trop bu cette nuit qui a pas pu marcher, tiens.

– Y serait pas en chemise de nuit, venez, venez.

– En chemise de nuit ou tout nu?

– C'est pareil!... venez voir, je vous dis. »

Avec un soupir, le Noir suivit la jeune fille et s'arrêta à trois mètres du corps.

« On peut pas le laisser là », fit Minnie en s'efforçant de maîtriser un tremblement nerveux.

Le jardinier s'approcha du corps inerte. S'étant penché avec l'appréhension d'un homme qui vient de découvrir un nid de vipères, il recula brusquement.

« Y a du sang plein autour.

– Je vais chercher le cousin John », décida Minnie en filant vers les communs.

La porte de l'annexe où logeaient les domestiques à demeure n'étant jamais fermée, elle enfila le couloir sans se préoccuper du bruit que faisaient ses talons sur le plancher. Avec plus de précautions, elle appuya sur le loquet de la porte de John et s'arrêta, stupéfaite, sur le seuil. Le cousin, accroupi devant une commode, lui présentait un beau fessier noir, ferme et luisant comme une croupe de jument. Minnie avait assez d'intelligence et de sens de l'humour pour apprécier l'ironie d'un hasard qui semblait vouloir, ce matin-là, la mettre avec insistance en présence de la partie postérieure des hommes de toute couleur.

John, entendant la porte s'ouvrir dans son dos, se redressa vivement, rabattit sa chemise et chercha du regard son pantalon.

« Eh bien, qu'est-ce qui te prend, Minnie?

– Cousin John, il y a un homme blanc étendu près de l'office... en chemise. »

Le Noir enfila posément son pantalon en regardant l'intruse du coin de l'œil :

« Aide-moi à mettre ce sacré bouton de manchette qui avait roulé sous la commode. »

Minnie s'exécuta, tandis que John, tout émoustillé, lui caressait les seins de sa main vacante.

« Vite, cousin John, il y a du sang et le Blanc ne bouge plus, il a sa chemise sur la tête et c'est plein de sang autour.

– Comment sais-tu, Minnie, que c'est un homme s'il a sa chemise sur la tête?

– A cause... des poils aux jambes, cousin John. »

Sans se départir d'un scepticisme désobligeant, le valet noua sa cravate, passa son gilet rayé vert et or. Les couleurs impériales chères à son maître lui rendirent la dignité que sa posture du moment précédent lui avait fait perdre.

« Allons voir si ce fantôme nous a attendus, Minnie. »

Le corps était toujours là. John, qui avait été brancardier dans l'armée du général Taylor pendant la bataille de Port Hudson, ne se laissait pas impressionner par les blessés. Il rabattit la chemise sur l'indécente nudité de l'homme étendu, découvrant ainsi une tête chauve qu'il reconnut tout de suite.

« Par notre Père, s'écria-t-il, c'est mon maître, Monsieur Oswald... il est mort, regardez, il s'est fendu le crâne sur les dalles. »

Quand John fit pivoter le corps, Minnie et le jardinier identifièrent à leur tour le maître, son front paraissait plat sous le sang coagulé, les yeux révulsés et la bouche ouverte étaient effrayants.

« C'est moi qui l'ai mis au lit vers minuit, comment peut-il être arrivé là », fit le valet d'une voix blanche en levant les yeux sur la façade de la maison.

Une fenêtre ouverte à deux battants au deuxième étage fournit la réponse à la question posée.

« Il est passé par là, dit Minnie qui suivait tous les gestes du Noir.

— P'têt'e qu'il était *drunk as an owl*[1], remarqua le jardinier.

— Il l'était pas quand je l'ai couché... faut réveiller la femme de chambre de m'ame Oswald, Minnie, ça va en faire du drame, cette histoire, faudra que tu racontes, Minnie, comment t'as trouvé là notre pauvre maître. »

Minnie passa sa matinée à raconter. D'abord à Mme Oswald qui menaçait de défaillir de chaque ins-

1. Soûl comme un hibou, expression d'argot américain.

tant, puis à la gouvernante, puis au shérif et au docteur qui ne pouvait plus rien pour l'ancien *carpetbagger*.

Une rapide inspection de la chambre et de la salle de bain du mort fournit immédiatement l'explication d'une mort aussi banale que tragique. Des souillures relevées dans le cabinet de toilette indiquèrent clairement que M. Oswald avait eu un malaise et qu'en ouvrant, pour prendre l'air, la fenêtre dont la barre d'appui était fort basse, il avait basculé dans le vide, déséquilibré par un vertige soudain.

Le mort fut remonté dans son lit et John le rendit présentable. A l'office, Minnie dut encore raconter aux domestiques comment elle avait découvert M. Oswald. En reprenant son sang-froid, elle fignola son récit qu'un assistant du shérif enregistra et que l'on retrouva le lendemain *in extenso* dans la nécrologie que le *Times Democrat* consacra à M. Oliver Oscar Oswald, « le planteur bien connu et estimé de Pointe-Coupée, membre du Boston-Club et administrateur de plusieurs compagnies de l'Etat ».

Clara Oswald demeura prostrée jusqu'au soir, refusant cette mort qui survenait après une fête si réussie. « Si je n'avais pas accepté que nous fassions chambre à part, comme l'avait voulu par délicatesse mon brave mari, tout cela ne serait pas arrivé. Il a dû être pris d'un étouffement, et... Oh! mon Dieu, c'est affreux. »

Quand Omer Oscar Oswald, qu'on avait fait prévenir, se présenta avec Lucile au début de l'après-midi, la grande maison était déjà plongée dans le deuil. Les torchères du porche allumées et voilées de crêpe frémissaient comme des feux follets derrière les pare-vent de verre biseauté.

De l'office parvenait le ferraillement de l'argenterie. Deux petites cuillers « à la coquille » et un couteau à pâtisserie manquaient à l'appel, ce qui motiva l'envoi d'une femme de peine jusqu'aux boîtes à ordures, avec mission, confirmée par la gouvernante, de retrouver les couverts disparus.

Vers quinze heures vingt, chez maître Couret, M. de Vigors, qui affichait une mine revêche, commença à s'impatienter.

« Il pourrait être à l'heure, tout de même.

– Après la nuit glorieuse qu'il a vécue, mon bon, notre ami a dû faire la grasse matinée, tu oublies son âge, observa Gustave qui n'était lui-même sorti de son lit qu'à midi.

– Ce n'est pas une raison. Je prends le train de New York ce soir et j'ai des obligations. Quand on veut passer pour un homme de qualité, un gentleman, on est ponctuel à ses rendez-vous, bon Dieu. »

A quinze heures trente, maître Couret proposa de téléphoner au domicile de M. Oswald.

« Faites et dites que nous attendons depuis trois quarts d'heure. »

Quand le notaire reparut dans le salon d'attente, son visage de parchemin avait blanchi d'un ton.

« Je suis au regret de vous informer, messieurs, que mon client, M. Oliver Oscar Oswald, ne pourra venir à notre réunion. Il ne faut plus l'attendre. Il est décédé!

– Ça alors, décédé, comme ça, subitement! »

Il y avait dans le ton de Charles une irritation tout à fait déplacée. On lui aurait annoncé que Triple Zéro était parti à la chasse en le plantant là que sa réaction n'eût pas été différente.

« Comment diable est-ce arrivé? demanda Castel-Brajac, visiblement ému.

– J'ai cru comprendre que M. Oswald est tombé par une fenêtre, messieurs, en tenue de nuit; on l'a trouvé ce matin.

– Tombé par la fenêtre, c'est bien de lui... »

Gustave se leva.

« Nous n'avons donc plus rien à faire ici, maître. »

Sur le trottoir, Gustave insista pour se rendre tout de suite chez Oswald afin de présenter ses condoléances.

« Vas-y si tu veux, moi je n'y vais pas... ah! ah! ah! tombé par la fenêtre, en chemise de nuit, tu te rends compte, belle fin, non, pour un qui se voulait distingué... Il a raté sa sortie, Triple Zéro, hop, par la fenêtre comme un paquet de linge sale.

– Charles! Tiens-toi, boun Diou, tu manques à la charité. C'était un homme, Oswald, il te l'a prouvé et puis on ne rit pas d'un mort; ton hilarité est plus indécente que ton ingratitude.

– L'ingratitude est une preuve d'indépendance, Gus, et je ne vais pas m'apitoyer sur cette mort ridicule d'un parvenu...

– Sais-tu, macadiou, comment tu finiras toi, mon bon?

– On l'a peut-être poussé, suggéra Charles avec un sourire narquois... Il n'avait pas que des amis... comme nous!

– A part toi, je ne vois personne capable de le faire. Comme dit Sherlock Holmes : « Cherchez à qui profite le crime. »

– C'est un fait que cette mort m'arrange rudement. Tous les projets imposés par Oswald tombent à l'eau, comme lui de la fenêtre, pft...

– Tu sembles oublier que je suis partie prenante. Omer est mon gendre et l'héritier de son père, rien n'est changé, Charles... et maintenant je sais ce que je sais.

– Et alors, tu ne vas pas reprendre à ton compte l'odieux chantage auquel j'ai dû céder hier soir, non? Tu es avec moi dans cette affaire!

– C'est là que tu te trompes, mon bon. Je suis pour la justice, moi, pas pour les faussaires. La société prévue par Oswald verra le jour, que ça te plaise ou non !

– Bon, bon, nous verrons ça à mon retour de Paris où l'on m'attend pour régler la succession de Gratianne. Je te laisse ma voiture pour... ta visite de condoléances. D'ailleurs, tu peux en disposer pendant mon absence, il n'est pas bon que le mécanicien soit inactif.

– Mais Marie-Gabrielle ne va pas en être privée ? demanda, avec un rien de malice, Gustave, qui n'ignorait rien des arrangements passés entre son ami et la discrète Suissesse.

– Elle vient avec moi en Europe... je n'aime pas voyager seul.

– Eh bien, bon voyage... Tiens-toi loin des fenêtres ouvertes sur la nuit, il pourrait venir à l'idée du Grand Juge de te punir de tes méchancetés.

– Mon cher, les Vigors meurent chez eux, dignement, ou sur les champs de bataille, en frac ou en armure, pas en plein air, les fesses au vent.

– C'est la grâce que je te souhaite. »

Charles de Vigors haussa les épaules et s'en fut d'un pas alerte vers sa banque de la rue Bourbon. Il exultait comme un homme qui vient de bénéficier d'un coup de chance et auquel une force occulte et bienveillante vient de donner opportunément son appui. Etait-ce le Démon ou le Diable ? M. de Vigors, chez qui sommeillait un docteur Faust, ne se posa pas la question. Le fait d'être débarrassé d'Oswald l'emportait sur toute autre considération.

Les hommes sont ainsi faits que deux semaines après les somptueuses funérailles d'Oliver Oscar Oswald, plus personne parmi les invités à la pendaison de crémaillère ne pensait encore au vieux *carpetbagger*.

La Nouvelle-Orléans se préparait aux réjouissances de carnaval qui, en cette année 1909, furent des plus réussies et atteignirent leur point culminant quand le président des Etats-Unis, M. William Howard Taft, vint honorer de sa présence un banquet de quatre cents personnes. Pendant que le chef de l'Etat était fêté à La Nouvelle-Orléans, son prédécesseur, M. Theodore Roosevelt, qui trouvait maintenant que son dauphin négligeait avec ingratitude les principes qu'il lui avait inculqués, présidait à Hampton Roads (Virginie) la plus grande revue navale de l'histoire des Etats-Unis. Cette manifestation clôturait la croisière autour du monde de la Great White Fleet, commencée deux ans plus tôt et qui avait permis à la marine de l'Union de faire admirer sa puissance, de l'Australie à l'Europe. Cet événement ne réussit cependant pas à détourner les Orléanais de leurs parades et de leurs bals. Quand M. Taft annonça son intention de revenir visiter « la cité en forme de croissant », au mois d'octobre, afin d'étudier sur place, avec des experts, les possibilités d'aménagement du bassin hydrographique du Mississippi, tout en se réservant des moments de loisir pour jouer au golf, les Louisianais ne furent pas éloignés de prétendre que La Nouvelle-Orléans allait devenir le nombril de l'Union.

En revanche, l'apparition dans les rues de la ville des premières Ford T, que la Ford Motor Company de Detroit vendait 850 dollars, ne les troubla pas. L'automobile, admise dans la cité, n'étonnait plus et les entreprises remplaçaient peu à peu les lourds chariots hippomobiles par des camionnettes tressautantes. Les deux compagnies de téléphone People et Cumberland se développaient et leurs câbles tissaient des réseaux au-dessus des trottoirs. Dans les centraux, des demoiselles remplaçaient les garçons auxquels les abonnés avaient reproché de déserter trop souvent leur poste, surtout en saison chaude. Les « Hello boys », maintenant contraints de grimper aux poteaux pour tendre les câbles, étaient devenus aussi familiers aux citadins que la marchande de pralines, le vitrier, le ramoneur ou le policeman. La municipalité, qui avait fait un effort financier considérable pour développer la distribution d'eau et construire des égouts, améliorait également les chaussées et s'efforçait de contrôler l'expansion de la ville. Le jour paraissait proche où la cité se confondrait avec ses banlieues. Les visiteurs et les hommes d'affaires venus des Etats du Nord reconnaissaient enfin que La Nouvelle-Orléans était devenue une vraie métropole et que la Louisiane se mettait à l'unisson du modernisme dont les gens de New York ou de Chicago s'étaient faits les champions.

Si l'on travaillait davantage dans les bureaux et les ateliers en essayant de vaincre cette « indolence sudiste » si souvent reprochée aux Louisianais par les gens du Nord et dont le climat subtropical était en partie responsable; si les universités et les instituts techniques formaient de plus en plus de juristes, de gestionnaires et d'ingénieurs, on enregistrait cependant une régression qui inquiétait M. de Castel-Brajac. La langue française cédait le pas à l'anglais, dont il était désormais impossible de se passer. En 1900, soixante mille Louisianais ignoraient encore la langue de Shakespeare, mais en dix années, ils avaient été contraints de l'apprendre. L'enseignement étant dispensé en anglais, les jeunes générations, qui voyaient le français réduit à la condition de langue étrangère, relativement privilégiée par rapport à l'espagnol et à l'allemand, en abandonnaient l'usage. D'autant plus volontiers que certains maîtres n'hésitaient pas à infliger des châtiments corporels aux élèves qui s'obstinaient à parler français.

L'industrialisation, les activités pétrolières, les rapports d'affaires ou administratifs exigeaient l'emploi de l'anglais et, en politique, parler français ou même avoir l'accent français constituait maintenant un handicap. Certes, chez les créoles de la bonne société, descendants des familles françaises de vieille souche, on continuait entre soi à user de la langue des ancêtres à laquelle on vouait un attachement culturel et sentimental, mais si les rejetons de ces dynasties faisaient encore leur « tour d'Europe », ils allaient plus souvent étudier à Oxford et à Cambridge qu'à Paris. Pour continuer à tenir son rôle de classe dominante, cette élite s'anglicisait. Le français devenait à La Nouvelle-Orléans une langue de salon. Un seul quotidien paraissant en français, *L'Abeille*, et la revue littéraire *L'Athénée louisianais*, ainsi qu'une demi-douzaine de publications sur les arts et les spectacles, s'efforçaient de maintenir une tradition linguistique qui s'étiolait.

Dans le pays cajun, au bord des bayous et dans les villages, l'anglais s'imposait de plus en plus par l'école et par le commerce, sous la menace d'un isolement stérilisant. Déjà dans ces zones rurales, les francophones passaient pour attardés. Si, à La Nouvelle-Orléans, le pur français restait l'apanage d'une élite cultivée, dans les campagnes, le vieux français parlé par les petits cultivateurs, les trappeurs et les crevettiers faisait figure de langue des pauvres. On pouvait prévoir que, bientôt, l'usage du vocabulaire hérité des ancêtres venus d'Acadie après le « Grand Dérangement » serait considéré comme une tare. Déjà, dans certaines paroisses, seule l'homélie dominicale des vieux curés permettait aux Cajuns d'entendre publiquement prononcés des mots que leurs enfants se dispensaient d'apprendre.

Le français perdait son importance de langue véhiculaire et les journalistes anglophones commençaient à le considérer, dans leurs comptes rendus des innombrables fêtes locales organisées par les Acadiens, comme élément d'un folklore attendrissant.

M. de Castel-Brajac qui, à l'exemple de beaucoup de francophones, continuait à appeler « Américains » ceux qui ne s'exprimaient qu'en anglais, trouvait une vague consolation dans l'attachement qu'Osmond manifestait pour la langue, la littérature et les traditions françaises.

Lors de la distribution des prix, en 1909, au collège de l'Immaculée-Conception, à laquelle le Gascon, sa femme et Mme de Vigors assistèrent pour la première fois, il se réjouit en voyant décerner à son ancien élève la médaille d'or pour la meilleure narration française et la médaille récompensant la meilleure composition latine. Osmond remporta encore cette année-là le prix d'excellence de la section des Belles-Lettres et, à l'étonnement général, le deuxième prix de mathématiques, Bob Meyer enlevant le premier et Dan Foxley, que les sciences attiraient davantage, se taillant un beau succès avec une médaille d'or en physique et chimie. Pour ces garçons qui, selon l'expression de M. de Castel-Brajac, commençaient à « avoir des poils au menton », l'entrée en rhétorique constituait un nouveau pas hors du monde insouciant de la prime adolescence. Par sa taille de un mètre soixante-quinze aussi bien que par sa maturité affirmée, Osmond dominait physiquement et intellectuellement ses condisciples et en imposait.

Les jésuites, constatant son peu de piété, avaient renoncé à attirer dans les filets de la Compagnie ce beau garçon aux façons distantes, au sourire énigmatique et qui, sans affectation, se montrait parfaitement indifférent à toutes les activités facultatives auxquelles s'adonnaient, avec plus ou moins d'enthousiasme et de sincérité, la plupart des collégiens. Si Osmond s'était montré plus sociable, plus bavard, plus entreprenant, les bons pères, qui se méfiaient des esprits indépendants, eussent redouté son influence sur les autres élèves, mais le petit-fils de l'ancien sénateur, studieux et d'une docilité confiante vis-à-vis de ses maîtres, ne se livrait à aucun prosélytisme. Le jour où le professeur principal de Belles-Lettres expliqua au préfet des études « qu'il y avait la classe et Vigors » comme s'il s'agissait de deux entités juxtaposées qu'on ne pouvait confondre, il définit assez bien le comportement d'Osmond vis-à-vis des autres et d'une institution qui se voulait un moule à gentlemen. L'opinion générale des professeurs était que M. Osmond de Vigors, à qui on ne pouvait rien reprocher et que l'on considérait comme l'un des esprits les plus brillants du collège, restait imperméable à toutes les influences. Seuls Dan Foxley et Bob Meyer, ses deux amis, devaient avoir une idée réelle de cette personnalité hors du commun, mais leur discrétion décourageait toutes les curiosités, car ils s'étonnaient que l'on puisse trouver du mystère là où ils ne voyaient que franchise et limpidité.

Cette année-là, pendant les vacances d'été, les trois garçons allèrent chasser dans le Tennessee avec M. Foxley et revinrent à Bagatelle bronzés et endurcis comme des trappeurs.

Il semblait admis par tous les membres de la bande, sans que personne fît jamais allusion à un avenir dont la proximité n'était pas évaluable, que Dan Foxley se fiancerait un jour ou l'autre à Alix de Vigors et que Bob Meyer épouserait Otis. Les deux amies auraient pu aisément figurer comme prototype de la jeune Américaine sudiste. Gaies, saines et délurées, sportives, bonnes danseuses, à l'aise en société, réservées sans être prudes et très capables de remettre à sa place sans se troubler quiconque leur eût manqué de respect, elles illustraient assez bien l'intelligente éducation dispensée par les dames du Sacré-Cœur de Grand Coteau. Filles d'une Amérique puissante et prospère, héritières d'une société dont les fondations paraissaient inébranlables et que rien ne menaçait, elles pouvaient envisager leur future vie de femme avec une confiance candide. Elles se marieraient avec les garçons qu'elles aimaient, auraient des enfants, de grandes maisons blanches pleines de domestiques noirs, donneraient des réceptions, des barbecues, voyageraient au-delà des mers avec leur époux, enverraient leurs filles à Grand Coteau et leurs fils chez les jésuites, deviendraient d'admirables grand-mères, s'occuperaient des œuvres de la paroisse et quitteraient la vie chrétiennement comme elles y étaient entrées. L'ambition, le carriérisme, la politique, la notoriété étant les affaires des hommes, elles ne s'en souciaient guère. Leur vocation était celle du bonheur selon les goûts sudistes.

Lorna paraissait bien différente de ses deux amies. Si aucun des membres de la bande devenue, par commodité d'appellation, le club des bagatelliens ou, dans le langage tribal, le Baga-Club, ne l'associait plus à Osmond en tant que girl-friend, tous étaient conscients et respectueux des liens privilégiés noués dans l'enfance entre ces deux êtres.

Il n'était pas certain que Lorna fût la plus belle, comme l'affirmait toujours Alix, et le berger Pâris eût plutôt décerné la pomme d'or d'Eris à cette dernière, dont la blondeur et la grâce répondaient davantage aux canons actuels de la beauté. Grande et brune, de teint coloré, un peu trop charpentée pour pouvoir, comme Otis Foxley, montrer des épaules rondes, Lorna irradiait cependant un charme constant, une force aimable et rassurante. On lui reconnaissait une ressemblance avec sa mère, Augustine, mais M. de Castel-Brajac, dont l'acuité visuelle n'était jamais en défaut, distinguait parfois chez sa petite-fille sinon des traits précis, au moins sous certains angles, à la faveur d'un éclairage particulier, d'une exaltation, d'une mimique ou d'une attitude fugitive, des « airs Vigors » dont il savait l'origine. Charles, qui ne faisait jamais allusion au passé, ne semblait pas s'en être aperçu, mais le Gascon s'inquiétait quand Gloria, ignorante des aléas de la consanguinité, même atténuée, imaginait la possibilité d'une union entre Osmond et sa petite-fille préférée.

La coiffure de Lorna figurait au nombre des sujets de plaisanterie les plus fréquemment exploités par les garçons du club. Elle avait une façon personnelle et désinvolte de partager sa chevelure par une raie médiane et de rouler ses cheveux en boudins sur les côtés de sa tête jusqu'à la nuque, dégageant ainsi ses oreilles au contraire des autres jeunes filles qui les cachaient. Toujours, quelques mèches folles s'échappaient des rouleaux rarement symétriques. Son regard profond, couleur de café, ses sourcils fournis qu'elle se souciait peu d'épiler, sa bouche large aux lèvres charnues et ourlées donnaient à sa physionomie une ampleur saine et énergique, qu'on retrouvait dans le buste haut et ferme.

Ceux qui avaient admiré sa puissance et sa vélocité sur le court de tennis savaient qu'elle possédait de longues jambes et des cuisses musclées, car, dans l'ardeur des échanges, Lorna ne s'inquiétait guère des retroussis de sa jupe. Ses mains, grandes et fortes, encore que parfaitement proportionnées, lui valaient d'être sollicitée chaque fois qu'il s'agissait de dévisser un couvercle de bocal récalcitrant ou d'extraire un bouchon vicieux au cours d'un pique-nique. Le fait qu'elle ne craignît pas, comme la plupart des filles, de froisser sa robe en s'asseyant sur un tronc coupé ou d'érafler ses talons en marchant sur un mauvais chemin lui valait de la part des garçons une considération particulière. Cavalière intrépide, elle était de toutes les chevauchées, sautant les haies et les barrières, passant les rivières à gué, comme une écuyère du Far West, sans tenir compte de l'éboulement de sa coiffure ou des mailles filées de ses bas.

Osmond restait son chevalier servant, un peu par habitude mais aussi parce qu'il partageait avec Lorna le goût de l'indépendance et une inaptitude aux complaisantes mièvreries. Leur bonne entente était évidente, leur complicité manifeste, mais on ne pouvait les imaginer flirtant au clair de lune comme Bob et Otis, ou roucoulant main dans la main comme Fox et Alix.

Tête à tête, ils avaient des discussions animées sur leurs études ou des sujets d'actualité. Lorna, infatigable questionneuse, consciente des lacunes de son instruction conformiste, attendait de son ami la confirmation ou la critique de ses idées et des éclaircissements en matière d'art et de littérature.

Il lui était arrivé, quelques années plus tôt, de faire des projets enfantins assez semblables à ceux d'Alix, mais elle s'en était écartée avec réalisme. Osmond ne lui avait jamais parlé d'amour et il y avait bien peu de chances qu'il le fît jamais. Cependant, au plus profond de sa pensée, elle savait depuis l'âge des nattes et des culottes courtes qu'il resterait celui qu'elle aimait. Cette certitude, loin de la rendre mélancolique, lui donnait l'assurance secrète et quasi religieuse que cet engagement unilatéral pouvait emplir sa vie. La solitude sentimentale ne l'effrayait pas, puisqu'elle la justifiait avec lucidité en se défendant d'entretenir une espérance que les silences d'Osmond avaient fait se dissoudre comme une perle dans l'acide.

Un West-Pointer[1], fils d'un client de son père, l'avait demandée en mariage. Elle était la première jeune fille du club à qui cet honneur venait d'échoir. Clarence et Augustine, assez flattés, car le prétendant appartenait à une famille estimable et fortunée, avaient transmis cette proposition qui, pour être un peu prématurée, n'en paraissait pas moins acceptable. Ils avaient été bien étonnés d'entendre leur fille répondre qu'elle souhaitait rester célibataire et adopter une profession comme un homme.

Prise au dépourvu et pour satisfaire la curiosité de son père, Lorna avait déclaré qu'elle espérait devenir entomologiste tout simplement parce que sa lecture du moment était *Les Souvenirs entomologiques* de Jean-Henri Fabre.

Les vacances approchaient de leur terme quand Osmond, son partenaire en double-mixte dans le premier tournoi de tennis du Baga-Club, l'invita un après-midi à l'accompagner aux Trois-Chênes.

Sur le court de Bagatelle, récemment construit par des spécialistes venus de New York – c'était un cadeau d'oncle Gus – Alix et Dan affrontaient Silas et Otis Foxley en demi-finale. Qualifiés pour la finale du lendemain, Lorna et Osmond se trouvaient libres de leurs mouvements.

Bob Meyer, coiffé d'un vieux panama, arbitrait le match en cours avec le sérieux d'un juge de la Coupe

---

1. Elève officier de l'école militaire de West Point.

Davis. Il vit ses amis s'éloigner puis disparaître sous les chênes de l'allée. L'idée lui vint qu'il pouvait s'agir d'un tendre entretien et il en fut content, car l'indifférence d'Osmond vis-à-vis des jeunes filles et de Lorna en particulier lui semblait, sinon coupable, du moins insolite.

Lorna, avec sa jupe blanche à mi-mollet, ses bas clairs, son sweater de coton et le bandeau de soie jaune qui retenait ses cheveux, lui paraissait ce jour-là diablement séduisante. Les spectateurs, tous des parents ou des amis, avaient même pu constater, au moment où Mlle Barthew se détendait pour rattraper les balles basses, qu'elle portait sous sa jupe réglementaire un coquin pantalon à volants de dentelles.

Osmond, en tenue blanche, ne manquait pas non plus d'allure et les deux amis allant du même pas élastique, à enjambées égales, formaient un couple parfait. Tout en évaluant leurs chances de remporter le tournoi, doté par Castel-Brajac d'une coupe d'argent où seraient gravés les noms des vainqueurs, ils gravirent le tertre.

« Si nos adversaires en finale sont Silas et Otis, la partie sera chaude, ma belle. Nous devrons nous employer à fond. Les services de ton frère sont terribles.

– Il faudra le faire courir, crois-moi, si nous jouons assez tôt après le breakfast, il sera lourd. C'est fou ce qu'il peut engloutir au premier repas. »

Quand ils se retrouvèrent à l'ombre des chênes, Lorna s'allongea sans façon sur la pierre tombale de Virginie couverte de tampons de mousse. Osmond s'assit sur le tombeau de Dandrige et justifia aussitôt ce tête-à-tête.

« J'ai besoin de ton avis pour une affaire... de sentiments. »

Lorna se mit à mâchonner un brin d'herbe sans montrer de curiosité excessive.

« Oui, il s'agit d'un projet de mariage que je voudrais voir réaliser, que je crois réalisable.

– Un projet de mariage? s'exclama la jeune fille, troublée par une soudaine illusion qu'elle ne pouvait ni développer ni refréner.

– Oui, je voudrais savoir s'il te paraît concevable que je puisse me mêler d'une affaire aussi intime. »

Osmond avait toujours une façon si personnelle de présenter les choses que Lorna faillit s'abandonner au fol espoir d'une déclaration qu'elle n'attendait plus. Elle se redressa, se tourna face au garçon et sentit sous son coude le grain dur de la pierre.

« Eh bien, continue, tu me fais languir.

– Je t'ai dit qu'au cours du voyage que je fis à Cuba, il y a bientôt un an, avec mon grand-père, j'ai rencontré le docteur Dubard. J'ai eu avec lui une conversation confiante qui m'a appris que Faustin était amoureux de ma mère, qu'il avait pensé à l'épouser, mais que, pris de l'idée stupide qu'elle pourrait l'accepter par pitié, il s'était enfui à Santiago. Tout ça à cause de la blessure qui l'a défiguré. »

Lorna sut brusquement qu'elle n'était pas en cause. Elle sentit le flux tiède qui l'avait envahie un instant plus tôt se retirer. Elle s'étendit à nouveau sur le tombeau, les bras le long du corps dans la position des gisants de pierre. A travers le feuillage des chênes, elle voyait le ciel vide et bleu et les phrases prononcées par Osmond semblaient venir de loin, de très loin, de la forêt ou du fleuve.

« Tu m'écoutes?

– Oui, bien sûr.

– Donc quand maman a reçu cette lettre de Cuba, il y a deux jours, j'ai compris que Faustin Dubard s'était enfin décidé à lui écrire. Le soir, elle n'est pas descendue dîner et je suis allé la voir dans sa chambre. Elle avait pleuré. J'ai voulu savoir la raison de ce chagrin. Elle m'a dit qu'elle pleurait sans cause précise, que sa vie lui semblait vide maintenant que nous étions tous loin de Bagatelle pendant une grande partie de l'année. Enfin, je n'ai rien pu en tirer. Le lendemain, c'est-à-dire hier, elle m'a dit que le docteur Dubard la priait de me transmettre des amitiés. Je suis certain que cet imbécile n'a pas encore formulé la demande qu'elle attend. A mon avis, elle pleurait de dépit. Qu'est-ce que tu en penses, Lorna? »

La jeune fille fit effort pour répondre.

« Le dépit peut causer du chagrin.

— Ah! N'est-ce pas, c'est ton avis. Une femme qui a toutes raisons de croire qu'un homme a, pour elle, des sentiments nobles et forts peut souffrir s'il ne les exprime pas, s'il ne lui propose pas de les concrétiser par une union. C'est bien ça?

— Oui, je crois, c'est bien ça. Une femme qui aime et espère être aimée souffre... certainement... de... des... atermoiements... du manque d'initiative de l'autre.

— Surtout quand on a l'âge de maman. La vie va vite. Regarde, Lorna, nous jouions encore à chat perché sur ces tombeaux, il n'y a pas si longtemps. Il me semble que c'était hier et maintenant me voilà bientôt au bout de mes études et toi on t'a déjà demandée en mariage!

— Oui, la vie va vite, Osmond. Autrefois, les jours me paraissaient longs, les semaines incommensurables. Nous disions : « quand nous serons grands, nous « ferons ceci ou cela » et nous voilà grands. Je voudrais être comme Peter Pan, ne pas vieillir. »

Osmond ne remarqua pas le ton chagrin de son amie.

« Bon, et penses-tu que si j'écrivais, moi, à Dubard pour l'inciter à se manifester clairement en sachant que sa demande sera bien reçue, je commettrais une indiscrétion coupable?

– Je ne crois pas. Ce serait plutôt bien de ta part. Aider les autres à faire leur bonheur est une bonne action, même au prix d'une indiscrétion qui ne peut choquer que les puritains.

– Eh bien, je vais écrire ce soir même à Santiago et nous marierons ma mère cet hiver. »

La voix d'Osmond était maintenant joyeuse. Il se leva, se pencha sur Lorna et lui posa sur le front un baiser sonore.

« Sais-tu qu'allongée sur ce tombeau, tu ressembles à une princesse médiévale... en plus frais? »

Lorna se mit sur pied, épousseta sa jupe et serra son bandeau sur ses cheveux.

« Les princesses des gisants ont des jupes plus longues, tu ne crois pas?

– Mais elles n'ont pas d'aussi jolies jambes, ma belle... Tu n'as pas vu comment te lorgnait ce vieux libidineux de juge Clavy quand nous jouions? »

Après l'entretien sérieux qu'ils venaient d'avoir, les deux amis retrouvaient tout naturellement le ton libre et familier qui était celui de leurs relations. Osmond paraissait satisfait et Lorna, prête à se morigéner pour avoir un instant succombé à l'enchantement trompeur de ses vieux rêves, était rassérénée.

Ils dévalèrent en courant le tertre aux trois chênes et reprirent le chemin de Bagatelle.

« Pourquoi m'as-tu parlé à moi de cette affaire si délicate? Tu aurais pu te confier à l'oncle Gus.

– Je me suis confié à toi, Lorna, parce que tu es une femme et que mieux que quiconque tu me connais et peux me comprendre.

– Oui, je te comprends. Et toujours, je te comprendrai mieux que les autres. Tu sais que je suis ton amie.

– Tu n'es pas mon amie, Lorna, tu es mon meilleur ami, ce n'est pas la même chose, c'est autrement plus fort et plus profond. »

Le lendemain, ils gagnèrent le tournoi. Leurs noms liés par un trait d'union furent gravés plus tard sur le socle du trophée.

## 11

Un après-midi de février 1910, M. Gustave de Castel-Brajac dut se résoudre à admettre qu'il ne pouvait plus, sans risquer de se rompre les os, grimper aux échelles de son observatoire. Cette constatation le mit de méchante humeur jusqu'au dîner. A soixante-huit ans, le Gascon, dont le poids approchait cent quatre-vingts livres et qui, périodiquement, souffrait de crises de goutte, n'entendait pas pour autant renoncer à sa passion. Il affirmait : « L'astronomie devient, dans un monde vaniteux, une science salutaire. Elle incite les humains à la modestie. Notre petitesse et la fugacité de nos existences nous apparaissent plus nettement quand nous les comparons à l'immensité et à la pérennité de l'univers. Quand je compte les anneaux de Saturne ou que j'accroche avec une lunette une étoile dont la lumière met quelques millions d'années à nous parvenir, j'en viens à considérer notre fourmilière dérisoire comme un petit pois lancé dans l'espace sans fin. » Renonçant à sa tour de bois, il convoqua les maçons et, en quarante-huit heures, leur donna les plans d'un petit bâtiment à trois étages qu'ils devraient construire dans une clairière, à une centaine de mètres de la maison. Il fallait que le nouvel observatoire soit prêt à accueillir le télescope moderne, commandé à Paris, dès la mi-mars. Gustave souhaitait en effet se préparer à l'observation de la comète de Halley dont le passage était prévu en avril. Cette comète, à laquelle un astronome anglais du XVIIᵉ siècle avait donné son nom, apparaissait régulièrement tous les soixante-seize ans, et Gustave entendait la saluer pour la première et dernière fois de sa vie. Il regrettait seulement qu'Osmond, retenu par ses études de rhétorique à La Nouvelle-Orléans, ne pût pas profiter d'un spectacle aussi rare.

Très occupé par son chantier, M. de Castel-Brajac ne prêtait qu'une attention distraite aux nouvelles de la paroisse que commentait Gloria et sortait peu des limites de Castelmore. Au cours de l'hiver, il avait dû cependant se rendre deux fois à Sainte Marie pour accompagner, à ce qu'il est convenu d'appeler « la dernière demeure », le vieux Tiercelin, pour lequel il n'avait pas grande estime, et Lucie Tampleton, l'infatigable tricoteuse, morte sans un cri, ses aiguilles à la main, dans son fauteuil, comme quelqu'un qui a décidé de filer à l'anglaise pour ne déranger personne. Clotilde et Nancy attribuaient maintenant à la morte toutes les vertus et récupéraient des écheveaux de laine en défaisant des centaines de tricots inachevés, épars dans leur maison.

Dans le même temps qu'il constatait son incapacité à se mouvoir aussi aisément que par le passé, M. de Castel-Brajac, autant pour plaire à sa femme que pour la commodité de ses déplacements, s'était décidé à acquérir une automobile. Conseillé par le chauffeur de Charles de Vigors dont il avait apprécié les services pendant l'absence de son ami, Gustave avait jeté son dévolu sur une Lozier, qui passait pour une automobile américaine de qualité supérieure, avec sa transmission par arbre et son moteur à quatre vitesses.

Pendant une semaine, Gustave et sa femme se querellèrent affectueusement au sujet de la couleur de la carrosserie et de celle des sièges. Mme de Castel-Brajac finit par l'emporter et la Lozier fut livrée par l'usine de Detroit dans une robe de laque grenat et capitonnée de cuir beige. Un chauffeur noir, formé à La Nouvelle-Orléans, fut aussitôt engagé. C'était un garçon jovial et serviable qui, comme tous ses collègues, profitait largement du prestige de sa profession pour s'assurer de faciles conquêtes féminines. Il se nommait Joachim, mais au bout de quelques semaines tout le monde l'appela Joe ainsi que son père, un forgeron d'Alger, l'avait toujours fait. M. de Castel-Brajac qui, les premiers jours, l'accablait de recommandations, s'habitua vite à confier à Joe sa précieuse personne, et la trompe de la Lozier retentit souvent sous les chênes de Bagatelle, où Gloria se rendait plusieurs fois par semaine.

La vieille demeure des Vigors devait être, au mois de mai, le théâtre d'un événement dont seuls les intimes de Stella étaient informés. La veuve de Gratien de Vigors allait se marier avec le docteur Faustin Dubard revenu de Cuba.

Le médecin, auquel Osmond avait écrit une lettre pleine de délicatesse, s'était brusquement décidé à sortir de son isolement volontaire. Un soir de janvier, alors qu'une bourrasque ébouriffait les chênes et que la pluie douchait les toits, Faustin était apparu, enveloppé dans un ample ciré de marin. Bella, la cuisinière, s'était enfuie à toutes jambes dans l'office, croyant avoir affaire à l'un de ces fantômes de noyés qui, affirmait-elle, sortaient du Mississippi ruisselants d'eau, quand les orages donnaient au jour les couleurs de la nuit. En se trouvant face à face avec le médecin, Stella avait cru défaillir. Après un échange embarrassé de banalités, Faustin avait tiré de sa poche une lettre froissée.

« Osmond m'a envoyé ce message. Lisez-le et dites-moi, je vous prie, avec franchise, si je dois accorder crédit à son contenu. »

Dominant sa surprise, Mme de Vigors prit connaissance de la lettre. Au fur et à mesure qu'elle lisait les phrases tracées d'une écriture nette, son émotion grandissait. Comment son fils avait-il pu deviner ses pensées les plus secrètes et comment avait-il eu l'audace de les dévoiler? Faustin Dubard, qui l'observait, comprit à un froncement de sourcils l'irritation que pouvait ressentir Stella. Il se demanda s'il avait bien agi en prenant le bateau et en se précipitant à Bagatelle. Le garçon pouvait s'être mépris.

Stella replia la lettre et la lui rendit. Son visage ne reflétait pas la colère, mais l'incrédulité. Peu à peu ses traits se détendirent et un sourire apparut sur ses lèvres.

« C'est presque un ultimatum que voilà. Qu'en pensez-vous, Faustin?

– Plutôt une invitation... que vous seule pouvez confirmer. Je suis venu pour savoir...

– Ne savez-vous pas depuis longtemps... depuis votre dernière visite dans cette maison? Mes sentiments n'ont pas changé. »

Le médecin quitta son fauteuil et vint près de la cheminée où brûlait un feu de bois.

« Vos sentiments sont-ils tels qu'Osmond a eu l'indiscrétion de me les définir, Stella?

– Etes-vous comme saint Thomas? Faut-il vous

montrer les plaies pour que vous croyiez à la réalité des blessures ? »

Lentement, Stella se leva, traversa le salon et s'approcha du foyer vers lequel elle tendit les mains en frissonnant. Faustin Dubard se taisait.

A trente-huit ans, la mère d'Osmond conservait la tournure élégante d'une jeune femme. Son port rigide, sa minceur, son teint mat, ses cheveux de jais rassemblés en un lourd chignon torsadé sur la nuque, sa robe de soie gorge-de-pigeon à col blanc empesé lui donnaient l'aspect sévère d'une souveraine en exil. Son doux regard mélancolique de femme résignée n'exprimait que la lassitude. Peu sensuelle et dénuée d'artifice, elle n'inspirait pas de désir aux hommes, bien que Marie-Virginie, qui l'avait vue nue, l'eût souvent fait rougir en admirant son corps souple miraculeusement épargné par les maternités. « Tu as la peau comme de la soie, et quelle taille ! Vrai, quand tu es vêtue, on n'imagine pas que tu sois aussi bien faite. »

Debout et silencieux devant les bûches crépitantes, Faustin et Stella, retenus par la même pudeur, n'osaient ni l'un ni l'autre exprimer leurs pensées. Leurs silhouettes sombres éclairées de bas en haut par la lueur des flammes composaient un étrange tableau dans le goût de Georges de La Tour : la représentation physique de deux solitudes juxtaposées, indécises, inaptes à se confondre dans un accord cependant tacitement établi.

Le médecin se résolut au premier geste. Il tira de sa poche la lettre d'Osmond et la livra aux flammes qui bleuirent en la dévorant. Quand il ne resta plus du message qu'une cendre moirée, il se tourna vers Stella.

« Imaginons que je n'ai rien reçu, que je ne me suis pas enfui, que nous sommes au lendemain du jour où j'ai connu ici une si douce espérance. Acceptez-vous de m'épouser, Stella ? »

Trop bouleversée pour trouver des mots d'acquiescement, Mme de Vigors s'était jetée en pleurant dans les bras de Faustin. Citoyen, entrant à l'improviste pour allumer les lampes, les avait trouvés enlacés et murmurants. Tout l'office fut mis au courant. Aussi, personne à Bagatelle ne s'étonna quelques jours plus tard quand Stella, donnant des ordres pour un grand dîner, annonça officiellement ses fiançailles.

Marie-Virginie, débarquant à l'improviste avec sa fille, battit des mains en apprenant la nouvelle et, dominant ses anciennes répugnances, embrassa Faustin Dubard.

Mme Félix de Castel-Brajac et sa fille, Doris, qui faisait ses premiers pas, arrivaient de Londres où elles habitaient l'hôtel particulier de Belgravia Square que l'éminent professeur avait légué au fils de Gustave. Par les lettres de son amie, Stella savait déjà que celle-ci menait une existence agréable, fréquentait les milieux les plus huppés de la capitale britannique, rencontrait des artistes en renom et des gens de lettres et de théâtre, organisait des réceptions et des cocktails pour son mari dont le nom était connu de tous les esthètes et de tous les amateurs de luxe. Ses usines produisaient des soieries précieuses qui servaient à confectionner des robes, des déshabillés, des écharpes et des tissus d'ameublement très coûteux, que l'on appréciait aussi bien à Paris qu'à Venise, où Félix faisait de fréquents séjours.

Ce mode de vie raffiné, les largesses et la parfaite courtoisie de son mari donnaient à Marie-Virginie une assurance que Stella ne lui connaissait pas. Sa tardive maternité lui apportait un épanouissement distingué. Beauté mûre et sereine, la fille de l'ancien sénateur semblait enfin avoir trouvé le bonheur. Elle tira de ses bagages des robes qu'elle offrit à Stella. La jeune veuve les jugea d'une incroyable audace, tant par leurs coloris que par leur coupe, mais elles mirent en valeur, comme jamais aucune toilette n'avait pu le faire, sa grâce austère et sa carnation d'amérindienne.

« C'est Félix qui les a choisies pour toi. Il sait merveilleusement habiller les femmes et il espère bien que tu feras des envieuses en Louisiane. »

Marie-Virginie expliqua qu'elle comptait rester plusieurs mois aux Etats-Unis, visiter les boutiques que son mari possédait à Boston et à New York et organiser dans ces villes quelques présentations de mode pour les journalistes de la presse féminine.

« Ça ne t'ennuie pas de laisser ton mari aussi longtemps? » demanda Stella.

Cette question déclencha les confidences de Marie-Virginie. Etre l'épouse de Félix de Castel-Brajac ne constituait pas une situation banale.

« Vois-tu, ma chérie, quand Félix m'a proposé de m'épouser, afin que Doris ait un nom et que mon imprudence de Greenbriers soit socialement réparée, il fit preuve d'une immense générosité. A cette époque, j'étais bêtement amoureuse de lui et j'attendais de ce mariage une félicité que je n'osais plus imaginer. En formulant sa proposition, il m'expliqua qu'il agissait ainsi non seulement dans mon intérêt et celui de l'enfant alors à naître, mais aussi dans le sien. Il lui fallait une femme, ou plutôt une épouse aimable, distinguée et raisonnable. Il entendait par là que sa position lui commandait « dans le monde tel qu'il est » de respecter les normes sociales et mondaines. Je compris qu'il ne s'agissait pas de mariage mais d'association, et cela me fut confirmé quand, au soir de nos noces, il me raccompagna jusqu'au seuil de ma chambre. Depuis, il n'y est jamais entré et quelques semaines plus tard, voyant mon étonnement silencieux, il me confia qu'il n'avait jamais ressenti pour le corps féminin une attirance autre qu'esthétique. Bref, il me déclara sans ambages, mais avec tact, que ses mœurs en ce domaine sont, si je puis dire..., grecques. Tu me comprends, n'est-ce pas? Félix pratique l'amour au masculin. »

Stella, dont la candeur demeurait intacte, parut si étonnée par cette révélation que Marie-Virginie éclata de rire.

« Ma chérie, ces pratiques sont très répandues dans les milieux artistes. Le commerce de ces exilés de Sodome est des plus agréables pour la femme qui admet leur indifférence sexuelle. Ce sont des gens élégants, d'une parfaite courtoisie, pleins d'attention et d'une touchante sensibilité. Aucun des amis de mon mari n'oublie ma fête, et ils couvrent tous Doris de cadeaux. Ils sont d'une autre trempe que les Tiercelin, crois-moi, et que beaucoup de mâles qui se croient irrésistibles.

– Mais enfin, Marie-Virginie, on peut attendre autre chose du mariage... Il y a la tendresse... mais il y a l'amour.

– Ne crois pas, ma douce, que j'en sois privée. Je jouis d'une parfaite liberté. Mon... accord avec Félix prévoit seulement qu'il faut éviter tout scandale. Il est d'une discrétion absolue et moi aussi!

– Tu veux dire que tu peux avoir un amant, que c'est admis entre vous?

– J'ai déjà eu plusieurs amants, je trouve ça plutôt agréable, le tout est de les choisir avec discernement.

– Mais s'il te venait un autre bébé?

– Ma chérie, tu n'es guère moderne. Il n'y a que

dans nos campagnes que ces choses paraissent irrémédiables.

– Et tu es heureuse ainsi? »

Marie-Virginie retroussa sa robe pour arranger ses jarretières, dévoilant ainsi une jambe gainée de soie et des dessous de dentelle, comme aucune Louisianaise de bonne famille n'aurait osé en porter. Elle laissa retomber son vêtement et parut réfléchir.

« Heureuse? Qu'est-ce que ça veut dire? Est-ce dormir toutes les nuits avec le même homme, avoir douze enfants comme toutes les Dubard, mener une existence confinée sans rien connaître de la vie brillante des capitales, s'ennuyer à longueur de mois en voyant toujours les mêmes gens? Est-ce cela le bonheur, Stella? Félix m'a fait découvrir une autre forme de plaisir de vivre, un peu scandaleuse, peut-être, si l'on se réfère à nos mœurs étriquées et à la morale des ursulines. Il m'a donné la liberté dans la sécurité et une affection sincère, qui n'est pas soumise aux aléas de l'amour bourgeois. Oui, Stella, je crois que je suis heureuse.

– Mais tu es tenue à une hypocrisie permanente vis-à-vis des autres, car j'imagine que tout le monde ici ignore ta véritable situation.

– Ici, ma chérie, je suis, comme ailleurs, l'épouse comblée de Félix de Castel-Brajac.

– C'est un paravent?

– Un paravent commode; tu es la seule à le savoir. »

Pendant les semaines qui suivirent, Marie-Virginie fit de nombreuses visites dans la paroisse, présentant sa fille, agaçant toutes les femmes par son élégance et sa gaieté, ravissant son père et sa mère qui, séparément, répétaient à satiété que leur fille avait enfin trouvé le bonheur qu'elle méritait et que Félix de

Castel-Brajac faisait honneur à cette lignée de l'aristo-cratie franco-américaine dont Gustave était le chef.

Même ce dernier accepta d'être trompé tant Gloria, qui n'avait jamais rien soupçonné des mœurs de son fils, se montrait fière de sa bru et de cette petite-fille, sauvée, comme autrefois Augustine, de la déshono-rante position d'enfant naturel.

« Dieu veut-il, Gustave, qu'à chaque génération les Castel-Brajac donnent ainsi la preuve de leur générosité, de leur noblesse de sentiments et de leur grandeur d'âme ?

— Laissez Dieu où il est, Gloria. Il n'a rien à voir dans ces histoires. Il se peut que les Castel-Brajac aient vocation d'endosser les enfants des autres, bien que les cas ne soient pas comparables.

— Mais enfin, Gustave, Félix vous ressemble..., sa conduite le prouve.

— Il me ressemble, ma bonne, comme votre chatte ressemble à un tigre.

— Je ne vois pas ce que vous voulez dire.

— Je veux dire qu'ils ont tous deux... des mousta-ches ! »

Par un après-midi ensoleillé, alors que la fille de Bella, embauchée comme nurse par Marie-Virginie, surveillait Doris jouant sur la pelouse, un cavalier remonta au trot l'allée de chênes et vint s'immobiliser devant l'enfant. C'était un homme sec à la peau grise. Il portait à la manche de son veston un brassard de deuil. La fille de Bella reconnut tout de suite Amédée Tiercelin. Bien qu'étonnée de le voir à Bagatelle où il n'avait pas remis les pieds depuis des années, la jeune Noire le salua aimablement.

« Cette enfant, à qui est-elle ?

— C'est Doris, m'sieur, la fille de m'ame Marie-Virginie.

– C'est une enfant... adoptée?

– Adoptée?

– Je veux dire, c'est une enfant qu'elle a mise au monde... elle-même?

– Ben, ben sûr, m'ame Virginie elle a marié le fils de m'sieur Bajac, m'sieur, tout le monde sait qu'ils ont un bébé. »

Doris, assise jambes écartées, regardait ce cavalier qui lui paraissait monstrueusement grand; loin d'être effrayée, elle agitait ses petites mains dodues avec une grâce un peu gauche.

« C'est vrai qu'elle ressemble à sa mère, conclut Tiercelin.

– Oh! oui, beaucoup, m'sieur. »

En entendant des pas sur le plancher sonore de la galerie, Amédée fit pivoter son cheval et reprit au trot la direction du portail.

« Qui était-ce? s'enquit Stella qui attendait, comme chaque après-midi, l'arrivée de Faustin.

– C'était m'sieur Tiercelin, m'ame. Il a juste regardé Doris et puis il est parti.

– Grand bien lui fasse! » commenta Stella.

Elle portait ce jour-là une des robes offertes par Marie-Virginie, et la nurse lui fit compliment de sa toilette.

« Z'êtes rudement belle, m'ame... On est tous bien heureux de vous voir contente. »

Stella sourit, caressa la tête frisée de la jeune Noire et se dirigea vers la maison.

A quelques jours de là, Bagatelle reçut une autre visite insolite. C'était une jeune femme blonde à l'allure décidée. Elle descendit d'un cabriolet qu'elle conduisait elle-même et vint tirer sous la galerie la clochette de la porte d'entrée.

Quand on annonça à Marie-Virginie et à Stella,

occupées à dresser la liste des invités au mariage, que Mme Amédée Tiercelin désirait voir Mme de Castel-Brajac, la femme de Félix eut du mal à dominer sa surprise. Stella fit mine de s'éclipser pour laisser la visiteuse tête à tête avec Marie-Virginie, mais cette dernière la pria d'assister à un entretien dont elle ne pouvait imaginer l'objet.

La nouvelle venue était plutôt jolie. Elle s'exprimait en anglais avec l'accent du Nord. Après avoir présenté des excuses pour la façon dont elle s'imposait sans s'être annoncée, elle accepta un siège et aborda immédiatement le sujet qui lui tenait à cœur.

« Je crains que ma démarche ne vous paraisse fort déplacée, madame, mais je me trouve aujourd'hui dans la situation qui fut la vôtre autrefois. Mon mari, M. Amédée Tiercelin, vient d'introduire une action en divorce, car il me reproche ma stérilité. Or j'ai appris que, de la nouvelle union que vous avez contractée avec M. Félix de Castel-Brajac, est né un enfant, une petite fille, je crois.

– C'est exact, madame.

– M. Tiercelin a tout d'abord avancé que vous aviez adopté cette enfant, mais il s'est rendu compte en la voyant, car il a eu l'indiscrétion de venir jusqu'ici pour questionner la nurse, que cette enfant est bien de votre sang. Il y a d'après M. Tiercelin des ressemblances qui ne trompent pas.

– C'est bien moi, madame, qui ai mis Doris au monde et personne d'autre, répliqua Marie-Virginie avec un peu d'humeur.

– Je n'en doute pas, madame, et si j'en doutais je ne serais pas là, car ma délicate requête serait inutile.

– Quelle requête?

– Eh bien, je souhaite votre témoignage lors de mon procès de divorce, car, voyez-vous, je n'entends pas me laisser répudier sans dédommagements. Si je ne puis prouver que la stérilité qu'on me reproche n'est pas mon fait, je puis amener les magistrats à considérer qu'elle n'était certes pas le vôtre..., même si cela est très désobligeant pour votre ex-mari.

— Ce que vous me demandez là est une intervention bien difficile à concevoir, car je porte un nom connu et estimé. Je ne peux pas prendre de décision avant d'avoir consulté mon mari sur l'opportunité d'un tel témoignage.

— Mais vous-même, madame, y seriez-vous disposée?

— Je suis assez moderne pour négliger certains préjugés et apporter à une personne maltraitée par un butor l'aide qu'elle demande. Je vais écrire à mon mari. Où puis-je vous faire connaître sa réponse et ma décision?

— Je me rends à Boston chez mes parents où j'attendrai que vienne mon procès, voici mon adresse. »

Marie-Virginie posa sur un guéridon le bristol remis par la visiteuse, qui prit aussitôt congé.

« Eh bien, le cher Amédée, le mâle reproducteur frustré, va être la risée de la paroisse surtout quand, dans un an d'ici, cette charmante personne mettra au monde l'enfant que lui aura fait son prochain mari..., car, mignonne comme elle est, on ne la laissera pas vieillir entre ses parents.

— Il me paraît tout de même impossible, remarqua Stella, que tu sois mêlée à un tel procès.

— Ma chère, les lois sont faites pour les hommes contre les femmes. Je ne serais pas mécontente, pour être fidèle à mes principes féministes, d'aider à démontrer que la stérilité n'est pas uniquement le fait des épouses. »

Le second mariage de Stella ne prit pas les proportions mondaines de ses premières noces avec Gratien de Vigors. Un dîner réunissant les bagatelliens succéda à la bénédiction nuptiale que le curé de Sainte Marie vint donner à la plantation, dans un salon transformé pour la circonstance en chapelle. Gustave de Castel-Brajac et Omer Oswald étaient les témoins du docteur Dubard. Marie-Virginie et Clarence Barthew, ceux de Stella. Aucun des enfants Vigors, Barthew et Oswald n'assistaient à cette cérémonie. On avait jugé de meilleur ton de les laisser dans leur collège et leur pension. Pendant que le prêtre bénissait les anneaux, Stella ne pouvait sans émotion penser à l'alliance qu'elle avait retirée de son doigt quelques semaines auparavant et rangée dans un coffret contenant des souvenirs de son premier mari. Elle était heureuse, certes, d'épouser Faustin, d'apporter à cet homme estimable un foyer confortable et accueillant, de lui offrir une tendresse depuis trop longtemps inemployée, de retrouver le charme des partages, d'exorciser les fantômes de sa longue solitude, mais sa joie restait grave, retenue. Quand Marie-Virginie lui avait fait ôter le portrait de Gratien qui ne figurait plus que dans un pêle-mêle au milieu des photographies des enfants et d'autres membres vivants ou disparus de la famille, elle avait pleuré en murmurant :

« C'est comme s'il mourait une seconde fois. »

En la brutalisant un peu, Marie-Virginie s'était attachée à lui prouver qu'elle ne dérogeait pas en se remariant avec un homme aussi cruellement éprouvé que le docteur Dubard.

« Tu dois aussi penser à être un peu heureuse, Stella. La vie te doit des compensations après ce que tu as subi, après que tu as, seule, élevé ton fils et tes filles. Il y a plusieurs sortes de bonheur. En acceptant celui que te propose Faustin, tu ne renies pas celui que t'avait apporté Gratien. C'est une autre vie qui, pour toi, commence. Sèche tes larmes et souris-lui. »

Quand Stella avait annoncé à Osmond la conséquence espérée d'une indiscrétion qu'elle lui pardonnait, le garçon avait tenu à sa mère à peu près le même langage que Marie-Virginie. Gustave de Castel-Brajac, de son côté, s'était réjoui sans arrière-pensée.

« La vie, Stella, offre parfois de bonnes choses..., mais elle ne repasse jamais les plats! Il faut se servir quand elle vous les présente, sinon nous restons avec nos fringales à attendre un dessert qui ne viendra pas. Je m'en irai plus tranquille pour toi et pour Osmond en te sachant mariée avec un homme brave et scrupuleux. Il sera un peu mon gendre comme tu es un peu ma fille. »

Charles de Vigors, tout en acceptant sans difficulté le remariage de sa bru, puisque cela semblait satisfaire Osmond, se préoccupa néanmoins de faire établir un contrat protégeant les droits des enfants Vigors. Marie-Gabrielle, toujours pratique et prévoyante, avait attiré son attention sur le fait qu'une femme de l'âge et ayant la santé de Stella pouvait fort bien mettre au monde des petits Dubard. Pour cette même raison, il exigea, lors de la constitution de la Oswald and Vigors Petroleum Company, à laquelle Gustave l'avait contraint à souscrire pour respecter la dernière volonté de Triple Zéro, que ses petits-enfants soient porteurs de la majorité des parts revenant à la famille.

Stella ignorait tout des tractations qui avaient présidé à l'établissement d'une copropriété qu'elle pouvait considérer comme préjudiciable à ses intérêts. Elle devait en effet, se basant sur l'annulation de la vente de la parcelle Oswald, récupérer cette terre, au terme du métayage imposé par la Cour. Gustave de Castel-

Brajac se chargea de lui démontrer les avantages du nouvel arrangement, sans rien dévoiler du procédé qui avait amené Charles à l'accepter. Toute à la préparation de son mariage et à l'organisation de sa nouvelle vie conjugale, la future Mme Dubard délégua ses pouvoirs à son beau-père et à l'oncle Gus. Comme Marie-Virginie et la religieuse ursuline Louise-Noëlle, les deux filles de Charles, elle reçut quelques actions de la Oswald and Vigors Petroleum Company et s'en déclara satisfaite.

Au jour de la signature des pièces et des statuts chez maître Couret, l'ancien sénateur était déjà résolu à mettre dans un délai convenable toutes ses parts au nom d'Osmond. Ce geste assurerait à son petit-fils le pouvoir de décision au nom des Vigors, pouvoir qu'il n'aurait à partager qu'avec Omer Oscar, chef de file des actionnaires Oswald au nombre desquels figuraient Aude et Hortense, les petites-filles de Gustave. Charles se disait qu'en manœuvrant habilement Osmond pourrait devenir un jour le seul maître de la compagnie. Le plus simple eût été, pour aboutir à ce résultat, qu'il épousât Aude Oswald, ce qui lui aurait permis d'ajouter à ses parts celles dont la jeune fille était porteuse. Marie-Gabrielle n'était pas étrangère à cette conception stratégique. Charles lui avait si souvent vanté les qualités d'Osmond, sans omettre la compréhension dont son petit-fils avait fait preuve à l'égard de sa liaison, qu'elle souhaitait voir le garçon riche et maître de son destin.

Pour le moment, Osmond se préoccupait fort peu de l'avenir pétrolier qu'on s'ingéniait à lui préparer. Le rhétoricien, tout à ses études, heureux que sa mère eût auprès d'elle un homme qu'il estimait, menait à La Nouvelle-Orléans la vie d'un collégien privilégié. Harriet devant désormais rester à Bagatelle, Stella avait pourvu son fils d'un jeune valet noir, qui n'était autre qu'Hector, le dernier rejeton du jardinier. Ce garçon, vif et intelligent, avait deux ans de moins que son jeune maître. Pas plus que ce dernier il n'avait pu oublier le jour où Silas Barthew, jouant les marchands d'esclaves, s'était empressé de l'attribuer à Osmond contre un sifflet d'argent, ni l'intervention de M. de Castel-Brajac au moment où son « propriétaire » lui commandait d'astiquer ses souliers. Après quelques années, le jeu équivoque était devenu une réalité quotidienne. Chaque soir, dans l'office de la maison Pritchard, Hector cirait les chaussures d'Osmond de Vigors, dont il n'était pas l'esclave mais l'employé docile. Toute la différence tenait dans les termes et dans le fait que, domestique salarié, il avait le droit de changer de patron. Mais il existait dans la famille du Noir un tel atavisme de servitude que l'idée d'abandonner les Vigors pour un autre employeur n'effleurait même pas l'esprit d'Hector. Osmond était d'ailleurs un très bon maître, toujours poli, voire courtois, avec les domestiques dont il respectait la position. Dès les premiers jours de son service dans la maison Pritchard, Hector put apprécier le sens de la justice de son nouveau maître. Sur cette demeure trop souvent désertée par ses propriétaires régnait, depuis un demi-siècle, un couple de Noirs consciencieux et dévoués, mais d'une ombrageuse susceptibilité devant tout ce qui pouvait amoindrir leur autorité ou modifier leurs habitudes. Si les vieux serviteurs respectaient Harriet, qui leur en imposait, ils semblaient vouloir traiter Hector comme un homme de peine corvéable à merci. Ils veillaient à ce que le valet n'ait pas un moment de loisir et s'arrangeaient toujours pour qu'il soit indisponible au moment du dîner afin de servir eux-mêmes. Analphabètes l'un et l'autre, ces Noirs étaient passés de l'état d'esclaves à celui de travailleurs libres sans y voir de différence, les Pritchard ayant toujours été des maîtres généreux et patients. Vivant sur le budget de la maison, ils plaçaient leurs gages à des taux dérisoires avec le sentiment d'être des capitalistes. Quand ils surprenaient Hector à lire un journal ou à feuilleter un livre, ils le vilipendaient comme s'il eût commis une mauvaise action, car les Noirs instruits constituaient à leurs yeux une caste vaniteuse dont on ne pouvait rien attendre de bon. Osmond fut donc amené à intervenir pour mettre son valet à l'abri de leurs agissements. En trois phrases, il définit les prérogatives des uns et des autres et démontra que les fonctions de valet étaient celles d'un homme de confiance. Il exigea d'être servi à table par le jeune garçon, qu'il autorisa publiquement à emprunter des livres à la bibliothèque s'il voulait lire et compléter son instruction. Afin d'établir le prestige d'Hector, il lui fit confectionner deux costumes. Un gris souris pour le service, un bleu sombre pour les sorties. Il lui offrit également trois chemises blanches et deux cravates, et ne manqua pas, à chaque occasion, de compléter l'éducation du valet dont il entendait faire un factotum stylé.

Ces problèmes ancillaires étant réglés, Osmond expliqua au personnel de la maison Pritchard qu'il entendait bien ne plus avoir à s'en préoccuper. « Chacun a, dans l'existence, des responsabilités qu'il doit assumer, c'est ce qu'on appelle le devoir d'état. Aucune tâche n'est dégradante quand on l'accomplit en ayant conscience de son utilité. Le sort assigne à chacun d'entre nous une place en fonction de ses possibilités. La dignité consiste à s'y tenir, pour vous comme pour moi. »

La vie reprit son cours sans aléas, Hector et les

autres estimant que M. Osmond était un vrai maître, qu'on pouvait avoir plaisir à servir.

Souvent, le soir, Dan Foxley et Bob Meyer venaient partager le repas d'Osmond. Les garçons discutaient ferme, soit en faisant une partie de billard, soit en fumant, assis dans le salon. Ils avaient atteint cet âge où naît le goût de la spéculation philosophique, où les connaissances acquises donnent aux esprits médiocres le sentiment qu'ils savent tout alors qu'elles stimulent chez les plus brillants le goût d'apprendre et d'approfondir. Le programme de rhétorique, bien que limité par la doctrine chrétienne, leur fournissait des thèmes qu'ils savaient à l'occasion élargir, dont ils s'évadaient parfois sans craindre les digressions ni les transferts.

Les plaidoiries de Cicéron, *Pro Milone* ou *Pro Manilia,* les vingt *Odes* d'Horace sélectionnées par les bons pères, les *Annales* de Tacite étaient prétexte à des considérations parfois éloquentes sur la justice et l'ambition politique, sur l'art épicurien de « cueillir le jour », sur la morale de l'Histoire. Des Latins, ils passaient aux Grecs, à la faveur de transitions qu'ils se souciaient peu de justifier. Sans bégayer, Bob Meyer trouvait dans les *Philippiques* de Démosthène une illustration de l'intransigeance, tandis que Foxley, grand admirateur de Sophocle, s'élevait contre les lois de la fatalité et qu'Osmond, qui traduisait Jean Chrysostome, découvrait dans ce prêtre d'Antioche la vraie sincérité évangélique.

Shakespeare étant au programme d'anglais, ils déclamaient jusqu'à l'enrouement *Macbeth* et *Jules César,* œuvres qu'ils jugeaient sans indulgence « autrement plus fortes » que celles de Corneille ou Racine. En matière de littérature et poésie françaises, la méfiance des bons pères n'entravait pas leurs incursions chez des auteurs mis à l'index. Tous trois étaient frondeurs et avides de comprendre le mécanisme des passions à travers les vers sulfureux d'un Verlaine, d'un Baudelaire ou d'un Oscar Wilde.

Ils avaient lu au hasard des arrivages chez les libraires des livres que Nosy, le cerbère du collège, eût saisis avec volupté : *Thérèse Raquin,* de Zola, *Le Professeur,* de Charlotte Brontë, *Lord Jim,* de Joseph Conrad, *L'Egoïste,* de George Meredith, *La Foire aux vanités* et *Les Mémoires de Barry Lyndon,* de Thackeray.

Osmond, à qui oncle Gus avait fait découvrir des textes de Goethe comme *Les Affinités électives,* que les jésuites eussent qualifiés d'apologie de l'adultère, semblait encore plus curieux que ses amis d'approcher « la vérité incalculable de la vie ». Ralph Waldo Emerson, qui avait été l'inspirateur de ses méditations deux ans auparavant, était relégué au rayon des prêcheurs. Il lui restait cependant reconnaissant de l'avoir incité à s'approcher de Platon, de Montaigne, de Shakespeare, de Goethe et de Swedenborg avant l'âge, mais l'édition des *Essais* n'était plus sur le premier rayon.

Le jour où Bob Meyer, redoutable fouineur, lui offrit, à l'occasion de son anniversaire, un petit volume relié de cuir rouge qu'il avait déniché dans une vente aux enchères, Osmond fit la connaissance de Joris-Karl Huysmans. En suivant l'évolution de Des Esseintes, le héros de *A rebours,* il conçut ce que pouvait être un destin satanique. C'était autre chose que *L'Assommoir,* de Zola, ou *L'Education sentimentale,* de Flaubert.

Cet auteur vendangeait en frac et monocle dans les vignes du vice, de l'artifice, de la sensualité et de l'orgueil, des grappes mûries au soleil factice des enfers. Puis il les pressait dans un ciboire d'alchimiste dévoyé pour produire le poison le plus subtil. Ayant lu et relu *A rebours* pour se pénétrer des goûts si tragiquement raffinés du héros en matière de pierreries, de fleurs, de couleurs, de sons, de littérature, de décors, il voulut savoir ce que les compatriotes de Huysmans pensaient de ce livre qui le troublait. Ce fut Bob Meyer qui lui apporta le jugement de Barbey d'Aurevilly, publié en 1884 dans *Le Constitutionnel,* peu après la publication du roman. « Après un tel livre, il ne reste plus à l'auteur qu'à choisir entre la bouche d'un pistolet ou le pied de la croix », avait écrit le critique, auteur lui-même de sombres et extravagantes histoires.

« Que choisirais-tu, Osmond, en admettant que tu acceptes l'alternative? demanda Bob, que l'emballement de son ami pour une œuvre qu'il jugeait personnellement plus brillante que profonde décevait un peu.

– Au risque de t'étonner, rien de ce que propose M. Barbey d'Aurevilly. Je poursuivrais le jeu qui consiste à vivre intensément. Comme le dit Emerson : « L'homme ne peut rien voir de pire que lui-même. » Le livre n'est qu'une seule question posée à Dieu par sa créature gesticulante et orgueilleuse.

– Et que dit-il?

– Il dit : « Etes-vous là? »... mais la réponse, Bob, n'est pas pour demain. »


12


Le Mardi gras 1910 fut marqué à La Nouvelle-Orléans par un événement considérable qui, pour Bob

Meyer au moins, éclipsa les parades les plus burlesques et les bals les plus brillants. Un aviateur français, Louis Paulhan, à la fois débonnaire et audacieux, vint sur le champ de courses de City Park présenter le premier avion qu'aient jamais vu les Orléanais. Il s'agissait d'un biplan Farman de onze mètres d'envergure et de douze mètres cinquante de long, équipé d'un moteur à sept cylindres de cinquante chevaux. Cette mécanique entraînait une hélice de deux mètres soixante tournant à plein régime à mille cinq cents tours à la minute. Au jour de l'exhibition, Meyer n'eut aucune difficulté à entraîner Dan et Osmond, qui déboursèrent sans rechigner les cinquante *cents* réclamés par les organisateurs. Ces derniers firent d'ailleurs de bonnes affaires, puisque les journaux du lendemain évaluèrent à vingt-cinq mille le nombre des spectateurs.

L'engin volant que montait Paulhan pesait, pilote et carburant compris, un peu plus de quatre cents kilos. Il parut à Osmond et à Foxley d'une fragilité de libellule. Mais Bob, dont la passion pour l'aviation ne faisait que croître au fur et à mesure que les performances des plus lourds que l'air s'amélioraient, leur démontra, en usant de termes techniques et de données mathématiques compliquées, que l'avion de Paulhan était aussi sûr qu'un buggy.

L'appareil s'éleva avec aisance, prit de la hauteur et effectua une série de tours au-dessus du champ de courses à la vitesse de trente-cinq miles à l'heure avant de frôler les ombrelles à sa vitesse maximum et prodigieuse de soixante miles à l'heure. Bob Meyer, habituellement timide et peu expansif, manifestait son admiration par des cris et des vivats, s'ébouriffait les cheveux des deux mains, déployait au passage de l'avion l'écharpe de laine qu'il ne quittait qu'en plein été et réclamait d'une voix enrouée d'autres vols. Aux yeux d'Osmond et de Foxley, qui suivaient l'exhibition comme un numéro de cirque, Bob ressemblait à un mystique en transe.

« Un jour, je serai là-haut, moi aussi je volerai, je verrai le Mississippi comme le voient les oiseaux et...

– Et tu prendras un rhume, coupa Osmond.

– Au contraire, en altitude l'air est plus léger, plus sain qu'au ras de la terre... »

L'avion venant d'atterrir, Bob abandonna ses amis pour courir jusqu'à lui et féliciter le héros du jour. Depuis que, le 25 juillet de l'année précédente, un autre Français, Louis Blériot, avait traversé la Manche, de Calais à Douvres, réussissant là où Latham avait échoué à deux reprises, les 19 et 27 juillet[1], les plus sceptiques commençaient à croire en l'avenir de l'aviation. En France, les démonstrations et les compétitions se multipliaient, organisées par les journaux qui voyaient là matière à reportages sensationnels.

Bob Meyer se tenait au courant des événements aériens et constituait des archives. Il connaissait par cœur tous les records établis et collectionnait les photographies de ceux qu'il appelait avec un peu d'emphase les chevaliers du ciel. La carte postale dédicacée que lui remit Paulhan lui devint aussi précieuse que la médaille d'or de mathématiques obtenue au collège.

Quand on apprit, à la fin du mois d'avril, que Paulhan, à bord de son Farman équipé d'un moteur Gnome, avait gagné en Angleterre la coupe du *Daily Mail* attribuée « au premier aviateur qui irait de Londres à Manchester en moins de vingt-quatre heu-

---

1. On avait dû, chaque fois, le repêcher dans la Manche.

res », Bob Meyer invita ses amis à sabler le champagne au Pélican blanc. Devant les pensionnaires éberluées, maintenant accoutumées aux visites des trois amateurs de ragtime, Bob commenta l'événement comme s'il se fût agi d'une performance où il avait sa part.

« Vous rendez-vous compte que Paulhan, parti de Londres à dix-sept heures trente et une à la tombée de la nuit, atterrit à Lechfield à vingt heures trente dans l'obscurité, qu'il en repartit au petit jour, à quatre heures quinze pour se poser à Manchester à cinq heures vingt-cinq... C'est formidable, non... Bientôt, on pourra voyager par l'avion comme par le train. »

Tiny Barnett se mit au piano pour jouer *La Marseillaise* en l'honneur du champion cher à Bob. Foxley constata que cette interprétation de l'hymne national français constituait une première dans une maison de prostitution.

La vieille Ivy Barnett, attirée par le vacarme, apparut au moment où clients et pensionnaires s'étaient mis à danser une polka. Osmond, Dan et Bob avaient eux aussi enlacé des cavalières de hasard. Les trois amis, devenus des habitués peu orthodoxes de la maison, se trouvaient au Pélican blanc comme chez eux. Tiny ne manquait jamais de leur faire entendre ses dernières compositions et les demoiselles les accueillaient aimablement. Elles savaient que ces messieurs, qui les appelaient par leur prénom et feignaient d'ignorer leur commerce, étaient des gentlemen. Quand les trois mélomanes faisaient leur entrée en distribuant des saluts, elles avaient le sentiment de recouvrer une dignité perdue. Plusieurs d'entre elles étaient séduites par ces garçons, qui leur adressaient parfois des compliments pour leur grâce ou leur toilette et ne tenaient jamais de propos grossiers, comme trop de clients se croyaient autorisés à le faire.

Depuis que Gustave de Castel-Brajac avait raconté à Osmond l'histoire de l'ancienne esclave Ivy Barnett, le jeune Vigors essayait de comprendre comment cette femme instruite, qui avait été mariée à un médecin blanc, le docteur Finks, et avait vécu en Haïti, était réduite à tenir une maison de prostitution. Ce fut Tiny qui, une nuit, alors qu'il venait de refermer son piano, satisfit sa curiosité.

« Le mariage de ma mère a été un échec, expliqua le mulâtre. En Haïti, mon père connut des femmes blanches et comprit qu'être l'époux d'une négresse, même dans cette république noire, entravait sa carrière et déplaisait à la riche clientèle mulâtre. Il négligea ma mère et finit par s'en séparer. Il obtint même qu'on nous oblige à quitter l'île. Ma mère n'avait jamais eu la haine des Blancs, malgré le pénible souvenir qu'elle conservait d'un enlèvement par le Ku Klux Klan dont un gentilhomme, l'intendant de Bagatelle, l'avait délivrée...

– Vous voulez dire M. Dandrige?

– Oui, peut-être est-ce ce nom-là.

– Donc, elle est revenue en Louisiane après son... divorce.

– Oui, elle avait déjà bien changé. Elle ne pardonnait pas à mon père de l'avoir rejetée. Comme elle était sans ressources, elle accepta la gérance du Pélican blanc qui est d'un bon rapport. Et puis, je crois qu'il ne lui déplaît pas de voir les Blancs fortunés s'avilir. Il ne faut pas lui en vouloir, n'est-ce pas? Sa déception lui a un peu dérangé le cerveau. Elle a été pour moi une mère parfaite. Elle m'a instruit et fait apprendre la musique. Et si je ne parle pas aujourd'hui le *gombo french,* comme les nègres, c'est à elle que je le dois.

– Elle ne doit pas me porter dans son cœur, moi, le descendant de ses anciens maîtres?

– Vous! Au contraire, elle a grande estime pour votre famille. Quand elle parle de Bagatelle, c'est toujours avec mélancolie, c'était une bonne plantation et c'est même un fils Damvilliers qui lui a appris à lire et à écrire, celui qui s'est noyé. C'est même à cause de ça qu'elle a dû partir au Nord. On croyait, sa maîtresse surtout, qu'elle était la tisanière du garçon et qu'il était tombé dans une mare en sortant de son lit. »

Cette conversation permit à Osmond de mieux comprendre certains événements du passé auxquels l'oncle Gus faisait parfois allusion. L'attachement qu'il avait déjà pour Bagatelle s'en trouva renforcé. Le domaine lui apparaissait comme un lieu privilégié. Il s'engagea ce soir-là à ne jamais l'abandonner.

C'est au cours du printemps que Charles de Vigors fit un cadeau inattendu à son petit-fils. Un mercredi soir, après le dîner qui les réunissait traditionnellement dans l'hôtel de l'avenue Prytania, il conduisit Osmond dans son bureau et, désignant un grand tableau appuyé contre la cloison, lui dit : « Je l'ai rapporté de Paris, c'est pour toi. »

Quand le drap qui protégeait la peinture fut relevé, Osmond découvrit le portrait en pied d'une femme en robe du soir sombre largement décolletée et qui livrait aux regards la nudité lumineuse d'épaules parfaites, car le bustier n'était retenu que par deux fines bretelles de perles. Le visage de profil parut à Osmond plus sensuel que beau. Le nez, long et assez pointu, retint son attention. Le tableau était signé John Singer Sargent.

« Quand elle était jeune, je l'appelais Avocette, à cause de son nez, commenta Charles. Mais n'est-elle

74

pas belle avec ses cheveux relevés au-dessus de la nuque et ses bras admirables?

– Elle est très belle, concéda Osmond, mais le peintre lui a fait une peau blafarde, presque lavande, c'est curieux.

– Gratianne avait une carnation de rousse... C'est même cette façon qu'a eue le peintre de traiter la chair féminine qui a fait scandale au salon de 1884, à Paris. On a dit que le modèle avait l'apparence de ces beautés professionnelles qui faisaient l'ornement de la société parisienne. Mais je puis t'assurer que ce portrait est fidèle non seulement physiquement, mais psychologiquement. »

Le lendemain, le tableau fut livré à la maison Pritchard, et Osmond le fit accrocher dans sa chambre. La demi-sœur de Charles, qui avait toujours eu un faible pour les jeunes hommes, veilla désormais, impavide et ingénument provocante, sur le sommeil d'un garçon aux yeux duquel elle resterait éternellement belle et désirable.

Quand, au cours d'un séjour à La Nouvelle-Orléans, M. de Castel-Brajac vit le portrait, il resta pantois.

« Boun Diou, fiston! Ça me rappelle de fameux souvenirs! Quelle femme c'était, quelle santé et quel sang! Personne ne lui résistait.

– Avez-vous été amoureux d'elle, oncle Gus?

– Macadiou, il y avait de la concurrence, fiston. Gratianne était un être flamboyant, une gerbe incandescente de passions... Je me demande si même en peinture elle n'est pas encore capable de faire des ravages... d'inspirer de folles ardeurs.

– Elle me plaît bien ainsi, oncle Gus. Je la regarde souvent et puisqu'elle aimait être admirée, je l'admire.

– Souviens-toi, Osmond, que la femme est l'agent

naturel du tentateur. Un jour, tu en feras l'expérience. Nul homme de bonne constitution n'y échappe.

– Ah! la forme des femmes », dit Osmond.

M. de Castel-Brajac jeta un regard de biais à son ancien élève et se dit que les temps étaient proches où le garçon ne se satisferait plus de la chair figée des portraits. Cela lui parut non seulement normal, mais souhaitable.

Au cours des vacances d'été, Osmond ne se montra cependant pas plus empressé que d'habitude auprès des jeunes filles. L'absence de Lorna, qui séjournait en Californie avec ses parents, le laissa un peu désappointé, car elle le privait de sa partenaire habituelle au tennis.

Aude Oswald, qui savait tenir correctement une raquette, se battit courageusement à son côté pendant le tournoi du Baga-club, mais ils furent éliminés en demi-finale. Silas, associé à sa girl-friend du moment, une rousse puissante venue d'Atlanta pour visiter des cousins louisianais, remporta la coupe en battant Fox et Alix. Otis Foxley, s'étant foulé une cheville au cours de la première journée, dut recevoir les soins du docteur Dubard qui, au lendemain de son mariage, s'était installé à Bagatelle. Stella souhaitait demeurer dans cette maison avec son nouvel époux jusqu'à ce qu'il ait obtenu sa nomination à l'hôpital maritime de La Nouvelle-Orléans. Faustin, qui ne possédait pas de fortune, aurait préféré, autant par scrupule sentimental que par crainte du qu'en-dira-t-on, louer un logement à Fausse-Rivière. Il fallut faire intervenir M. de Castel-Brajac pour convaincre le médecin de vivre sous le toit des Vigors.

Gustave admit aisément que le médecin pût se sentir gêné de partager, dans la chambre de Stella, le grand lit à baldaquin des marquis de Damvilliers, où son épouse avait dormi avec son premier mari.

« Virginie, notre chère Virginie, eût ri de vos réticences, mon bon. Elle mit son second mari dans la couche où le premier avait rendu l'âme. Les Damvilliers et les Vigors naquirent, si j'ose dire, dans les mêmes draps. Les meubles n'ont pas de mémoire et, s'ils en ont, ils restent muets comme des carpes... heureusement. »

Finalement, on fit abattre la cloison qui séparait deux chambres d'amis afin de n'en faire qu'une seule grande pièce où les nouveaux époux établirent leur intimité. M. de Castel-Brajac tint à offrir le lit, un meuble monumental en acajou, que livra un ébéniste réputé de Baton Rouge.

« N'oubliez pas avant... d'embarquer... pour la première nuit de l'asperger de champagne; un lit c'est comme un bateau, si l'on veut qu'il navigue sereinement sur la mer de l'amour, il faut le baptiser, macadiou. »

Stella rougit jusqu'aux oreilles et Faustin fit des remerciements embarrassés.

« Quel homme truculent, l'oncle Gus, un peu gaulois à l'occasion, non? observa le médecin quand il se trouva seul avec sa femme.

– Il exècre la pudibonderie et soutient que la pruderie est l'hypocrisie de la pudeur. »

Quelques jours avant la fin des vacances, alors que Marie-Virginie, ayant laissé Doris à Bagatelle, voyageait pour les affaires de son mari dans les Etats du Nord, la vie de la plantation fut bouleversée durant quelques heures.

Pendant la sieste, de rigueur en cette saison, Osmond s'était retiré dans son logement pour consulter la liste des ouvrages que l'oncle Gus lui avait recommandé de lire pendant sa dernière année de collège consacrée à la philosophie. Un silence bucolique régnait sur la plantation saturée de soleil. Les oiseaux, engourdis par la moiteur de l'air, se taisaient. Seul le bruit des élytres d'un insecte égaré dans le petit salon aux fenêtres ouvertes indiquait à l'étudiant que la nature se refusait à une somnolence complète. Dans cette torpeur, le cri de la nurse de Doris l'atteignit comme un coup de fouet. Il se précipita sur la galerie de la grande maison. Il y retrouva Bob et Otis, dressés devant les chaises longues où ils somnolaient jusque-là côte à côte.

Le temps que les deux garçons et la jeune fille fassent le tour de la véranda, le docteur Dubard apparut ébouriffé comme un homme qu'on vient de tirer de son lit.

« Que se passe-t-il?

– Ça vient de la nurserie. »

Ils y arrivèrent au moment où Bessie, la fille de Bella, en sortait en sanglotant. Le nom de Doris revenait dans ses phrases incohérentes. Osmond et Faustin pénétrant dans la pièce virent le lit de la petite fille vide.

« Qu'est-il arrivé à Doris, Bessie?

– Elle... est partie..., m'sieur, elle s'a sauvée pendant que je dormais.

– Sauvée?

– La porte était ouverte, m'sieur... Où est-elle, où est-elle?

– Elle ne peut pas être allée bien loin sur ses petites jambes, nous allons la retrouver. »

Déjà, toute la maisonnée était sur pied. Jeunes gens et jeunes filles se répandaient dans le parc en criant le nom de la fillette. Les chiens, y compris le vieil Aristo, donnaient de la voix en comprenant qu'il se passait quelque chose d'insolite. Stella, Faustin et Bella lançaient aux chercheurs des directions qui traduisaient leur inquiétude : le fleuve, la mare, les hangars à coton. Quand un périmètre convenable eut été fouillé sans résultat, on fit seller les chevaux et garçons et filles se dispersèrent aux quatre points cardinaux, les uns pour parcourir les levées du Mississippi, les autres s'enfonçant dans la forêt ou trottant à travers champs. Au bout d'une heure de battue fiévreuse, il fallut se rendre à l'évidence : Doris avait disparu.

« Elle s'a noyée, je vous dis, criait Bella en pressant sa fille hébétée dans ses bras.

– Prenons des barques et draguons au long des berges », proposa Silas.

La mare où s'était autrefois noyé un jeune Damvilliers, et où quelques années plus tôt on avait trouvé le corps de Lorette Brent, était presque à sec comme chaque été. On sut tout de suite que la petite Doris ne s'y trouvait pas.

Harriet, qui ne perdait pas son sang-froid, avait déjà visité avec Citoyen les greniers, les celliers et les hangars. Il ne restait vraiment que le fleuve et la forêt, où l'enfant avait pu se perdre comme le Petit Chaperon rouge.

« Faites renifler la chemise de Doris à Aristo, ordonna Faustin Dubard, c'est un vieux chasseur, il pourra peut-être nous indiquer une piste. »

Aristo et les jeunes dalmates, dont il était le géniteur, très excités par cette agitation inhabituelle, humèrent les vêtements que Stella leur mit sous le museau et s'égaillèrent sans bien comprendre ce que l'on attendait d'eux.

« Ces chiens ne sont pas dressés à la quête des humains, nous perdons notre temps », cria Silas en courant vers le Mississippi suivi de Foxley.

Les chiens furent à nouveau sollicités et encouragés :

« Cherche, cherche, cherche Doris, *doggy*. »

Après un aboiement bref, qui traduisait peut-être une brusque compréhension de la situation, Aristo, suivi de ses fils, prit inopinément la direction de la nurserie.

« Il a compris, cria Dubard, laissez-le faire. »

Le dalmate traversa la chambre, fureta autour du lit, puis d'un bond résolu escalada la fenêtre et sauta dans le jardin qu'il traversa le nez au sol. Faustin, Osmond et Bob le suivaient à distance. Bientôt, rejoint par les autres chiens, Aristo bifurqua brusquement vers le fleuve, franchit la clôture de la propriété et prit le chemin des berges.

« Nous ne pourrons bientôt plus le suivre, lança Faustin, qu'on nous amène les chevaux par la grande porte. »

Les filles, Aude, Hortense et Alix, firent en courant le tour de la maison, sautèrent en selle et, tirant les montures des autres par la bride, remontèrent au trot le chemin bordant le Mississippi. Aristo, suivi de sa famille, allait bon train, négligeant les effluves qui auraient pu l'inciter à quelque station sur trois pattes au pied des arbres. Au carrefour de l'orme, il tourna résolument le dos au fleuve et prit la route de Bellevue, la plantation des Tiercelin. Sans une hésitation, il fila vers la grande maison ocre dont le péristyle à fronton triangulaire, soutenu par des colonnes carrées, rappelait l'architecture des temples maçonniques.

Gravissant les marches en trois bonds, le chien se campa devant la porte à double battant en aboyant sans discontinuer, imité par la petite meute.

Alors que Faustin et Osmond mettaient pied à terre en s'interrogeant sur la conduite à tenir et en se demandant si le dalmate avait le flair aussi sûr qu'ils l'avaient cru, un majordome apparut sur le perron. A peine eut-il entrouvert la porte que les chiens s'engouffrèrent dans la maison en continuant à donner de la voix avec colère.

« Nous allons avoir des histoires, Amédée Tiercelin n'est guère commode, remarqua Osmond.

– Nous lui expliquerons et nous excuserons », dit Faustin.

Ils n'eurent pas à s'excuser, car, en pénétrant dans la maison pour rappeler les chiens, la première personne qu'ils virent fut la petite Doris attablée devant un goûter somptueux et faisant honneur à un plat de fraises. Le visage barbouillé de crème, elle pépiait gaiement entre deux cuillerées.

Assis en face de la fillette dans son rocking-chair, Amédée Tiercelin fixait celle-ci d'un regard doux, avec un sourire niais.

En reconnaissant le docteur Dubard, Doris se mit à pleurer comme un enfant conscient qu'on vient lui retirer le jouet récemment offert.

Tiercelin considéra les visiteurs et les chiens qui, museaux pointés, semblaient attendre quelque distribution de brioche ou de macarons.

« Ne faites pas pleurer ma petite fille, messieurs, je vous prie. Les chiens lui font peur et vous aussi, monsieur le docteur, avec votre face de cauchemar. »

Amédée parlait d'une voix exténuée. Sa maigreur était telle qu'Osmond ne pouvait détacher ses yeux de l'angle net que formaient ses rotules sous le tissu du pantalon. Ses cheveux blond filasse lui couvraient les oreilles et sa peau paraissait grise et fripée comme un vieil uniforme.

« Nous venons chercher Doris, monsieur; maintenant qu'elle a goûté en votre compagnie, elle doit rentrer à Bagatelle.

– Je ne permets pas qu'on emmène ma petite fille. Je suis allé la chercher, je la garde.

– Ce n'est pas votre fille », intervint brusquement Alix qui, avec les autres jeunes filles, venait d'entrer dans le salon.

Le docteur Dubard fit signe à la sœur d'Osmond de se taire.

« Cet homme est fou et capable de Dieu sait quoi, laissez-moi faire, dit-il à voix basse.

– Sa maman est ma femme, monsieur. Elle m'a caché que j'avais une fille, c'est une mauvaise mère. J'élèverai moi-même ma fille... Je ne suis pas fou..., je la connais, Marie-Virginie..., elle s'est retenue d'avoir son enfant quand elle vivait sous mon toit... Qu'elle aille au diable! »

Faustin fit un signe aux jeunes filles. Elles quittèrent la pièce et retournèrent près des chevaux. Puis il s'avança vers Tiercelin après un coup d'œil à Osmond.

Ce dernier comprit aussitôt la manœuvre imaginée par le médecin. En deux enjambées, il fut près de Doris, l'enleva dans ses bras et quitta vivement la pièce. Amédée poussa un cri de fureur, tenta de se lever, mais le docteur Dubard l'immobilisa d'une seule main.

« Voyons, monsieur, restez tranquille... Il ne faut pas effrayer Doris, si vous voulez qu'elle revienne.

– Vous êtes des voleurs..., vous prenez les enfants. Je me plaindrai au shérif et vous irez tous en prison... avec Marie-Virginie. »

Dubard abandonna Tiercelin, tremblant d'une colère qu'il était trop faible pour exprimer, aux soins du majordome et rejoignit Bob et Alix qui l'attendaient devant la maison. Osmond, emportant Doris, galopait déjà vers Bagatelle avec le reste du groupe.

« Il est gentil, le monsieur, il a plein de gâteaux, commenta la petite fille en retrouvant sa nurse.

– Ne la quittez plus d'une semelle. M. Tiercelin, qui n'a plus toute sa raison, peut revenir d'un jour à l'autre, et prévenez-nous s'il approche de la maison », ordonna Dubard.

Au lendemain de l'enlèvement de Doris, si heureusement résolu, M. de Castel-Brajac, qui se rendait à Bagatelle à bord de son automobile pilotée par Joe, découvrit dans le décor du tertre aux trois chênes un détail insolite qui attira son attention. Sa vue médiocre lui fit prendre tout d'abord pour une branche rompue la chose qui pendait sous le feuillage d'un des gros arbres. Il fit arrêter sa voiture.

« Qu'est-ce que tu vois, Joe, là-haut, sous le chêne?

– On dirait un pendu, m'sieur... Oui, je crois bien que c'est un pendu.

– Allons voir, boun Diou. »

Tandis que le Gascon peinait sur le raidillon, le Noir gravit le tertre et se campa les poings aux hanches et le nez en l'air sous le corps suspendu. M. de Castel-Brajac finit par le rejoindre.

« Macadiou, c'est Tiercelin, c'est Tiercelin, il aurait pu se pendre chez lui, cet ostrogoth! »

Joe jeta sa casquette et sa blouse blanche sur la tombe la plus proche et se mit en devoir de grimper à l'arbre. Un instant plus tard, le corps d'Amédée Tiercelin reposait sur le gazon. La strangulation avait épargné à l'ex-mari de Marie-Virginie l'affreuse grimace que l'on voit d'ordinaire au visage des pendus.

« Il est pas bien lourd, ce pendu, m'sieur, on l'emmène?

– Conduis-moi à Bagatelle et va prévenir le shérif à Sainte Marie. Il s'en débrouillera..., ma voiture n'est pas un corbillard. »

## 13

Au collège de l'Immaculée-Conception, les « philos » jouissaient de quelques privilèges appréciables en matière d'horaire et de mouvement. Bien que le *fagging*[1] en vigueur dans de nombreuses *high schools* eût été aboli dans les établissements jésuites, aucun élève de troisième n'aurait osé refuser à ses aînés, pleins d'assurance, de menus services comme aller, pendant la récréation, acheter 10 *cents* de gomme à Floche ou jeter une lettre à la poste. Si les « philos » s'étaient avisés d'imposer des brimades destinées à faire sentir aux « fags » leur infériorité, cela eût suscité une révolte des troisièmes et Nosy fût intervenu en leur faveur. Les pères désiraient, semble-t-il, laisser aux collégiens qui les quitteraient à la fin de l'année le souvenir d'un enseignement libéral dispensé dans une ambiance détendue. Après les cours confiés aux professeurs les plus brillants, les conversations allaient bon train, les maîtres comptant sur l'autodiscipline de leurs élèves pour que les bavardages tolérés ne dégénèrent pas en apartés ou en chahut.

Le professeur de philosophie, le révérend père Toignec, d'origine bretonne, était un vieux prêtre au front immense et dégarni, au regard de musaraigne qui s'exprimait d'une voix douce et persuasive. Les élèves

1. Action d'imposer des brimades à un faible ou un inférieur.

l'avaient surnommé « l'hégélien », car il répétait souvent, comme le philosophe allemand, « qu'il faut toujours ramener la réalité à l'idée ». Il possédait une vaste culture et l'on murmurait qu'il était entré dans la Compagnie afin d'entreprendre à l'aise des études de théologie, car il paraissait peu doué pour le sacerdoce et la pêche aux âmes. Avec une éloquence de bon ton, il savait captiver un auditoire et rendre attrayantes les théories les plus complexes et parfois les plus fumeuses. La logique, l'éthique, la morale et la métaphysique faisaient l'objet de lectures quotidiennes et de dissertations fréquentes. Le programme imposait à « l'hégélien » de faire constamment référence aux auteurs des manuels sélectionnés par les jésuites, comme Liberatore, Tongiorgi, San Severino et Taparelli, mais il ne craignait pas de le déborder malicieusement, pour développer les thèses que ces bien-pensants réduisaient à des citations expurgées. Sa conception de la philosophie, que le père Toignec exposa dès son premier cours, plut à Osmond parce qu'il la tira d'un texte de Diogène Laërce expliquant Pythagore : « La vie ressemble à une fête de jeux. Les uns s'y rendent pour concourir, d'autres pour y faire commerce, les premiers des citoyens, eux, pour regarder. De même, dans la vie, les uns sont esclaves de leur amour de la gloire, les autres cherchent à satisfaire leur cupidité, les philosophes, au contraire, n'aspirent qu'à la vérité. » Comme pour corriger ce que pouvait avoir d'un peu présomptueux une telle assertion, le prêtre, avec un sourire entendu, mit aussitôt ses élèves en garde contre le pharisaïsme de certains penseurs en citant Babbalanja, le chambellan du roi Média[1] : « Nous autres,

1. In *Mardi*, roman « quasi surréaliste » de Melville retraçant une quête métaphysique, publié en 1849.

philosophes, nous répandons tant de sagesse à l'usage d'autrui qu'il ne faut pas s'étonner si de temps en temps il nous en manque pour nos propres besoins... » Qu'un prêtre osât se référer à Herman Melville, dont quelques élèves seulement avaient lu le roman *Moby Dick* mais aucun *Pierre ou les ambiguïtés,* parut de bon augure aux « philos » de 1910. Le professeur piochait de la même façon dans Platon, dans Marc Aurèle, dans Descartes, dans Berkeley et même dans Condillac, Rousseau et Kant, des idées autour desquelles s'ordonnait son enseignement sur l'instinct, l'habitude, la volonté, la science, la justice, la charité, l'espace et le temps. Plus attaché au raisonnement qu'à l'étude fastidieuse des doctrines, il évitait de mêler la foi et la connaissance et, comme le remarqua un jour Osmond, « se tenait respectueusement à l'écart des curés ».

Les trois amis trouvaient, dans les cours et dans leurs lectures, matière à de longues discussions pendant lesquelles ils réglaient leur compte à quantité de penseurs, avec un irrespect manifeste pour les théories qui fleuraient le cagot ou le sophiste. Fidèle au « serment de la rivière Chitto », ils étaient devenus extrêmement circonspects en ce qui concerne le peuplement de leur panthéon personnel. En quelques années d'études, ils avaient appris à se méfier des engouements circonstantiels et de leurs propres réactions face aux œuvres et aux auteurs. Plus que Bob et Dan, Osmond professait un doute universel en proclamant qu'il disposait d'un certain nombre de piédestaux sur lesquels il ne savait plus quel buste ériger.

Leur professeur, qu'ils invitèrent un soir à dîner dans la maison Pritchard, mis au courant de leurs incertitudes et de leurs hésitations face aux choix à faire parmi les hommes exemplaires, en profita pour leur faire un cours sur le jugement.

« Le jugement est fait de comparaisons, dit « l'hégélien ». Tout concept isolé n'est rien. Nous sommes tous à la recherche d'appréciations définitives alors que, soumis à nos impressions fluctuantes, nous les remettons sans cesse en question. Ou votre panthéon sera composé d'une foule d'hommes et d'artistes émérites divers, ou il sera vide. Au risque de vous paraître « catho », comme vous dites entre vous, je crois que votre panthéon devrait être un tabernacle où Dieu seul prendrait une place incontestée en tant qu'inspirateur de toute créature.

– C'est un peu facile, mon père, de déléguer Dieu là où nous voulons des hommes, observa Foxley.

– Les chrétiens s'accommodent d'un tel représentant.

– Mais Bob, qui est juif, peut-il s'en accommoder?

– Pourquoi non? On ne vous demande pas de nommer Dieu. Même si, comme les athées, vous l'appeliez matière, il ne peut exister qu'une seule source incontestable d'où tout a jailli. »

Quand le prêtre eut regagné sa jésuitière, les garçons continuèrent à spéculer dans la fumée bleutée de leurs cigarettes.

Ce fut Osmond qui, finalement, proposa une solution laissant le champ libre à toutes les révélations à venir.

« Je me range à la proposition architecturale de « l'hégélien », notre panthéon ne devrait comporter qu'un seul piédestal.

– Et qu'y mettras-tu? demandèrent en chœur Bob et Dan.

– Un point d'interrogation fulgurant. »

C'est au cours de cette année que devaient s'affirmer les vocations. Pour Foxley, comme pour Bob Meyer, la voie était tracée par les aspirations qu'ils avaient manifestées depuis le début de leur adolescence. Le premier entendait suivre des cours de sciences, le second des études d'ingénieur qui lui permettraient de trouver, dans les professions nouvelles de l'aviation, un tremplin à son rêve icarien.

Dan dévorait les manuels de physique et de chimie de Stewart Eliot, Storer et Avery, mais déplorait que la biologie, science naissante, soit encore ignorée par les jésuites qui se méfiaient de Lamarck et de ses infusoires comme de la peste hérétique.

Bob, plongé dans la mécanique et l'astronomie, avait absorbé avant la fin de la première session Tait et Steele, Rolfe et Gillett, Ray, Newcomb et Holden. Il occupait ses loisirs à calculer et à dessiner des voilures et des carlingues pour des avions dont rien n'indiquait qu'ils pussent voler. Osmond laissait entendre que trois années de droit lui fourniraient un nouveau délai de réflexion quant à son avenir. Les forages pétroliers entrepris à Bagatelle lui assureraient, affirmait-il, de quoi vivre à peu près confortablement. Avec générosité, il proposait à Bob de commanditer les inventions que le fils de la marchande de corsets ne manquerait pas de faire. Tous trois possédaient en commun une confiance inébranlable dans leurs destinées. Leur amitié permettrait la résolution de tous les problèmes. Les chevaliers du Triangle, unis comme les mousquetaires de M. Dumas, se sentaient capables de faire face à toutes les situations. « Le serment de la rivière Chitto », qui n'avait été à l'origine qu'une bouffonnerie équivalant pour des garçons précoces aux amusements des gosses du peuple jouant aux Indiens, prenait, avec le temps, une résonance quasi mystique, la gravité d'un engagement moral qu'ils ne pourraient transgresser sans renoncer à eux-mêmes. Leur belle et candide indifférence au monde s'émoussait et, quand Félix de Castel-Brajac leur fit transmettre par Marie-Virginie une lettre où l'esthète commentait avec enthousiasme une représentation de *L'Oiseau de feu*, à laquelle il avait assisté à Paris, leurs théories sur la danse furent sérieusement secouées. Igor Stravinski, Diaghilev et quelques autres Russes, dont ils n'avaient jamais entendu parler jusque-là, devinrent du jour au lendemain « des grands à ne pas négliger ». Comme chaque fois qu'une musique nouvelle sollicitait leur attention, Bob Meyer fut requis pour s'emparer de la version pour piano d'une œuvre qui venait de remuer les Parisiens et que Félix envoya dans les meilleurs délais. Mme Foxley, comme au temps des frénésies wagnériennes, connut des soirées migraineuses.

Cette année-là, les coiffeurs tentaient de lancer en Louisiane une nouvelle mode qui obligeait les gandins à séparer leurs cheveux par une raie médiane, droite comme le rail d'un tramway, et à les plaquer sur les côtés de la tête. Leurs chevelures frisées interdisaient à Osmond et à Foxley cette fantaisie capillaire, mais Bob Meyer y succomba.

« Ne croyez-vous pas que ça atténue la forme en pain de sucre de ma caboche? »

Osmond et Fox eurent des moues dubitatives, mais Otis ayant déclaré : « Ça lui va très bien », le fils de la marchande de corsets adopta la « raie au milieu » sans hésiter.

« C'est fou ce que les filles peuvent faire faire aux garçons, commenta Foxley.

– « La femme est l'instrument du tentateur », cita en roulant les r, comme Castel-Brajac, le jeune Vigors.

Si, le 12 décembre, tous les collégiens de l'Immaculée-Conception furent invités à se réjouir parce qu'un ancien élève du collège, Edward Douglas White, de Plaquemines, venait d'être nommé *chief justice of the United States*[1], un événement d'une autre importance aux yeux de Bob Meyer se préparait à La Nouvelle-Orléans. Osmond, pour y assister, renonça aux vacances de Noël à Bagatelle. Un grand meeting aérien, au cours duquel serait disputée la Coupe Michelin dotée de 20 000 francs de prix, devait être organisé au champ de courses, du 24 décembre au 4 janvier. Le dernier jour de l'année marquait aussi la date limite pour l'attribution de la coupe destinée à récompenser l'aviateur qui parcourrait sans escale la plus longue distance.

Le spectacle promettait d'être extraordinaire, car la M.I.A. *(Moisant's International Aviators Limited)* se déplaçait au grand complet. Cette société, qui avait son siège, ses bureaux et un atelier à New York, comptait huit aviateurs, une douzaine de mécaniciens, des manœuvres, cinq secrétaires chargés de la publicité, un photographe, des bagagistes et des agents qui allaient de ville en ville préparer les meetings. Dix marchands de tickets et un comptable faisaient également partie de cette première entreprise de spectacle aérien que l'on connaissait en France sous le nom de « cirque à Moisant ». Inspirée par un organisateur américain, conscient de l'importance qu'allait prendre l'aviation, l'affaire prospérait. Comme la France était incontestablement le berceau de l'aviation, la plupart des pilotes avaient été recrutés outre-Atlantique et l'on comptait dans l'escadrille une majorité de Français dont les noms étaient connus de Bob Meyer : Alfred

---

1. Ministre de la Justice.

Leblanc, Jacques de Lesseps, René Simon, Roland Garros, Barrier, Hubert Latham. Un Suisse, Edmond Audemars, et deux Américains, Hamilton et Seymour, faisaient aussi partie de cette bande de casse-cou que l'on disait fatalistes et joyeux.

Mais l'homme le plus étonnant et le plus audacieux du groupe restait celui que ses coéquipiers appelaient « le patron » : John Moisant. Les origines et le passé de cet aventurier du ciel, un petit homme brun à demi chauve, toujours souriant, prêt à plaisanter et qui portait deux énormes diamants, l'un serti dans une chevalière, l'autre en épingle de cravate, paraissaient nébuleux.

Ceux qui l'approchaient constataient qu'il parlait plusieurs langues, dont aucune correctement, et qu'il s'exprimait en français avec un effroyable accent. Il se disait descendant d'une famille de Canadiens français qui, pour d'obscures raisons, avait émigré de Chicago à San Salvador, une république à peu près ignorée de l'Amérique centrale.

La légende, que les gens du « cirque à Moisant » s'appliquaient à entretenir, voulait que John ait été banquier comme son frère Alfred, jusqu'au jour où une tempête lui avait apporté la fortune. Un bateau chargé d'or, dont tout l'équipage avait péri, s'étant échoué près du port de San Salvador, les frères Moisant, dont l'intrépidité était connue, s'emparèrent de l'épave et de son contenu. Grâce à cet or si périlleusement acquis, John et Alfred partirent pour Paris où le premier décida de se faire aviateur. Pilote et homme d'affaires, toujours flanqué de son frère et de ses deux sœurs, ravissantes créatures dont tous ses amis étaient amoureux, Moisant avait déjà produit son équipe à New York, à Richmond, à Chattanooga, à Memphis et à Tupelo avec un plein succès.

Quand Bob Meyer et ses amis virent, placardées sur les murs de la ville, les affiches à tête de mort du « Premier tournoi international d'aviation à La Nouvelle-Orléans », ils se précipitèrent pour acheter les tickets. Le programme annonçait : Simon, le « fou volant », Audemars « sur son minuscule appareil », Frisbie, « l'homme au cerf-volant », Garros, « celui qui embrasse les nuages », Barrier « le recordman du vol sur les villes ».

Le bonimenteur du groupe, un nommé Young, avait donné une conférence de presse, et les journaux reproduisaient ses propos de bateleur. « Vous les verrez décoller en dix mètres, atterrir en vingt, passer au-dessus des têtes et frôler les plumes des chapeaux des dames, couper l'allumage et descendre en vol plané au-dessus de la foule, faire des piqués, des virages sur l'aile, des descentes en tire-bouchon. Ils feront la course entre eux, la course avec une voiture automobile de cent chevaux. Pour peu que nous ayons un bon vent, vous verrez le *Blériot* faire du sur place et la *Demoiselle* voler à reculons. Et vous savez, il se pourrait que des accidents mortels soient enregistrés au cours de la réunion. Tenez, écoutez, voici le titre d'un de vos confrères la semaine dernière : « Garros a donné la main à la mort [1] ».

Bob Meyer, au comble de l'exaltation, perdit presque « le boire et le manger » pendant les jours qui précédèrent la fête aérienne. Bien qu'Osmond eût observé : « Les Orléanais vont se rendre au champ de courses, comme autrefois les Romains au Colisée, pour voir les aviateurs risquer la chute fatale », il accepta d'accompagner son ami.

Moisant et son équipe, arrivés à La Nouvelle-

---

1. Cité par Edmond Audemars dans la revue *Icare* nº 39-40 (1966).

Orléans la veille de Noël, à bord du train spécial qui transportait les appareils, le matériel et le personnel de la troupe, avaient décidé de faire quelques exhibitions préliminaires afin de mettre les Orléanais en appétit. C'est ainsi qu'on vit, au matin de Noël, l'avion de John Moisant, qui avait décollé du champ de courses, décrire des cercles au-dessus de la ville.

Beaucoup de citadins, qui n'avaient aucune idée de ce qu'était un aéroplane, se penchaient aux fenêtres ou stationnaient, le nez en l'air, dans les rues. Les tramways s'arrêtaient et leurs passagers se précipitaient sur la chaussée. Les livreurs abandonnaient leur camion et les policiers retiraient leur casque dont le couvre-nuque les empêchait de redresser la tête pour voir l'avion au moteur pétaradant. Le même jour, on annonça que Roland Garros allait essayer de battre le record d'altitude en dépit du froid anormalement rigoureux qui surprenait les citadins. Plus de cinq mille d'entre eux cependant, après avoir dévoré la dinde de Noël, se précipitèrent au champ de courses et déboursèrent 50 *cents* pour voir décoller Garros à bord de son *Blériot*. Des milliers d'autres Orléanais, qui n'avaient rien payé, suivirent la montée de l'appareil au-dessus du lac Pontchartrain et ne virent bientôt plus qu'un point noir dans le ciel. Brusquement, l'avion, qui descendait à grande vitesse, réapparut. Son moteur arrêté, il planait en se dirigeant vers la pelouse du champ de courses où il finit par se poser sans dommage. Bob Meyer, qui avait déjà noué des relations avec les aviateurs, courut avec les mécaniciens jusqu'à l'appareil. Il revint, rouge d'excitation, en déclarant que Garros avait dû abandonner à sept mille deux cents pieds, son moteur ayant calé par suite du gel du carburateur, sur lequel il affirmait avoir vu un centimètre de glace.

Le 30 décembre, John Moisant souleva l'enthousiasme d'un public encore plus dense en faisant la course sur huit kilomètres avec son *Blériot* équipé d'un moteur Gnome de cinquante chevaux contre une automobile Fiat de cent chevaux. Tour après tour, l'avion parut gagner du terrain, mais l'automobile finit par l'emporter de cent cinquante mètres.

« De combien m'avez-vous battu, Seymour? demanda Moisant.

– D'une moustache », répondit l'automobiliste qui venait de parcourir les huit kilomètres en cinq minutes trente et une secondes et gagnait aussi la Coupe Vanderbilt.

Mais tous les initiés attendaient avec impatience la Saint-Sylvestre. John Moisant, ayant minutieusement révisé son appareil, avait annoncé qu'il s'attaquerait dans la matinée au record mondial de distance détenu jusque-là par le Français Maurice Tabuteau avec un vol sans escale de trois cent soixante-deux miles soixante-six [1].

Bob Meyer, maintenant connu de toute l'équipe des aviateurs, s'était levé à l'aube pour assister aux derniers préparatifs du champion. Le *Blériot* 50 H.P. avait été pourvu d'un réservoir supplémentaire de cent trente-deux litres, et les mécaniciens inventifs qui, comme tous les coéquipiers de Moisant, venaient de réveillonner jusqu'à l'aurore, fignolaient les réglages du moteur auquel on avait ajouté « certains trucs », comme l'expliqua à mots couverts un pilote.

Avant de prendre officiellement le départ pour sa tentative de record, Moisant avait prévu de parcourir deux fois le périmètre de l'octogone délimité au sol par des panneaux blancs. Osmond et Foxley qui, tout

1. Environ cinq cent quatre-vingt-cinq kilomètres.

ensommeillés, venaient de rejoindre leur ami, virent l'avion s'envoler et effectuer les deux tours annoncés.

« Maintenant, il va se poser et compléter le plein des réservoirs, déclara Bob. Il faudra serrer les pouces pour qu'il batte le record et gagne les 20 000 francs. Il le mérite. »

Tandis qu'ils bavardaient, l'avion qui revenait vers le terrain fut un instant caché par une ligne d'arbres au-dessus de laquelle il réapparut soudain pour amorcer un troisième parcours. Comme à l'issue du tour précédent, l'appareil qui avait perdu de l'altitude disparut derrière les frondaisons, mais on attendit vainement sa réapparition.

« Il a dû se poser, cria quelqu'un, allons voir! »

Toute l'équipe prit le pas de course, entraînant Bob et ses amis. Quand ils eurent franchi l'écran des arbres, tous comprirent qu'un malheur était arrivé. L'avion désarticulé gisait au milieu d'un champ de la plantation Harahan. A quelques mètres des débris, le pilote immobile paraissait intact comme un dormeur.

Les hommes de l'équipe avaient si souvent vu Moisant ou d'autres pilotes « casser du bois » qu'ils ne voulurent pas croire que « le patron » était mort. Avec précaution, bien que Moisant eût cessé de respirer, le corps fut chargé sur un wagon-plate-forme de l'Illinois Central qu'une locomotive tira jusqu'à la gare de La Nouvelle-Orléans en faisant fonctionner son signal de détresse.

Les médecins ne purent que constater le décès avant de diagnostiquer une rupture de la colonne vertébrale au niveau du cervelet. L'aviateur, affirmèrent-ils, n'avait pas dû survivre plus de dix secondes à sa chute verticale sur la tête. On trouva dans les poches du mort 12 000 dollars en billets, plusieurs diamants et une montre.

« C'est le trente-deuxième mort de l'aviation, dit Bob Meyer qui retenait ses larmes.

– Il y en aura d'autres! » bougonna Foxley.

Des témoins expliquèrent plus tard qu'ils avaient vu l'appareil violemment déporté sur la gauche par une rafale de vent, avant qu'il ne pique du nez vers la prairie.

« Son réservoir supplémentaire a dû le déséquilibrer », suggéra Bob, qui ne fut pas contredit par les membres de l'équipe.

Le lendemain, les journaux de La Nouvelle-Orléans consacrèrent leur première page à l'accident. « Le roi des aviateurs est mort », titra le *Picayune* qui commenta : « Il a donné sa vie pour la gloire[1]. »

« Il m'avait promis de me faire faire un tour après le meeting comme à Miss Elise Lamkin de Gainesville, dont tous les journaux ont parlé », dit tristement Bob Meyer.

14

Quand au mois de mai 1911, Margaret Foxley annonça son mariage avec Bert Belman, le fils d'un négociant en coton de Common Street, Bob Meyer et Osmond de Vigors furent désignés avec quelques autres jeunes gens de bonne famille pour constituer l'aimable cohorte des garçons d'honneur.

Osmond goûtait peu les charges mondaines, mais

1. John Moisant a donné son nom à l'aéroport international de La Nouvelle-Orléans, construit sur l'ancienne plantation où s'écrasa son appareil le 31 décembre 1910.

l'invitation de la sœur de Dan, qui avait souvent servi de chaperon à Otis quand les trois amis emmenaient la plus jeune des Foxley au spectacle, ne pouvait être éludée. Après la cérémonie à la cathédrale Saint-Louis dont le *Picayune* rendit compte et à laquelle assistèrent les meilleures familles de la cité, un lunch réunit les intimes dans la belle demeure des Foxley au bord du bayou Saint-Jean. A la fin de l'après-midi, les couples invités à la réception et à la soirée dansante commencèrent à arriver. Les femmes portaient des robes décolletées et les hommes arboraient l'habit de rigueur. La banque, le commerce, l'industrie et les professions libérales étaient largement représentés et, sous les lustres, étincelaient plus de diamants que n'en avaient jamais contenu les coffres des bijoutiers de la ville. La mariée, débarrassée de sa robe à traîne et de son voile, avait passé un simple fourreau de soie blanche qui mettait en valeur sa silhouette gracile et sa blondeur. Quand elle apparut au bras de son époux, un robuste gaillard à tête carrée, dont la morphologie rappelait les origines alémaniques, l'orchestre de l'Impérial attaqua la marche nuptiale du *Songe d'une nuit d'été,* morceau traditionnellement joué à tous les bals de mariage.

L'étiquette avait attribué à Dan, qui regrettait l'absence d'Alix enfermée à Grand Coteau, une cousine, demoiselle du meilleur monde, mièvre et minaudante. Elle dansait avec application comme s'il se fût agi d'un exercice scolaire. Bob, naturellement associé à Otis, se disait qu'un jour, quand il aurait en poche son diplôme d'ingénieur, il se trouverait près de celle qu'il aimait depuis l'adolescence, à la place du mari.

Osmond, de son côté, servait de cavalier à une brunette de quinze ans au visage poupin et inexpressif, bavarde et gourmande. A chaque instant, elle le priait, sur le ton des jeunes personnes qui ont l'habitude de voir leurs désirs satisfaits, d'aller quérir pour elle au buffet une assiette de gâteaux ou un verre de Coca-Cola, boisson très prisée par la jeunesse. On soutenait dans les milieux d'affaires que ce breuvage pétillant, couleur de café, lancé en 1892 par John Pemberton, un épicier d'Atlanta, procurait à ce limonadier des bénéfices aussi importants que ceux des magnats du pétrole. Osmond, dont le goût avait été formé par Gustave de Castel-Brajac et par son grand-père, préférait se désaltérer avec du thé glacé et arroser ses repas d'un peu de vin.

Comme souvent dans les réunions mondaines, il s'ennuyait, sans même remarquer les regards que lui jetaient à la dérobée plusieurs jeunes personnes, dans l'attente d'une invitation à danser. Ses airs distants, sa façon de marcher « comme si la terre n'était pas assez bonne pour le porter », son sourire bizarre qui semblait traduire une dérision permanente tenaient à l'écart les palabreurs et éveillaient l'intérêt des femmes. Elles demandaient son nom et s'étonnaient, un peu pincées, qu'il ne mette aucun empressement à se faire présenter. Après deux ou trois danses avec la petite boulotte aux mains moites qu'il accompagnait depuis le matin, Osmond se glissa sur la terrasse, descendit dans le parc et s'avança à travers les massifs de rhododendrons et d'azalées jusqu'à l'esplanade qui dominait le bayou. La nuit de printemps, tiède et limpide, lui parut telle qu'un poète romantique pouvait la souhaiter pour un mariage dans le Vieux Sud. Les lumières de la grande maison projetaient leur clarté sur les eaux lisses où de faibles remous allumaient des scintillements fugaces. Des couples déambulaient à pas lents en chuchotant au long des allées. Aux carrefours, des petits rassemblements d'hommes s'étaient formés. Ce bal de mariage, identique à tous ceux auxquels ils se devraient d'assister pendant la saison, leur fournissait l'occasion de bavarder loin des affaires. Le rougoiement des cigares, la blancheur quasi phosphorescente des plastrons et les rires qui fusaient parfois, après une plaisanterie débitée d'une voix sonore, attirèrent Osmond.

Il s'approcha d'un groupe où l'on critiquait ferme l'attitude de Theodore Roosevelt qui, déçu par William Taft, semblait décidé à briguer un nouveau mandat présidentiel l'année suivante. Un membre du gouvernement de l'Etat soutenait même que Teddy se proposait de faire éclater le parti républicain pour former un parti progressiste avec l'ambition, sinon d'anéantir, du moins de contrôler sévèrement les trusts.

« La Cour suprême vient déjà de démanteler la Standard Oil et l'American Tobacco. Mais Teddy veut aller plus loin. Il veut établir une dictature socialiste! » lança un banquier indigné.

Il y eut dans la petite assemblée des protestations amusées. Quelqu'un se préparait à prendre la défense de Roosevelt, plus par jeu que par conviction, quand des jeunes filles dévalèrent l'allée en pépiant dans un bruissement de soie. Mme Foxley guidait avec autorité ce vol de demoiselles.

« Eh bien, messieurs, faut-il que nous venions vous relancer? Nous allons nous mettre en place pour le quadrille de la mariée; nous attendons des danseurs. »

Du côté des hommes, on se récria avec bonne humeur. Avec cette courtoisie inimitable des gentlemen sudistes, tous semblèrent pris d'un enthousiasme soudain pour la danse. Ces messieurs jetèrent leur cigare dans le bayou et, avec des exclamations admiratives, offrirent leur bras aux femmes. Les couples, formés dans un brouhaha de bon ton, prirent le chemin de la maison. Une femme, dont la chevelure brune et opulente contrastait avec la blancheur du châle qu'elle avait jeté sur ses épaules, se trouva seule, dépourvue de cavalier. Osmond, qui s'était tenu à l'écart de cette agitation factice, restait disponible. Sans le moindre entrain, mais pour sacrifier aux usages, il fit un pas dans la direction de l'esseulée.

« Je crains qu'on ne vous ait pas laissé le choix, madame, voulez-vous de moi pour partenaire?

– C'est exactement ce qu'il convient de proposer, monsieur. »

Il y avait un peu de moquerie dans la réplique prononcée par une voix de contralto dont Osmond apprécia la musicalité distinguée.

Déjà habitué à la demi-obscurité, il discernait vaguement le visage de son interlocutrice, qui n'était plus une jeune fille. Il lui parut beau, la bouche surtout, et les yeux largement fendus et brillants. Depuis le matin, les Foxley lui avaient présenté tant de gens, qu'il agit comme s'il connaissait la belle et lui offrit son bras.

Tout en réglant son pas sur celui de sa cavalière, dont il sentait la main tiède sur son avant-bras à travers la manche de son habit, Osmond évoqua la douceur de la nuit et la parfaite organisation de la fête, en ayant conscience de la banalité de ses propos.

« Un mariage est toujours une belle fête, monsieur. »

Pour rompre le ton mondain de l'entretien et parce qu'il aimait à jouer les provocateurs, Osmond cita un mysogame inconnu :

« – Le mariage n'a que deux jours exquis seule-

100

« ment, celui des noces et quand le veuf conduit
« l'enterrement. ».

– Oh! que c'est méchant! » dit d'un air faussement
indigné la jeune femme brune.

Quand ils atteignirent les marches du péristyle
éclairé par les torchères, Osmond, mû par une soudaine curiosité, se retourna vers sa compagne. Ce qu'il
découvrit faillit le faire trébucher. Subitement révélée
par les lumières, la beauté de sa cavalière le captiva
comme une apparition. Il avait rarement contemplé
des traits d'une aussi noble harmonie, une bouche
aussi attirante, un regard d'un tel velouté. Cette découverte l'assura immédiatement qu'il n'avait pas été
présenté à cette femme dont il n'aurait certes pas
oublié le visage.

« Mon nom est Osmond de Vigors, dit-il en marquant le pas.

– Etes-vous un parent du sénateur?

– C'est mon grand-père, madame, puis-je savoir au
moins votre prénom?

– Dolores, Dolores Ramirez y Rorba, je suis la sœur
du professeur d'espagnol des enfants Foxley, ce qui me
vaut d'être là. »

Ils gravirent les marches, pénétrèrent dans le salon
où l'on se mettait en place pour le quadrille, une danse
que beaucoup de jeunes gens ignoraient.

« Connaissez-vous les figures, monsieur?

– Je crois que je peux m'en tirer honorablement. »

Elle se débarrassa de son châle, découvrant une
gorge pleine et pommée, des épaules parfaites.

Dans son décolleté, une émeraude rectangulaire
suspendue à une chaîne d'or prenait un éclat particulier sur sa peau mate et soyeuse. Osmond estima que le
hasard avait bien fait les choses en lui attribuant la
plus jolie femme de l'assemblée.

Sans plus attendre, ils entrèrent dans la danse. Leurs pas s'accordèrent spontanément. Quand une figure les séparait, Osmond, à distance, observait Dolores. Dans sa robe de mousseline vert céladon, elle évoluait avec la grâce d'une ballerine. Ses cheveux bruns tombant en ondes souples sur ses épaules nues, sa taille d'une extraordinaire minceur, la majesté de son buste retenaient les regards du garçon, qu'elle retrouvait avec un sourire quand un mouvement les rapprochait. Dans les groupes papotant près du buffet ou des canapés, quelques observateurs remarquèrent ce couple dont l'aisance faisait paraître un peu patauds les autres danseurs.

Quand la musique s'interrompit, sous les applaudissements de l'assistance, Osmond conduisit sa cavalière au bar et réclama deux coupes de champagne.

« A l'heureux hasard, dit-il, en levant son verre.

– Au bon génie de la nuit, répliqua-t-elle en soutenant le regard minéral du garçon.

– Etes-vous mariée? »

Osmond avait posé sa question si brutalement qu'elle ne put retenir un rire de surprise.

« Non, monsieur... je n'ai pas de mari.

– Dansons encore, voulez-vous?

– Mais, j'ai cru vous voir ce matin à l'église dans les rangs des garçons d'honneur, qu'avez-vous fait de votre demoiselle?

– Je l'ai égarée, dansons! »

L'orchestre venait d'attaquer une valse lente. Ils se glissèrent parmi les couples et Osmond, qui n'avait pas pour habitude de serrer ses cavalières, posa sa main sur la taille de Dolores.

Ils dansèrent longtemps, sans échanger beaucoup de phrases, comme si la musique et les mouvements ajustés de leurs corps suffisaient à exprimer le bien-être qu'ils ressentaient l'un et l'autre. Le garçon, qui jamais ne formulait de compliments sur le physique d'une femme, ne put se retenir entre deux danses de divulguer son exaltation.

« Que vous êtes belle... imaginaire... rêvée... irréelle!
– Monsieur! »

Il y avait dans le ton un refus conventionnel de la flatterie, un soupçon de reproche, mais le regard de Dolores paraissait plein d'indulgence.

Elle connaissait assez les hommes et cette faculté innée et parfois gênante qu'elle avait d'éveiller leur désir pour imaginer que ce garçon élégant, au regard un peu trop insistant, se préparait sans doute à lui conter fleurette. Habituellement, elle savait d'une phrase ou d'un regard décourager les importuns, mais Osmond de Vigors, elle le devinait, n'appartenait pas à la catégorie des coureurs de jupons. Il y avait en lui une sincérité qui le forçait à passer outre à l'impassibilité de sa nature. Les mots qu'il avait prononcés étaient plus qu'un compliment ordinaire. Ses yeux clairs la fascinaient, annihilaient ses défenses. Elle s'abandonnait à l'agréable sensation d'être élue.

Vers minuit, tandis qu'Osmond, qui avait jusque-là oublié l'héroïne du jour, dansait une mazurka avec Margaret, Dolores prit congé des Foxley et disparut avec son frère, un long jeune homme brun au profil de médaille. Avant de passer la porte, elle se retourna et adressa au garçon un signe de la main. La nouvelle mariée l'aperçut.

« Dites-moi, cher Osmond, vous semblez avoir fait la conquête de la sœur de mon professeur d'espagnol?

– Elle est belle, n'est-ce pas?

– On dit que c'est une sorte de tigresse, mon cher. Tous les messieurs qui lui ont fait la cour en ont été pour leurs frais..., n'importe comment, elle est beaucoup trop vieille pour vous, elle a plus de trente ans. »

En questionnant adroitement Margaret, Osmond apprit que les Ramirez, d'origine aristocratique, étaient aujourd'hui ruinés. Le grand-père de Dolores, Ramón Ramirez y Rorba, s'était suicidé après avoir dilapidé les restes de sa fortune en essayant de fabriquer des chandelles avec des graines de cirier. Quant à son père, fonctionnaire des Douanes, aujourd'hui décédé, il avait dû travailler toute sa vie pour payer les dettes familiales. Au moment de la guerre de Cuba, Miguel, le frère de Dolores, accusé à tort d'espionnage au bénéfice de l'Espagne par des gens malveillants, s'était caché dans la campagne.

« J'aime beaucoup mon professeur d'espagnol. C'est un véritable gentleman », conclut la sœur de Dan.

Bob et Dan ayant, eux aussi, remarqué les attentions de leur ami pour l'Hispano-Américaine ne se privèrent pas de le taquiner, le lendemain en arrivant au collège.

« On jasait, mon vieux, chez les demoiselles d'honneur. Ta réputation est faite. Tu as négligé ta cavalière...

– Il faut avouer que tu as bon goût..., la sœur de Ramirez est assez attrayante, dit Dan.

– Sais-tu où elle habite ? coupa Osmond un peu sèchement.

– Oh ! Oh ! Voilà qui est neuf ! Le bel indifférent s'intéresse enfin aux femmes, fit Bob.

– Trouve-moi son adresse ; Otis doit la connaître. »

Meyer et Foxley échangèrent un regard surpris. Le ton grave de leur ami leur donnait à penser qu'il attachait de l'importance au renseignement. Ils le questionnèrent sur les causes de cet engouement, et Osmond se lança dans une description de sa soirée avec Dolores, sans chercher à dissimuler l'attirance subitement ressentie pour cette inconnue.

« C'est le coup de « la belle dame sans merci » et du chevalier courtois, mais sais-tu que cette séductrice pourrait presque être ta mère? »

Bob Meyer cita une strophe du poème de Keats :

> *J'ai rencontré dans les prés une Dame*
> *Belle à ravir, une fille de fée;*
> *Ses cheveux étaient longs, son pied léger,*
> *Et ses yeux étaient fous.*

Et Dan de poursuivre en choisissant dans la ballade l'avertissement :

> *Je vis des rois pâles, aussi des princes,*
> *Des guerriers pâles, tous pâles à mort;*
> *Criant : « La belle dame sans merci*
> *Te tient en son pouvoir. »*

Osmond, qui n'avait pas fermé l'œil de la nuit, imposa silence à ses amis. Il s'éloigna sous prétexte d'aller acheter un flacon d'encre de Chine à Floche, qui venait d'ouvrir son éventaire sous le préau.

« Crois-tu que notre zèbre puisse être amoureux? demanda Bob.

– Ce ne serait pas le premier, mais la dame n'est pas du genre qui se laisse courtiser par les jeunes Lancelot. Si tu veux mon avis, Osmond conserve assez de sang-froid pour s'en rendre compte. La belle Dolores doit plutôt souhaiter un mari mûr et argenté. Les Ramirez sont complètement ruinés. Ma sœur les avait invités à son mariage parce qu'ils ne sortent jamais. Lui enseigne l'espagnol et sa sœur tient une boutique de parfums. Ils n'ont pas d'autres revenus. »

Quand Bob communiqua à Osmond l'adresse de Dolores Ramirez, un minuscule magasin situé à l'angle des rues Royale et Saint-Pierre où toutes les femmes de la bonne société achetaient leurs savons et leurs eaux de toilette, le garçon sut cacher sa déconvenue. Il n'avait pas imaginé Dolores boutiquière. Il se reprocha un emballement incontrôlable, qui lui donnait des insomnies, sans pouvoir cependant chasser de son esprit l'image de la femme qui l'avait troublé. Il fit porter une gerbe de roses avec une carte sans adresse et se replongea dans sa dissertation de philosophie.

Mais, trois jours plus tard, n'y tenant plus et désirant se prouver à lui-même qu'il avait été victime d'un charme passager, qu'une confrontation avec le réel détruirait dans l'instant, il quitta rapidement ses amis à la sortie du collège et s'en fut par la rue Royale jusqu'à la rue Saint-Pierre.

On remarquait à peine, sous les balcons des immeubles, la boutique de Mlle Ramirez. Des boiseries de laque vert sombre encadraient deux vitrines étroites, derrière lesquelles étaient disposés, sur des présentoirs de velours, des flacons de cristal et des boîtes en porcelaine de Limoges ou de Wedgwood. L'énorme loquet de cuivre de la porte vitrée brillait comme un soleil dans la pénombre de la galerie. Les pieux de fonte à tête de cheval, pourvus de gros anneaux auxquels les cavaliers d'autrefois attachaient la bride de leur monture, ressemblaient, au long du trottoir, à des sentinelles oubliées.

Du côté opposé de la chaussée, Osmond examinait les lieux. Dissimulé derrière un attelage, il tentait de voir l'intérieur de la boutique où brillait une lampe. Un long moment, il s'interrogea sur la conduite à tenir. Oserait-il pénétrer dans le magasin, dont la clientèle devait être exclusivement féminine, ou quitterait-il le quartier sans avoir revu cette femme qui prenait dans ses pensées une importance exagérée? Le garçon conservait assez de lucidité pour analyser son propre comportement. Pour la première fois de sa vie, la faculté qu'il possédait de s'observer en se tenant pour ainsi dire en dehors de lui-même, de porter un jugement critique sur ses actes dans l'instant même où il les accomplissait, lui parut une garantie insuffisante. Il se voyait au bord du trottoir, fixant les vitrines dans une attitude faussement indifférente. Une part de son être acceptait le ridicule d'une situation que son intelligence désavouait. Dans ce débat intérieur dont il avait conscience, il sentait se disloquer une unité d'esprit qui, jamais, ne lui avait fait défaut. Et cependant il dominait son trouble, s'appliquait à maîtriser ses impulsions, comptait sur l'orgueil pour maintenir son libre arbitre.

Il avait le sentiment saugrenu qu'il ne pousserait pas impunément la porte de cette banale boutique, qu'en franchissant le seuil il pénétrerait dans un univers déconcertant, plein de sortilèges et de charmes, dont il ne saurait se défendre. Finalement, il se résolut à traverser la chaussée sans tenir compte des contingences et, comme Alice, à fendre le miroir aux illusions. Quand il fit jouer le loquet, la porte s'ouvrit en déclenchant un carillon. Une odeur composite, faite de cent parfums divers, lui titilla les narines tandis qu'il découvrait, dans un décor douillet, une profusion d'objets anciens, vases, assiettes de porcelaine, coupes de cristal, couverts en vermeil, pichets d'étain, étuis de cartons colorés, pleins de savonnettes et de boîtes de toutes tailles décorées de faveurs.

Emergeant d'une arrière-boutique qui paraissait encore plus encombrée que le petit magasin, Dolores apparut. Elle portait une ample jupe à motifs rouges sur fond noir et un corsage de dentelle dont le col en corolle semblait soutenir son visage.

Elle vint à Osmond, radieuse et les mains tendues, comme si elle avait espéré son apparition. Il remarqua son émotion mal contenue, sa respiration presque haletante et quand elle parla, le débit hésitant des mots.

« Comme c'est aimable... à vous de venir... me voir. Je dois vous gronder... pour les roses qui m'ont... tellement... fait plaisir. »

Osmond lui baisa la main avec une ferveur qui, en d'autres temps, lui eût paru déplacée. Mais elle accepta cet hommage avec naturel. Puis, ils se mirent à parler de choses et d'autres, en dissimulant derrière l'écran des phrases insignifiantes le plaisir inexprimable qu'ils éprouvaient en se retrouvant face à face dans une intimité aléatoire.

« Ainsi, vous vendez des parfums! C'est un commerce qui confine à la poésie. Dans l'Antiquité, les parfumeuses étaient considérées à l'égal des vestales...

— Je vends des parfums variés, mais ma spécialité est un mélange de fleurs séchées que j'appelle " pot-pourri ". »

Elle ouvrit une boîte de carton et mit son contenu sous le nez d'Osmond.

« C'est enivrant et subtil... J'imagine que la composition est secrète?

— Elle l'est, monsieur, mais à vous, je puis dire qu'il y a entre autres de l'écorce de sassafras, des boutons de roses, des pétales de magnolia, de la cannelle, des zestes de citron et d'orange, du gardénia, de la menthe et quelques essences mystérieuses et fatales que je reçois d'Orient. »

Brusquement, Osmond interrompit ce badinage dont la puérilité ne pouvait échapper à Dolores.

« Je n'ai pas cessé de penser à vous.

– Eh bien!

– Vous trouvez que c'est mal?

– Ça me touche beaucoup, mais...

– ... Mais?

– Disons que je retire le " mais ". »

Osmond lui prit la main. Elle ne tenta pas de se dérober. Il sentit même la pression de ses doigts qui tremblaient un peu et sut dès cet instant que le pas était franchi. La femme qui se tenait là devant lui n'était plus une étrangère.

« Dolores, j'éprouve pour vous un sentiment subit et profond. C'est à la fois ridicule et merveilleux. Si je vous dis que je suis amoureux de vous, vous allez rire et vous moquer et cependant, je sais à quoi m'en tenir. Quoi que vous disiez ou pensiez n'y changera rien. C'est ainsi. »

Elle n'avait pas protesté quand il l'avait appelée par son prénom. Son cœur battait à grands coups. Jamais aucun homme ne lui avait paru si conscient de ce qu'il disait.

Le tintement du carillon les fit sursauter. Il lâcha la main de Dolores. Deux femmes entrèrent en bavardant. Elles jetèrent un regard au garçon, qui feignait d'être absorbé par l'examen d'un vase de Sèvres monté sur un trépied de bronze. Tandis que Dolores aidait ses clientes à choisir des savonnettes et des flacons, il suivait les déplacements de la jeune femme, appréciant son aisance de mouvements, l'arabesque mobile de ses bras, quand elle saisissait un objet sur un rayon, la façon qu'elle avait de marcher en avançant le pied pointé vers le sol, comme une ballerine. Sa féminité, sa façon d'être belle le subjuguaient.

Les acheteuses finirent par repasser la porte. Dans l'arrière-boutique, Dolores inscrivait sur un registre la vente réalisée. En trois enjambées, il la rejoignit. Elle se tenait penchée sur un pupitre, les ondes souples de ses cheveux dissimulant à demi son visage. En entendant le pas du garçon, elle se redressa et lui fit face, étonnée.

Déjà Osmond l'avait enlacée de ses deux bras. Elle parut se contracter, plus par réflexe que par volonté d'échapper à son étreinte, puis elle ploya et s'abandonna. Il sentit les seins fermes contre sa poitrine, tandis qu'il enfouissait son visage dans la chevelure brune.

« Dolores, Dolores, Dolores », répéta-t-il sur le ton de l'invocation.

Elle osa à son tour prononcer son nom et ils demeurèrent ainsi noués, déjà unis.

Quand Osmond ouvrit les bras, leurs regards se rencontrèrent et longuement restèrent rivés l'un à l'autre pour un échange sans parole qui s'acheva sur un baiser.

Jamais Osmond n'avait embrassé les lèvres d'une femme. Ce contact charnel le bouleversa, en éveillant en lui un flux d'ondes brûlantes.

« Que faites-vous ? » dit doucement Dolores en se ressaisissant.

Ses lèvres tremblaient imperceptiblement, il y avait une sorte d'affolement dans ses yeux, mais elle ne s'éloigna pas de lui.

« Quelque chose commence entre nous, n'est-ce pas ? Nous avons provoqué les puissances qui nous dominent. Voulez-vous y faire face avec moi ou me renvoyez-vous ?

– Vous êtes si jeune, Osmond... Je dois être raisonnable pour deux. Partez maintenant, je vous en prie. On peut venir. »

Il lui caressa la joue du bout des doigts et regagna la boutique.

« Puis-je revenir vous voir?

– Si je vous dis non?

– Vous ne me reverrez jamais. Je ne saurais vous déplaire.

– Alors revenez, oui, revenez. C'est sans doute de la folie, mais revenez... quand vous voudrez.

– Demain soir, en sortant du collège, je serai là. »

Le carillon tinta violemment quand il ouvrit la porte sur le soleil. Dolores le suivit jusqu'au seuil, poussa le verrou, le regarda s'éloigner de sa démarche rythmée d'homme sûr de lui et retourna dans l'arrière-boutique où, assise à son pupitre, elle se mit à pleurer.

Très vite, ils prirent l'habitude de se voir chaque soir. Osmond arrivait vers dix-neuf heures, un peu avant qu'elle ne ferme son magasin, et ils restaient à bavarder tendrement, se tenant les mains, échangeant de temps à autre un baiser, apprenant à se connaître. Puis elle le convia à monter dans l'appartement qu'elle occupait au-dessus de la boutique et il pénétra dans son intimité. Il s'était inquiété de l'éventuelle présence du professeur d'espagnol, mais elle l'avait rassuré, son frère Miguel vivait à l'autre bout de la ville, près de l'université Tulane où il enseignait. Tous deux pensaient sans oser se l'avouer qu'un jour viendrait où ils cesseraient de contraindre leurs sens à cette retenue, qu'ils deviendraient amants et que leurs corps connaîtraient la félicité sensuelle qui accompagne l'amour. L'un et l'autre souhaitaient sans le dire que ce soit une fête épurée de la trivialité des gestes, un don réciproque total et immédiat, sans ces préliminaires de canapés, ces demi-déshabillages, ces tâtonnements exploratoires sous les tissus froissés. Un soir, alors qu'elle l'avait retenu pour partager une dînette, Osmond demanda :

« Puis-je rester cette nuit, près de vous?

– Vos domestiques ne vont pas s'inquiéter, vous chercher?

– Je peux téléphoner à Hector. »

Elle désigna l'appareil fixé au mur de l'entrée et ordonna à la Noire qui la servait de débarrasser la table et de rentrer chez elle.

Cette nuit-là, Osmond eut la révélation du corps féminin. La vénusté animée de Dolores, à laquelle il ne cacha pas qu'il ignorait à peu près tout du rituel physique de l'amour, lui inspira un long moment de respect. La beauté pure était allongée près de lui dans une nudité chaste. Lentement, ses mains parcoururent ce corps offert, ces formes sculpturales et voluptueuses, ces jambes fuselées, ce buste ample et compact sous la caresse, cette taille dont ses grandes mains pouvaient faire le tour. Il l'approcha avec des lenteurs et des délicatesses d'amant consommé, se laissant guider par son désir, mais avec le souci de faire de leurs noces secrètes une fusion où les corps ne seraient pas seuls engagés. Ils sortirent de l'étreinte éblouis, joyeux et exténués comme ceux qui viennent d'atteindre le sommet et voient se lever au-dessus des nuées de l'aube le soleil attendu.

Ils entrèrent ainsi dans l'été de l'amour dont les saisons s'écoulent hors du cycle rythmé de la nature. Ils n'interrogeaient ni le passé, ni l'avenir. Candide et insouciant, il moissonnait dans les champs infinis du rêve. Elle l'accompagnait sans oser lever les yeux sur l'horizon.

## 15

L'année scolaire touchait à son terme et les collégiens de l'Immaculée-Conception, ceux de la classe de philosophie surtout, ne se laissaient pas distraire de leurs études. Osmond, Bob et Dan qui, tout au long de la deuxième session, avaient raflé les premières places, étaient déjà assurés de recevoir, avec le bonnet carré à gland de soie, leur diplôme de *Bachelor of Arts* pour le premier, de *Bachelor of Sciences* pour les deux autres. Mais tous trois tenaient à conserver jusqu'au bout l'avance acquise, et il s'était instauré entre eux une sorte de compétition. Les soirées et les nuits passées chez Dolores ne diminuaient en rien la puissance de travail d'Osmond. Il semblait même que cette passion partagée stimulât ses facultés intellectuelles. Ses dernières dissertations, rédigées au fil de la plume dans un style d'une étonnante rigueur, dénotaient une maîtrise parfaite des connaissances acquises et une maturité dans la réflexion qui enchantait le père Toignec. La seule déficience signalée par le préfet des études relevait de la façon un peu irritante pour les prêtres qu'avait M. de Vigors de négliger les références à Dieu, à la foi et à la religion. Nosy avait même flairé dans une copie sur « l'obligation morale » des relents maçonniques, surtout dans la conclusion où Osmond osait écrire : « C'est par nos actes que nous nous achevons, que nous nous complétons nous-mêmes. »

Bob Meyer et Dan Foxley avaient observé, sans poser de questions, l'évolution de leur ami. Ce dernier ne leur avait pas caché qu'il prenait quelquefois le thé avec Dolores Ramirez, mais les deux garçons se doutaient bien que les excuses invoquées par Osmond pour renoncer à tel concert, à telle promenade en bateau, ou à une partie de tennis ne servaient qu'à dissimuler des rendez-vous dont ils n'avaient jamais le compte rendu.

Bob et Dan souffraient de cette situation en subodorant que le troisième chevalier du Triangle avait accès à un monde secret où ils n'étaient pas admis et dont ils n'osaient, par discrétion, franchir la frontière. De son côté, Osmond éprouvait parfois un sentiment d'isolement dans un bonheur impartageable. En devenant l'amant de Dolores, il s'était fait homme, alors que Bob et Dan restaient des adolescents amoureux de leurs girl-friends et contraints de maîtriser leurs ardeurs. Dan s'était bien vanté d'avoir troussé sans façon une vague cousine malheureuse en ménage au cours d'un pique-nique familial, et l'on soupçonnait Bob d'avoir connu les furtives faveurs d'une ouvrière de sa mère, mais ces combustions à la hussarde et sans doute incomplètes ne pouvaient être comparées à la voluptueuse initiation d'Osmond.

Assuré de la discrétion des deux garçons et parce qu'il ne pouvait plus supporter de taire à ses amis une liaison qui était devenue le pivot de son existence, il finit par leur confier son secret. Il le fit au cours d'une promenade à bord du voilier de Dan, sur le lac Pontchartrain. Le vent venait de tomber, Bob avait pris un ris, une brise molle boursouflait la grand-voile. Dan profita du calme pour ouvrir le panier aux provisions et distribuer les sandwiches.

Tandis que Meyer et Foxley mordaient à belles dents le pain frais, Osmond se mit soudain à parler de Dolores.

« Un jour, je vous ai dit : « Je la reconnaîtrai, celle « que l'amour m'enverra. » C'était bête comme un vers de Sir Thomas Wyatt, mais nous étions jeunes et pédants. Eh bien, je l'ai rencontrée, cette envoyée du destin et j'ai la chance de vivre depuis quelques semaines une passion prodigieuse. Je ne sais comment exprimer cela. Comment vous faire comprendre ce que je ressens, ni ce qui se passe en moi. Je crains le banal, le fluide, le terne, le niais. Je m'aperçois que les mots que nous apprenons à manier depuis cinq ans comme des outils sont inadaptés, usés, avilis, dénaturés par les abus que d'autres en ont faits. Il faudrait revenir à leur pure signification, les dépouiller de leur pharisaïsme, les décaper de la rouille des allusions. Trop de gens se sont servis des mêmes mots pour exprimer l'amour pour que j'aie l'outrecuidance de convoquer les vocables que vous devinez afin d'expliquer l'inexplicable... »

Bob l'interrompit d'un geste.

« Ce Bergson dont les " jés " feignent d'ignorer l'existence a très bien dit cela : « Le mot aux contours « bien arrêtés emmagasine ce qu'il y a de stable, de « commun et par conséquent d'impersonnel dans les « impressions de l'humanité[1]. »

– En fait, ce que je ressens se traduirait pour nous plus aisément par la musique. Je pense à cette phrase de la *Fantaisie en* fa *mineur* de Schubert qui revient, toujours gracile et obstinée, qu'on désire entendre et encore entendre et que Bob rend si bien. »

Dan avala une bouchée, s'essuya les lèvres d'un revers de main et chantonna :

« Ta ta ta ti... ta... ta ta ta ti... ta... ta ta ta ti ta ta!... c'est ça que tu veux dire... mais c'est une phrase pathétique, elle exprime plutôt pour moi la solitude, presque le renoncement!

– Exactement, il y a dans ce que je ressens une joie

1. *Essai sur les données immédiates de la conscience* (1889).

grave et pathétique, une solitude satisfaite et aussi un renoncement à toute recherche de l'amour, puisqu'on le vit intensément, qu'on l'habite.

— Tu parles comme quelqu'un qui serait sûr d'avoir trouvé l'accès à l'absolu. Cela me paraît présomptueux, tu es grisé, remarqua Bob.

— Non, lucide, je suis même d'une effarante lucidité. Je sais maintenant que la passion — mais ce mot plus que tous les autres est dépossédé de sa force — est comme la foi, que la possession charnelle est une liturgie qui peut conduire à l'extase. Quand je quitte les bras de Dolores ce que je ressens doit être comparable à ce que ressentent les mystiques auxquels Dieu a fait un signe.

— N'importe quel « jés » dirait que tu blasphèmes, mon gars. Confondre l'alcôve et la chapelle me paraît du dernier démoniaque.

— Qu'importe ce que pensent les bons pères!

— Mais, aux termes des VII$^e$ et IX$^e$ commandements, tu vis dans le péché!

— M'absolvez-vous? » demanda Osmond en riant.
Dan leva la main.

« *Misereatur vestri omnipotens Deus et dimissis peccatis vestris*, va, mon frère, et pèche en paix!

— Je te donne aussi mon absolution, bien que je n'aie pas de formule hébraïque à ma disposition, mais quand nous feras-tu l'honneur de nous présenter à la « Belle Dame sans Merci »?

— La semaine prochaine, nous irons ensemble au concert de l'orchestre symphonique. En attendant, si le vent daigne nous ramener à terre, je vous offre une bouteille au Pélican blanc. »

Un mois plus tard, ce fut encore en écoutant Tiny Barnett jouer de nouveaux airs de ragtime que les trois amis fêtèrent, tard dans la nuit, la remise de leur diplôme.

La cérémonie religieuse, empreinte de solennité, s'était déroulée au cours de l'après-midi, en présence des familles et de tous les élèves du collège de l'Immaculée-Conception. Stella et Faustin Dubard avaient fait le voyage de Bagatelle à La Nouvelle-Orléans en compagnie de Gustave de Castel-Brajac qui tenait à assister à la consécration d'Osmond. Charles de Vigors avait réservé un salon de l'hôtel Saint-Louis pour offrir un dîner aux « graduates ». Les trois garçons portaient assez fièrement cette coiffure de circonstance que tous les étudiants appelaient *Mortar board*[1], la fameuse calotte de soie noire surmontée d'un plateau carré et agrémentée d'un gland bleu pour les *Bachelors of Arts*, vert pour les *Bachelors of Sciences*. La mère de Bob Meyer, tout émue de se trouver en si brillante compagnie, mais heureuse de voir son fils honoré au même titre que les rejetons de l'aristocratie, avait été conviée aux agapes. Mme Foxley, qui pour la première fois de sa vie dînait à la même table que sa marchande de corsets, faisait preuve d'une amabilité affectée. Elle savait que son mari ne s'opposerait pas aux fiançailles d'Otis avec Bob et, quoiqu'il lui en coûtât, elle admettait la situation. En constatant que la commerçante connaissait les manières, elle fut rassurée et admit qu'une dame juive pouvait, aussi bien qu'une créole aryenne, user d'un couvert à poissons et s'exprimer dans un anglais châtié. Quant à M. Foxley, il traitait déjà Bob comme un fils et semblait ravi de voir Otis heureuse des succès de son boy-friend.

Ce dernier connaissait quelques difficultés pour maintenir son encombrant couvre-chef sur son crâne

1. Littéralement : planche à mortier, taloche.

oblong, mais se réjouissait de voir sa mère admise sans les réticences qu'il avait redoutées.

Osmond pensait à Dolores. La femme qu'il aimait lui paraissait soudain lointaine, étrangère à cet univers où il était impensable qu'elle pénétrât jamais. Il l'imaginait seule chez elle, tandis qu'il partageait avec d'autres un moment de bonheur.

Avec la bénédiction de leurs parents, les trois garçons, mis en verve par les toasts répétés, s'esquivèrent à la fin du repas pour aller, suivant la tradition, finir la nuit entre étudiants.

Aussitôt qu'ils se retrouvèrent seuls dans l'automobile que M. Foxley venait d'offrir à son fils, leur gaieté retomba comme un soufflé qu'on a retiré du four. Tous trois confessèrent une soudaine mélancolie. En quittant le collège, ils allaient se séparer. Dan s'en irait à l'université Johns-Hopkins, à Baltimore, la plus réputée pour l'enseignement des sciences et notamment de la biologie, branche dans laquelle le jeune Foxley voulait faire carrière. Bob entrerait à l'Institut polytechnique et Osmond s'inscrirait à l'école de Droit de l'université Tulane. Les deux derniers restant à La Nouvelle-Orléans pourraient se rencontrer fréquemment, mais ils ne verraient plus Fox qu'aux vacances. Leurs parchemins, que Bob qualifiait ironiquement de « billets de levée d'écrou », portaient en filigrane l'expulsion de l'heureuse adolescence. Pour prévenir toute fêlure de leur amitié, ils répétèrent « le serment de la rivière Chitto » en chargeant les phrases puériles et grandiloquentes d'un sens nouveau. Les côtés du triangle risquaient de se distendre mais ils ne voulaient en considérer que les diagonales se coupant en un seul point.

« Nous n'allons tout de même pas larmoyer comme des fillettes. Même si nous jouons séparément notre partie, notre unité demeure, observa Dan d'une voix lamentable.

– Et maintenant que Dolores nous a acceptés, nous ne craignons plus de voir Osmond s'enfermer dans son égoïsme d'amant comblé », renchérit Bob en nouant son écharpe frappée des lettres J.H.S. [1]

Tiny Barnett les accueillit en jouant avec une rigueur exagérée quelques mesures de *Pomp and Circumstance* d'Elgar, et Osmond commanda le champagne. Mais l'enthousiasme faisait défaut, leur exubérance paraissait forcée et ils durent tous trois reconnaître que ce sacré collège, lieu géométrique de leur existence depuis cinq années, allait leur faire défaut. Ils s'étaient bien engagés à y revenir de temps à autre pour rencontrer le père Toignec et quelques autres professeurs, mais que resterait-il de cette promesse quand, absorbés par de nouvelles études et happés par la vie universitaire, ils ne seraient plus contraints de répondre ponctuellement à l'appel de la cloche fêlée agitée par Floche.

Le pianiste, remarquant le peu d'entrain de ces garçons pour lesquels il s'était pris de sympathie, quitta son clavier et les invita à le suivre.

« Venez, je veux vous montrer quelque chose! »

Ils emboîtèrent le pas au mulâtre et grimpèrent avec lui au premier étage sous le regard étonné des filles de la maison, qui les voyaient pour la première fois gravir l'escalier de l'établissement.

Tiny les conduisit dans son appartement, coquettement meublé.

« Voilà ma dernière acquisition, dit-il en montrant un piano demi-queue.

1. Jesuits High School.

– Mazette, un Pleyel de la bonne époque, reconnut tout de suite Bob.

– Où l'avez-vous trouvé?

– Je l'ai acheté à un ami de ce pauvre Buddy Bolden qui a perdu la raison. »

Bob Meyer se mit au clavier et plaqua quelques accords.

« Quelle sonorité, mes seigneurs, ça c'est une caisse.

– Jouez quelque chose, m'sieur Bob, vous allez voir comme il chante. »

Meyer qui, depuis le printemps, travaillait sur le piano des Foxley la difficile *Fantaisie Wanderer* de Schubert, risqua quelques mesures. Mais là encore, le cœur n'y était pas.

« Fameux, votre piano, Tiny..., si je pouvais m'offrir ça!

– Venez jouer quand vous voulez, m'sieur Bob, vous savez que vous êtes chez vous ici. »

Les trois amis remercièrent et quittèrent la pièce, conscients d'avoir un peu déçu le pianiste qui escomptait sans doute une séance de musique comme on en avait souvent connu au Pélican blanc. Comme ils s'apprêtaient à descendre l'escalier, il se fit soudain une grande agitation à l'étage au-dessus.

Une octavonne, entièrement nue sous un peignoir mal ajusté, sanglotait sans retenue, entourée par quelques-unes de ses compagnes, qui s'efforçaient de la calmer ou plutôt de la faire taire. La voix sèche de la vieille Barnett parvint d'une chambre entrouverte jusqu'aux oreilles des garçons qui, figés sur le palier, s'interrogeaient du regard.

« Emmenez-la, emmenez-la et fermez le salon du bas, on va le sortir. Il y a un cab devant la porte. »

Tiny Barnett invita ses visiteurs à réintégrer la pièce

qu'ils venaient de quitter, très soucieux, semblait-il, d'éviter qu'ils ne fussent témoins d'un incident... professionnel.

« Que se passe-t-il ? demanda ingénument Foxley.

— Je vais me renseigner, attendez-moi. »

Le mulâtre, les abandonnant dans la chambre au piano, gravit l'escalier à toutes jambes. Les trois amis qui prêtaient l'oreille entendirent des exclamations et un échange de propos assez vifs entre le pianiste et sa mère.

Quand il réapparut, son visage était couleur de cendre et son sourire tout à fait forcé.

« Un ennui ? interrogea Bob.

— Oui et non, enfin à vous je peux bien le dire, vous êtes discrets, messieurs,... un client, un gentleman assez âgé, a eu un malaise, il n'est pas très bien, n'est-ce pas, et la demoiselle qui lui tenait compagnie a eu peur, assez peur.

— Prévenez un médecin, suggéra Osmond.

— Oh ! non, ma mère ne veut pas qu'il y ait de scandale ici. Pour nos maisons, ça marque mal comme on dit... Non, on va le mettre dans un fiacre..., il ira à l'hôpital..., c'est tout près. »

En entendant un bruit de pas dans l'escalier et sans tenir compte du mulâtre qui s'était adossé à la porte, Foxley entrouvrit celle-ci. Dan et Osmond se penchèrent et virent l'étrange cortège : deux Noirs, le maître d'hôtel et un barman, descendaient péniblement les marches en portant, l'un par les jambes, l'autre par les aisselles, le corps d'un homme dont le visage était dissimulé par une serviette. L'inconnu paraissait inerte et ses bras ballottaient comme ceux d'un cadavre.

« Mais cet homme est peut-être en train de mourir », dit rageusement Fox en ouvrant plus largement la porte palière.

Bob, qui se trouvait coincé contre le chambranle, vit Osmond blêmir. Il suivit son regard qui fixait avec une effrayante intensité la main du vieillard inanimé. Plutôt que la main elle-même aux veines apparentes sous la peau diaphane, c'était la chevalière armoriée de l'auriculaire qui semblait captiver l'attention d'Osmond. Mais avant que Bob ait eu le temps de poser une question, son ami avait passé le seuil, rattrapé les porteurs et, sans se soucier des protestations de la vieille Barnett, dévoilé le visage du malade. En même temps qu'Osmond, Bob et Dan reconnurent les traits de celui avec lequel ils festoyaient quelques heures plus tôt : le sénateur de Vigors.

Aussitôt Osmond prit l'initiative et ordonna :

« Dan, va chercher ton auto, Bob, passe au vestiaire et règle l'addition. Et vous, ajouta-t-il à l'intention des porteurs stupéfaits, suivez-moi. »

En arrivant dans le hall, tandis que les domestiques déposaient avec précaution le corps de M. de Vigors sur la banquette capitonnée, Osmond se retourna vers Mme Barnett. La face ridée de la vieille femme lui parut monstrueusement souriante, comme celle des sorcières aux soirs de sabbat. Son regard brillait d'une mauvaise lueur, comme si toutes les vengeances du peuple des esclaves brûlaient dans ses grosses prunelles.

« Toi, la catin, si tu parles, je te coupe la langue et je brûle ta baraque! »

L'ancienne institutrice eut un mouvement de recul. Le garçon au regard insoutenable, semblable à celui du seul Blanc dont elle respectait encore le souvenir, venait de la ravaler au rang des esclaves des champs, que fustigeaient les contremaîtres.

Quand l'automobile démarra, Osmond entendit son rire cassé à travers la porte violemment refermée.

« Où allons-nous? demanda Dan d'une voix blanche.

– Prytania Avenue. Je le ramène chez lui, je crois qu'il est mort. »

Bob se retourna vers Osmond qui, sur la banquette arrière, soutenait le corps inerte de son grand-père et lui pressa affectueusement la main.

Osmond remercia d'un regard et, d'une voix calme, proposa le mensonge qu'il faudrait fournir à Stella et à Faustin Dubard qui, pendant leur séjour à La Nouvelle-Orléans, logeaient chez l'ancien sénateur.

« Nous dirons que nous l'avons rencontré... devant le Boston-Club, que nous l'avons entraîné dans notre petite fête et qu'il a eu un malaise... dans un bar de la rue Bourbon.

– D'accord! » approuvèrent d'une seule voix les deux garçons.

Quand le docteur Dubard, tiré de son lit, se pencha sur Charles de Vigors, que les garçons avaient allongé sur le canapé du salon, avant de remettre un peu d'ordre dans ses vêtements, il ne put que constater la mort.

« Embolie, consécutive à une émotion, à un effort ou à un dîner trop copieux, diagnostiqua-t-il d'un ton professionnel. Cet homme, malgré sa belle apparence physique, était usé. »

A l'aube, quand le sénateur, dont les domestiques firent la toilette mortuaire en gémissant, fut installé dans son lit, un violent orage d'été éclata, assombrissant le ciel et secouant les frondaisons.

Resté seul près de son grand-père, Osmond lui prit doucement la main et fit glisser du doigt déjà raidi la grosse chevalière des Vigors, qu'il passa à son propre annulaire, après avoir lu la devise gravée à l'intérieur de l'anneau : « Des griffes et des dents. »

En attendant que vienne l'heure décente où l'on pourrait prévenir Gustave de Castel-Brajac de la disparition de son vieil ami, Osmond, mains au dos et l'œil sec, campé devant la fenêtre, suivit la retraite de l'orage. En prenant congé de la vie sur une pirouette équivoque, ce grand-père qu'il aimait lui causait son premier vrai chagrin. Seuls, oncle Gus et Lorna pourraient comprendre ce qu'il ressentait en cet instant, en regardant ce mort au visage serein, qui avait su obtenir de la vie tout ce qu'elle pouvait offrir.

Tandis que Stella prévenait Liponne à Saint Martinville du décès d'un époux dont elle s'était détachée depuis des années, Osmond se fit conduire dans la voiture de l'ancien sénateur jusqu'à la maison Pritchard.

Hector lui ayant appris que M. de Castel-Brajac n'était pas encore sorti de sa chambre, le garçon se rendit dans la sienne, fit sa toilette et passa un costume gris après avoir noué sous son col une cravate de soie noire.

Quand il pénétra dans le breakfast-room, le Gascon en complet veston de toile beige beurrait des toasts.

« Ces confitures ne valent pas celles de Cousine, fiston, et les truffes font défaut dans les œufs brouillés, mais en ville, n'est-ce pas, il faut se contenter de ce qu'on vous sert! »

Avisant la tenue sévère du nouveau bachelier, il fit une moue comique.

« Dis donc! Tu te prends pour un juriste, te voilà fait comme pour un procès ou un enterrement. »

Osmond s'assit en face de Gustave.

« Hélas! Oncle Gus, c'est d'un enterrement qu'il s'agit et je vais vous causer beaucoup de peine.

– Pourquoi diable les mauvaises nouvelles nous

arrivent-elles toujours au petit déjeuner... Tu plaisantes ou quoi?

— Grand-père est mort cette nuit, oncle Gus.

— Qui, quoi, Charles? Charles est mort et tu me sers ça..., boun Diou, c'est pas vrai? »

Devant le silence du jeune homme et sa mine sévère, M. de Castel-Brajac comprit qu'aucun doute n'était permis. Il lâcha sa tartine, froissa sa serviette et de grosses larmes apparurent dans ses yeux, roulèrent sur ses joues, se perdirent dans les bourrelets du menton.

« Je savais que vous auriez de la peine, oncle Gus.

— Mais boun Diou de macadiou, comment est-ce arrivé? Un accident, hein, un accident?

— Une sorte d'accident... si l'on veut.

— Mais parle, triple buse, qu'est-il arrivé à Charles? »

Osmond avait déjà décidé de ne pas cacher la vérité à l'oncle Gus. Lui seul aimait assez Charles de Vigors pour partager le secret de sa mort scandaleuse.

« Grand-père est mort au bordel, oncle Gus. Avec mes amis, nous l'avons ramené avenue Prytania. »

M. de Castel-Brajac se dressa avec une vivacité inattendue pour sa taille et son poids.

« Au bordel!... Comme un satrape, macadiou, mon pauvre Charles, lui qui s'était moqué d'Oswald mort les fesses au vent! Il avait pris des habitudes cochonnes depuis quelque temps, je le savais..., je l'avais mis en garde... à nos âges... enfin quelle mort, hein, quelle mort!

— Je crois qu'il ne s'est aperçu de rien, oncle Gus, une embolie.

— Et le scandale que ça va faire, boun Diou, je vois d'ici les journaux républicains! « *Un sénateur meurt*

125

*dans les bras d'une prostituée »*, tu vois ça, macadiou, fiston, c'est toi le chef des Vigors maintenant, tu y as pensé? Et Liponne et tous les Dubard...

– Il n'y aura pas de scandale, oncle Gus. M. Charles de Vigors est mort dans son lit, entouré des siens. »

Osmond raconta avec force détails à Gustave tout ce qui s'était passé, ainsi que le pieux mensonge inventé à l'usage de la famille et du monde. Le Gascon parut rassuré.

« Boun Diou, Osmond, heureusement qu'il y a un homme comme toi dans cette tribu... Je vais me changer et je t'accompagne avenue Prytania.

– Prenez votre temps, oncle Gus, j'ai encore une pénible mission à remplir, quelqu'un à prévenir avec ménagements et dont j'ignore l'adresse.

– De qui veux-tu parler?

– Marie-Gabrielle, la maîtresse de grand-père. »

M. de Castel-Brajac suffoqué se rassit posément.

« Mille Diou, je l'avais oubliée, celle-là. Tu étais au courant?

– Grand-père m'en avait parlé à Cuba. Il faut que j'aille la voir maintenant, on ne peut pas la laisser dans l'ignorance.

– Va, fiston, tu la trouveras au 141, avenue de l'Esplanade... Ça me console un peu de te voir si conscient, si avisé, si solide, va. »

Le chauffeur de l'ancien sénateur connaissait l'adresse de Mme Grigné-Castrus.

« J'y conduisais M. le sénateur tous les jours à l'heure du thé », expliqua-t-il à Osmond.

S'étant fait annoncer, Osmond de Vigors vit apparaître une femme aux yeux rougis mais d'une parfaite dignité. Elle savait déjà l'affreuse nouvelle. Le secrétaire de M. de Vigors venait de lui téléphoner.

126

Osmond fut un peu irrité qu'un employé se fût, sans prévenir, substitué à lui.

« J'apprécie, monsieur, que vous vous soyez dérangé pour venir me voir, en passant outre aux conventions. Ma situation est délicate.

— Mon grand-père vous aimait. Il m'avait parlé de vous à plusieurs reprises, il souhaitait même que vous me connaissiez. J'aurais aimé vous voir avec lui. Je me moque des conventions, ce sont des paravents pour les médiocres. »

Marie-Gabrielle sourit tristement.

« Voulez-vous, s'il vous plaît, mettre pour moi une rose dans son cercueil, car moi, je ne puis le voir, dit-elle la gorge nouée par l'émotion.

— Je le ferai, madame... et quand... tout sera terminé, si vous me le permettez, je reviendrai vous voir et nous parlerons de lui. »

Cette femme, qui avait dû être belle, méritait aux yeux d'Osmond autant de respect qu'une épouse. La voyant soudain sangloter, il vint à elle et l'embrassa sur la joue.

En revenant au domicile de son grand-père, Osmond fit un détour par la rue Saint-Pierre. Il devait, le soir même, fêter son diplôme de *bachelor* avec Dolores. Or, il se devait d'annuler ce tête-à-tête.

La boutique étant déserte, ils s'embrassèrent sans retenue. Dolores dissipa en un instant l'ambiance de mort dans laquelle il vivait depuis le milieu de la nuit. Elle était la vie, chaude et rassurante.

« Mon pauvre chéri, je vais penser à toi très fort », dit-elle quand il la quitta après lui avoir raconté que son grand-père s'était éteint pendant son sommeil avec une exemplaire discrétion.

L'Etat de la Louisiane et la ville de La Nouvelle-

Orléans firent de grandioses funérailles à l'ancien sénateur de Vigors. Tous ceux qui n'avaient pu trouver place dans la cathédrale Saint-Louis, pour assister au service célébré par l'évêque de la paroisse d'Orléans se massèrent sur l'esplanade entre l'église et les jardins de Jackson Square. La musique de la garde nationale avec ses tambours voilés de crêpe et un détachement du Washington Artillery rendirent les honneurs militaires à celui qui avait représenté l'Etat des Bayous au Congrès. Puis, des orateurs se succédèrent sur les marches du Cabildo, pour exalter les vertus et les mérites du disparu. C'est l'ultime indulgence de la mort de ne livrer au souvenir officiel de ceux qu'elle a saisis avec leurs défauts, leurs faiblesses et parfois leurs vices, qu'une image édifiante et épurée.

En écoutant toutes les fadaises souvent dénuées de sincérité débitées par des gens que son grand-père avait peut-être méprisés ou dont il s'était gaillardement gaussé pendant sa vie, Osmond ressentait une sorte d'écœurement. La vue de sa grand-mère, dont l'obésité majestueuse et le visage revêche s'accommodaient aisément des vêtements noirs et du voile des veuves, l'incitait paradoxalement à penser à une autre femme, noyée dans la foule anonyme et dissimulant un chagrin prohibé, dont la bonne société hypocrite eût peut-être joui comme d'une condamnation.

Quand l'ordonnateur, invitant Osmond à conduire le deuil, appela d'une voix d'appariteur « Monsieur le baron de Vigors », le jeune homme ne comprit pas tout de suite qu'il s'agissait de lui. Sur un signe de Castel-Brajac, il offrit son bras à sa grand-mère.

Sur le chemin du cimetière Saint-Louis, tout proche de la cathédrale, il ressentit comme un reniement de l'amour qu'à un moment de sa vie Charles de Vigors avait dû porter à sa femme, dans la phrase que cette dernière lui adressa d'une voix dont l'aigreur était assourdie par le voile de crêpe :

« Eh bien, Osmond, il y a longtemps que j'étais sortie avec mon mari ! »

*Troisième époque*

# LE TEMPS DE VIVRE

1

LA mort de Charles de Vigors fit d'Osmond un jeune homme riche. Lors de l'ouverture du testament de l'ancien sénateur, par une chaude matinée de juillet, il apprit que son grand-père l'avait désigné comme principal héritier.

S'il ne fut pas surpris, en arrivant avec sa mère, de trouver, dans le cabinet du notaire, sa grand-mère Liponne, qui brandissait une procuration de Marie-Virginie absente, et qu'accompagnait Louise-Noëlle, la religieuse, seconde fille du défunt, il s'étonna, en revanche, de la présence d'Augustine Barthew au côté de son père, M. de Castel-Brajac. Oncle Gus souffrait de la canicule. Il expliqua, en s'épongeant le front, que sa fille avait été, comme lui-même, convoquée par le tabellion. On pouvait aisément concevoir que le fidèle ami de Charles figurât au nombre des légataires, alors que la participation de la mère de Lorna à cette réunion familiale revêtait un caractère insolite. Augustine ne cachait d'ailleurs pas sa perplexité, ce qui rendait son père irritable et, sembla-t-il à Osmond, un peu inquiet.

Tandis que le notaire faisait sauter avec onction les cachets de cire rouge scellant une grosse enveloppe, la veuve de Charles s'adressa à la fille de Gustave d'un ton légèrement persifleur.

« Ne sois pas étonnée de te trouver là, ma belle. Charles a toujours eu un faible pour toi... peut-être parce que tu es venue au monde quelques semaines avant notre Marie-Virginie... »

M. de Castel-Brajac grommela quelques mots incompréhensibles et, sans aucun à-propos, fit remarquer que le thermomètre marquait déjà quatre-vingt-quatre degrés[1] à l'ombre.

Avant de donner lecture des dernières volontés de M. de Vigors, l'homme de loi s'éclaircit la voix.

« Mesdames et messieurs, nous sommes réunis pour prendre connaissance des décisions ultimes du regretté baron de Vigors. »

Puis il commença la divulgation du testament en donnant au texte tout son relief, comme s'il se fût agi d'un traité international engageant le destin de l'Union.

« – En ce jour, mardi 6 septembre 1910, moi,
« Charles, baron de Vigors, venant de dîner, étant en
« bonne santé de corps et d'esprit et d'humeur sereine,
« j'exprime et établis, par le présent testament, mes
« dernières volontés.

« Ceux qu'elles pourraient surprendre, scandaliser
« ou décevoir n'auront qu'à interroger leur mémoire
« et leur conscience. Elles leur fourniront sans doute
« les éléments d'appréciation qu'ils pourraient avoir
« oubliés.

« En ce qui concerne ma veuve, Liponne de Vigors,
« née Dubard, je m'en tiens au contrat en séparation
« de biens, signé lors de notre mariage. Comme elle

_____

1. Il s'agit de degrés Fahrenheit, soit environ trente-cinq degrés centigrades.

134

« est à l'abri du besoin, je l'exclus de mon testa-
« ment. »

– Ça alors! fit Liponne indignée en jetant ses gants
noirs sur le bureau du notaire.

– Puis-je vous demander, madame, de ne pas interrompre la lecture de l'acte? observa l'homme de loi en
fixant la veuve déçue par-dessus son lorgnon.

– Vous ne m'empêcherez pas de dire que c'est un
peu fort, non? »

Impassible, le notaire reprit.

« – Comme de diverses façons, ma fille Louise-
« Noëlle, en religion sœur Octavie de l'Incarnation,
« m'a toujours marqué son indifférence, je lui lègue,
« contraint et forcé, la part réservataire qui lui revient
« et que je ne puis, à mon vif regret, lui ôter. Ses
« prières ne valant pas plus que ses malédictions, je la
« dispense de toute ressouvenance de son père. »

La religieuse baissa la tête et poussa un profond
soupir. L'ordre des ursulines, auquel revenaient tous
les héritages des nonnes qui avaient prononcé des
vœux perpétuels, allait être désappointé.

« – A ma fille aînée, Marie-Virginie, épouse Castel-
« Brajac, que la vie n'a jamais beaucoup gâtée, je
« lègue, en plus de sa part légale, 100 000 dollars ainsi
« que l'hôtel particulier situé à Paris, rue Cambon, et
« la villa mauresque située à Monaco qui me viennent
« de ma demi-sœur bien-aimée, Gratianne, née Dam-
« villiers. A charge pour elle d'entretenir, sa vie
« durant, la tombe de Gratianne au cimetière du
« Montparnasse, à Paris.

« A la veuve de mon fils Gratien, mort à Cuba,
« Stella, aujourd'hui épouse Dubard, qui dispose déjà
« par donation de la plantation de Bagatelle, je lègue
« 100 000 dollars. Toutefois, cette somme, placée sur
« un compte bloqué producteur d'intérêts à la Banque

135

« de Louisiane, ne lui sera comptée qu'au jour où elle
« deviendrait veuve pour la seconde fois et à condition
« qu'elle s'engage à maintenir dans son intégrité le
« domaine de Bagatelle. Si Mme Faustin Dubard
« devait décéder avant son époux, la somme ci-dessus
« mentionnée, augmentée des intérêts, reviendrait à
« mon petit-fils, Osmond, baron de Vigors. »

Stella jeta un regard de biais à son fils, que ces
dispositions bizarres ne semblaient pas surprendre. Le
notaire paraissait enchanté de révéler le contenu d'un
testament sortant de l'ordinaire.

« – Je lègue à Augustine Barthew, née Castel-
« Brajac, à qui j'ai toujours porté une affection parti-
« culière en raison de certaines circonstances de ma
« vie connues de ses parents, cinq immeubles de
« rapport, situés à La Nouvelle-Orléans, dans les rues
« Villeré, Robertson, d'Iberville, du Marais et Conti,
« ainsi qu'une somme de 25 000 dollars. »

Liponne et Louise-Noëlle ne purent retenir une
exclamation qu'Osmond jugea déplacée.

« Qu'est-ce... qu'est-ce que ça veut dire ? demanda
naïvement Augustine.

– Rien d'autre que ce qui est écrit, madame. Le
défunt baron de Vigors vous lègue en toute propriété
ces immeubles qui doivent valoir, d'après les estima-
tions qu'il m'avait demandé d'en faire, au moins
600 000 dollars. »

La religieuse intervint d'une voix blanche :

« Mais ces immeubles sont situés dans l'infâme
quartier de Storyville ?

– Il semble, ma sœur », reconnut le notaire avec un
sourire.

Gustave s'agitait sur sa chaise. Rassuré par les
termes de la clause se rapportant à Augustine, il

136

appréciait maintenant en connaisseur l'humour de son vieil ami.

« Sacré Charlot », dit-il.

Cette remarque lui valut, de la part de Liponne, un regard courroucé. La lecture continua.

« – Je lègue à mon ami Gustave de Castel-Brajac,
« dont l'affection fraternelle et la fidélité inlassable
« m'ont aidé à traverser la vie et qui m'a donné des
« preuves répétées de son dévouement, la propriété
« connue sous le nom de Feliciana Garden, si-
« tuée dans la paroisse de West Feliciana (Louisiane).

« Je lui destine également la canne de bois d'ébène
« qu'il a si souvent convoitée et dont le pommeau d'or
« en forme de tête d'ours peut passer pour représenta-
« tif de son aimable caractère. »

Le notaire marqua un temps d'arrêt pour laisser aux auditeurs le temps de juger de la générosité du défunt. Gustave, qui avait la larme à l'œil, renifla bruyamment, se moucha et fit signe à l'homme de loi de continuer.

« – A mon petit-fils Osmond de Vigors, je lègue ma
« demeure de l'avenue Prytania avec tout ce qu'elle
« contient : meubles, tableaux, gravures, objets d'art,
« bibliothèque, ainsi que mon automobile, mes che-
« vaux et mes voitures, charge lui restant de remettre
« à ma veuve ce qui lui appartient en propre et dont
« on trouvera la liste en annexe. Je lui lègue égale-
« ment toutes mes parts de la compagnie Oswald and
« Vigors Petroleum, ainsi que toutes les parts que je
« détiens dans différentes compagnies de navigation,
« de chemins de fer et entreprises industrielles. Des
« ordres ont été donnés à ma banque pour que mon
« portefeuille d'actions, d'obligations et d'hypothè-
« ques soit transféré à son nom dans les meilleurs

« délais ainsi que les titres de propriété des deux
« plantations que je possède dans l'île de Cuba.

« Après la lecture de mon testament, le notaire
« devra lui faire remettre la clef du coffre que je
« possède à la Banque de Commerce. Tout ce qu'il
« contient lui appartient. Il devra détruire par le feu
« les documents et correspondances privées qu'il trou-
« vera dans ledit coffre, après en avoir pris connais-
« sance s'il le désire. Dans le cas où mon légataire
« privilégié contracterait mariage, j'exprime l'exigence
« qu'aucun des biens venant de moi ne tombe dans la
« communauté conjugale.

« A mon petit-fils, je demande d'illustrer au mieux
« la devise des Vigors : *Des griffes et des dents*, et de
« passer à son doigt la chevalière aux armes de notre
« famille que je n'ai jamais quittée.

« A tous, par-delà la tombe, j'adresse ce seul conseil
« qui les contient tous : « Vivez aussi bien et aussi
« longtemps que vous pourrez. »

« Charles, baron de Vigors. »

« Je suis à la disposition des légataires pour l'exécu-
tion des clauses de ce testament », conclut le notaire.

Osmond, un peu décontenancé par la générosité de
son grand-père, jouait avec la chevalière qu'il portait
depuis la nuit tragique. Oncle Gus lui sourit et, tandis
que tout le monde se levait, glissa avec malice :

« Ce n'est pas un testament, boun Diou, c'est un
règlement de compte! »

Liponne et Louise-Noëlle firent des adieux un peu
secs. Osmond, Stella, Augustine et oncle Gus s'en
allèrent déjeuner à l'hôtel Saint-Louis, tout proche.

Depuis qu'elle s'était vu attribuer le legs surprenant
des immeubles de Storyville, Augustine brûlait de
poser à son père une question.

« Quelles sont les circonstances de la vie de Charles « connues de mes parents » qui semblent justifier l'héritage que je reçois? »

M. de Castel-Brajac, qui s'attendait à pareille curiosité, avait préparé sa réponse.

« Il n'y a nul mystère là-dessous, Augustine. Simplement une dette qu'avait Charles à mon égard. Quand, en 1870, je suis parti pour la guerre en France, alors que tu n'étais pas encore née et que mon ami, jeune avocat, venait d'épouser Liponne, je lui ai rendu un service... ou plutôt je lui ai fait un prêt... oui, un prêt. Et nous avons convenu... que mon premier enfant serait le bénéficiaire du... remboursement. Tout ça, bien sûr, je l'avais oublié... mais Charles, tu vois, s'en est souvenu.

– En somme, en m'offrant ces immeubles aux adresses fort compromettantes, dont tout le monde ignorait qu'il fût propriétaire, il ne fait que payer sa dette?

– C'est cela... Il rembourse avec intérêt.

– Mais que vais-je faire de ces... sentines du vice?

– Tu vas les vendre, mon petit, et recevoir une belle somme...

– Vous croyez que je puis accepter sans scrupules? Je n'appartiens pas à la parenté de Charles et ses enfants doivent se sentir frustrés, vous avez vu la tête de Louise-Noëlle? »

M. de Castel-Brajac n'hésita pas à mimer la colère.

« Tu ne vas pas discuter les volontés d'un mort, boun Diou... »

Osmond avait suivi cette conversation, non sans remarquer les explications un peu vagues et hésitantes de l'oncle Gus. Il connaissait assez son grand-père pour douter que la justification avancée par le Gascon pour ce legs inattendu fût aussi banale qu'il voulait le faire croire à Augustine. M. de Castel-Brajac, habitué au sourire de son ancien élève, ne soupçonna pas ce jour-là qu'il pouvait traduire un scepticisme pyrrhonien.

Contrairement aux habitudes contractées au cours des vacances précédentes, Bob, Dan et Osmond ne passèrent pas l'été ensemble. Mme Meyer ayant besoin de repos, son fils l'accompagna dans une station climatique du Tennessee et Dan s'en fut en Floride avec ses parents. Osmond prit de son côté le chemin de Bagatelle. Les trois amis décidèrent de se retrouver à la fin du mois d'août dans la propriété des Foxley, près de Natchez, où ils avaient vécu ensemble tant de séjours, dans le bonheur et l'inconscience de leur amitié triangulaire. Osmond et Bob étant libres jusqu'au mois d'octobre, époque à laquelle commenceraient à La Nouvelle-Orléans les cours de droit de l'université Tulane et ceux d'ingénieur à l'Institut polytechnique, avaient décidé d'accompagner Dan à Baltimore, dans le Maryland. Le « scientifique » de la bande, inscrit à l'université Johns-Hopkins, devait s'y présenter le 10 septembre. L'exil volontaire de leur ami sur les bords de la Chesapeake fournissait prétexte à un pèlerinage chez Edgar Poe, un des écrivains préférés d'Osmond.

Plus encore que l'éloignement temporaire de ses amis, ce dernier souffrait d'avoir à se séparer de Dolores pendant de longues semaines. Comme tous les amoureux, il associait l'absence de l'être aimé aux risques de l'oubli, à de confuses menaces. Bien qu'il ne cédât pas au doute trivial quant à la fidélité de sa maîtresse, il ne pouvait s'empêcher d'imaginer qu'à Saratoga Springs, station thermale à la mode de l'Etat de New York où Dolores devait se rendre pour visiter une tante, des hommes ne manqueraient pas de remarquer la beauté épanouie de cette femme superbe et se risqueraient peut-être à lui faire la cour. Le professeur d'espagnol, qui ignorait toujours la nature exacte des relations qu'entretenait Osmond avec sa sœur, devait faire le voyage avec cette dernière. Cependant, aux yeux de l'amant inquiet, ce chaperon ne constituait plus une protection suffisante, depuis que Dolores avait annoncé en plaisantant que son frère s'était « mis dans la tête de la marier ».

De son côté, Mlle Ramirez redoutait « le joyeux essaim de jeunes filles » qu'Osmond allait, comme chaque année, retrouver à Bagatelle. Sans oser citer le nom de Lorna, qu'elle entendait parfois prononcer par le jeune homme quand il évoquait son enfance ou les tournois de tennis et les pique-niques du Baga-Club, elle ne cachait pas la crainte qu'elle éprouvait de le voir succomber au charme d'une de ces « fraîches héritières ».

Au cours de leur dernière nuit, avant la séparation des vacances, elle s'était laissée aller à évoquer l'avenir de leur amour.

« Il faudra bien que je me résigne un jour à te voir me quitter, n'est-ce pas? Dans quelques années, je serai une vieille femme et... »

Osmond lui avait clos la bouche d'un baiser fougueux, comme s'il voulait conjurer les incertitudes du destin.

« Pourquoi ne t'épouserais-je pas? »

L'exaltation d'une passion partagée lui avait inspiré, entre deux étreintes, cette folle question. La jeune femme, lovée nue contre son amant, avait caché son visage au creux de l'épaule de celui-ci pour repousser d'une voix tendre et mélancolique une perspective aussi déraisonnable.

« Tais-toi... voyons, je vais avoir trente-deux ans et tu en as dix-huit... ne rêvons pas de projets irréalisables... aimons-nous sans penser à demain. Je souhaite que ça dure le plus longtemps possible... oui, c'est tout ce que je puis espérer. »

Osmond s'était récrié que la différence d'âge ne signifiait rien. Lucile de Chateaubriand n'avait-elle pas épousé M. de Caud son aîné de trente-sept ans, et Philippe VI de Valois ne s'était-il pas uni à cinquante-six ans à Blanche de Navarre qui en avait dix-neuf?

« Qu'un homme âgé prenne une femme jeune n'est pas anormal, mais le contraire...

– Voyons, Henri II n'a-t-il pas aimé Diane de Poitiers qui comptait vingt années de plus que lui et Balzac ne vécut-il pas une passion extraordinaire, alors qu'il avait vingt-trois ans, avec Laure de Berny, qui en avait quarante-cinq... et neuf enfants.

– Diane et Laure ne furent que des maîtresses, Osmond, pas des épouses... ne parlons plus de ces choses... Le bonheur que nous vivons, personne ne pourra nous le reprendre jamais. »

A son tour, elle l'avait embrassé avec une ardeur désespérée, puis, chair contre chair, ils s'étaient une fois encore unis dans le plaisir, alors que l'aube filtrait aux persiennes.

Au moment de quitter Dolores, quelques jours après l'ouverture du testament de Charles de Vigors, Osmond, cédant à son élan sentimental, avait pensé proposer à sa maîtresse d'abandonner son commerce de parfumerie pour s'installer avec lui dans une maison qu'il louerait. Ils auraient pu mener ainsi, sous le même toit, une vie quasi conjugale, au mépris des conventions. N'avait-il pas maintenant les moyens financiers d'établir confortablement celle qu'il aimait et assez d'indépendance pour tenir tête à une société conformiste? Mais il avait renoncé à ce projet fantasque, qui eût causé un scandale familial et mis

Mlle Ramirez au rang de femme entretenue, ce qu'elle n'eût pas supporté. Dolores attachait en effet beaucoup de prix à la considération publique. On admettait qu'elle tînt un commerce de luxe sans déroger, mais ces mêmes bourgeoises, qui fréquentaient sa boutique comme un salon, ne lui eussent pas pardonné une cohabitation avec un fils de l'aristocratie. Aucune de ses relations ne soupçonnait qu'elle eût un amant. Seule la domestique noire, qui la servait depuis des années et dont elle savait la discrétion, connaissait l'existence d'Osmond et pouvait être amenée à penser que le garçon passait parfois la nuit chez sa patronne.

Osmond, depuis longtemps, ne venait plus à la boutique et rejoignait Dolores dans son appartement par l'entrée du patio qui, comme beaucoup d'autres, correspondait par des corridors et des jardinets avec les patios voisins. Même si l'on voyait fréquemment pénétrer M. de Vigors sous un porche de la rue de Toulouse, personne ne pouvait imaginer qu'il se rendait par un itinéraire compliqué dans une maison de la rue Saint-Pierre. Ce mystère ajoutait encore au plaisir des fréquentes retrouvailles, et il arrivait qu'Osmond lise, étudie ou joue du piano en attendant, seul dans le salon, le retour de Dolores.

Le couple n'apparaissait en public, au théâtre, au concert, à une exposition de peinture ou pour dîner, au casino du fort espagnol, que flanqué de Bob Meyer et d'Otis Foxley qu'accompagnait toujours Dan. Le nombre impair suffisait à sauvegarder les convenances, et ceux qui reconnaissaient Mlle Ramirez au milieu de ce groupe de jeunes ne voyaient en elle que le nouveau chaperon choisi par Otis Foxley depuis que sa sœur Margaret, mariée, ne pouvait plus remplir cet office. Au cours de ces sorties, assez rares et généralement justifiées par des motifs culturels, rien ne pouvait faire supposer à l'observateur le plus malveillant qu'un des trois garçons jouissait des intimes faveurs de la sœur du professeur d'espagnol. Par son maintien, par sa toilette qu'elle s'appliquait ces jours-là à rendre plus austère, aussi bien que par les propos qu'elle tenait, Dolores savait jouer sans ostentation le rôle que la bonne société lui attribuait.

Au théâtre ou au concert, elle ne s'asseyait presque jamais près d'Osmond, et ce dernier, dominant parfois l'envie qu'il avait de lui prendre la main, ne pouvait que quêter des regards furtifs discrètement chargés de tendresse. Dolores vivait sa liaison avec une telle prudence et s'en tenait avec un tel naturel au comportement mondain que, si Osmond s'était avisé, comme beaucoup de jeunes gens de son monde, de se vanter, avec un manque coupable de retenue, de sa bonne fortune, on ne l'eût sans doute pas cru. Bob et Dan, dans la confidence, se gardaient bien de détromper Otis qui ne discernait dans les relations d'Osmond et de Mlle Ramirez qu'un penchant platonique, amplement justifié aux yeux de la jeune fille par la différence d'âge des amoureux.

Cet amour, condamné à la dissimulation, Osmond le savait aussi, avec lucidité, voué à la précarité et, bien qu'il n'en imaginât pas le terme, à l'éphémère. Même ses amis ne voyaient en lui qu'un garçon aux appétits précoces, qui jetait sa gourme avec une femme ayant succombé aux attraits d'une liaison romanesque.

Or, tout en agissant comme beaucoup de jeunes gens de sa génération et de son milieu qui, trop raffinés pour se satisfaire comme leurs ancêtres de la docilité d'une « tisanière » noire ou de l'enseignement d'une demi-mondaine créole, se faisaient déniaiser par des bourgeoises légères et désœuvrées, il refusait cette conception mondaine et trop platement humaine de l'amour.

L'attirance sexuelle, le désir de possession, l'exploration voluptueuse des variantes du plaisir, la virtuosité dans les jeux érotiques ne constituaient pour Osmond que l'expression physique d'un engagement qu'il voulait plus réel, plus entier, plus intransigeant. Quand Dolores lui livrait son corps, s'abandonnait sans fausse pudeur aux délices charnelles en fixant son amant d'un regard agrandi par l'extase, surpris et presque douloureux, Osmond, prodigieusement lucide et maître de lui pour conduire le crescendo harmonieux de la jouissance jusqu'à la fugace et suprême confusion des sens, recherchait l'impossible fusion des âmes. Dolores n'était pas préparée pour le suivre sur ces sommets et n'imaginait pas que l'on puisse espérer, à travers l'intensité éblouissante de la communion des corps, la révélation mystique. L'eût-elle admis qu'elle s'en fût effrayée, en bonne chrétienne, comme d'un péché capital contre l'esprit, autrement grave que celui qu'elle acceptait de commettre. Ce désir d'absolu, de sublimation de leur amour qu'elle devinait parfois chez son amant, la flattait tout en l'inquiétant. Il en demandait trop.

En retrouvant Bagatelle et les habitués de la belle saison, Osmond eut à régler, du fait de sa position d'héritier majeur de Charles de Vigors, un certain nombre de situations. Faustin Dubard attendait sa nomination de directeur de l'hôpital maritime de La Nouvelle-Orléans, qui tardait à venir. On était même fondé à se demander si elle interviendrait jamais. Le médecin, homme discret et peu disposé à faire jouer des relations qui eussent facilité les choses, trompait son attente en s'initiant à la vie de plantation. Osmond lui était reconnaissant de rendre sa mère heureuse et quiète. Jamais Stella n'avait paru aussi radieuse. Malgré la réserve naturelle de cette femme, longtemps vouée à la solitude physique, on décelait maintenant chez elle cette tranquille assurance que confèrent la sécurité, un amour sincère et partagé. Son corps gracile et souple restait d'une étonnante jeunesse, et l'on devinait qu'il ne se refusait pas aux cajoleries d'un époux plein d'égards et de délicatesse. Si, bien souvent, l'assiduité mécanique et les banales étreintes de son premier mari avaient paru à Stella monotones et parfois contraignantes, elle venait de découvrir, dans les bras du médecin, que l'indolente torpeur des désirs assoupis pouvait être vaincue et que, là où des précipitations rustiques prenaient au dépourvu une partenaire ignorante et timide, de savantes et convaincantes lenteurs l'amenaient tout naturellement au plaisir. Pendant des nuits, une sotte pudeur avait retenu Stella de s'abandonner, l'avait obligée à refréner l'exaltation à laquelle elle eût voulu donner libre cours. Faustin, patient et caressant, enivré d'un sentiment qui confinait à la vénération, s'appliquait par ce qu'Ovide appelle « d'habiles retards », à la conduire en pilote attentif au terme du plaisant voyage. Le corps de la femme délaissée se fane comme une rose privée de la fraîcheur de l'eau, alors que la chair désirée s'épanouit comme si elle conservait entre deux embrasements la mémoire des derniers frémissements et s'émouvait déjà des enlacements à venir.

Ce bonheur tardif, mais nouveau pour elle, Stella le devait en partie à son fils. A sa fierté de mère, consciente d'avoir mis au monde un beau garçon aux qualités reconnues, s'ajoutait la gratitude de la femme que l'on a aidée à vaincre les atermoiements du destin. Elle aurait voulu que Faustin et Osmond aient plus d'intimité, davantage d'échanges confiants, mais la

146

faculté déroutante qu'avait le garçon de s'abstraire des contingences et de maintenir les distances n'encourageait guère le médecin à sortir de son rôle formel de beau-père amical et bienveillant.

Aussi, quand un soir Osmond retint M. Dubard qui s'apprêtait à rejoindre sa femme, en déclarant qu'il avait une suggestion à faire, le médecin fut à la fois étonné et ravi.

« Comptez-vous toujours obtenir ce poste à La Nouvelle-Orléans? demanda Osmond.

– Mon cher garçon, je crains bien de ne pas être fixé avant l'élection présidentielle. En cette période de préparation électorale, toute nomination de fonctionnaire relève de la spéculation politique. Mes intérêts, malgré mes états de service, dépendent d'une administration fédérale républicaine, dans un Etat qui vote traditionnellement démocrate. Si les républicains, qu'une série de victoires ont rendus plus généreux, admettent entre deux consultations qu'on puisse confier des postes... techniques... à des gens compétents, qui leur sont politiquement hostiles, il est vain d'imaginer que, en période préélectorale, ils s'avisent de mécontenter les électeurs influents en distribuant des postes fédéraux à leurs adversaires.

– Mais les élections n'auront lieu que dans un an?

– Les partis se préparent déjà aux affrontements, et ce n'est pas la petite guerre que se livrent Taft et Roosevelt, pour conquérir la confiance des républicains, ni la création de ce nouveau parti national progressiste de Robert La Follette, sénateur du Wisconsin, qui vont simplifier les choses.

– Grand-père disait, quelques jours avant sa mort, que les démocrates auraient en 1912 des chances de l'emporter si la zizanie se développait chez les républicains.

– Encore faudrait-il que les démocrates aient un bon candidat. »

Ce genre de discussion était courant, à l'époque, dans bien des familles. On savait, du nord au sud du pays, que l'année 1912 serait marquée par une intense lutte politique. Le président William Howard Taft, dauphin autrefois désigné par Theodore Roosevelt, avait déçu son « parrain » en pratiquant une politique qui s'éloignait de plus en plus des principes chers à Teddy. Les différences de tempérament et de comportement des deux hommes aggravaient encore les dissensions prévisibles dès l'installation à la Maison Blanche de l'ancien secrétaire d'Etat à la Guerre. Homme placide, mesurant près de deux mètres et pesant cent trente kilos, M. Taft, qu'une épouse ambitieuse avait poussé à accepter la succession de Roosevelt, entendait bien ne pas sacrifier à ses fonctions ce qui faisait pour lui le charme de la vie : le golf et la bonne chère. D'une activité débordante, Theodore Roosevelt reprochait à son successeur de faire la sieste chaque jour et de se conduire comme un conservateur. Cette dernière accusation paraissait assez injuste, puisque nul autre avant Taft ne s'était montré aussi dur envers les trusts[1] ni aussi soucieux de la condition des travailleurs. N'avait-il pas fait appliquer aux fonctionnaires fédéraux la loi de huit heures, créé la caisse d'épargne postale, obtenu la révision des procédures budgétaires, réduit le tarif douanier, étendu aux compagnies privées de téléphone le contrôle de la Commission fédérale du commerce et même ratifié la loi Manes, qui interdisait « de transporter une femme d'un Etat à un autre dans une intention immorale »?

1. Sous la présidence de Taft, on compta quatre-vingt-dix procès contre les trusts, vingt-quatre seulement sous la présidence de Roosevelt.

Theodore Roosevelt ne cachait plus son intention de briguer un second mandat, ce que la Constitution autorisait. A cinquante-trois ans, l'ancien colonel des Rough Riders brûlait de reprendre en main les affaires du pays. Il débordait d'une insupportable ardeur et souffrait de ne pouvoir exercer une autorité dont il n'était pas éloigné de se croire investi par le Tout-Puissant. Au cours de l'année 1910, il avait trompé son ennui en effectuant un grand voyage « sur le vieux continent et au-delà ». En Afrique, il avait tué des éléphants, des hippopotames, des rhinocéros et des lions. Il avait descendu le Nil et contemplé les pyramides, fait une conférence à la Sorbonne, dîné avec la reine d'Italie, vu défiler l'armée prussienne, développé, devant les étudiants d'Oxford ébahis, sa thèse fumeuse sur les « analogies biologiques de l'Histoire », avant d'assister aux funérailles du roi Edouard VII, que la mort avait eu l'outrecuidance de dérober à l'illustre Américain. Mais courir le monde, provoquer au tennis ceux qui lui rendaient visite, palabrer devant des auditoires choisis, distribuer des conseils ne suffisait pas à cet homme. Il voulait le pouvoir, et l'occasion se présentait de le saisir.

Il se disait capable de sortir le parti républicain « du désert, du doute, du mécontentement » où Taft l'avait conduit. On murmurait qu'une demi-douzaine de gouverneurs d'Etat lui apporteraient leur soutien, et que les thèses qu'il développait sur le nouveau nationalisme et la nécessité d'avoir un gouvernement fédéral puissant trouvaient des échos favorables dans le public.

En Louisiane, où Taft n'avait recueilli en 1908 que 8 958 suffrages contre 63 568 au démocrate Bryan, on se réjouissait de la promesse de scission du parti républicain. Dans cet Etat catholique et de mœurs aristocratiques, on détestait Teddy que l'on qualifiait volontiers de « cow-boy fanfaron ».

On ne lui pardonnait pas d'avoir traité le pape Pie X – qui n'avait pas accordé d'audience à M. Roosevelt – de « curé de paroisse à l'esprit étroit », ni d'avoir déclaré que les réceptions des souverains italiens ressemblaient à un « mariage juif dans l'East Side ».

Face aux démocrates goguenards, les républicains qui disposaient de l'administration fédérale se souciaient donc peu de faciliter la carrière d'un médecin qui, par son mariage avec une riche veuve sudiste, appartenait au clan abhorré des « bourbons ».

Osmond, qui méprisait la politique et dont l'éducation dans ce domaine avait été faite par un grand-père expert en ses jeux troubles, invita Faustin à ne plus accepter que son sort dépende des marchands de dépouilles.

« J'aimerais que vous acceptiez de rester à Bagatelle pour assurer la marche de la plantation. Le contrat avec les héritiers Tiercelin touche à son terme, et je souhaite que ma mère reprenne l'exploitation. Elle ne peut le faire sans vous. Je souhaite aussi vous déléguer mes pouvoirs pour surveiller l'avancement des forages entrepris par la Oswald and Vigors Petroleum, je dois terminer mes études de droit et ne puis gérer cette entreprise que m'a léguée mon grand-père. Vous vous entendez bien avec Omer Oswald, et il préférera avoir affaire à un homme de votre expérience plutôt qu'à un freluquet comme moi. Cela ne vous empêchera pas, j'imagine, d'exercer la médecine pour un petit cercle qui vous fait confiance. »

Faustin, contrairement à ce que craignait Osmond, ne discuta pas cette idée.

« Votre proposition est à la fois généreuse et séduisante, mais, avant de m'engager, j'aimerais en discuter avec votre mère. »

On convint d'un délai de quelques jours.

Au lendemain de cette conversation, on fit à Bagatelle l'appel des membres du Baga-Club, en vue de l'organisation de l'annuel tournoi de tennis devenu une institution. L'absence de Dan Foxley et de sa sœur Otis, comme celle de Bob Meyer, fut unanimement regrettée. Alix, privée de son chevalier servant, faisait la moue et guettait l'arrivée du courrier de Floride. Silas Barthew, admis à West Point, avait trouvé une nouvelle partenaire dans la personne d'Aude Oswald qui, à treize ans, en paraissait dix-huit et rapportait du Sacré-Cœur de Grand Coteau le premier prix de gymnastique. La sœur de cette championne, Hortense, la benjamine du groupe, savait déjà tenir une raquette, et Faustin Dubard plaida pour qu'elle soit engagée. Clary, le troisième enfant des Barthew, du même âge que Céline de Vigors dont on venait de fêter les quatorze ans, fit équipe avec la sœur d'Osmond. Quant à ce dernier, il se trouva tout naturellement associé à Lorna pour former ce que le juge Clavy, en visite à Bagatelle ce jour-là, appela « le couple idéal ». Alix et Hortense restant sans partenaires, Stella invita deux des innombrables neveux de son mari, Louis et James Dubard, fils d'un Dubard propriétaire d'une sucrerie de Réserve et connu dans l'immense famille sous le sobriquet de « Bobcat »[1] à cause de sa myopie. On fit comprendre aimablement aux nouveaux venus qu'ils auraient à subir une période probatoire avant d'être admis comme membres à part entière d'une association qui n'avait ni statuts ni président, mais que

1. Lynx; ce sobriquet, fréquent chez les Cajuns, est affectueusement ironique.

soudaient des complicités spontanées, un langage quasi tribal et dont le chauvinisme se manifestait à tous propos. Cet été-là, les membres du Baga-Club inaugurèrent les cravates, les écharpes et le fanion que Félix de Castel-Brajac avait dessinés et fait tisser pour eux en Angleterre. Au début de juillet, on avait livré à Bagatelle une caisse expédiée de Londres. Elle contenait les somptueux accessoires qui distingueraient désormais les bagatelliens du vulgaire. Dans une lettre, le fils de Gustave expliquait qu'il avait choisi le bleu turquoise, couleur des eaux du Mississippi, et le blanc mousseux, couleur du coton, pour composer le fanion triangulaire frangé d'or et sur lequel se détachait en lettres bleues le nom du Baga-Club. Les cravates des garçons, rayées de blanc et de vert, étaient ornées d'une feuille de chêne dorée, comme les écharpes destinées aux jeunes filles. Les ceintures, en tissu élastique, pourvues d'une boucle gainée de cuir rappelaient les couleurs du club. Félix avait joint à son envoi une statuette de bronze représentant un tennisman en plein effort, et spécialement coulée pour ses amis de Louisiane. Le « trophée Castel-Brajac » devrait être remis en compétition chaque année et attribué, précisait le donateur, « au joueur le plus malchanceux ». Retenu en Grande-Bretagne avec Marie-Virginie – qui n'avait pu assister aux funérailles de son père –, le fils de Gustave promettait de participer au tournoi de l'année suivante et annonçait son arrivée pour le mois d'avril 1912.

La généreuse initiative de Félix plut à son père. Elle fut applaudie, commentée et appréciée. Gloria de Castel-Brajac, rayonnante de plaisir, fut promue, en tant que mère du supporter, marraine du club et le tournoi commença, dans une atmosphère de fête. L'arbitrage fut confié à Faustin Dubard, qui semblait avoir définitivement oublié ses anciens complexes, dus à son visage de martyr.

Autour de la vieille demeure, sous les chênes séculaires, à deux pas de ce fleuve majestueux, symbole toujours présent de l'inexorable écoulement du temps et de la pérennité d'un décor bucolique, ce petit monde privilégié de Bagatelle illustrait, cet été-là, une conception tonique et insouciante du bonheur.

Ceux et celles qui s'acheminaient doucement vers le terme de leur existence, comme Gustave de Castel-Brajac ou les demoiselles Tampleton, jouissaient du spectacle d'une jeunesse ardente et rieuse, comme d'une radieuse promesse. Tous ces garçons et ces filles beaux et sains, à l'aise dans leur peau, sauraient maintenir les vertus et les traditions d'une caste unique dans l'Union. Ces héritiers du Vieux Sud, forts de la virilité et de l'obstination des pionniers, mainteneurs des mœurs raffinées d'une aristocratie terrienne, que ni l'infortune, ni la course au dollar n'avaient pu entamer, continueraient à célébrer le culte humaniste auquel les Yankees pragmatiques demeuraient étrangers. Eduqués et formés pour faire face aux exigences économiques, techniques ou scientifiques du monde moderne, ils triompheraient aisément des handicaps que leurs parents ou leurs grands-parents avaient dû maladroitement surmonter. L'avenir du Sud se trouvait en de bonnes mains.

Depuis qu'il était devenu l'amant de Dolores Ramirez y Rorba, Osmond regardait les femmes d'un autre œil. Il connaissait maintenant le corps féminin et, sous l'écran flou ou moulant des vêtements, il pouvait juger de la qualité des formes dissimulées et imaginer la plastique de celles qu'il approchait.

L'altière beauté et l'élégance de Lorna, la minceur de sa taille, la fermeté convaincante de son buste, ses

153

longues jambes fuselées n'avaient jamais, dans le passé, retenu l'attention du garçon. La découverte qu'il en faisait ne le troublait guère, même si l'attrayante réalité de la femme rejetait aux premières pages de l'album de sa mémoire l'image d'une fillette aux longues tresses, sage et décidée. Il n'avait donc aucune difficulté à juguler ce qu'il estimait être le mécanisme émotionnel des sens, quand il lui posait sur les joues des baisers fraternels.

Comme depuis l'enfance il n'avait jamais eu de secret pour cette compagne de jeux, il la convia un matin, alors que Silas et Aude tentaient de battre Alix et le jeune Louis Dubard, qui se révélait un joueur redoutable, à monter jusqu'aux Trois-Chênes, le site des confidences.

Quand ils furent assis, face à face, sur les pierres moussues des caveaux de Dandrige et de Virginie, Osmond déclara d'une façon assez abrupte, en homme qui n'a pas à ménager son auditoire, qu'il avait une maîtresse à La Nouvelle-Orléans.

Lorna venait de retirer le bandeau élastique qui retenait ses cheveux quand elle jouait et secouait son opulente crinière brune. Le visage à demi dissimulé par sa chevelure libérée, elle répliqua sans se troubler que cela lui paraissait normal.

« Un garçon de ton âge se doit, j'imagine, d'avoir une maîtresse... non? Ça s'est toujours fait chez les jeunes « bourbons »... ainsi tu n'échappes pas à la règle. »

Il y avait dans le ton de Lorna une certaine ironie et Osmond fut un peu irrité de se voir assimilé à une catégorie de jeunes gens qu'il n'estimait guère.

« Ça te choque?

– Pas du tout. Cela me paraît d'une grande banalité au contraire et je ne comprends pas pourquoi tu m'informes de ce... de cette situation toute personnelle!

— Je n'ai jamais eu de secret pour toi... il m'aurait déplu que tu apprennes ça par une indiscrétion quelconque. »

Lorna rejeta ses cheveux en arrière, remit en place son bandeau et sourit.

« Nous ne sommes plus des enfants, Osmond, et il est bien probable que nos vies vont diverger. Tu es un homme, je suis une femme, et il est certaines choses que nous devrons taire.

— Je voulais te faire partager ce qui fait mon bonheur, ma passion, l'affaire importante de ma vie...

— Un amour ne se partage pas avec un tiers, comme une tarte aux pécans... mais, tu peux me parler d'elle si tu as envie de parler d'elle. Je puis t'écouter avec sympathie... Comment est-elle? »

Le besoin qu'avait Osmond de parler de Dolores, de la décrire, d'exprimer les sentiments qu'elle lui inspirait, disparut brusquement. Lorna rendait l'exceptionnel banal, amoindrissait sa passion jusqu'à en faire une liaison sans importance, rejetait la femme qu'il aimait dans un univers quelconque d'où elle n'avait pas à émerger. Elle faisait de Dolores une étrangère, quelqu'un que les bagatelliens n'avaient pas à connaître.

« Très bien, dit-il, je n'ai rien à ajouter.

— Montesquieu a dit : « Les gens extrêmement « amoureux sont ordinairement discrets », souffla Lorna d'une voix suave, un peu moqueuse.

— Je suis en effet extrêmement amoureux!

— J'en suis heureuse pour toi... et pour l'élue de ton cœur. »

Ils descendirent du tertre aux trois chênes en parlant de tout autre chose. Lorna, assez joyeuse, expliqua à Osmond, qui ne pouvait se défendre d'une certaine mauvaise humeur, qu'elle s'installerait en septembre dans le comté de Wilkinson (Mississippi) pour suivre des cours de zoologie et d'entomologie à l'académie de Woodeville. Cette institution, fondée en 1814, passait pour une des plus anciennes du Sud. On y recevait depuis 1819 les jeunes filles qui s'intéressaient à l'agriculture et à l'élevage. Au fil des années, l'Académie, en prospérant, s'était agrandie et avait acquis une réputation qui dépassait largement les limites de l'Etat. La zoologie et l'entomologie y étaient enseignées par un vieux savant, le professeur John Vernon, qui n'acceptait que cinq élèves. Lorna serait la seule fille de cette classe et logerait sous le toit de son maître dont l'épouse, sans enfants, aimait à accueillir les étudiantes.

« Je ne vois pas ce qui peut t'attirer chez les insectes... Il est vrai que tu as toujours été la seule de la bande que les moustiques ne piquent pas. Tu t'intéresses à eux par reconnaissance?

– M. Fabre a dit : « Le monde de la Bête est un des « plus fertiles en contemplations de toutes sortes », et je crois que c'est vrai. Etudier les instincts et les mœurs des insectes, leur façon de se nourrir, de se battre, de se reproduire me passionne... et puis grand-père Gustave compte sur moi pour reprendre son affaire de miel dont il veut me faire héritière. Ni mes parents, ni Félix et encore moins Lucile ne s'intéressent aux abeilles. Il serait dommage qu'une telle entreprise ne soit pas poursuivie.

– Sans compter que ça t'assurera de beaux revenus... tu vas devenir un parti intéressant.

– Je le suis déjà... mais j'ai tout mon temps..., les seules noces qui, présentement, m'intéressent sont celles du scarabée sacré.

– Si ça suffit à occuper ton cœur », répliqua Osmond maniant à son tour l'ironie.

Lorna lui jeta un regard de biais, doux et calme.

« Mon cœur, Osmond, est comme un flacon plein d'un liquide incolore, c'est pourquoi on le croit vide.

– La métaphore est osée mais élégante..., ce liquide incolore a-t-il un nom?

– Il en a un.

– Peut-on savoir?

– Il s'est évaporé et personne ne s'en souvient. »

Comme ils atteignaient l'allée de chênes de Bagatelle, le badinage fut interrompu par Alix venant à leur rencontre.

« Ce Dubard n'a aucun style, mais il frappe la balle comme un forgeron son enclume. Nous avons exécuté Silas et Aude. Cet après-midi, à six heures, c'est vous que nous exécuterons, mes mignons... si le temps le permet.

– Le seigneur Osmond et moi-même n'avons pas l'intention de nous laisser surprendre, ma belle; après la sieste nous sommes toujours au mieux de notre forme », répliqua Lorna.

Osmond acquiesça, alors que Citoyen agitait sur la galerie la cloche appelant les bagatelliens pour le lunch.

Pendant que la maisonnée somnolait, au milieu de l'après-midi, oncle Gus rendit visite à Osmond, dans son logement de l'annexe.

« Je n'interromps pas ta sieste, fiston?

– Je ne dors jamais plus de vingt minutes, oncle Gus, vous êtes le bienvenu. »

Le Gascon déposa son panama sur le bureau de Dandrige, réclama un verre d'eau fraîche et déboutonna son gilet.

« Nous allons avoir un bel orage ce soir, j'en suis certain. Je ressens les chutes de pression comme un baromètre... mais ce n'est pas pour parler météorologie que je suis là. »

Osmond glissa dans son sous-main la lettre qu'il écrivait à Dolores quand oncle Gus avait frappé.

« Rien de grave, j'espère, oncle Gus?

– Rien de sérieux en tout cas... On peut même parler d'événement banal, voilà... Il m'est revenu, fiston, que tu as une maîtresse à La Nouvelle-Orléans... est-ce exact? »

Le ton de M. de Castel-Brajac paraissait débonnaire. Celui d'un homme qui s'informe avec simplicité.

Osmond se contracta.

« D'où tenez-vous ce renseignement... Lorna?

– Lorna!... Lorna est au courant?

– Je me suis confié à elle ce matin... et...

– Lorna est discrète, tu le sais, et mon information ne date pas d'aujourd'hui. Il y a plusieurs semaines que j'ai été prévenu... J'ai des amis à La Nouvelle-Orléans... Rassure-toi, ils sont également discrets. La dame est mariée?

– Non, tout à fait libre, elle n'a de comptes à rendre à personne... pas plus que moi du reste.

– Holà, holà, ne te cabre pas. Boun Diou, à ton âge, j'avais moi aussi une ou deux belles dans ma vie d'étudiant, que veux-tu, il y a en tout jeune gars bien portant un cochon qui sommeille... et il arrive qu'il ait des insomnies, hein? C'est pas méchant... c'est même assez sain.

– C'est ramener les choses à un impératif... physiologique, oncle Gus... il y a aussi les sentiments, la passion, le goût d'un être.

– Ho! Ho! Là, attention, danger, fiston, nous parlons d'amour, c'est pas la même chose... Tu es amoureux?

– Profondément, oncle Gus... Je pourrais me passer de Dolores... physiquement, mais pas du point de vue affectif... Vous voyez ce que je veux dire?

– Elle s'appelle Dolores?

– Dolores Ramirez y Rorba. Elle appartient à une noble famille espagnole ruinée par un ancêtre inventeur farfelu. Elle tient une boutique de parfums dans le Vieux Carré.

– Ce nom me rappelle quelque chose, fiston, une histoire que racontait Clarence Dandrige... mais c'est sans importance. Dolores, Mercedes, Gladys ou Ninon, c'est du pareil au même... c'est la femme... et la femme est un être instinctif auquel il ne convient pas de se livrer aveuglément. Or, j'ai l'impression que tu es, comme l'on dit, coiffé de ta maîtresse...

– Oncle Gus... vous seul peut-être pouvez comprendre ce que je ressens. Dire que Dolores est ma maîtresse, c'est situer ce qui m'unit à cette femme au bas niveau des liaisons ordinaires, des passe-temps mondains, des intermèdes licencieux. Il s'agit de quelque chose de bien plus grave, de bien plus profond. J'ai engagé mon âme, oncle Gus...

– Ah! Le premier amour, la première femme que l'on tient dans ses bras, Osmond, l'initiatrice... Je sais ce que tu ressens... Tous des Faust. Nous sommes dans ces instants capables des pires folies, des pires provocations. Captifs volontaires et comblés, notre innocence purifie tout... Mais, car il y a un mais, on s'aperçoit un jour qu'on peut respirer sans elle, qu'on peut oublier son parfum...

– Jamais, oncle Gus! Nous avons construit une citadelle imprenable par l'oubli, une unité inexpugnable, un défi au temps, il n'y a que la mort qui...

– Mon pauvre Osmond! La mort est de tous les jeux. C'est le troisième dé après l'art et l'amour... mais il y a des millions de combinaisons qui sortent des cubes d'ivoire et cent relances du destin. A ton âge, ou l'on trousse les grisettes, comme le faisaient nos pères, ou l'on croit se consumer jusqu'à la moelle dans une unique passion... j'aurais aimé que Dolores soit une grisette et que votre... aventure soit un peu moins... littéraire.

– Littéraire?... mystique, vous voulez dire!

– Eh oui, boun Diou, littéraire, poétique, philosophique... que sais-je, moi, car tout se passe dans une tête farcie de références toutes neuves aux grandes amours légendaires... Ah! j'aurais préféré te voir aux bons soins de quelque bourgeoise surchauffée et perverse, pleine d'appétit pour la robustesse du jeune mâle ou dans le lit d'une belle bécasse que tes grandes élucubrations intellectuelles d'après l'amour eussent fait bâiller... Car je vais te dire, Osmond, même si tu dois te fâcher tout rouge contre ton vieux maître, la sexualité chez les êtres d'élite, incapables de trivialité, a besoin de justifications quasi ésotériques pour sublimer le désir banal naturel et commun du mâle pour la femelle... alors qu'il est plus loyal de faire la part du corps sans engager l'esprit.

– Oncle Gus, le merveilleux, n'est-ce pas que les sens et la pensée arrivent à la confusion parfaite, à une harmonie grisante, à l'indissociable? N'est-ce pas ça, la plénitude de l'amour?

– Théorie fabuleuse, Osmond, que cette unicité édénique... mais que contrecarrent la vie et les êtres imparfaits que nous sommes. Vis ton amour intensément, fiston, tu as bu le philtre fatal, il est passé dans ton sang. « Aucun orgueil n'égale celui de la possession », disait le vieux Meredith. Possède-toi en la possédant. Je vais attendre.

– Qu'allez-vous attendre, oncle Gus?

– Que ça passe, Osmond, car ça passera!

– Jamais, oncle Gus. Cet amour j'en vivrai toujours! »

M. de Castel-Brajac s'extirpa avec difficulté du fauteuil, reboutonna son gilet et vint poser sa main potelée sur l'épaule d'Osmond.

« Jamais et toujours sont des mots pièges, fiston, les termes incantatoires de l'illusion. Tu apprendras à t'en méfier... maintenant continue ta lettre à ta fée Dolores... dis-lui en termes choisis la cruauté de l'absence, la jalousie idiote que t'inspire sa chemise de nuit, car elle touche à sa peau, dis-lui que ton amour est intarissable comme le Mississippi, dis-lui toutes les folies qui te passent par la tête... et si tu l'oses, dis-lui aussi qu'elle se prépare à souffrir.

– Et pourquoi lui dirais-je, oncle Gus... je ne pense qu'à son bonheur.

– Parce qu'il n'est rien d'aussi fugace qu'un éblouissement..., on ne tient pas longtemps le contre-ut en amour. »

Comme M. de Castel-Brajac passait la porte, un éclair zébra le ciel, brusquement obscurci par de gros nuages boursouflés qui semblaient prêts à se déchirer aux branches hautes des chênes.

« Voilà l'orage, fiston, vous ne jouerez pas au tennis cet après-midi », lança le Gascon du ton d'un oracle satisfait de voir ses prévisions confirmées.

Gustave, qui avait le sens de la mise en scène et savait reconnaître les signes, vit dans cette colère soudaine des éléments une confirmation manifeste de l'avertissement qu'il venait de lancer à Osmond.

## 2

Un grand barbecue clôtura le tournoi annuel du Baga-Club que remportèrent de haute lutte Alix de Vigors et Louis Dubard. Osmond et Lorna s'étaient bien battus, mais, la jeune fille le remarqua, la cohésion de leur double-mixte parut quelquefois incertaine, et cette complicité instinctive des équipes gagnantes leur fit à plusieurs reprises défaut. Osmond reconnut qu'il avait eu de coupables distractions, laissant passer des balles qu'il aurait dû renvoyer ou tentant d'en rattraper que Lorna eût pu aisément cueillir. La jeune fille mit néanmoins la victoire au compte des vigoureux services de Louis Dubard et de la vélocité d'Alix. On s'accorda, à l'instigation de Gustave, pour attribuer à la partenaire d'Osmond le trophée envoyé par Félix. Se voir désignée comme la joueuse la plus malchanceuse la fit sourire, mais Osmond observa, avec un peu d'amertume, que sa vraie malchance avait été d'être associée à un joueur qui ne tenait pas la forme.

Faustin Dubard ayant souscrit à la proposition de son beau-fils, ce dernier, avec l'aide de Gustave de Castel-Brajac, précisa les responsabilités du médecin et mit au point les modalités d'exploitation des cinq mille acres que restituaient les héritiers Tiercelin, dont le contrat de métayage arrivait à expiration. Osmond insista pour que la responsabilité des travailleurs noirs soit confiée à un Noir, sous la surveillance de l'ancien chef d'exploitation des Tiercelin. Le frère d'Harriet, Netto Brent, qui avait occupé les fonctions d'aide-comptable dans l'administration d'un domaine de l'Etat, accepta le poste et fut immédiatement embauché. A cinquante-six ans, cet homme placide et débrouillard, qui semblait avoir hérité la sagesse du vieux Brent, constituait une recrue de choix. Il saurait faire respecter les exigences du propriétaire aussi bien que les droits de ses frères de race. On pouvait, d'autre part, compter sur l'expérience du chef d'exploitation, un ancien sergent de l'armée confédérée, même s'il avait parfois tendance à traiter les ouvriers libres avec l'autorité dévolue aux contremaîtres du temps de l'esclavage, pour tirer le meilleur parti d'une main-d'œuvre naturellement indolente. Il fut décidé qu'on abandonnerait la culture de la canne à sucre et du maïs, choisies par les Tiercelin, pour revenir au coton.

Quant au pétrole, en dépit des coûteux forages entrepris par la Oswald and Vigors Petroleum sur une parcelle du domaine, il ne jaillissait qu'en quantité médiocre. Les ingénieurs se montraient néanmoins optimistes, les indices d'abondance étant de plus en plus nombreux. Une nouvelle foreuse et de nouveaux trépans devaient, affirmaient-ils, permettre d'atteindre la nappe cachée à plus de trois mille pieds de profondeur.

On vit souvent, pendant cette période, Osmond de Vigors parcourir à cheval, seul ou en compagnie de Faustin Dubard, le territoire de Bagatelle. Les Noirs, qui le voyaient passer droit sur sa monture, coiffé du panama des planteurs, distant mais attentif, reconnaissaient en lui le Maître et le saluaient comme tel.

A dix-neuf ans, l'arrière-petit-fils de Virginie Trégan et de Clarence Dandrige en imposait par sa stature et son calme. Une élégance naturelle, la façon qu'il avait de questionner aimablement les vieux Noirs sur les meilleures conditions pour les labours et l'ensemencement, son économie de parole quand il donnait un ordre ou discutait avec le chef d'exploitation de l'achat de mules ou d'un camion automobile démontraient sa capacité d'apprendre et d'assimiler sans fausse modestie. Il retrouvait ainsi les habitudes ancestrales des planteurs et ne pouvait se défendre d'un certain orgueil quand, laissant souffler sa jument à l'ombre d'un pacanier, il parcourait du regard l'étendue du domaine, conquis deux siècles plus tôt sur la forêt et les cyprières par le premier marquis de Damvilliers. « La terre ne trompe pas », lui avait dit un jour son grand-père, qui cependant s'en était tenu éloigné. Il comprenait maintenant la confiance des paysans dans la fécondité de la nature et sentait frémir en lui ses fibres terriennes. Sa pensée allait souvent à Dolores, à qui il aurait voulu faire les honneurs de Bagatelle, et il associait dans le même appétit de possession la femme et le domaine. Seul dans ce paysage identique à celui qu'avaient contemplé des générations de pionniers, le derrick des pétroliers paraissait anachronique. Mais ce chevalement de bois et les machines exhalant leurs vapeurs blanches étaient là pour tirer de la terre une nouvelle richesse. L'or noir du pétrole et l'or blanc du coton pouvaient cohabiter. N'étaient-ils pas l'un et l'autre fruits donnés de la terre?

M. de Castel-Brajac avait manifesté quelque étonnement en découvrant que son ancien élève, qu'il tenait pour citadin convaincu, s'intéressait avec autant de sérieux et de contentement à la reprise en main de l'exploitation du domaine. Cette attitude nouvelle réjouissait le Gascon attaché par mille liens à Bagatelle, bien qu'il imaginât sans peine que le garçon trompait par ce surcroît d'activité l'ennui né, sans aucun doute, de l'éloignement de sa maîtresse.

« As-tu l'intention de te faire planteur, fiston? C'est un rude métier qui ne s'apprend pas dans les livres.

– Je m'efforce de l'apprendre, comme vous voyez,

oncle Gus. Il n'est pas incompatible avec la profession de juriste, d'autres Vigors avant moi ont mené de front les deux!

– Au contraire, Osmond, de nos jours avec toutes ces nouvelles lois foncières, cette fiscalité compliquée, ces règlements commerciaux contraignants, un planteur doit se doubler d'un administrateur avisé. Je crois que tu choisis la bonne voie. Tâche de t'y tenir.

– Oh! Je ne renonce pas pour autant à la ville ni aux satisfactions intellectuelles qu'on y trouve, le théâtre, les concerts, les expositions... notre campagne est un désert.

– Bien sûr, fiston, un vrai désert surtout lorsqu'il y manque une certaine dame, n'est-ce pas?... Mais ce siècle vélocifère nous donnera, un jour ou l'autre, la nausée et sans être misanthropes, nous serons bien aises de revenir à nos terres, comme les oiseaux migrateurs reviennent à leurs branches. »

Bien que Dolores ne connût pas le plat pays cotonnier, ni les bayous, ni les chemins creux, ni l'obsédante présence du fleuve, c'était au cours de ses chevauchées solitaires qu'Osmond se sentait le plus proche de celle dont il ressentait charnellement l'absence. Les lettres de la jeune femme soigneusement calligraphiées, mais pleines d'une décevante retenue, dictée autant par la pudeur que par la prudence, ne le satisfaisaient pas. De brusques fringales d'amour le prenaient, comme si les sens sevrés des plaisirs familiers s'irritaient d'une frustration mieux acceptée par l'esprit. Les longues randonnées à cheval et la fatigue physique qui s'ensuivait atténuaient certes l'exacerbation du désir, mais certaines nuits, quand le sommeil le fuyait, des visions d'une cruelle intensité lui restituaient Dolores nue et lascive, le satin de sa peau et la brûlure de ses lèvres humides, tandis qu'il lui semblait entendre murmurer son nom, comme elle le faisait souvent dans la demi-inconscience de l'étreinte.

Dès qu'il sut la jeune femme de retour à La Nouvelle-Orléans, au début du mois d'août, il prit prétexte d'une indispensable visite à l'université pour commander des livres de droit et sauta dans le train. Ni Gustave de Castel-Brajac, ni Lorna ne furent dupes de cette soudaine expédition. Le Gascon, sachant sa petite-fille informée des amours d'Osmond, commenta pour elle seule l'escapade du garçon.

« Il nous reviendra dans trois jours, de meilleure humeur et les yeux battus, dit-il avec un clin d'œil malicieux.

– Le voilà bien entiché de sa Dolores, grand-père!

– Tu dis cela comme si tu étais jalouse, Lorna.

– Moi, jalouse! Et pourquoi le serais-je, je me réjouis au contraire de savoir Osmond heureux.

– Ouais, ouais, fillette, il est heureux, il se croit heureux. Enfin, cette impétueuse liaison n'est pas mauvaise, car ainsi que disait mon père : « L'homme « est obligé d'étudier certains arts que la femme « possède naturellement. » Notre Osmond est à l'école de l'amour, un jour il te reviendra en ayant fait la part des choses.

– Mais grand-père, il n'a pas à me revenir, nous sommes comme frère et sœur et jamais...

– Allons, ma chérie, tu me prends pour une vieille bête? Tu crois que je suis incapable d'imaginer les idées qu'il y a derrière ce joli front? »

Lorna baissa la tête comme une écolière surprise en flagrant délit de dissimulation. Le Gascon la prit par la taille et l'entraîna sous les chênes, car il redoutait que l'émotion de la jeune fille ne soit perçue par les membres de la bande.

« Tu l'aimes, boun Diou, ce sacripant. Tu l'aimes

depuis que je vous emmenais ramasser des noix sous les pacaniers... et lui aussi il doit t'aimer, l'imbécile, sans le savoir.

– Oh! Ça, je ne crois pas, grand-père. Je ne compte pas beaucoup pour lui... et maintenant moins que jamais.

– Tu crois ça... Eh bien, je vais te dire, ma petite Lorna, vous êtes, Osmond et toi, comme les seaux servant à puiser l'eau d'un puits et attachés à la même longue chaîne. Vous vous croisez, l'un monte, l'autre descend, mais il arrivera, un jour, que les deux seaux se rencontreront sur la margelle et seront étonnés de se trouver semblables.

– C'est une parabole pleine de poésie, grand-père, mais puisque vous nous comparez à des seaux, je puis vous dire que je ne suis point aussi sotte que vous croyez.

– Ah! que voilà de l'esprit facile. Laisse passer le temps, laisse aller les choses. Le jour viendra, mais je ne serai peut-être plus là pour le voir, où Osmond se retrouvera tout naturellement à ton côté, pour le meilleur et pour le pire comme dit le pasteur. »

Pour ne pas faire de peine à son grand-père la jeune fille s'abstint de le contredire.

« C'est un espoir que vous avez, dit-elle mélancoliquement.

– « Un espoir, pas plus qu'un espoir, mais pas « moins qu'un espoir », conclut le Gascon, citant Browning avant de l'embrasser.

M. de Castel-Brajac, ayant habilement interrogé Faustin Dubard et le docteur Benton sur la réalité des risques génétiques suscités par les mariages consanguins, avait renoncé à prendre ceux-ci en considération et ne souhaitait plus que le bonheur de la fille d'Augustine.

Pendant que Gustave et sa petite-fille se livraient, sous les frondaisons de Bagatelle, à ces spéculations, Osmond se dirigeait par le dédale des patios du Vieux Carré vers l'appartement de Dolores. Il voulait la surprendre et, après un instant d'hésitation, avait renoncé avec l'innocente perversité des amoureux jaloux à lui annoncer sa visite. Il frémissait à la pensée de ne pas la trouver seule et contenait le douloureux désir qu'il avait de la serrer dans ses bras, de la jeter sur son lit, de l'étouffer de caresses. La soubrette noire qui lui ouvrit la porte ne parut pas étonnée de le voir.

« M'amoiselle est au magasin, m'sieur, vous pouvez descendre par le colimaçon. »

Il dévala les marches de bois et tomba comme un ange justicier dans l'arrière-boutique déserte. Dolores bavardait avec une cliente et le grincement des marches la fit se retourner. Osmond vit son visage s'empourprer et battre ses cils.

« Oh! je viens dans un instant. »

Jamais il ne l'avait trouvée aussi belle, aussi gracieuse, aussi désirable. Il maudissait cette acheteuse qui, par ses atermoiements et son bavardage, retardait l'instant du baiser de retrouvailles. De temps à autre, Dolores se retournait vers Osmond, avec des mimiques prouvant sa propre impatience et sa résignation de commerçante soucieuse de se montrer, malgré tout, aimable avec une pratique.

Après avoir examiné une demi-douzaine de flacons qu'elle trouva trop grands, trop petits, trop chers ou porteurs de défauts, humé vingt savonnettes, choisi douze sachets de fleurs séchées, demandé le prix d'objets qu'elle n'avait pas l'intention d'acquérir, la femme finit par régler ses achats en faisant à Dolores des compliments dithyrambiques sur sa robe. Quand elle se dirigea vers la porte, Mlle Ramirez la suivit et, après avoir entendu les considérations de la cliente sur la saleté des rues en période estivale, elle poussa le verrou et courut vers Osmond.

Ce dernier la souleva dans ses bras en l'embrassant à perdre haleine tandis qu'elle lui ébouriffait les cheveux de ses longues mains fines.

« Toi enfin, c'est merveilleux. Si tu savais ce que tu m'as manqué. »

Il remarqua qu'elle avait des larmes plein les yeux; le même désir les submergeait, que les mots ne pouvaient traduire ni satisfaire.

« Je compte ne pas te quitter pendant quarante-huit heures », dit Osmond en lui caressant le buste.

Dolores se dégagea avec un frémissement lascif.

« Attends un instant. Je monte, je renvoie Fina et...
– ... Et nous nous aimons, dis? »

Elle ferma les yeux en signe d'acquiescement, retroussa sa jupe et disparut, happée par l'ombre de l'escalier.

Ils passèrent deux jours et trois nuits au lit, nus et grisés de tendresse, s'étreignant fougueusement. Ce déferlement de passion, cette fête des sens, cet embrasement des corps leur fit perdre la notion du temps. Parfois, ils s'assoupissaient, noués l'un à l'autre, et ne reprenaient conscience que pour s'unir à nouveau, haletants de désir, affamés et insatiables. Puis, ils reprenaient leur souffle, main dans la main, savourant l'ineffable lassitude qui succède au plaisir. Dolores faisait montre d'une hardiesse nouvelle, accélérait par ses chatteries, ses attouchements, ses baisers vagabonds le retour des forces de son amant, réclamait en murmurant un autre assaut, prenait l'initiative en s'offrant dans le clair-osbcur de la chambre. Sans tenir compte ni de l'heure, ni du rituel des repas, ils grignotaient un gâteau sec, partageaient une grappe de raisin, buvaient dans le même verre quelques gorgées de porto et retournaient à leurs ébats. Il advint le second jour que le téléphone tinta avec insistance. Sans même passer un peignoir, Dolores se jeta hors du lit pour répondre.

« Qui était-ce? interrogea Osmond.

— Mon frère. Il est passé devant la boutique à midi, et la voyant fermée, s'est inquiété de ma santé. Je lui ai dit que j'avais la migraine... Oh! Ma chère migraine!

— Sais-tu l'heure qu'il est? demanda le garçon qui venait de consulter sa montre posée sur la table de chevet.

— Qu'importe l'heure!

— Il est quatre heures de l'après-midi et deux nuits ont passé depuis que je suis là... il faudrait que je me rase, je vais m'arracher la peau. »

Elle passa une main moite sur la joue de son amant.

« Il n'y a pas de rasoir dans cette maison... Tu en sortiras barbu comme un satyre. »

Ayant brossé ses cheveux, elle revint, s'allongea près d'Osmond.

« Quand repars-tu?

— Demain matin... mais je ne serai absent que deux petites semaines... ensuite, nous aurons tout l'automne et l'hiver à nous. Je m'installe dans la maison de l'avenue Prytania que m'a léguée mon grand-père... tu pourras y venir si tu veux. »

Dolores fit la moue.

« Je préfère que ce soit toi qui viennes me voir... tous les jours. Je ne veux pas qu'on jase. »

Puis, se penchant et posant la pointe d'un sein sur les lèvres du garçon, elle ajouta :

« Nous avons encore une longue nuit. »

Au matin du troisième jour, Osmond s'extirpa des

bras de Dolores pour aller prendre le train. Dans la rue ensoleillée, il se sentit léger, joyeux et assez lucide pour entrer chez un barbier où il faillit s'endormir. Une odeur d'œuf au bacon ayant sollicité son appétit tandis qu'il passait devant un hôtel de la rue Bourbon, il s'offrit un copieux petit déjeuner au milieu des voyageurs, puis il sauta dans un fiacre et se fit conduire à la gare. Le voyage jusqu'à New Roads, qui prenait plus de cinq heures, ne dura pour lui que quelques minutes tant son sommeil fut profond. Débarquant à Bagatelle à l'heure de la sieste, il signala son arrivée à Citoyen et se mit au lit encore tout imprégné du parfum de Dolores. Une heure avant le dîner, ce fut avec regret qu'il prit un bain.

Seul M. de Castel-Brajac, auquel il rendit visite le lendemain, fit allusion à son voyage.

« Tu as l'air un peu fatigué, fiston ?

– Il faisait très chaud, oncle Gus, à La Nouvelle-Orléans.

– Je n'en doute pas, mon gars... surtout sur le campus d'une université déserte. »

Cet été-là, Osmond ne revit pas Lorna, avant de quitter Bagatelle pour rejoindre Dan et Bob chez les Foxley.

Les deux garçons ne dissimulèrent pas leur joie en retrouvant l'ami. Dan surtout, quand il découvrit sur le quai de la gare de Natchez sa chère Alix, que Stella avait autorisée à accompagner son frère afin qu'elle puisse revoir son boy-friend avant la longue séparation de l'année universitaire. Quand les trois garçons prirent le train pour Baltimore, Mlle de Vigors regagna Bagatelle avec Otis Foxley qui, comme elle-même, venait de terminer ses études. Les deux jeunes filles s'imaginaient déjà futures belles-sœurs et envisageaient de se réunir souvent pour tromper l'oisiveté à laquelle leur condition allait désormais les condamner.

Les chevaliers du Triangle débarquèrent à Baltimore, leur sac à la main, avec l'assurance juvénile des conquérants. La vertueuse rudesse de l'éducation jésuite les avait préparés à la vie d'étudiants. Désormais, ils auraient à se gouverner eux-mêmes. Osmond, nanti d'une fortune personnelle, paraissait avantagé. Il ne serait pas contraint comme Bob Meyer de ne dépenser que le strict nécessaire ou comme Foxley d'établir un budget en fonction de la mensualité paternelle.

Dès que Dan fut installé chez sa logeuse, une matrone rigoriste habituée à mener ses locataires étudiants à la baguette, les trois garçons se lancèrent à la découverte de la ville.

L'humble bourgade du XVIIIᵉ siècle, siège du premier diocèse des Etats-Unis, était, grâce à son port, une métropole prospère mais peu attrayante. Pour de jeunes Sudistes habitués à la lumière et aux couleurs de La Nouvelle-Orléans, tout y paraissait terne et gris comme les eaux de la Chesapeake. Blottie au fond d'une crique sur la côte ouest de l'immense baie, Baltimore s'était d'abord imposée comme marché aux tabacs avant de devenir un important centre commercial où se négociaient les produits de la plaine atlantique, comprise entre le Potomac et la Susquehanna : céréales, coton, charbon et depuis peu, les sous-produits du pétrole. Tête de ligne du Baltimore and Ohio Railroad, la première voie ferrée de l'Union, la cité qu'un incendie avait endommagée en 1904 connaissait une animation laborieuse. Cependant, les banquiers, les négociants et les armateurs se gardaient bien d'exposer leurs richesses à la convoitise des passants. Leurs demeures, d'une architecture sans grâce, aux façades de briques ou de pierres noircies par les fumées, abritaient, disait-on, des intérieurs cossus, richement meublés, mais où ne pénétraient que les intimes. L'imposante splendeur des grandes maisons de plantation ne correspondait pas toujours au volume du compte en banque de leur propriétaire, mais elles flattaient au moins le regard, ce qui n'était pas le cas dans la capitale du Maryland. Les trois garçons tombèrent d'accord pour juger un peu mesquine l'attitude des bourgeois de « Balti », camouflant leur fortune.

Quittant le centre de la ville, après avoir salué la statue de George Washington érigée trente-trois ans avant que la capitale de l'Union ait décidé de rendre le même hommage au libérateur, ils escaladèrent les collines entourant la zone urbaine pour découvrir le canevas serré des rues d'où émergeaient des clochers et des cheminées d'usines. Ils visitèrent le fort Mac-Henry, dont les défenses figuraient une étoile à cinq branches et que Bob Meyer qualifia de « copie bon marché des ouvrages de Vauban ».

A la société historique du Maryland, ils allèrent se pencher sur la partition originale de l'hymne fédéral composé en 1814 à Baltimore par Francis Scott Key et identifièrent, à l'angle de Pratt Street et d'Abermarle Street, la maison de Mary Young Pickers, où de pieuses patriotes avaient confectionné, lors de la seconde guerre d'indépendance, une bannière étoilée gigantesque de dix mètres sur quatorze. Hissé non sans mal au mât du fort Mac-Henry, ce drapeau avait été le dernier défi lancé aux Anglais par une ville libre.

Mais ce qui intéressait le plus Osmond restait le souvenir d'Edgar Poe. Il entraîna ses amis jusqu'à la vieille église presbytérienne de Westminster, construite en 1852 à l'angle de La Fayette Street et Green Street pour y voir, dans un petit cimetière mal entretenu, la tombe du poète, que le fossoyeur avait dû déjà relever trois fois, ce qui faisait dire au pasteur :

« Ce curieux défunt ne veut pas tenir en place. »

Le mausolée, minuscule parallélépipède isolé des autres tombes, comme si les morts craignaient la contamination de l'esprit satanique de Poe, paraissait abandonné à l'agression des herbes folles. Osmond, qui connaissait par cœur le sonnet de Stéphane Mallarmé publié dans le *Poe Memorial* de 1877, récita pour ses amis le dernier tercet du *Tombeau* :

*Calme bloc ici-bas chu d'un désastre obscur,*
*Que ce granit du moins montre à jamais sa borne*
*Aux noirs vols du Blasphème épars dans le futur.*

Puis il voulut voir aussi la petite maison qu'avait habitée, 203, Amity Street, l'auteur du *Corbeau*. Triste masure enclavée dans un quartier pouilleux que les familles noires envahissaient, elle symbolisait assez bien l'existence matériellement étriquée du poète. Ils ne purent y pénétrer et repartirent sans savoir si, derrière ces fenêtres étroites, les pièces renfermaient encore des souvenirs[1].

« Je me demande ce qui t'attire chez cet auteur dont le moins qu'on puisse dire est qu'il avait le cerveau hanté par des pensées morbides, questionna Foxley.

– C'est le premier grand écrivain de notre pays... et sudiste de surcroît... avant lui la littérature typiquement américaine n'existait pas.

– Mais enfin, bien qu'il ait écrit de belles pages, c'était un ivrogne, qui s'enfuit de l'université sans payer ses dettes. Une cour martiale l'a chassé de West Point parce qu'il négligeait les plus élémentaires devoirs du soldat. Il s'est montré ingrat envers les Allan, ses parents adoptifs, il a calomnié Longfellow et

---

1. La maison, rachetée et restaurée par la Société des amis d'Edgar Poe, peut aujourd'hui être visitée.

il est mort du *delirium tremens* dans cette ville... comme un clochard. »

Osmond reconnut dans les propos de Dan tous les reproches que formulaient habituellement les pères de famille de la bonne société créole quand ils surprenaient leurs fils plongés dans les œuvres de Poe.

« Il a dénoncé les coteries littéraires de Boston et de New York qui déniaient tout talent aux écrivains du Sud... Poe a deviné la sécession vingt ans avant qu'elle ne commence. Ni Mallarmé, ni Baudelaire ne s'y sont trompés. Les Européens l'ont compris mieux que nous. »

Bob Meyer se mêla à la conversation.

« Osmond a raison, Dan. Que nous importe aujourd'hui si Poe fut opiomane, ivrogne, pervers, avide de notoriété, s'il connut la folie de la persécution et s'il rendit malheureuse la pauvre Virginia Clemm, qui ne devait rien comprendre à cet insupportable génie. Il a sa place dans notre panthéon, rien que pour avoir secoué les lecteurs des romans de chevalerie et fustigé l'hypocrisie des puritains. »

Dan Foxley confessa qu'il n'avait lu que deux ou trois nouvelles de l'écrivain que la postérité s'acharnait à déchirer et qu'il n'avait pas toujours saisi le sens des symboles dont il usait.

« Eh bien, moi, conclut Osmond, je puis vous assurer que je n'ai vraiment compris le sens de *Jamais plus* qu'après avoir lu et relu *Le Corbeau*. Ce poème contient la fin de toute chose... C'est la plus belle leçon de modestie que je connaisse. Elle nous aide à accepter notre condition. »

Au cours de leur bref séjour à Baltimore, les trois amis eurent encore de longues discussions du même genre. Dan, avec véhémence, mettait Osmond en garde contre l'esthétisme décadent, contre les engagements téméraires de l'intelligence, contre les séductions de ce qu'il appelait « la révolte poétique » et son ami lui répondait que seules comptaient la sincérité, l'acceptation de l'affrontement avec les puissances démoniaques, quels que soient les risques encourus.

« As-tu encore la foi? » osa demander Foxley, alors que, le dernier soir, les trois amis venaient d'allumer une cigarette.

Osmond, que rien ne semblait jamais prendre au dépourvu, regarda Foxley droit dans les yeux. Son sourire énigmatique, auquel Dan et Bob n'attachaient en général aucune signification, au contraire de ceux qui, ignorant cette particularité de physionomie, l'interprétaient d'une façon erronée, leur parut tout de même traduire une sorte d'intime inquiétude.

« – Pour savoir ce qu'est Dieu, il faudrait être « Dieu » comme dit le baron de Biefeld... alors, à qui ou à quoi appliquer la foi? Voilà la question. Je vous envie tous deux. Toi, Fox, parce que, bon chrétien, tu as l'assurance d'une félicité *post mortem* et trouve commode l'explication de l'univers que nous ont fournie les bons pères. Toi, Bob, parce que tu vis dans l'espérance d'un messie. Moi je n'ai que le doute, l'immense doute qui assaille l'intelligence quand on se met à s'interroger. Si je vous dis que j'ai foi en la vie, vous allez me ranger dans la catégorie des jouisseurs attentistes et, cependant, il en est ainsi.

– Mais la vie nous vient de Dieu, n'est-ce pas, comme l'air que nous respirons?

– Les études scientifiques que tu vas entreprendre te prouveront peut-être qu'elle vient aussi de la matière.

– La science ne peut que démontrer l'inconcevable génie du créateur », répliqua Dan d'un ton convaincu.

Bob Meyer se tenait toujours en retrait pendant ces échanges. Pour lui, Dieu n'avait pas de visage. C'était le juriste universel qui avait dicté ses lois à Moïse. Il s'efforçait de les respecter et se gardait bien de toute spéculation quant à leur bien-fondé. Aussi, quand Osmond demanda qui pouvait proposer une définition de Dieu, s'abstint-il de répondre. Dan récita celle du catéchisme et interrogea à son tour Osmond.

« Et toi, que proposes-tu?

– Rien, sinon qu'il ne peut s'agir que d'une inépuisable imagination... ayant les moyens de fabriquer et de détruire tout... ce qu'elle imagine. »

Avant de prendre le train pour La Nouvelle-Orléans, Bob et Osmond accompagnèrent Dan à l'université Johns-Hopkins. Cette institution, fondée en 1876, jouissait d'une réputation internationale à cause de son école de médecine et de son hôpital qui passait pour un modèle du genre.

Le campus, vaste quadrilatère planté d'arbres, se développait autour d'une série de bâtiments en briques rouges abritant les amphithéâtres et les laboratoires. En remontant Charles Street, les garçons découvrirent sur un tertre la maison dont l'architecture géorgienne avait inspiré les bâtisseurs de l'université, la demeure construite en 1803 pour Charles Carroll[1]. Dans cette bâtisse de brique à un seul étage et au petit péristyle à colonnes blanches s'était éteint, en 1832, le dernier survivant des signataires de la déclaration d'indépendance. Deux ans avant sa mort, Charles Carroll avait eu le privilège insigne d'être le premier passager du Baltimore and Ohio Railroad.

Quand vint le moment de la séparation, Dan rappela à ses compagnons le serment de la rivière Chitto.

« Dans trois ans, nous serons en passe de devenir de grands hommes ou nous entrerons anonymement dans la fourmilière.

1. 1737-1832.

– Pouah! » firent en chœur Bob et Osmond.

Dans le wagon qui emmenait ces deux derniers à La Nouvelle-Orléans, M. de Vigors se montra d'humeur joyeuse, alors que Meyer, au contraire, paraissait las et préoccupé.

« Ça ne va pas, Bob?

– J'ai un rhume... c'est le troisième de l'été... sois gentil de remonter la glace. »

Osmond s'exécuta puis, comme ils étaient seuls dans le compartiment, il s'assit en face de son ami.

« Tu as autre chose, je te connais. Quand tu te recroquevilles comme ça derrière ton écharpe, c'est que des idées sombres incubent sous ton crâne en pain de sucre. Partageons-les... comme le reste. Je suis si heureux à la pensée de retrouver Dolores que je ne supporte pas de te voir triste. »

Bob Meyer posa affectueusement sa main sèche sur le genou de son ami.

« C'est à cause d'Otis.

– Otis! Ça ne va plus entre vous?

– Si, très bien et j'ai hâte de la revoir... mais c'est l'avenir qui me préoccupe. »

Le fils de la marchande de corsets de Canal Street ne cacha pas à Osmond qu'il était inquiet à propos de ses futures fiançailles avec Mlle Foxley. Elle n'avait pas encore abordé le sujet avec ses parents, mais elle devinait que sa mère comme sa sœur Margaret qui attendait un enfant n'accepteraient pas aisément l'entrée d'un juif dans la famille.

« Elle voudrait que je me convertisse au catholicisme... ça faciliterait les choses », dit-il d'une voix lamentable.

Osmond s'indigna :

« Baptisé par un curé, serais-tu différent de ce que tu es?... C'est une idée idiote.

178

– Oh! Je me convertirais bien pour faire plaisir à Otis, mais cela ferait tant de peine à ma mère que je ne puis l'envisager. »

Comme beaucoup de créoles catholiques de vieille souche, la mère d'Otis, plus que son mari, considérait que les juifs appartenaient, ainsi que les Italo-Américains ou les Portoricains, à une race inférieure à laquelle une chrétienne ne pouvait s'unir sans déroger. Elle était de ces bigotes à tête étroite qui osaient encore reprocher aux fils d'Israël d'avoir été « les bourreaux du Christ ». A La Nouvelle-Orléans, le Boston-Club était toujours fermé aux juifs et certains propriétaires des quartiers résidentiels refusaient encore de leur louer des appartements ou des maisons. On critiquait même à l'occasion les pères jésuites qui acceptaient dans leurs collèges tous les élèves sans distinction de confession. Au temps des codes noirs, la ville était interdite aux fils d'Israël et, près d'un demi-siècle après l'émancipation des esclaves, on leur faisait encore grief, dans certaines familles, d'avoir penché pour l'abolition. On soutenait qu'ils n'avaient obtenu droit de cité que par la volonté des Yankees, dont ils avaient été bien souvent les banquiers. Sur les trois cent cinquante mille habitants de la paroisse d'Orléans, on ne comptait encore que treize mille juifs, proportion nettement inférieure à celle des grandes villes du Nord.

« L'intolérance religieuse est cependant bien démodée. Le gouvernement fédéral a décidé, dit-on, d'abroger le traité passé en 1832 avec la Russie, parce que les autorités russes refusent d'accorder des visas aux juifs américains et même à des clergymen, dit Bob.

– Le gouvernement a raison, il ne fait que suivre en cela les gens sensés, les humanistes raisonnables. Goethe notamment, qui était si persuadé du droit de chaque individu à l'indépendance religieuse qu'il trouvait l'expression « tolérance » injurieuse. « Le droit, disait-il, ne doit pas être toléré, il doit être reconnu. Celui qui tolère insulte »... Quand tu auras ton diplôme d'ingénieur en poche et qu'Otis aura atteint sa majorité, tu n'auras qu'à l'enlever. »

Bob sourit tristement.

« Je reconnais bien là le Cavalier romantique... mais je ne veux pas qu'Otis soit désapprouvée par sa famille. Je compte plutôt sur Dan pour faire admettre notre union le moment venu. Le père Foxley, qui, je crois, m'aime bien, reconnaît qu'il ne me manque rien pour faire un gendre... sinon d'être catholique.

– Ah! boun Diou, comme dirait oncle Gus, il te manque autre chose... un prépuce. »

La gaieté d'Osmond rassura Bob Meyer. Il savait pouvoir compter sur cet ami, sur ce frère qui, avec Dan Foxley, l'avait aidé à rompre, dès l'enfance, l'isolement raciste.

« Allons prendre un verre au wagon-bar, proposa-t-il, j'ai envie de boire... comme un papiste.

– Et moi, comme un catholique... honoraire. »


3


Osmond de Vigors, étudiant en droit à l'université Tulane, s'installa dans sa nouvelle vie avec le sérieux qu'il mettait discrètement en toute chose et que dissimulaient aux yeux des étrangers sa désinvolture naturelle et son apparente insouciance de jeune « bourbon » fortuné.

Dans la demeure de l'avenue Prytania, la sienne désormais, il fit peu de transformations. Le cabinet de travail de son grand-père lui convenait à merveille. Eclairée par un bow-window donnant sur le jardin, la pièce offrait une ambiance cossue, presque douillette. Entre les murs recouverts à mi-hauteur de boiseries blondes, face à une bibliothèque où les traités de droit maritime ou commercial avoisinaient avec des revues de jurisprudence élégamment reliées de cuir vert, il se promit, en s'asseyant devant le large bureau de son aïeul, des heures studieuses.

Confortablement adossé au capiton de cuir patiné du grand fauteuil pivotant, il caressa le sous-main, souleva le couvercle de l'encrier de bronze, alluma la lampe à abat-jour de soie beige, essaya une plume et découvrit qu'il pourrait utiliser le papier à lettres, le sénateur ayant eu le bon goût de n'y faire imprimer qu'une adresse. Il retrouvait dans la Vénus de bronze perchée sur la sellette et dans les sanguines galantes de Gabriel de Saint-Aubin suspendues aux cloisons la dilection que Charles de Vigors avait toujours eue pour le corps féminin, penchant qu'il était à même maintenant d'apprécier. Pour parfaire ce décor, Osmond décrocha un paysage de bayou qui ne lui plaisait guère et le remplaça par le portrait en pied de Gratianne de Damvilliers qui depuis deux ans ornait sa chambre de la maison Pritchard.

Dès le premier soir de son emménagement, il choisit de dormir dans le grand lit où son grand-père avait reposé après sa mort. Le meuble, placé entre les deux fenêtres d'une chambre du premier étage, ne comportait pas de baldaquin, mais le blason des Vigors – « De gueule à la badelaire d'or[1] » – coiffait le panneau de tête. Dans le cabinet de toilette attenant à cette pièce assez sobrement meublée d'une commode, d'un guéri-

---

1. Epée courte, large et courbe rapportée d'Orient par les croisés.

don et de deux fauteuils, il se servit des rasoirs à manche d'ivoire de l'aïeul défunt, en rendant hommage à son sens du confort. La vaste baignoire de marbre noir aux robinets dorés à l'or fin avait été autrefois acquise par le sénateur, lors du démantèlement d'un palais vénitien.

Quand Liponne rendit visite à son petit-fils, celui-ci l'assura que cette maison restait la sienne et qu'elle pouvait y séjourner aussi souvent et aussi longtemps qu'il lui plairait. Mais la grosse dame, maugréant contre l'ingratitude d'un mari « qui s'était moqué d'elle toute sa vie », fit charger dans une camionnette le linge, les vêtements et les bibelots qui lui appartenaient et s'en fut en déclarant qu'elle ne remettrait pas les pieds dans cette demeure où elle n'avait jamais été heureuse.

« D'ailleurs, ajouta-t-elle avec acrimonie, les Dubard n'ont jamais eu que les restes des Vigors! »

Osmond comprit qu'elle faisait allusion au mariage de Stella avec Faustin, que la vieille dame avait hautement désapprouvé.

Maître chez lui, Osmond organisa son train de maison. Il congédia la plupart des domestiques ainsi que Parson, le secrétaire du sénateur. Il ne conserva que le vieux couple de Noirs qui avait servi son grand-père et auquel il présenta Hector comme le nouveau majordome. Très fier de ses fonctions, le jeune Noir, déluré et intelligent, obtint facilement une licence pour conduire les automobiles. La somptueuse Cadillac de Charles de Vigors fut vendue et Osmond acquit une Ford T, double phaéton, moderne, d'un entretien plus aisé, d'allure et d'aspect plus modestes.

Ce nouveau modèle, sorti des ateliers de Detroit, était maintenant produit en série sur des chaînes de montage. Avec ce système de fabrication, Henry Ford comptait livrer soixante-quinze mille véhicules en 1912 et doubler chaque année la production de ses ateliers. La Ford T comportait un minimum de pièces faites d'un alliage d'acier à haute résistance, ce qui avait permis de réduire son poids en augmentant sa solidité.

M. Ford ne prenait, disait-on, qu'un petit bénéfice sur chaque automobile afin de pouvoir offrir aux amateurs son modèle le plus courant à 950 dollars.

Le vendeur de La Nouvelle-Orléans avait affirmé à Osmond que sa Ford T ne consommerait que treize litres d'essence aux cent kilomètres au lieu des vingt-huit litres dévorés habituellement par les voitures des autres marques. Il avait garanti que les pneumatiques ne seraient pas usés avant d'avoir parcouru quinze mille kilomètres. Les concurrents de Ford, en baptisant le modèle T « vieux tacot », avaient espéré le dévaluer aux yeux de la clientèle américaine, mais une des voitures si décriées ayant parcouru six mille cinq cents kilomètres entre le Missouri et le Pacifique dans des conditions épouvantables, la Ford fut considérée comme une courageuse petite mécanique et devint en quelques jours aussi célèbre qu'une vedette de Broadway. Déjà, la légende de la Ford T se répandait à travers une série de *jokes*[1] que les messieurs se racontaient à l'heure du cigare.

L'histoire, notamment, du plaisantin qui, voulant jouer un tour à la compagnie Ford, avait envoyé à Detroit une caisse remplie de vieilles ferrailles, écrous, vis, tôles, moyeux, etc., accompagnée du billet suivant : « Messieurs, veuillez avoir l'obligeance de réparer d'urgence ma Ford T... » Quinze jours plus tard, l'homme avait reçu une lettre de Henry Ford ainsi

1. Plaisanteries, nous dirions « blagues ».

libellée : « Monsieur, nous avons le plaisir de vous informer que votre automobile est réparée et qu'elle vous a été expédiée à la gare la plus proche de votre domicile. Le service est gratuit mais nous vous serions reconnaissants de nous faire savoir comment s'est produit l'accident. »

Pilotée par Hector, la Ford T stationnait souvent devant l'Institut polytechnique où Osmond envoyait son factotum cueillir Bob Meyer à la sortie des cours.

Les deux jeunes gens, auxquels Dan Foxley écrivait chaque semaine alternativement, avaient toujours autant de plaisir à être ensemble. Le Pélican blanc ayant changé de propriétaire à la mort de Mme Barnett et Tiny jouant maintenant dans un grand hôtel de Chicago, les amateurs de jazz allaient entendre d'autres musiciens noirs, qui n'étaient plus cantonnés dans les beuglants de Storyville. La « musique nègre », ainsi que l'appelaient toujours les créoles, avait conquis droit de cité. Le Superior Orchestra, les American Stars, le Golden Rule Orchestra, le Magnolia Orchestra, le Primrose Orchestra, l'Olympia Band et bien d'autres formations se produisaient maintenant dans des salles de danse ou des cabarets fréquentables. Les musiciens portaient smoking à revers de soie et chemise à col empesé. On chantonnait sans fausse honte *Some sweet days* ou *Pretty baby*, des compositions de Tony Jackson. On allait, sans se cacher, écouter Armand Piron au casino du fort espagnol ou « Papa » Jack Laine et son Dixieland Jazz Band sur un showboat.

Bob Meyer, sur le Steinway de la maison de Prytania Avenue, jouait pour Osmond des ragtimes de Scott Joplin appris de Tiny Barnett, ce qui réjouissait les domestiques noirs discrètement rassemblés dans l'ombre du hall, derrière la porte du salon.

L'absence de Dan Foxley compliquait un peu l'organisation des sorties des amoureux. Le nombre pair devenait équivoque, d'autant plus qu'Osmond avait déjà l'allure et le comportement d'un homme fait et que Dolores illustrait parfaitement le vieil adage sudiste suivant lequel « les créoles sont plus femmes que les femmes ». Bien qu'il évitât les restaurants à la mode où on l'eût remarqué, le quatuor n'était pas à l'abri des rencontres fortuites.

Un soir, au casino du fort espagnol, les amis s'étaient attablés à proximité d'un groupe dans lequel figuraient Margaret et son mari. La sœur d'Otis, qui n'avait pas grande affection pour Meyer, trouvait déplacé que sa mère eût accepté Mlle Ramirez pour chaperon et encore davantage qu'Osmond de Vigors fût toujours le cavalier d'une personne dont le seul titre à considération était sa qualité de parente d'un professeur d'espagnol. Au cours du dîner, en observant le couple, elle se fit une opinion qu'elle rapporta le lendemain à sa mère en ces termes : « Ces deux-là s'aiment. » Mme Foxley, qui s'étonnait parfois qu'Osmond de Vigors n'eût pas, comme la plupart des étudiants de son âge et de sa condition, une girl-friend, jugea l'idée biscornue, mais interrogea Otis. La jeune fille se troubla, reconnut qu'Osmond et Dolores flirtaient un peu. Comme il n'était pas question d'interrompre les relations entre Otis et Bob, que M. Foxley tenait pour un garçon sérieux et d'avenir, les amoureux se virent dans la semaine nantis d'un nouveau chaperon au-dessus de tout soupçon en la personne d'une vieille cousine d'un conformisme éprouvé et commère de première force. Evincée d'une fonction mondaine, Mlle Ramirez ne pouvait plus figurer qu'en tant que cavalière d'Osmond, ce qui la compromettrait rapidement aux yeux du monde.

Fort heureusement, la vieille cousine des Foxley, gourmande comme une chatte, appréciait par-dessus tout les repas fins que Bob Meyer était bien incapable, étant donné la modestie de ses ressources, d'offrir fréquemment à Otis et à son accompagnatrice. Osmond manœuvra assez habilement pour entrer dans ses bonnes grâces en l'invitant avec ses amis dans les meilleurs restaurants et la duègne, qui ne manquait pas de perspicacité, reconnut qu'on dînait mieux quand Mlle Ramirez était présente. De son côté, Otis fit comprendre à sa cousine que tout manquement à la discrétion la ferait renvoyer à ses soirées solitaires et à ses tricots.

Quant à Dolores, inspirée comme toutes les amoureuses qui veulent protéger leur amour, elle sut en quelques semaines faire la conquête de celle que Bob avait déjà surnommée « Miss Screen [1] ». Elle l'invita à prendre le thé, lui offrit des savonnettes et des parfums, lui rendit visite, l'apitoya sur son apparente solitude, lui confia quelquefois la garde de sa boutique et finit par apparaître dans le monde comme une parente. Miss Screen, tout émoustillée par la fréquentation de cette jeunesse, entra dans le jeu, tout à fait consciente de participer à une sorte de comédie italienne sur l'innocence de laquelle elle décida de ne pas s'interroger.

La sœur aînée d'Otis en fut donc pour ses frais malveillants. Mais d'autres curiosités, moins gênantes, mais aussi constantes, guettaient Osmond. Nombreuses étaient les mères de famille à l'affût de maris pour leurs filles qui voyaient en M. de Vigors le gendre idéal. Descendant titré de la meilleure noblesse française, héritier privilégié d'un riche sénateur – on le savait par les sœurs ursulines –, propriétaire d'une

1. Ecran, paravent.

vieille maison du district des jardins, disposant de revenus importants, le jeune homme constituait certes un beau parti. Il paraissait, en plus, extrêmement séduisant et avait la réputation d'un parfait Cavalier. Au sens que l'on donnait encore dans le Sud aristocratique à cette appellation, cela valait un brevet de gentleman. Grand, mince, portant cheveu noir à peine ondulé, le visage volontaire, la jambe longue et les attaches fines, il pouvait passer pour le prototype du héros racé capable de faire battre les cœurs.

Son regard d'une étrange acuité, clair et dur, semblait se poser sur les êtres et les choses avec une indifférence polie et bon nombre de demoiselles essayaient, dans la stricte limite des audaces permises, d'attirer son attention. Seul son sourire inquiétait. On le supposait ironique ou signe d'un sentiment de supériorité. Quant à sa voix, bien peu l'avaient entendue, car il passait pour peu loquace, avec tout autre que ses intimes. On ne lui connaissait aucune aventure féminine et les commères de salons soutenaient qu'il devait avoir quelque girl-friend dans sa paroisse de Pointe-Coupée et qu'on serait étonné d'apprendre un jour qu'il épouserait une fille de planteur richement dotée, mais inconnue à La Nouvelle-Orléans. Les pères jésuites, ses anciens maîtres de l'Immaculée-Conception, qui ne dédaignaient pas de dîner en ville dans les familles de leurs élèves, le décrivaient comme un garçon d'une rare intelligence, sérieux et travailleur, bien que d'une piété tiède. Les professeurs de droit de l'université donnaient en exemple son assiduité aux cours à bon nombre d'étudiants dilettantes, inscrits pour masquer leur oisiveté et rassurer leurs parents.

Au contraire de beaucoup de jeunes hommes engagés dans une aventure sentimentale qui les conduit à négliger leurs études, Osmond était stimulé par sa liaison. Les sens satisfaits et le cœur comblé, il conservait l'esprit libre et se plongeait dans les arcanes du droit romain avec curiosité et application. Il travaillait même mieux les jours où il se savait attendu le soir par sa maîtresse. Son exaltation amoureuse patientait sans inquiétude. Son bonheur du moment était fait d'équilibre et de sérénité.

Un matin, trouvant dans son courrier une carte de Marie-Gabrielle Grigné-Castrus qui l'invitait à venir la voir « pour régler quelques dossiers en suspens », il se rendit avenue de l'Esplanade. La Suissesse le reçut aimablement et lui confia que, par le jeu de l'héritage de Charles de Vigors, il se trouvait maintenant son associé dans un certain nombre d'entreprises, comme son grand-père l'avait été.

« Je ne puis racheter moi-même toutes les participations que vous détenez, mais il me sera facile de trouver un ou des acquéreurs, car j'imagine que vous ne souhaitez pas maintenir une association d'intérêts voulue et organisée par votre grand-père. »

Marie-Gabrielle, parfaitement digne dans sa robe de soie lavande, parlait en femme d'affaires, mais avec le souci évident de dégager le jeune homme de tout lien vis-à-vis de sa personne.

Osmond réfléchit un instant, considérant cet être qui avait vécu dans l'ombre de Charles de Vigors, effacé et fidèle, servant ses ambitions politiques et protégeant sa réputation. Il estima qu'il lui devait quelque reconnaissance et se dit que son grand-père aurait sans doute souhaité qu'il la traitât en amie.

« Mon Dieu, madame, sauf si vous y voyez un inconvénient pour vous-même et vos affaires, j'aimerais au contraire ne rien changer à la situation. Je peux rester votre associé en vous laissant le soin d'agir comme vous le faisiez du vivant de M. de Vigors. Je n'entends pas grand-chose aux comptes et si vous acceptiez d'assumer, en plus des vôtres, la responsabilité des miens, j'en serais fort aise. »

Marie-Gabrielle ne put dissimuler complètement son émotion. Elle sourit avec mélancolie.

« Vous ne me méprisez donc pas?

– Vous mépriser? Ce serait mépriser mon grand-père. J'ai au contraire grande estime pour vous, madame, et... l'affection que vous portait mon aïeul et que vous lui rendiez constitue à mes yeux un lien sacré.

– Ne craignez-vous pas qu'on jase? Votre famille?

– Des jaseurs, je fais mon affaire, madame. Quant à ma famille qui a toujours voulu ignorer les attaches... particulières qu'avait mon grand-père avec une associée, elle ne saurait me reprocher de poursuivre une entente profitable à mes intérêts. »

Marie-Gabrielle découvrait en ce garçon, assis jambes croisées dans le fauteuil qu'avait si souvent occupé Charles de Vigors, un homme résolu et courageux, ayant de l'honneur une conception non conformiste et sachant déjà la valeur des sentiments auxquels elle avait sacrifié sa vie. Ses yeux s'emplirent de larmes. Elle balbutia des remerciements qu'Osmond éluda d'un geste de la main.

« Si vous le voulez bien, je vous rendrai visite au jour qui vous conviendra. Nous parlerons affaires. Il me plairait aussi que vous acceptiez de venir dîner avec moi et mes amis de temps en temps. »

En entendant ces mots, la Suissesse se mit à pleurer doucement. La générosité d'Osmond la comblait, l'arrachait à sa solitude. Elle avait pensé liquider toutes ses affaires et rentrer dans son pays où nul parent ne l'attendait pour y finir sa vie dans la triste maison genevoise où elle était venue au monde soixante-cinq ans plus tôt. Maintenant, elle savait qu'elle resterait à La

Nouvelle-Orléans pour aider le petit-fils de l'homme qu'elle avait aimé à se faire une place dans la vie.

« Mais votre grand-mère pourrait prendre ombrage de nos relations, y avez-vous songé?

– Ma grand-mère, madame, est sans doute une sainte. Je lui dois un grand respect... mais j'en dois aussi à la femme qui a rendu mon grand-père heureux. »

Osmond se leva, vint se pencher sur la vieille dame aux cheveux blond-blanc et à la peau douce et l'embrassa.

« Séchez vos yeux, madame, et offrez-moi un verre de ce porto que goûtait M. de Vigors à la fin de sa vie. Plus tard, nous parlerons de lui, de ses qualités et de ses affaires car, comme vous, je l'aimais tel qu'il était. »

Osmond prit ainsi l'habitude de se rendre le mercredi à l'heure du thé avenue de l'Esplanade où Marie-Gabrielle, toujours pimpante, l'attendait avec le sentiment que la vie pouvait encore avoir de l'intérêt. Elle puisait dans cette amitié naissante avec un garçon qui aurait pu être son petit-fils le sentiment mélancolique et doux de recevoir en héritage de Charles une affection sincère et désintéressée.

Bob Meyer venait souvent avenue Prytania partager le dîner d'Osmond, quand ce dernier ne pouvait décemment rejoindre Dolores, qui se devait, de temps à autre, à son frère Miguel et aux amis de sa famille.

Un soir, alors qu'Hector présentait aux convives une tarte aux noix de pécan, moelleuse à souhait et confectionnée tout spécialement pour M. Meyer, que la cuisinière d'Osmond trouvait « maigre comme un chat de gouttière et jaune comme un squash[1] », le

1. Sorte de courgette jaune et en forme de poire.

garçon raconta qu'il avait rencontré la veille, à La Nouvelle-Orléans, un mécanicien d'aviation de l'escadrille Moisant. Ce Français qui, lors de son passage en Louisiane, s'était épris d'une jeune créole, revenait en ville pour tenter de décider sa dulcinée au mariage. Par cet homme, Bob avait eu des nouvelles des aviateurs. Après la mort tragique de Moisant, dont les trois amis avaient été les témoins à la fin de l'année 1910, « le cirque à Moisant » avait continué sa tournée américaine. Il s'était produit en Oklahoma, à Oklahoma City et au Texas, à Dallas, à Waco, à Fort Worth, à Temple, à Houston, à San Antonio et à El Paso, puis au Mexique, à Monterrey, à Mexico et à Veracruz avant de porter aux Cubains de La Havane la révélation de l'aviation. Sur le ton de la confidence, le mécanicien avait raconté à Bob comment, pour la première fois, au-dessus du Mexique, les aviateurs français étaient intervenus dans une guerre.

Depuis 1876, le Mexique vivait sous la dictature de Porfirio Díaz. Cet homme de fer avait développé l'économie nationale au détriment des populations indiennes et métisses, dont il confisquait à l'occasion des terres, afin de créer des concessions qu'il distribuait avec profit à des étrangers, des Américains le plus souvent. En 1910, une révolution avait éclaté, dont il était difficile d'évaluer dans ce vaste pays l'ampleur exacte. Or, pendant que les aviateurs français se produisaient à El Paso, sur les bords du río Grande, le fleuve frontière entre le Texas et le Mexique, on apprit qu'une troupe d'insurgés, commandée par un certain Orozco, un moustachu long et sec, à l'œil féroce, opérait autour de Ciudad Juarez, poste tenu par l'armée mexicaine. A peine arrivés à El Paso, les aviateurs avaient imité les Texans qui, du haut de leurs toits, suivaient jumelles aux yeux les escarmouches qui opposaient chaque jour les troupes régulières mexicaines aux insurgés. Le mécanicien accompagnant Roland Garros, un des aviateurs du groupe, sur la terrasse de l'hôtel de quinze étages où les Français étaient descendus, avait observé jusqu'au crépuscule les fusillades.

Le lendemain, Young, devenu manager de la troupe depuis la mort de Moisant et toujours à l'affût d'une opération publicitaire, décida les pilotes à prendre l'air pour aller survoler ce qu'ils appelaient un peu pompeusement le champ de bataille. Cette idée, on le sut plus tard, lui avait été suggérée par l'état-major mexicain qui souhaitait un rapport sur le dispositif des révolutionnaires. N'était-ce pas un moyen aussi d'entrer dans les bonnes grâces des autorités d'un pays où plusieurs meetings étaient prévus? Trois aviateurs français, Barrier, Simon et Garros, se relayèrent aux commandes d'un Blériot équipé d'un moteur de cinquante chevaux pour effectuer des reconnaissances. Les insurgés, surpris de voir, pour la première fois de leur vie, un avion évoluer au-dessus de leurs têtes, restèrent l'arme au pied, biglant dans le soleil à l'abri de leur grand sombrero.

Comme pour compenser ce qu'avait de désobligeant cet espionnage aérien à l'encontre de braves paysans en lutte pour défendre leur patrimoine, les aviateurs avaient lancé sur les groupes repérés des oranges et des paquets de cigarettes. Ainsi du 7 au 10 février 1911, l'avion avait été pour la première fois utilisé à des fins guerrières[1].

---

1. L'histoire officielle donne pour première intervention militaire de l'aviation, la reconnaissance effectuée par le pilote italien Piazza au-dessus des lignes turques entre Tripoli et Azizia le 22 octobre 1911. Les *Mémoires* de Roland Garros, dont l'auteur a tiré l'information donnée ci-dessus, prouvent que les Français furent les premiers à se livrer à ce genre d'opération.

« Tu te rends compte de ce que signifie cette expérience? demanda Bob l'œil brillant, comme chaque fois qu'il parlait de sa passion.

– Pendant la guerre entre les Etats, on s'est déjà servi de ballons captifs pour suivre les évolutions de l'ennemi, remarqua Osmond.

– Oui, mais l'avion se déplace. Il peut rapporter, s'il vole assez bas, des photographies des dispositifs de l'adversaire. Les aviateurs français ont lancé des oranges aux insurgés mexicains, mais ils auraient pu tout aussi bien lancer des grenades. L'avion, crois-moi, c'est l'arme de l'avenir.

– Il peut aussi être abattu par un canon ou par un bon tireur monté à bord d'un autre avion.

– Tu imagines un combat en plein ciel à la carabine... ou même à la mitrailleuse? Un vrai tournoi à mort, mon vieux, un duel d'oiseaux de proie. »

Quand, le 5 novembre, on apprit à La Nouvelle-Orléans que Galbraith R. Rodgers, parti le 12 septembre de New York, venait d'atterrir à Long Beach (Californie) après avoir tenu l'air quatre-vingt-deux heures et quatre minutes entre ses nombreuses escales, Bob Meyer ne contrôla pas son enthousiasme et annonça, le doigt levé vers le ciel dans l'attitude des prophètes, que « l'avion transporterait un jour des passagers d'un bout à l'autre du continent ».

Les petites vacances de fin d'année permirent à Dan Foxley de rejoindre ses amis. Tout auréolé du prestige reconnu aux étudiants de l'université Johns-Hopkins, le garçon se montra intarissable sur ses professeurs et ses condisciples. Avec le pédantisme puéril de ceux qui, commençant des études de sciences, découvrent l'univers insoupçonné de l'infiniment petit, il fit à ses amis un véritable cours.

« Mes enfants, les sciences de la vie, telles que nous

les laissaient entrevoir les « jés », ont un bon demi-siècle de retard. Nous vivons une époque formidable, les savants sont en train de tout remettre en cause... La matière commence à livrer ses secrets. Bientôt, la rassurante théorie du solide, de l'immuable, de l'inanimé en équilibre avec l'esprit sera caduque, comme la bonne et chère logique de l'entendement. Tout cela, mes autruches, mes rêveurs géniaux, ça va changer. Des types dont vous ignorez le nom ont découvert ce qu'il y a de plus important depuis les Grecs, depuis le Christ, à savoir que la matière est un pullulement d'atomes. Vous rendez-vous compte qu'il y a des millions d'atomes d'hydrogène dans une pointe de crayon, hein, et que chacun de ces atomes se décompose en particules, en protons, en électrons? »

Bob et Osmond se regardèrent et éclatèrent de rire devant l'enthousiasme du néophyte pour les travaux de Roentgen, de Becquerel et de Curie.

« La théorie atomique est séduisante mais sur quoi débouche-t-elle? fit Meyer avec une moue dubitative.

– Elle va déboucher sur des choses étonnantes qu'on ne peut encore imaginer mais que les esprits les plus éclairés subodorent. Tenez, il y a quelques années, Lebon, dans son *Evolution de la matière*, a déjà expliqué que matière et énergie, c'est la même chose. La force et la matière, mes benêts, sont les deux formes d'une même puissance. L'une nous paraît stable, l'autre impalpable et cependant c'est...

– C'est inutilisable, avança Osmond.

– C'est là que tu te trompes, ignorant. Depuis que les substances radioactives, comme l'uranium et le radium, sont identifiables, on peut penser que les alchimistes à la Nicolas Flamel étaient peut-être moins fous qu'on le croyait. Sir Joseph Larmor a dit à peu près : « Tout ce qui nous paraît dense, immobile, fixe,

« est en réalité grouillement d'atomes. » Et tout cela tient comme... mayonnaise... par la gravitation permanente des myriades invisibles, tout n'est que nuée et nous-mêmes...

– Holà, Fox, cesse de nous éblouir de ta science neuve, nos pauvres esprits ne peuvent te suivre... dit Bob.

– Tout cela me paraît assez fumeux! renchérit Osmond.

– Fumeux! Sachez que l'existence même des choses tient au mouvement... le temps n'est qu'espace! Nous vivons dans l'illusion de la matière, dans l'illusion du temps, dans l'illusion de l'esprit! »

Osmond et Bob avaient l'air faussement consterné de ceux qui voient leur ami le plus cher perdre pied, oublier la réalité.

« Il est évident que si ces théories tiennent debout, elles peuvent remettre en question bon nombre de nos croyances, concéda Bob.

– Et comment!

– Dieu lui-même, risqua Osmond.

– C'est lui qui a donné la pichenette originelle à l'atome, déclara Dan avec assurance.

– Et depuis, ça marche tout seul?

– Oui, mon vieux, et la création c'est la mise en branle de la matière, rien d'autre... la vie est un flux d'atomes.

– Et personne n'avait compris ça, avant... toi! »
Dan haussa les épaules.

« Je ne sais rien encore... mais je me donne les moyens de comprendre... vous saisissez? Car c'est la suprême satisfaction, comprendre! »

Osmond lui mit affectueusement la main sur l'épaule, car il ne voulait pas blesser son ami par des sarcasmes répétés.

« Quand tu auras compris, tu nous expliqueras.

– Tes... révélations ont de quoi donner le vertige à des gens de notre espèce, remarqua Bob avec sincérité.

– C'est exactement ce que je ressens, le vertige.

– Es-tu encore certain d'exister? interrogea Osmond.

– J'existe, tu existes, nous existons par un caprice préétabli d'atomes en équilibre. Nous aurions aussi bien pu être pierres, arbres, cancrelats, boutons de culottes ou grains de maïs... nous ne sommes que des souffles... éphémères!

– Et l'âme, qu'en fais-tu dans tout cela, est-elle matière de hasard elle aussi, agencement plus subtil d'atomes... gazeux?

– Voilà le mystère, l'unique mystère... l'insoluble mystère, celui que Dieu se réserve et qui maintient entre lui et nous l'infranchissable.

– Allons nourrir d'atomes tourbillonnants ayant la forme et le goût d'une langouste et d'un vin blanc de Bordeaux nos corps faits d'atomes tourbillonnants et affamés, en compagnie de charmantes personnes, faites d'atomes tourbillonnants divinement agencés pour notre plaisir! »

Dan considéra Osmond avec un air de commisération comique.

« Tu crois énoncer une plaisanterie, mon bon, eh bien, tu dis là une vérité!

– A supposer que tout ce tournoiement, brusquement, un jour s'arrête, que Dieu, qui d'après toi a donné la pichenette initiale, décide d'interrompre le mouvement... que se passe-t-il? interrogea Bob avec sérieux.

– C'est le néant », conclut Dan d'un ton péremptoire.

En retrouvant Alix, que les Foxley avaient invitée à

passer les fêtes de fin d'année, afin qu'elle puisse revoir celui que l'on s'entendait tacitement à considérer comme un fiancé, Dan oublia ses théories. Si l'amour était aussi un jeu d'atomes, personne ne s'en plaignait, ni Bob quand il embrassait Otis en cachette, ni Osmond quand il étreignait Dolores, ni même Dan quand Alix se blottissait contre lui en s'efforçant d'imaginer ce que serait plus tard sa vie avec un savant.

Quelques jours avant Noël, les six amis dînaient au casino du fort espagnol sous la présidence de l'inévitable Miss Screen quand Dan Foxley annonça qu'il avait déjà reçu son cadeau, un nouveau voilier offert par son père. Ce dernier, souhaitant que l'étudiant puisse jouir d'un présent depuis longtemps promis, avait devancé la remise traditionnelle des étrennes. L'après-midi même, M. Foxley et son fils avaient essayé le voilier sur le lac Pontchartrain.

« Je l'ai baptisé *Baga*, lança joyeusement Dan, et il portera les couleurs du club dans la régate du Jour de l'An... je me suis inscrit avant le dîner. Naturellement, je compte sur toi, Osmond, comme équipier. »

Osmond échangea avec Dolores un coup d'œil rapide. Il avait promis à sa maîtresse de passer avec elle la dernière nuit de l'année. Abandonner ses bras au petit matin pour aller jouer les plaisanciers sur le lac Pontchartrain ne lui souriait guère. D'autre part – le regard inquiet de Dolores le laissait deviner – la jeune femme eût été peinée que son amant préférât une compétition sportive à une matinée en sa compagnie.

« Hélas! Tu t'y prends un peu tard. J'ai déjà accepté pour le premier de l'An une invitation que je ne puis éluder », dit Osmond avec un peu de gêne.

Dan Foxley parut déçu. Il se doutait bien de quelle

invitation il s'agissait, mais en présence du chaperon, tout commentaire était proscrit.

« C'est ennuyeux, il va me falloir trouver un autre équipier. »

Bob Meyer se proposa aussitôt.

« Si vous voulez bien de moi, captain, je suis votre matelot! »

Dan connaissait la fragilité physique de Meyer, son manque de résistance à la fatigue, la hantise qu'il avait toujours d'un refroidissement.

« Il ne fera pas chaud sur le lac au petit matin, Bob, et les manœuvres seront pénibles. Je ne voudrais pas que tu débarques exténué...

– Je m'habillerai chaudement, je mettrai des gants et je ne me rebellerai pas si tu me houspilles, comme tu le fais toujours quand nous naviguons. »

Le regard de Bob était presque implorant. Refuser le concours du garçon dont l'amitié lui était si précieuse eût été, estima Fox, outrageant.

« Très bien, matelot, je passerai te prendre à sept heures. J'aurai des provisions à bord. La régate commence à neuf heures et si nous ne gagnons pas la coupe du Jour de l'An, tu seras mis aux fers. »

Un toast fut porté à l'équipage du *Baga* ainsi constitué. Dolores parut rassurée, bien qu'elle devinât chez Osmond un vague regret de ne pouvoir participer à la course.

Le repas de la Saint-Sylvestre préparé par la domestique de Mlle Ramirez fut un tête-à-tête des plus tendres. A la lueur des chandelles roses et parfumées, Osmond et Dolores échangèrent des cadeaux. Il lui offrit un pendentif en or et diamant et reçut une montre ancienne avec sa chaîne. A l'intérieur du boîtier, Dolores avait fait graver un aphorisme optimiste et tout personnel : « Seul l'Amour arrête le temps. »

Comme pour démentir cette assertion d'une femme amoureuse, la pendule faisant écho à la grosse cloche de la cathédrale Saint-Louis sonna quelques minutes plus tard le minuit fatidique qui marquait l'avènement de la nouvelle année. Au rythme des tintements, Dolores, fidèle à la tradition espagnole, mit dans la bouche de son amant douze grains de raisin. Puis ils s'enfermèrent dans la chambre et s'aimèrent jusqu'à l'aube.

A la fin de la matinée, ils furent brutalement tirés du sommeil par des coups vigoureux frappés à la porte de l'appartement. Dolores se dressa, surprise et indignée qu'on osât ainsi troubler la quiétude d'un jour de fête. Osmond jeta un regard à sa montre.

« Sais-tu qu'il est plus de onze heures?... C'est sans doute quelque admirateur qui veut te présenter des vœux. »

Elle haussa les épaules.

« Mon frère est en voyage, je ne vois pas qui peut se permettre ce tapage. »

Contre l'huis, les coups redoublaient, impératifs.

« Je dois aller ouvrir », dit Dolores en se levant. Elle enfila un peignoir, rejeta ses cheveux en arrière et sortit de la chambre dont elle referma la porte.

Osmond, irrité lui aussi par cette intrusion, tendit l'oreille. Il reconnut la voix un peu acide de Miss Screen. Elle s'exprimait avec volubilité, mais les mots qu'elle prononçait étaient, à distance, incompréhensibles.

La porte palière fut claquée et le crépitement des mules de Dolores se rapprocha.

Quand elle apparut, son visage, dans le faible éclairage de la chambre, parut à Osmond d'une pâleur mortelle.

« Osmond... mon chéri... un malheur... Dan et Bob... leur bateau a chaviré... on te réclame... là-bas. »

Le jeune homme jaillit du lit. Son regard reflétait l'incrédulité. L'émotion rendait sa voix rauque presque agressive.

« Qui t'apprend cela... Miss Screen?

– Oui, elle s'est doutée que tu étais chez moi... mais c'est sans importance... les Foxley ont été prévenus de l'accident.

– Mais Dan et Bob ne sont pas?...

– On les cherche... Oh! mon Dieu!... c'est affreux, tu aurais pu être sur ce bateau. »

Osmond enfilait déjà ses vêtements avec un sang-froid recouvré. Vêtu, il se dirigea vers le téléphone et appela sa résidence de l'avenue Prytania.

« Hector, prends la Ford... je t'attends à l'angle de la rue du Canal et de la rue Bourbon... dans dix minutes... dépêche-toi! »

Il allait quitter l'appartement sans embrasser Dolores. Elle l'arrêta au passage et le serra contre elle.

« Donne-moi des nouvelles... dès que tu pourras. »

Il dévala l'escalier, négligea le dédale des patios, prit au plus court par la rue Saint-Pierre et se mit à courir vers la rue du Canal. Un vent aigre, chargé de crachin et de brouillard, soufflait par rafales. De gros nuages sales semblaient rebondir sur les toits. L'air était froid et les rares passants marchaient d'un pas vif, emmitouflés, la tête dans les épaules. Aucun ne se retourna sur le grand garçon au visage blême qui courait sur la chaussée, sans tenir compte de la circulation heureusement peu dense.

Osmond trépignait depuis une minute devant le magasin Maison-Blanche sur Canal Street, quand la Ford apparut. Le visage d'Hector disparaissait à demi sous la visière d'une énorme casquette. Osmond poussa le Noir sur la banquette et prit le volant.

« Le meilleur chemin pour aller au lac, Hector?

– Canal Street, jusqu'au bout et à gauche, le boulevard de l'Ouest, m'sieur... nous allons au port du casino? »

Jamais Osmond n'avait conduit aussi vite. Au carrefour de Carrollton, il négligea le coup de sifflet d'un policeman qui voulait l'obliger à céder le passage à un tramway, traversa le quartier de Métairie en trombe et, en arrivant au port de West End, se dirigea sans ralentir vers un attroupement. Des fêtards attardés, qui avaient passé la nuit dans les bals du fort espagnol ou sur le scenic railway au parc d'attractions, insultèrent les automobilistes qui se frayaient un chemin à grands coups de trompe. Sur le lac, à quelques centaines de mètres du rivage, des triangles blancs, se détachant sur la grisaille du ciel et des eaux, semblaient se poursuivre. La régate n'avait pas été interrompue.

En sautant de son siège, Osmond comprit tout de suite la situation. La première personne qu'il aperçut fut Alix, sa sœur, effondrée sur l'épaule d'Otis. Les deux jeunes filles pleuraient près de Mme Foxley prostrée sur un banc qu'entouraient des hommes et des femmes inconnus. Alix se jeta dans les bras de son frère le visage blanc, les lèvres décolorées et tremblantes.

« Oh! Osmond... On n'a pas retrouvé Dan, on ne l'a pas retrouvé... dis-moi... il n'est pas noyé... où est-il? »

Sur le lac couleur de plomb et que le vent fripait, des canots ballottés évoluaient autour d'une coque blanche. Le *Baga* n'avait pas été redressé et, le poids des voiles immergées compensant celui de la quille, le bateau restait affalé. Des hommes munis de seaux sans fond et penchés sur l'eau semblaient interroger les profondeurs. Osmond comprit aussitôt qu'ils cherchaient des corps. Cependant, Alix n'avait parlé que de Dan.

« Et Bob? interrogea le garçon.

— Il est blessé à la main, mais il est sain et sauf, on l'a transporté à l'hôtel Pontchartrain », dit Otis à travers ses larmes.

Tous les canots disponibles étant à l'eau, Osmond jeta autour de lui un regard angoissé. Mme Foxley se rendit soudain compte de sa présence. Il vint à elle.

« Mon pauvre Dan... il est noyé, Osmond, il est noyé... Si vous aviez été avec lui, je suis certaine que vous l'auriez tiré... Meyer n'a pas pu... Il n'a pas pu... Il l'a laissé s'enfoncer dans le lac...

— Tout espoir n'est pas perdu, madame, on le recherche... on va le trouver.

— Trop tard, Osmond, trop tard... Il y a plus d'une heure... il est noyé maintenant... cette eau est trop froide. »

Mme Foxley ne pleurait pas, mais son corps était parcouru de frissons incoercibles. Osmond savait déjà qu'elle avait raison. On ne reverrait pas Dan vivant. Qui aurait résisté à une si longue immersion? Un sentiment désespérant d'impuissance s'empara du garçon. Comme la foule silencieuse, il suivit un moment les efforts des sauveteurs qui sondaient avec des gaffes les eaux du lac. Il vit se dresser le voilier de son ami, des hommes sauter à bord, abattre les deux voiles. Il se détourna, pensant soudain à Bob, au rescapé qui devait vivre dans l'angoisse d'apprendre que Dan avait disparu.

Abandonnant le quai où il ne pouvait rendre aucun service, il sauta dans son automobile et prit l'allée conduisant à l'hôtel Pontchartrain où Oscar Wilde avait logé lors d'un séjour à La Nouvelle-Orléans.

Bob reposait dans une chambre, au rez-de-chaussée. Seule sa mère, qui venait d'arriver, était à son chevet. Le silence et le calme de cette pièce contrastaient avec l'agitation du quai. A l'entrée d'Osmond, Mme Meyer, qui caressait doucement les cheveux mouillés de son fils, se leva. Bob gardait les yeux clos. Sa main gauche posée sur la courtepointe disparaissait dans un gros pansement. Il avait les lèvres bleues et de grands cernes sous les yeux.

« Le médecin lui a administré un calmant... Sa main est déchirée... a-t-on retrouvé M. Foxley?...

– Pas encore, dit Osmond à voix basse.

– Oh! La pauvre Mme Foxley... comme elle doit souffrir... et comme Bob sera malheureux... ne lui dites rien... je vous en prie. »

En entendant des bruits de voix, le blessé ouvrit les yeux et tenta de se soulever, mais les forces lui firent défaut.

« J'ai rien pu faire... Osmond... rien... je l'ai vu couler... »

De grosses larmes roulaient sur le visage de Meyer. Il était pitoyable, anéanti. Il frissonnait, claquait des dents et agitait sa main bandée.

« Il ne pourra peut-être plus jouer du piano », pensa Osmond incongrûment. Puis, il s'assit assez loin du lit et, un long moment, regarda son ami qui, les calmants faisant effet, semblait retomber en léthargie.

Osmond se sentait confusément et en partie responsable de ce drame. S'il n'avait préféré la couche de Dolores, s'il s'était trouvé à bord du *Baga*, peut-être aurait-il pu sauver Dan. Plus d'une fois, ils avaient chaviré avec le premier bateau des Foxley, sur un coup de vent ou une fausse manœuvre. Bob n'était pas de force dans ces cas-là. Même pour hisser une voile, prendre un ris ou bosser un cordage, il devait déployer des efforts disproportionnés et il fallait sans arrêt surveiller le gui, quand il tenait l'écoute de grand-voile.

Sur un voilier de six mètres, racé et rapide comme celui que M. Foxley avait offert à son fils, Bob Meyer, malgré son courage et sa bonne volonté, avait dû se sentir désorienté. Quand il reprendrait conscience, quel chagrin serait le sien et quels remords sans doute injustifiés troubleraient ses nuits!

En quittant la chambre de son ami, Osmond se rendit à la réception de l'hôtel et demanda à téléphoner. Il apprit à Dolores l'étendue du désastre, puis il retourna au quai où il rencontra le père de Dan. M. Foxley était un ancien soldat, un homme habitué aux épreuves, à la fréquentation de la mort. Quand il serra la main d'Osmond, ses yeux étaient humides.

« Il n'y a plus d'espoir, mon garçon, j'ai renvoyé ma femme, votre sœur et ma fille à la maison... Le lac, d'après les pêcheurs d'ici, met au moins trois jours à rendre les noyés. »

D'un geste de la main, il désigna le *Baga* qu'on venait de remorquer à quai.

« Si j'avais su que Dan avait pris Meyer comme équipier, je ne l'aurais pas autorisé à s'engager dans cette course. Je croyais que vous l'accompagneriez. »

Osmond sentit une nouvelle fois qu'on lui déléguait des responsabilités. Il comprit aussi que les Foxley pensaient que Dan avait péri parce que Bob n'était pas de taille à faire face à une situation dramatique. Il s'étonna à cet instant de n'avoir pas trouvé Otis au chevet de son ami.

« Je suis certain, monsieur, bien que nous ne

sachions pas encore ce qui s'est passé, que Bob a fait tout ce qu'il a pu. Je viens de le voir. Il est assez cruellement blessé et croyez qu'il ne se consolera jamais de la disparition de Dan... je n'ai pas osé lui enlever tout espoir.

– Je ne doute pas, Osmond, que Bob Meyer ait tout tenté pour aider Dan à s'en sortir... mais il n'a pas réussi, n'est-ce pas?... et vous ne pouvez empêcher un père de regretter que, dans ces circonstances, mon fils n'ait pas eu avec lui un équipier plus robuste et plus aguerri. »

Osmond ne put se défendre d'un mouvement d'impatience. Malgré la pitié que lui inspirait ce père désemparé, malgré son propre chagrin, ses propres remords, il répliqua assez sèchement :

« Si vous doutez, monsieur, du courage et du dévouement de Bob Meyer, il eût mieux valu pour lui qu'il pérît aussi. Dan était plus que son ami, presque son frère, comme il était mon ami et mon frère.

– Je ne doute pas, Osmond... mais c'est mon fils que j'ai perdu aujourd'hui... c'est-à-dire plus qu'un frère ou un ami. »

Trois jours plus tard, au petit matin, un pêcheur recueillit dans sa barque le corps de Dan Foxley. Son front portait une plaie profonde que l'eau avait blanchie et qui ressemblait à une bouche hideuse aux lèvres effrangées.

Seuls M. Foxley et Osmond de Vigors vinrent identifier le cadavre qui fut mis en bière sur place. Il convenait en effet d'épargner à Mme Foxley et à ses filles la vision du jeune homme enlaidi par l'immersion prolongée.

Les funérailles rassemblèrent à la cathédrale Saint-Louis toutes les familles créoles de La Nouvelle-Orléans, après quoi les Foxley s'enfermèrent dans leur deuil. Alix, terrassée par l'émotion, dut s'aliter au retour de la cérémonie. Stella et Faustin Dubard qui s'étaient installés avec elle dans la demeure d'Osmond, avenue Prytania, ramenèrent quelques jours plus tard à Bagatelle un être prostré, frappé d'hébétude par la mort de celui qu'elle considérait depuis longtemps comme son fiancé.

Pendant les jours d'hiver, froids et pluvieux, qui se succédèrent comme les phases d'un cauchemar, Bob Meyer, atteint d'une congestion pulmonaire, lutta contre une fièvre opiniâtre que le médecin ne parvenait pas à faire tomber. Souvent, le garçon délirait et, dans son inconscience, répétait des mots que sa mère entendait : « Attention, Dan... attention... la bôme! », gémissait-il périodiquement comme s'il revivait la minute tragique de l'accident.

Chaque jour, Osmond venait s'asseoir une heure au chevet de Bob, guettant sur le visage jaune et émacié du malade les signes d'une amélioration qui tardait à se manifester. Mme Meyer, les yeux rougis par les veilles, semblait redouter le pire. Elle craignait que la faible constitution de son fils ne permette pas à celui-ci de surmonter l'épreuve de la maladie.

Osmond, de son côté, s'inquiétait de l'apathie du malade et imaginait que Bob, à qui on avait appris avec ménagements la mort de Dan, s'abandonnait sans réaction aux menaces qui pesaient sur sa vie.

Quand la fièvre enfin déclina, le médecin put assurer que Bob Meyer se trouvait hors de danger. Plusieurs jours passèrent encore avant que le jeune homme, d'une extrême faiblesse, soit capable, calé sur des oreillers, de soutenir une conversation et d'évoquer le drame qu'il avait vécu.

Ce fut Osmond qui, le premier, reçut ses confidences.

206

« Il y avait des rafales de vent sur le lac et c'est au moment où, pour profiter de l'une d'elles, Dan voulut changer d'amures que la bôme le frappa à la tête. Il perdit l'équilibre et tomba à l'eau. Je tenais l'écoute de grand-voile, mais le vent était si fort que je ne pus immobiliser la toile... le bateau bascula et je me retrouvai à l'eau à mon tour, suspendu par une boucle du cordage qui me broyait la main. J'aurais voulu me dégager pour rattraper Dan... je n'ai pas pu...Il a coulé sous mes yeux... il était assommé... ensuite, je ne me souviens plus de rien. C'est affreux, Osmond, cette vision dont je ne puis me débarrasser. Dan s'enfonce dans le lac comme un sac de lest... je tends le bras sans pouvoir l'atteindre à cause de cette écoute qui me retient... comme un lasso. Que ma mère ne le sache jamais... J'aurais préféré me noyer aussi... en finir avec ma ridicule carcasse... Ah! si j'avais eu ta force ou celle de Dan...

– Ça n'aurait rien changé, Bob; même un athlète n'aurait pu faire mieux. Les circonstances te vouaient à l'impuissance, ne te tourmente pas... ta main brisée atteste ton récit... personne ne peut douter que tu aies fait tout ce qui était humainement possible. »

Bob s'était détourné pour cacher ses larmes, qu'il tentait maladroitement de sécher, avec le pansement de sa main gauche. Son désespoir était pitoyable. Il finit par demander timidement :

« Sais-tu pourquoi Otis ne vient pas me voir?

– Les Foxley sont anéantis, Bob. Elle ne quitte pas ses parents. Ils ne veulent voir personne et ne sortent pas de chez eux...

– Je suis certain qu'ils me croient responsable de la noyade de Dan, Osmond... et Otis doit m'en vouloir... voilà pourquoi elle n'est pas venue... Elle ne viendra pas... Je ne la verrai plus. »

Osmond comprenait cette déception, qui ajoutait encore au chagrin de son ami.

« Mais non, penses-tu, dans quelques jours Otis viendra... je te l'amènerai... d'ailleurs on lui donne de tes nouvelles.

– C'est vrai... elle en a demandé? »

Osmond mentait. Otis Foxley ne semblait pas s'inquiéter du sort du garçon.

Par les commérages des clientes de son magasin, Dolores avait appris ce qui se disait dans les salons de la ville. « Le jeune Meyer s'est tiré de l'accident en se cramponnant au bateau, mais a-t-il seulement fait un geste pour aider celui qui se noyait? » Voilà ce que colportaient les commères mondaines. Ces calomnies, que les Foxley semblaient accréditer par leur attitude, irritaient Osmond. Un soir, il décida de rendre visite aux parents de l'ami défunt.

Mme Foxley, tout de noir vêtue, le reçut dans son salon où Otis arriva, bientôt suivie de sa sœur Margaret, qui devait accoucher d'un jour à l'autre.

Il les mit au courant brièvement de la maladie de Bob et répéta le récit de l'accident, en insistant sur le chagrin de Meyer, qui s'était trouvé dans l'incapacité de porter secours à Dan Foxley. Tout de suite, il perçut chez la mère désemparée un scepticisme décevant. Le visage fermé d'Otis et l'attitude de Margaret lui prouvèrent qu'on avait dû longuement discuter, en famille, les responsabilités du rescapé.

« Jamais Dan n'aurait dû choisir ce gringalet comme équipier pour manœuvrer ce nouveau bateau... Si vous aviez été là, Osmond, je suis certaine que Dan ne se serait pas noyé... l'autre jour, n'est-ce pas? dit Mme Foxley.

– D'ailleurs, les juifs n'ont aucun courage physique.

Bob n'a pensé qu'à sauver sa peau », ajouta Margaret d'un ton aigre.

Les yeux d'Osmond brillèrent d'un éclat dur et il répliqua sèchement.

« Je ne vous permets pas, Margaret, malgré le chagrin que vous ressentez, de parler ainsi de Bob Meyer. C'était l'ami de Dan et c'est le mien. Aucun de nous trois n'aurait hésité à risquer sa vie pour l'un des deux autres. Vous êtes injuste, Otis peut témoigner...

– Otis n'a rien à dire. Elle pleure son frère perdu », coupa la mère d'une voix faible, mais où perçait une rancœur manifeste.

Osmond se leva, en fixant Otis dont il attendait une phrase, un geste, un appui. Mais la jeune fille baissa la tête, en pleurant doucement. Au moment où il prit congé, elle fit mine de s'avancer pour l'accompagner jusqu'à la porte. Hors de la présence de sa mère et de sa sœur, il comptait bien qu'elle lui parlerait de Bob et il insisterait pour qu'elle aille le voir, même en cachette de ses parents. Mais Margaret retint la jeune fille et ce fut elle qui conduisit Osmond dans le hall.

Sur le seuil, la jeune femme le prit par le bras.

« Vous comprendrez, Osmond, que nous ne souhaitons plus voir M. Meyer dans cette maison... après ce qui s'est passé... Il doit oublier Otis comme elle va l'oublier...

– Ce n'est pas à vous d'en décider, Margaret; vous savez combien Bob aime votre sœur et combien elle l'aime, les projets qu'ils ont formés depuis longtemps...

– Quels projets?... Vous ne croyez tout de même pas que mes parents donneraient leur fille à celui qui a laissé se noyer leur fils! »

Osmond dégagea son bras et fit face avec une brusquerie qui surprit l'aînée des Foxley.

« J'oublierai aussi le chemin de cette maison, Margaret, jusqu'à ce que vous soyez sortie de ce chagrin qui vous égare et que vous reveniez à de meilleurs sentiments envers Bob Meyer.

– Notre chagrin s'atténuera avec le temps, c'est la loi humaine, mais nos sentiments pour Meyer ne changeront pas... il n'y a rien de bon à attendre des juifs.

– Restez donc avec vos méprisables préjugés, qui ne sont pas dignes de la mémoire de Dan. Adieu! »

Négligeant la main que la jeune femme lui tendait, Osmond passa la porte des Foxley, la rage au cœur.

Aux yeux d'Osmond, le chagrin de cette famille éprouvée ne pouvait tout expliquer, ni tout excuser. Comme souvent, une cruelle adversité avait fait resurgir les démons haineux du racisme qui erraient toujours dans le Vieux Sud vaniteux, en quête d'esprits à corrompre. Malgré les progrès de l'éducation, les lois sensées de la plus tolérante des républiques et une longue cohabitation avec des êtres d'autres races et d'autres confessions, les descendants des pionniers chrétiens, qui s'étaient faits au fil des siècles les persécuteurs évangéliques des Indiens et les doctrinaires de l'esclavagisme, se montraient parfois incapables de dominer la plus stupide et la plus honteuse des préventions.

L'attitude des Foxley, révélée par le malheur qui venait de les frapper et les circonstances de la mort de Dan, n'était pas exceptionnelle. Elle relevait d'une tendance toujours latente des Sudistes, d'origine anglo-saxonne notamment, à se prendre pour prototypes de l'homme idéal, parfait Américain et mainteneur désigné de la suprématie blanche et aryenne. Les règlements des clubs sélects de La Nouvelle-Orléans, où, de génération en génération, se réunissaient les

« bourbons », faisaient sourire les étrangers qui tenaient certains articles pour désuets et folkloriques, sans imaginer qu'ils pussent être encore appliqués. Au siècle précédent, les « lois bleues » des puritains de la Nouvelle-Angleterre interdisant à quiconque « d'embrasser sa femme le dimanche » avaient fait pareillement sourire les Français de passage à Boston.

Et cependant, en ce début du XXᵉ siècle, on ne transigeait pas avec certaines règles du Boston-Club. Les aristocrates qui le dirigeaient refusaient toujours les candidatures des juifs, des Italo-Américains, des Portoricains, des Grecs et des Orientaux. Il eût paru superfétatoire d'étendre cet ostracisme aux Noirs, car il ne pouvait venir à la pensée d'aucun homme de couleur, si riche ou si estimable fût-il, de prétendre franchir le seuil du temple des vanités sudistes.

Ces préjugés, dont les racines plongeaient dans le passé du pays, expliquaient la résurgence constatée du Ku Klux Klan, officiellement dissous depuis 1877, et des sociétés secrètes défendant les mêmes idées et se livrant parfois aux mêmes violences. En Louisiane, la « Ligue blanche », qui avait ramené en 1878 les « bourbons » au pouvoir, pouvait passer pour une association fraternelle d'anciens combattants, mais son influence demeurait certaine. De la même façon, les « Chevaliers du camélia blanc » étaient toujours prêts à se mobiliser comme les « Visages pâles », dans le Tennessee, la « Fraternité blanche », en Caroline du Sud, les « Hommes de justice », dans l'Alabama, les « Fils de Washington », au Texas, les adeptes de « La Rose blanche », dans le Mississippi.

Depuis quelques années, des historiens et des romanciers sudistes rendaient hommage, dans leurs écrits, au Klan « qui avait renversé l'odieux régime de la Reconstruction ». Le livre de Thomas Dixon, paru en 1906 sous le titre *The Clansman*, et qu'Osmond avait lu, faisait un tableau romanesque du Ku Klux Klan et prétendait démontrer qu'aux heures les plus sombres du Sud les membres du Klan avaient su « arracher au bec et aux griffes du vautour abolitionniste » les débris d'une civilisation calomniée.

On colportait, de bouche à oreille, dans les salons, qu'un certain William Joseph Simmons, ancien prédicateur méthodiste d'Alabama, qui venait d'échapper de justesse à la mort au cours d'un accident d'automobile, avait décidé de se consacrer désormais à la renaissance du Klan. L'article numéro deux du questionnaire que devaient remplir les candidats à l'adhésion annonçait clairement les tendances racistes du mouvement : « Etes-vous Blanc de naissance, aryen et citoyen américain ? » Bien que peu nombreux et d'une grande discrétion, les « clansmen » nouvelle formule rejetaient dans le même opprobre les Noirs, les juifs et les mormons, sous prétexte que « le plus grand ennemi d'une nation n'est jamais au-dehors mais à l'intérieur de celle-ci ».

A la colère que suscitait, chez Osmond, l'injuste accusation portée contre Bob par les Foxley s'ajoutait la déception de découvrir que des gens qu'il aimait, intelligents et cultivés, capables de générosité, pouvaient soudain rétrograder moralement au point de tenir des propos dont tout honnête homme ne peut que rougir. Ce soir-là, en marchant vers la rue du Canal pour rendre visite à Meyer, Osmond de Vigors fit le serment de ne jamais se laisser emporter par la haine raciale ou l'intolérance religieuse.

Bob ne fut pas surpris quand, très loyalement, son ami lui fit le compte rendu de sa visite aux Foxley. Contrairement à ce qu'il redoutait, Osmond vit Meyer réagir avec sang-froid et dominer les sentiments qui devaient l'agiter.

« Un jour viendra, Osmond, où je pourrai reconquérir Otis, car je ne renonce pas à l'aimer. Je suis sûr de son attachement. »

Dès que le fils de la marchande de corsets fut rétabli, il se remit au travail avec une ardeur accrue. Souvent, quand les deux amis se trouvaient réunis, ils parlaient de Dan, imaginaient les réflexions qu'il aurait pu faire dans les discussions; il s'en trouvait toujours un pour présenter lès arguments que le défunt n'eût pas manqué de développer. Ainsi, le noyé vivait entre eux et sa photographie, prise lors d'un tournoi de tennis à Bagatelle, trônait sur la table de travail de Bob, comme sur le bureau d'Osmond. Un des chevaliers du Triangle avait péri prématurément, mais au-delà de toute délectation morose, il restait comme une inaltérable référence à l'amitié.

Osmond reçut de Lorna une longue lettre pleine de tendresse profonde et de compréhension. La jeune fille exprimait très exactement ce qu'il ressentait et partageait d'une façon authentique sa peine. Consolateur et apaisant, son message l'émut bien plus qu'un simple billet de condoléances. Il découvrit à cette occasion que Lorna restait en parfaite communion de pensée avec lui. Il eût aimé être près d'elle pour lui entendre prononcer les mots et les phrases que Dolores ne savait pas dire. Sans l'éloigner de cette dernière, le drame avait isolé Osmond dans une mélancolie impartageable. Quand il se rendait chez sa maîtresse, il restait des heures silencieux ou se mettait au piano pour jouer des airs que Dan aimait, notamment cet *Impromptu en* sol *bémol majeur* de Schubert que Foxley massacrait régulièrement. Pendant des semaines, il connut l'absence de désir, et la jeune femme finit par considérer cette abstinence comme une manifestation de rancune à son égard. Bien qu'Osmond n'eût jamais abordé le sujet, elle devinait qu'il voyait dans leur amour l'obstacle qui, le 1er janvier, l'avait dissuadé d'accompagner Dan sur le lac. Pour avoir choisi ce jour-là de rester près d'elle, peut-être estimait-il, maintenant que la mort était passée, avoir trahi la confiance de son ami. Elle redouta que son amant n'en vînt à la détester, comme si elle avait été déléguée par le destin pour le retenir, ainsi que Calypso retint Ulysse.

La sollicitude, les câlineries, les tirades un peu mièvres de la jeune femme prêchant la résignation ne pouvaient distraire Osmond de son chagrin. Quand ils renouèrent avec leurs habitudes charnelles et retrouvèrent le goût des étreintes passionnées, Osmond s'aperçut que le corps lui-même pouvait, jusqu'au sein du plaisir, ressentir de la tristesse.

Dès lors, quelques-uns des liens subtils qui l'unissaient à Dolores se rompirent. Sa liaison devint routinière. Certains soirs, le besoin d'être seul chez lui, entouré de ses livres, le conduisit à prendre prétexte d'examens à préparer pour annuler une visite à la jeune femme, pour renoncer à un dîner tête à tête et à une nuit voluptueuse. Elle sut avant lui que leur amour déclinait.

4

Le printemps 1912 arriva en Louisiane sur les pas de Carnaval. Les parades de Mardi gras s'étaient déroulées sous une pluie maussade, et l'on avait vendu à La Nouvelle-Orléans plus de parapluies que d'ombrelles. Bien que la mythologie eût inspiré, comme chaque année, de nombreux promoteurs de chars, Eole avait été inexplicablement oublié. Les gens superstitieux s'étaient empressés d'affirmer qu'il fallait voir dans cette coupable négligence la cause du mauvais temps. Pour venger l'affront fait à sa majesté ébouriffante, le dieu des vents avait en effet soufflé sans désemparer, troublant les réjouissances populaires, dispersant les calicots, couvrant de ses ululements ironiques les flonflons des musiques, troussant aux carrefours les ladies et les octavonnes, et renversant rageusement quelques décors de carton-pâte. Rex et Comus avaient regagné leurs quartiers trempés comme des barbets, léur couronne formant gouttière sur leur nez de plâtre ramolli, tandis que leurs sujets éternuaient à qui mieux mieux.

Mais, sitôt les girandoles dépendues et les confetti balayés, le soleil apparut, tiède et narquois. En quelques jours, les jardins de la ville prirent une allure pimpante, démontrant ainsi que la nature n'a jamais aucun mal à triompher de l'exubérance artificielle des fêtes. Aux branches des magnolias, les feuilles nouvelles, vert tendre et laquées, constituaient avec les toilettes des femmes qui arboraient cette année-là, pour souscrire aux ukases des modistes, des chapeaux d'une envergure inusitée, le signe le plus évident du renouveau.

Quand M. Theodore Roosevelt confirma officiellement son intention d'obtenir l'investiture du parti républicain pour en être le candidat à la Maison Blanche, les citadins, que le printemps mettait de belle humeur, se gaussèrent sans méchanceté, imaginant déjà les empoignades que susciterait l'ancien colonel des Rudes Cavaliers au cours des conventions préparatoires aux élections. Les seuls citoyens qui faisaient grise mine étaient les planteurs et les négociants en coton. La plupart d'entre eux discutaient ferme avec les commissionnaires étrangers, qui venaient de débarquer comme chaque année. Ces acheteurs, venus de France, d'Angleterre et d'Allemagne, prenaient prétexte de l'agitation constatée dans les Balkans pour proposer des prix dérisoires. Chaque jour, à la Bourse au coton, on pestait contre les spéculateurs qui, comme en 1903, s'entendaient pour monopoliser le commerce, se réservant de faire monter les prix quand leurs stocks seraient suffisamment importants. Certains négociants frustrés envisageaient de faire appel à la loi antitrust de 1890 pour mettre hors d'état de nuire des gens qui faussaient la sacro-sainte convention de l'offre et de la demande.

Tandis qu'Osmond de Vigors et Bob Meyer s'absorbaient dans leurs études, à Londres, M. Félix de Castel-Brajac, son épouse, Marie-Virginie, et leur petite fille, Doris, qui s'exprimait avec la même volubilité en anglais qu'en français, bouclaient leurs bagages. Ils étaient attendus mi-avril à Fausse-Rivière, et tout le monde se réjouissait à la pensée de revoir le couple si sympathique. Le nombre des malles alignées dans le hall de l'hôtel particulier de Belgravia, s'il ne pouvait impressionner le *butler* aux favoris argentés qui régentait la maison de Castel-Brajac junior, amena le voiturier chargé de transporter les bagages à émettre une opinion personnelle.

« C'est pas un départ en croisière... c'est un déménagement! »

Cet homme fruste ne pouvait deviner que M. Félix de Castel-Brajac, l'esthète bien connu, expert en objets antiques, dessinateur de meubles, de lampes, d'objets de luxe, de bijoux et qui créait et faisait confectionner dans ses ateliers des robes de soie extrêmement coûteuses aux motifs et coloris d'une audace et d'un raffinement jamais égalés, comptait mettre à profit le voyage inaugural du paquebot *Titanic* pour faire admirer au gratin des deux continents ses dernières et géniales productions. Mme de Castel-Brajac, qui portait admirablement la toilette, changerait de robe cinq fois par jour, arborerait chaque soir des bijoux nouveaux et trouverait bien le moyen d'inviter quelques passagères fortunées, et donnant le ton dans leur milieu, à prendre le thé dans son salon privé.

Marie-Virginie, complice adroite d'un mari auquel elle devait un bonheur fait de la sécurité matérielle et mondaine du mariage alliée à l'indépendance mutuellement consentie du célibat, saurait piquer la curiosité de ses invitées en les laissant négligemment découvrir ses accessoires de toilette en vermeil et laque bleue, ses déshabillés orientaux de soie dite « sauvage » et une lampe au pied de fer forgé coiffée d'un abat-jour constitué, comme les vitraux, d'un assemblage de verres multicolores. Ce luminaire original était un modèle créé par Félix et destiné à Tiffany, de New York.

Toutes ces choses précieuses exigeaient des emballages capitonnés comme des boîtes à gants, d'où le volume impressionnant des bagages frappés aux initiales de Castel-Brajac. Mais pouvait-on expliquer cela à un voiturier cockney qui soufflait comme un cachalot et dont l'haleine empestait la bière à bon marché ?

Pour obtenir une suite de première classe du pont B donnant comme les deux *parlour suites* du bord sur la « promenade privée », Félix avait dû faire intervenir des gens influents, bien placés auprès des dirigeants de la White Star Line. Car le premier voyage du *Titanic* semblait susciter un engouement passionné dans la haute société internationale. Beaucoup d'Américains fortunés et plusieurs millionnaires connus avaient choisi de regagner leur pays sur ce paquebot. Par un phénomène d'émulation mondaine, quelques nouveaux riches tenaient aussi à figurer parmi les passagers de ce qui promettait d'être la plus « exclusive » des traversées.

Toute la presse britannique s'accordait pour dire que le géant des mers, plus luxueux que son « sistership », *Olympic*, déjà en service, méritait bien son nom.

Avec ses 270 mètres de long, ses 30 mètres de large et ses 66 000 tonnes de jauge, le titan défiait, par sa taille, son poids et son confort, tous les navires qui l'avaient précédé sur les océans. Ses 4 cheminées de belles proportions, légèrement inclinées vers la poupe, comme si le vent de la vitesse les eût ployées, sa coque noire élégamment cambrée, ses superstructures blanches percées de 1 000 hublots et fenêtres, son étrave tranchante lui donnaient sur la mer l'allure racée d'un gigantesque pourfendeur de vagues.

Trois hélices quadripales de 7 mètres de diamètre, en bronze au manganèse, animées par une turbine qui tirait sa force de 6 chaudières susceptibles de contenir chacune une locomotive, propulsaient le *Titanic*. Le navire pouvait atteindre la vitesse de 21 nœuds, soit 5 nœuds de moins que le *Mauretania*, détenteur du ruban bleu depuis 1910, pour avoir traversé l'Atlantique en quatre jours, dix heures et quarante et une minutes. Mais le confort et le luxe étant fonction du tonnage, mieux valait aller un peu moins vite et jouir sur l'océan d'une ambiance palatine, faite de stabilité et de sécurité.

Sur ce dernier point, les constructeurs du navire, les célèbres chantiers Harland et Wolff de Belfast, donnaient des assurances formelles : le *Titanic* ne pouvait faire naufrage.

Grâce à son double fond, à ses seize compartiments étanches séparés par des cloisons hermétiques aux portes commandées électriquement, le bateau, affirmait un journaliste, « est aussi insubmersible que le palais de Buckingham ».

Quand, le 11 avril, le *Titanic* quitta Queenstown pour New York, Doris battit des mains. Malgré son jeune âge, la fillette appréciait, comme sa mère, le fait d'appartenir à une classe privilégiée, qui allait vivre des heures enchanteresses à bord de ce palace flottant que saluaient les remorqueurs et les bateaux-pompes.

Les 1 308 passagers partageaient sans doute à cet instant le même sentiment, et les 898 membres de l'équipage, hormis peut-être les soutiers, ressentaient la même fierté. En première classe, pour 317 adultes, on comptait 5 enfants choyés par des gouvernantes triées sur le volet.

Les chambres des Castel-Brajac, aux murs de couleur crème, décorés de motifs pompéiens en stuc, étaient éclairées par des fenêtres encadrées de doubles rideaux de velours vert. Des appliques de bronze et un plafonnier de cristal dispensaient, la nuit venue, une lumière électrique parfaitement dosée. Le mobilier d'acajou, les glaces, les lits aux panneaux cannés, les tapis moelleux, le linge de toilette brodé au sigle de la White Star Line, tout concourait à faire de cet appartement un véritable home. Félix de Castel-Brajac n'approuva pas totalement le classicisme de la décoration, mais il reconnut que l'armateur avait le sens du confort de bon ton.

Au bout de vingt-quatre heures, le fils de Gustave était familiarisé avec les installations du bord. Les ascenseurs jumeaux des premières classes, le hall en rotonde avec son grand escalier à double révolution et ses coins meublés de fauteuils style « Compagnie des Indes », le grand salon décoré de tapisseries représentant des scènes de chasse, le restaurant plus vaste que Simpson's-in-the-Strand, le lounge des dames pourvu de canapés profonds, la bibliothèque, la salle de lecture, celle où l'on pouvait tranquillement rédiger son courrier sur beau papier gravé fourni par la compagnie faisaient qu'on en venait à oublier que cette bâtisse flottait sur l'océan. Ce dernier était si paisible qu'en tirant leurs rideaux les passagers de première classe n'auraient pas été surpris de découvrir un matin, à la place de l'immensité verdâtre de la mer, les frondaisons de Hyde Park ou de Kensington Gardens.

Félix se rendit chaque jour aux bains turcs, où des masseurs expérimentés restituaient souplesse et élasticité aux muscles de ceux qui avaient passé la nuit à danser. On le vit à la piscine, sur le court de squash, dans la salle de gymnastique. Vêtu d'un blazer à boutons dorés et d'un pantalon de flanelle grise, la tenue quasi réglementaire du gentleman en croisière, M. de Castel-Brajac fut reconnu par quelques Londoniens habitués des restaurants élus de la capitale britannique et se fit des relations parmi la faune américaine la plus « endollarée » suivant sa propre expression.

Son affabilité, son élégance à toute heure du jour ou de la soirée, le charme de sa conversation, la façon qu'il avait d'offrir une cigarette blonde marquée à son chiffre par un fournisseur de Burlington Arcade, en présentant ouvert un étui de laque noire d'une sobriété antique, séduisaient les hommes et charmaient les femmes. Quant au personnel de cabine, il appréciait sa noble simplicité autant que les pourboires qu'il distribuait sans ostentation.

Plus d'une femme de millionnaire enviait à Marie-Virginie ce beau mari qui, les toilettes de la maman de Doris l'attestaient, devait la combler de cadeaux.

Car Mme de Castel-Brajac présentait tous les caractères de l'épouse heureuse. C'était une belle femme aux chairs épanouies. On ignorait bien sûr que M. de Castel-Brajac, qui tenait à ce que son mannequin conservât une ligne susceptible de mettre en valeur ses robes et ses manteaux du soir, obligeait son épouse à déjeuner d'une grappe de raisin ou d'une cuillerée de caviar. Grâce à ce régime imposé, Marie-Virginie conservait assez de grâce pour « enlever » – comme disaient les Françaises – des toilettes qu'un embonpoint bourgeois eût dépréciées. Les tailleurs d'après-midi, les robes de cocktail ou du soir, dues au crayon inspiré de Félix, rivalisaient sans peine, grâce au décor des étoffes de soie ou de velours, avec les modèles si prisés de M. Paul Poiret, qui avait délivré la femme du corset.

Quand une passagère osait demander à Marie-Virginie d'où provenaient ces tissus somptueux et quel était, de Worth ou de Doucet, le couturier parisien qui réussissait si magistralement les plissés de soie, elle répondait avec une feinte modestie : « Je suis habillée par mon mari... » – « Quel artiste! » s'exclamaient alors les dames auxquelles on apprenait aussitôt que M. de Castel-Brajac dessinait aussi des meubles, des tentures et des bijoux qu'on pouvait trouver en quelques lieux très sélects à Venise, Londres, Paris et New York.

Si l'on s'étonnait que M. de Castel-Brajac ne fasse pas de publicité, Marie-Virginie prenait un air suprêmement snob pour répliquer : « De la réclame! y pensez-vous? Mon mari ne veut voir porter ses robes et acquérir ses objets d'art que par des personnes capables de les apprécier... Il choisit ses clients... car de tout cela, n'est-ce pas, il ne fait pas une affaire d'argent. »

Ce genre de réflexion suscitait immédiatement les convoitises féminines les plus effrénées, et Marie-Virginie distribuait, avec l'air d'accorder d'insignes faveurs, des cartes portant les adresses des salons que son époux possédait dans Regent Street, le Faubourg Saint-Honoré, sous les arcades de la place Saint-Marc et sur la Cinquième Avenue.

Au bain turc, Félix se fit un ami. Il s'agissait d'un jeune commissaire de bord blond et frisé au torse d'Apollon, qui entretenait son corps avec un souci quasi féminin et portait au poignet gauche une fine tresse d'or.

Les êtres d'exception, zélateurs de la beauté, épris d'esthétisme, ennnemis du vulgaire, qui se font de la virilité une idée moins élémentaire que les mâles musclés, bâfreurs et coureurs de jupons, se reconnaissent au premier coup d'œil. Félix et l'officier se découvrirent vite des goûts communs, et on les vit souvent arpenter côte à côte le pont-promenade ou bavarder au fumoir.

C'est là qu'ils se trouvaient, le commissaire n'étant pas de service, vers minuit moins vingt, le dimanche 14 avril, quand le bateau tout entier tressaillit légèrement, comme un véhicule dont on vient d'actionner brutalement puis de relâcher rapidement le frein. Bien que, dans le fumoir des premières, on n'eût jamais perçu le bruit des machines, le silence parut soudain à Félix d'une qualité différente.

« Que se passe-t-il ?

– On dirait que nous stoppons, je vais aux renseignements, fit l'officier en se levant.

– Je commande un autre verre... en vous attendant, que souhaitez-vous? demanda Félix.

– Un gin rose[1] s'il vous plaît... je reviens. »

Tandis que le commissaire s'éloignait, les passagers, tirant sur leur cigare, s'interrogèrent.

« Nous sommes en avance sur l'horaire, dit un vieil homme à cheveux blancs, le commandant nous l'a annoncé au dîner... si nous arrivions trop tôt à New York, il n'y aurait personne pour nous accueillir.

– J'ai entendu distinctement un raclement contre la coque, annonça un jeune homme qui revenait des toilettes.

– C'est peut-être une baleine... »

Les plaisanteries allaient bon train, et personne ne paraissait se soucier des causes de cet arrêt en plein océan. Les conversations reprirent leur cours, et le barman servit en souriant les consommations que Félix avait commandées.

Quand le commissaire, marchant d'un pas vif, réapparut, Félix comprit qu'il se passait quelque chose de désagréable. Le garçon était pâle. Il s'assit, demanda une cigarette et, quand il la saisit, M. de Castel-Brajac remarqua que sa main tremblait.

« Nous venons de heurter un iceberg, dit-il à voix presque basse, pour ne pas être entendu des tables voisines.

– Un iceberg... un gros iceberg?

– La coque est endommagée. J'ai vu le capitaine Smith et le président Ismay de la White Star Line, ils attendent un rapport sur les dégâts. Ils avaient l'air assez contrariés.

– Le bateau est-il en péril?

1. Pink-gin, une des boissons favorites des marins britanniques : un demi-verre de gin teinté par une goutte d'angustura.

« – Non, je ne pense pas; nos compartiments étanches nous préservent des dangers habituels des voies d'eau, mais cet accident va gêner notre marche, je le crains. Nous serons en retard à New York. Cela fera mauvais effet... pour un voyage inaugural.

– Je devrais peut-être aller rassurer ma femme et ma fille.

– En traversant le grand salon, j'ai aperçu Mme de Castel-Brajac, elle dansait avec cet avocat de vos amis que vous m'avez présenté.

– Je vais tout de même regagner mon appartement et voir si Doris n'est pas réveillée... prévenez-moi s'il se passe quelque chose d'anormal. »

Les deux hommes quittèrent le salon, le commissaire se rendant sur la passerelle, Félix se dirigeant, par le pont-promenade, vers la zone des premières classes. Il remarqua tout de suite une agitation, qui contrastait singulièrement avec la quiétude rassurante du fumoir. Des passagers et des passagères se penchaient au bastingage comme s'ils interrogeaient la mer. D'autres, réunis autour d'un steward ou d'un matelot, posaient des questions. Des femmes frissonnaient en chemise de nuit sous leur manteau de fourrure, des hommes, ayant passé un pardessus sur leur pyjama, traînaient les pieds dans des mules qu'en d'autres circonstances ils n'eussent pas osé produire en public. Les gens n'avaient pas l'air franchement inquiets, mais ils demandaient tous à être rassurés avant de regagner leur lit. Des couples, revenant de la salle de danse, s'étonnaient de ce remue-ménage nocturne. Les plastrons empesés faisaient des taches claires, et les diamants des femmes captaient les lumières du bord qu'ils transformaient en scintillements bleutés.

Doris dormait en souriant aux anges. Félix s'assit à son chevet, ramassa le livre d'images que la fillette avait jeté sur le tapis. Il s'étonna que le dessinateur eût donné un visage plus séduisant à la sorcière qu'à la jeune Blanche-Neige. Comme il s'apprêtait à quitter la pièce, Marie-Virginie apparut, son étole de vison blanc sous le bras. Elle était essoufflée comme quelqu'un qui a marché trop vite.

« Félix... savez-vous que nous avons rencontré quelque chose qui a immobilisé le bateau?... On dit que l'eau pénètre dans les cales... que la coque est percée... je vais réveiller Doris et l'habiller... Mme Andrews m'a dit...

– Qui est Mme Andrews et que vous a-t-elle dit? coupa Félix d'une voix neutre pour apaiser sa femme.

– C'est l'épouse de l'homme qui a construit le *Titanic*... enfin d'un ingénieur... il lui a conseillé de s'habiller chaudement et de mettre son gilet de sauvetage.

– Non! Vraiment? Vous croyez que ce géant va couler pour une bosse faite à sa coque par un iceberg? »

L'hilarité de Félix parut rassurer Marie-Virginie. Elle s'assit et commença à retirer ses bagues.

La quiétude ne fut pas de longue durée. Un coup sec frappé à la porte de service obligea M. de Castel-Brajac à ouvrir. Le jeune commissaire, le visage décomposé, se tenait dans l'embrasure.

Il jeta un coup d'œil dans la pièce, s'inclina en direction de Marie-Virginie et dit à voix basse :

« Venez, il faut que je vous parle. »

Dans la coursive, il mit rapidement Félix au courant.

« La coque est déchirée sur près de trois cents pieds, au niveau des cales et du pont F. Le pont E est aussi endommagé. Cinq compartiments étanches sont déjà noyés...

– Il en reste onze, n'est-ce pas?

– Ce n'est pas suffisant pour nous maintenir à flot, monsieur, le bateau va s'incliner sous le poids de l'eau et les compartiments intacts ne résisteront pas... les pompes tournent à plein régime... surtout pour protéger la centrale électrique... »

Félix posa une main affectueuse sur l'épaulette dorée du commissaire.

« Vous êtes marin, je ne le suis pas... Que va-t-il se passer?

– Le commandant va donner l'ordre d'évacuer le navire... La radio lance déjà des appels à l'aide... Dites à votre femme de se vêtir, de prendre ce qu'elle a de plus précieux et une couverture pour votre fille... C'est moi qui m'occupe des embarcations des premières en cas de sinistre... Amenez-les à la chaloupe numéro 7 au pont des embarcations... Je veillerai à ce qu'elles soient bien placées... Maintenant, excusez-moi, je dois rejoindre mon poste. »

Félix le retint par la manche.

« Vous ne croyez tout de même pas que le *Titanic* va couler?

– Si, monsieur, avant trois heures d'ici », répondit l'officier sans l'ombre d'une hésitation.

En dissimulant son inquiétude, Félix de Castel-Brajac revint près de Marie-Virginie et l'aida à se préparer, puis il enroula Doris dans l'édredon de duvet et la prit dans ses bras. La fillette, sans s'éveiller complètement, se mit à sucer son pouce. Félix, qui le lui interdisait d'habitude, la laissa faire. Maintenant tous les passagers de première étaient éveillés, beaucoup se hâtaient vers le pont des embarcations. Certains en maugréant, d'autres avec la nervosité des gens qui tentent de dominer leur peur. En avançant dans cette foule qui ne se souciait plus d'élégance ni de

maintien, il saisit au passage des bribes de phrases :
« Si c'est un exercice, ils exagèrent... ils n'ont qu'à réparer leur coque... ce bateau est insubmersible, pourquoi cette mise en scène... incroyable... regardez, les lumières baissent... Il y a de l'eau au pied de l'escalier... je vous dis que le bateau penche... regardez les appliques. »

Sur le pont, les officiers et les matelots s'efforçaient de repousser les passagers qui s'agglutinaient près des embarcations. Félix aperçut des visages nouveaux, des gens des secondes et même des troisièmes classes qui n'acceptaient pas de discrimination face au danger. Une fusée blanche monta dans le ciel étoilé, suivie de plusieurs autres. Félix regarda sa montre, il était minuit quarante-cinq.

« Ce n'est pas un signal de détresse, les fusées de détresse sont rouges... je le sais », dit un homme.

Il ignorait qu'on avait tout simplement oublié à Southampton d'embarquer des fusées rouges.

La conséquence de cet oubli, on le sut plus tard, fut des plus regrettables. Le commandant du cargo *California* qui, à quelques milles de distance, suivait une route parallèle à celle du *Titanic* fut trompé par les fusées blanches. Dans ses jumelles, l'officier aperçut le paquebot éclairé comme le Crystal Palace une nuit de fête, mais il pensa que l'on tirait un feu d'artifice sur le pont, pour amuser les passagers. Il ne lui vint pas à l'idée qu'il s'agissait d'un appel au secours et, comme le radio du *California* dormait, son service terminé, personne à bord ne sut que le géant des mers courait des risques mortels.

Au moment de monter dans la chaloupe, Marie-Virginie se retourna vers son mari.

« Venez-vous avec nous?

— Les femmes et les enfants d'abord, c'est une loi de

la mer, ma chère, répliqua Félix, en fixant un gros homme que le commissaire empêchait de monter dans l'embarcation.

– Où nous retrouverons-nous? demanda encore Marie-Virginie.

– A New York, au Waldorf... je reste avec les bagages. »

La nuit était fraîche, le thermomètre indiquait dix degrés Fahrenheit[1], mais la mer paraissait heureusement d'un calme bienveillant. Plusieurs canots furent descendus sans le moindre affolement, emportant quelques resquilleurs du sexe masculin qui, pour les meilleures raisons du monde, ne pouvaient quitter leur épouse. En revanche, des femmes refusant de quitter leur mari attendaient serrées contre ceux-ci que le dieu de la mer décidât de leur sort.

Félix, spontanément, se mit à la disposition de son ami, le jeune commissaire.

« Comment puis-je rendre service?

– Il faut éviter la panique, empêcher les gens de surcharger les embarcations. Le commandant Smith a pu toucher par radio le paquebot *Carpathia*, il fait route vers nous.

– Arrivera-t-il à temps?

– Il faut le souhaiter, il n'y a pas assez de chaloupes, et quand les passagers vont s'en apercevoir, ce sera l'affolement. »

Déjà les officiers et les marins avaient du mal à contenir la bousculade autour de deux canots de réserve qu'on se préparait à mettre à la mer. Félix extirpa de l'un d'eux, sans ménagements, un robuste gaillard nanti d'une valise.

Pour se défendre, l'homme lança un coup de pied,

1. Moins deux degrés centigrades.

mais Félix, plus prompt, l'esquiva et lui décocha un direct à l'estomac qui l'envoya s'asseoir au milieu des cordages lovés. Plus tard, un officier dut tirer un coup de revolver en l'air pour rappeler tout le monde à la discipline et à la dignité. Car tous les passagers entassés sur le pont des embarcations constataient maintenant que le *Titanic* s'inclinait sur l'avant. Sa poupe semblait s'élever lentement au-dessus de l'eau noire sur laquelle s'éloignaient, comme les lamparos des pêcheurs, les fanaux des chaloupes.

Un membre de l'état-major eut l'idée de faire monter sur le pont l'orchestre qui, depuis trois nuits, faisait danser les passagers. Les musiciens ayant passé leur gilet de sauvetage sur leur habit se mirent à jouer la barcarolle des *Contes d'Hoffmann*. Des femmes applaudirent pour se rassurer. Si l'on faisait encore de la musique, cela prouvait qu'il n'y avait pas un réel péril et qu'il valait mieux se trouver sur ce géant qu'égaré sur la mer dans ces chaloupes, dont les lumières disparaissaient une à une.

Quand l'ordre vint de reculer vers la poupe, car l'étrave du bateau était déjà immergée, un grand silence se fit. Brusquement les hommes et les femmes qui refluaient vers l'arrière du *Titanic*, dont ils sentaient sous leurs pieds le pont incliné comme un toboggan, comprirent que le bateau amorçait une lente glissade vers l'abîme, comme un squale blessé qui plonge pour mourir. La musique cessa pour reprendre aussitôt. Mais l'air n'était pas le même. Beaucoup de ceux et de celles qui se trouvaient là avaient souvent chanté distraitement l'hymne religieux que jouait l'orchestre. Des voix ferventes s'élevèrent pour cette ultime prière qu'interrompit comme un coup de tonnerre la chute d'une cheminée.

Une jeune femme saisit le bras de Castel-Brajac.

« Monsieur, monsieur, je n'ai pas de gilet de sauvetage! Où puis-je en trouver un? »

Félix se retourna. A la lueur des torches allumées par quelques marins, il vit le visage frais d'une jeune fille qui ne manifestait aucune angoisse.

Il ôta son gilet de sauvetage et l'obligea à le passer, puis il noua solidement les cordons autour d'une taille fine.

« Je vous conseille de quitter votre jupe et vos chaussures, mademoiselle.

– Mais... et vous, vous n'avez plus de gilet?

– Je suis un excellent nageur... bonne chance... mais n'attendez pas trop pour sauter à l'eau... Quand le bateau s'enfoncera, il sera trop tard.

– J'y vais », dit-elle résolument en descendant le plan incliné du pont.

Félix la vit disparaître dans la pénombre, comme une baigneuse qui s'en va à la rencontre des vagues sur une plage. Puis il se dégagea du conglomérat humain, tassé sur la plage arrière, et s'approcha du bastingage. C'est là que le commissaire le trouva, fumant une cigarette.

« Auriez-vous un verre de rhum? » demanda-t-il en se redressant rigide et calme dans son habit de soirée.

Le jeune officier avait passé la jugulaire de sa casquette comme ceux qui se rendent aux postes de combat. Il s'aperçut que Félix n'avait pas de brassière de sauvetage.

« Mais... bon Dieu... mettez-la,... mettez-la vite.

– Vous n'en portez pas non plus. »

L'officier lui prit le bras amicalement.

« C'est une question de dignité face à tous ces malheureux.

– Et puis, n'est-ce pas, brassière ou pas, le résultat

sera identique pour tous... quand le bateau s'enfoncera, il se produira une telle succion de la mer alentour que nous serons tous aspirés par le maelström... vous le savez bien.

– Nous pouvons tenter quelque chose. Vous voyez ce banc? »

Il désigna un long siège de bois, prévu, comme d'autres, pour les passagers de troisième classe désireux de prendre l'air sur le pont.

« Je vois... Il n'a pas l'air confortable.

– Non, mais il n'est fixé que par deux gros tire-fond. Quand je vous ferai signe, nous l'arracherons et nous sauterons à la mer avec lui... C'est idiot d'attendre passivement la mort... D'accord? »

Félix acquiesça. Le garçon, jeune et beau, avait envie de survivre. Il commençait une brillante carrière, on ne pouvait lui refuser l'espoir, si ténu soit-il, de la poursuivre.

« Je suis à vos ordres... n'importe comment, le *Titanic* ne nous fera plus un très long usage! »

Quand le soulèvement de la poupe s'accéléra, des cris d'angoisse emplirent la nuit. Le pont tendait peu à peu à la verticale et il devint bientôt impossible de se maintenir debout sans se cramponner à une main courante ou au bastingage. Des gens commencèrent à enjamber ce dernier et, bien qu'incapables d'évaluer leur hauteur de chute, se lancèrent à l'eau. A cet instant, s'il avait fait jour, on eût pu voir les hélices du bateau et son gouvernail hors l'eau. Des passagers agglutinés dévalèrent le pont et furent engloutis tandis que d'autres s'agrippaient aux éléments fixes, comme s'ils attendaient encore le salut de cette épave solide, dont l'océan ne ferait qu'une bouchée.

« Allons-y », lança soudain le commissaire en jetant sa casquette et sa vareuse galonnée.

Félix se débarrassa de son habit et le suivit. D'une seule poussée, ils libérèrent le banc de ses attaches et se laissèrent glisser avec lui sur la pente du pont que l'océan avalait avec une obstination animale dans un clapotis angoissant.

Après la longue station sur le pont, l'eau leur parut moins froide que l'air glacé. La minute de suffocation passée, ils constatèrent que le banc flottait.

« Cramponnez-vous ferme et battez des pieds, il faut s'éloigner le plus possible avant que se produise le grand remous. »

Dents serrées, côte à côte, ils se mirent à pédaler comme des forcenés au milieu des détritus, des naufragés qui, pourvus de gilets, s'efforçaient de maintenir leur tête hors de l'eau, d'autres qui déjà s'abandonnaient.

Soudain, une lame puissante les souleva, leur fit gagner cinquante brasses, tandis que la nuit semblait résonner d'un épouvantable fracas. Des cris, des appels, des hurlements déchirants leur parvinrent, puis l'océan entra en tumulte.

« Cramponnez-vous », cria le commissaire.

Toujours rivés à leur banc, dont Félix avait saisi le dossier à bras noués, ils furent giflés par des vagues désordonnées, secoués, submergés au point de ne plus savoir si le ciel se trouvait au-dessus de leur tête ou sous leurs pieds. Un tourbillon les fouetta comme une toupie, ils heurtèrent des corps ou des débris flottants, puis tout s'apaisa.

Félix aspira un grand coup. Il n'y avait plus sur la mer aucune lumière. Le *Titanic*, le plus orgueilleux vaisseau jamais construit, était englouti. Dans l'obscurité, M. de Castel-Brajac vit briller le regard de l'officier.

Ils furent parmi les sept cent trois naufragés que le

*Carpathia* recueillit à l'aube du 15 avril. A bord de ce paquebot qui, faisant route vers l'Europe et la Méditerranée, s'était détourné pour venir au secours du *Titanic*, Félix retrouva Doris dans les bras d'une nurse. La fillette avait supporté l'épreuve vaillamment, mais, dès qu'elle reconnut son père, elle réclama sa maman. Déjà, les officiers, dont la tenue impeccable contrastait avec l'accoutrement des rescapés, dressaient des listes, tandis que le bateau croisait sur les lieux de la catastrophe. Tout l'équipage et les passagers étaient mobilisés pour tenter de repérer, au milieu des débris de toutes sortes qui flottaient alentour, d'éventuels survivants. On en repêcha quelques-uns qui, nantis de brassières ou accrochés à des bouées de fortune, donnaient encore des signes de vie. Quand le bateau, que d'autres navires vinrent relayer, mit le cap sur la côte américaine, Félix dut se rendre à l'évidence : Marie-Virginie demeurait introuvable.

« Puisque Doris est là, elle doit y être aussi », répétait-il en parcourant les salons où gémissaient des femmes livides que l'on s'efforçait de réconforter.

Le commissaire du *Titanic*, sollicité pour rédiger un premier rapport sur les circonstances du naufrage, identifia une rescapée qu'il avait embarquée quelques heures plus tôt avec Mme de Castel-Brajac sur la chaloupe numéro 7. C'était une personne d'âge mûr qui, comme beaucoup d'autres, pleurait son mari disparu. Il lui amena Félix.

« Je me souviens d'une femme blonde, avec une petite fille dans les bras. Elle était assise près de moi dans le canot de sauvetage. Elle s'inquiétait pour ses bagages restés à bord du *Titanic*... Maintenant cela peut paraître futile, mais nous ignorions alors les véritables risques que couraient nos maris... Si nous avions su... oh! mon Dieu!

233

– Mais qu'est-elle devenue, madame? L'avez-vous revue?... Elle n'a pas quitté votre embarcation... elle n'est pas tombée à la mer?

– Je ne sais plus... je ne sais pas, monsieur. Quand les lumières du *Titanic* se sont éteintes et qu'il y a eu cette grande... cette horrible clameur sur la mer... et des vagues... quelqu'un a dit : « ils sont tous engloutis « maintenant... » Nous étions comme folles... Tout le monde pleurait et s'agitait... les marins qui ramaient criaient que nous allions faire chavirer la barque... quand le jour s'est levé, j'ai trouvé à mes pieds votre petite fille roulée dans son édredon... sa maman n'était plus là... ou du moins je ne l'ai pas vue. Le *Carpathia* approchait... on est un peu égoïste dans ces moments-là, monsieur... »

Félix s'éloigna, gagna le pont et s'accouda au bastingage, un peu à l'écart des groupes qui interrogeaient encore la mer. On lui avait donné des vêtements secs mais trop courts, et il grelottait face à cet océan paisible qui digérait ses proies. Des larmes lui vinrent aux yeux, qu'il n'essaya pas de retenir. Il aimait Marie-Virginie à sa manière, étrange et sincère, qui n'était pas celle d'un époux ni d'un amant. Mais il l'avait jugée digne de porter son nom et, pour la sauver de la honte, l'avait épousée. Au fil des années, il s'était attaché à cette compagne de convention. Ils avaient vécu ensemble des jours heureux, des moments fraternels. L'idée lui vint que cet être, dont il n'avait jamais pu se résoudre à caresser le corps ni baiser les lèvres, l'aimait peut-être comme aiment les femmes pour qui le don physique est l'aboutissement naturel du sentiment d'amour. Il imagina que Marie-Virginie, le croyant perdu, avait choisi de quitter la vie alors qu'elle se trouvait en sécurité à bord de la chaloupe. Il lui en voulut de ce renoncement et surtout d'avoir abandonné Doris à un sort incertain. Ce n'était pas là le réflexe d'une mère, mais celui, incompréhensible à ses yeux, d'une amoureuse romantique, qui ne veut pas survivre à celui qu'elle a aimé.

Félix cherchait des excuses à cette folie, s'étonnant d'avoir pu inspirer une passion insoupçonnable. « Comme elle a dû être malheureuse avec moi », se dit-il. Mille détails lui revinrent en mémoire. Les attendrissements de sa femme qui parfois l'irritaient, l'émotion trouble qu'elle semblait ressentir quand il la drapait d'une nouvelle étoffe pour voir l'effet produit sur un buste ou des hanches, le plaisir qu'elle prenait à leurs rares dîners tête à tête, le soin avec lequel elle choisissait les cadeaux qu'elle lui offrait et qui n'étaient que rarement à son goût. Il l'avait laissée libre d'avoir des amants, de rechercher ailleurs le plaisir qu'il ne pouvait lui donner. Elle avait toujours été, dans ce domaine, d'une discrétion exemplaire, et Félix comprenait maintenant que ces hommes n'avaient pu être que des exutoires. Il l'avait forcée à vivre une existence artificielle, dans un perpétuel déséquilibre entre les exigences de la chair et les aspirations du cœur. Il regrettait de n'avoir pas été pour Marie-Virginie l'homme qu'elle attendait. Son remords était si intense, en cet instant, que, si un miracle avait fait apparaître la disparue, il eût été capable de la prendre dans ses bras et de la dorloter comme un enfant.

Le jeune commissaire du *Titanic* interrompit cette méditation. Il s'était mis en quête de Félix pour lui proposer une cabine où il pourrait faire sa toilette et se reposer. Voyant le visage décomposé de cet homme dont il avait apprécié le courage, le marin désigna l'océan.

« Quel drame atroce, tant de vies englouties, plus de

mille à coup sûr, peut-être mille cinq cents. Je suis bouleversé par l'incroyable disparition de Mme de Castel-Brajac... mais vous devez encore espérer... un autre bateau... peut-être. »

Félix apprécia le mensonge amical.

« Non, elle est perdue, mon ami. C'était un être pur, malmené par la vie, brisé par les faux-semblants... Sa mort est, je le devine, un acte d'amour que vous ne pouvez pas comprendre... que personne ne peut comprendre. »

En s'éloignant, le jeune commissaire attribua au chagrin ces propos pour lui dénués de sens.

5

Les journaux du 16 avril 1912 apprirent à Gustave et à Gloria de Castel-Brajac le naufrage du *Titanic* et le sauvetage de leur fils. Les noms de Félix et de Doris figuraient en effet sur la liste des rescapés, rapidement diffusée par les soins de la White Star Line.

« Et Marie-Virginie? » interrogea anxieusement Gloria qui tremblait à la pensée que son unique garçon avait failli périr en plein océan comme les mille cinq cent trois passagers du paquebot, la plupart américains, dont on déplorait la disparition.

« C'est sans doute un oubli du rédacteur », dit Gustave, lui aussi très ému, pour rassurer sa femme.

Mais le même jour, un télégramme expédié de New York détruisit cet espoir. Félix annonçait son arrivée avec Doris et confirmait la disparition de son épouse.

« Oh! mon pauvre petit... comme il doit être malheureux », gémit Gloria.

Elle décida sur-le-champ qu'elle élèverait la fillette soudainement privée de mère.

Les journalistes, après avoir raconté d'une façon lyrique, en se basant sur les témoignages des rescapés, la plus grande catastrophe maritime de l'Histoire, n'étaient pas tendres pour les dirigeants de la White Star ni pour le commandant Edward J. Smith, disparu avec son bateau. Ils reprochaient à cet officier de n'avoir pas tenu compte des avertissements reçus par radio et expédiés par plusieurs bateaux, qui avaient signalé, dès le 14 avril au matin, la présence d'icebergs à la dérive au sud de Terre-Neuve sur la route du *Titanic*. Bien qu'informé le commandant avait jugé inutile de modifier le cap et de réduire la vitesse du navire, qui marchait à vingt et un nœuds au moment de sa collision avec l'îlot de glace.

Quant à la compagnie de navigation, elle se voyait chargée de lourdes responsabilités, dont la plus évidente était l'insuffisance des moyens de sauvetage. Le *Titanic* ne disposait en effet que de vingt chaloupes ou canots pouvant embarquer au maximum 1 178 personnes, alors qu'il transportait 2 206 passagers et membres d'équipage.

En insistant sur la discipline des naufragés, les journaux faisaient état de statistiques montrant que les femmes avaient été sauvées à 74,35 p. 100, les enfants à 52,29 p. 100, alors que 79 p. 100 des hommes, y compris ceux de l'équipage, avaient péri. Les passagers de première classe, ayant bénéficié d'une priorité d'évacuation jugée scandaleuse, avaient eu plus de chance que ceux des deuxième et troisième classes. Sur 325 passagers de première, 203 s'en tiraient sains et saufs, alors qu'en troisième 178 seulement sur 706 avaient pu être sauvés. L'équipage, et notamment le personnel des machines, avait payé un lourd tribut à la mer : 212 marins seulement, sur les 885 embarqués, figuraient parmi les rescapés.

Cette tragédie, qui allait susciter des milliers d'articles dans la presse mondiale pendant des mois et donner lieu à de nombreux procès, apparaissait comme un coup du sort imprévisible puisqu'en vingt années, de 1891 à 1911, les paquebots avaient transporté, d'un continent à l'autre, plus de 9 millions de passagers dont 118 seulement avaient péri en mer.

« Le *Titanic* est mort d'un accès d'orgueil. Les dieux de la mer ont voulu prouver aux hommes qu'il n'existe pas de vaisseau insubmersible », observa Gustave.

Dès son arrivée à Castelmore, Félix de Castel-Brajac dut subir l'assaut des condoléances, dispensées avec sincérité et émotion non seulement par la parenté, mais aussi par les amis de la paroisse. Stella Dubard et les sœurs du rescapé, Augustine Barthew et Lucile Oswald, furent celles qui ressentirent le plus de chagrin. Pour ces femmes qui approchaient ou venaient de franchir la quarantaine, la perte d'une amie d'enfance constituait la première intrusion brutale de la mort dans leur cercle. Depuis le temps de leurs études chez les ursulines, Marie-Virginie avait été le boute-en-train du quatuor. Quelques jours plus tôt, Lucile avait lu à Stella une lettre de sa belle-sœur, postée trois semaines avant l'embarquement. La mère de Doris se réjouissait à la pensée de retrouver ses amies et à la perspective des papotages à quatre que l'on ferait bientôt. Elle se disait heureuse et considérait « qu'enfin la malchance qui la poursuivait depuis si longtemps semblait s'être découragée ».

Félix tut les circonstances exactes de la disparition de sa femme. Leur révélation eût remis en cause le bonheur factice qu'il était censé avoir apporté à la défunte. Qui aurait pu admettre sans explication qu'elle ait choisi la mort dans l'instant où tant de gens luttaient désespérément pour sauver leur vie? Avec Liponne, accablée par la perte de sa fille, qu'elle jugeait aussi révoltante que la mort de son fils au cours de la guerre de Cuba, Félix se montra d'une extrême gentillesse. La veuve du sénateur, devenue presque impotente à la suite d'une brusque déficience circulatoire, ne put faire le voyage de Saint Martinville à Sainte Marie pour assister à l'office religieux célébré à la mémoire de la défunte. Félix se rendit avec Doris dans la paroisse des Dubard et fit dire une autre messe. Face à cette immense famille grouillante d'enfants, le veuf et l'orpheline étaient comme deux étrangers de passage. L'attitude du fils de Gustave suscita le respect de tous. Sa dignité et le scrupule qu'il mit à accomplir les rites les plus conventionnels du deuil émurent ces gens simples et croyants. On apprécia la façon dont Félix dominait le chagrin qu'on supposait être le sien et les termes dans lesquels il évoquait le souvenir de la disparue. Sa longue silhouette noire, dressée près de celle de la fillette pâle et figée, symbolisait l'affliction sans larmes et la solitude imposée par la mort. On vit dans la sobre élégance de sa tenue, aussi bien que dans son maintien, une volonté de faire face sans faiblesse à l'injustice du sort. Quand on sut qu'en dépit de l'offre de sa mère il avait décidé de ne pas se séparer de Doris et d'assumer seul l'éducation de l'enfant, à laquelle on trouvait une grande ressemblance avec son père, toutes les femmes chantèrent ses louanges. Quant aux hommes, ils reconnurent en lui un vrai Cavalier en lisant des articles de journaux qui donnaient Félix de Castel-Brajac pour un héros. Une rescapée, héritière d'une des plus riches familles de la Nouvelle-Angleterre, racontait à un reporter de Boston que cet homme, dont elle n'avait su le nom qu'après le naufrage, s'était dépouillé sans hésiter de son gilet de sauvetage, quelques minutes avant l'engloutissement du *Titanic*, pour lui permettre de se sauver. Interrogé par d'autres journalistes sur le comportement des passagers au moment le plus crucial, un jeune commissaire du paquebot perdu citait aussi le nom de M. de Castel-Brajac dont le sang-froid, l'abnégation et le courage avaient impressionné tout le monde. Le marin ajoutait que cet homme admirable ne s'était décidé qu'à l'ultime minute du naufrage à quitter le bateau et à saisir la planche qui l'avait sauvé.

Gustave, à qui ces articles furent communiqués, ressentit en les lisant une grande fierté. Ce fils, dont les goûts efféminés et les mœurs particulières lui avaient causé tant de tourments secrets, s'était conduit fort virilement dans l'épreuve, en vrai Gascon, en digne héritier des mousquetaires.

M. de Castel-Brajac comprenait maintenant qu'il y avait de la noblesse dans la façon dont, depuis son mariage avec Marie-Virginie, Félix donnait le change au vulgaire. Il approuvait aussi la fidélité de son fils aux engagements pris dans l'intérêt de Doris.

« Maintenant, elle est vraiment ma fille. J'en ferai une parfaite Castel-Brajac, dont vous n'aurez pas à rougir. La paternité est affaire de hasard, l'amour est tout », avait dit Félix un soir, alors que sa mère insistait pour qu'il lui confiât l'orpheline.

La perte, au cours du naufrage, de tous ses bagages contenant les robes, les tentures, les tissus et les objets qu'il comptait présenter à la clientèle huppée de New York incita Félix à écourter son séjour aux Etats-Unis. Comme il devait reconstituer pour lui-même une garde-robe décente, il décida, sur les conseils de son père, de se rendre à La Nouvelle-Orléans.

« Osmond possède un excellent tailleur, celui qui habillait ce brave Charles. Va donc passer quelques jours chez notre étudiant. Ce sera bon pour vous deux, car, depuis qu'il a perdu son ami Foxley, noyé lui aussi comme la pauvre Marie-Virginie, il fait, me semble-t-il à travers ses lettres, un peu de délectation... morbide. »

Osmond de Vigors avait appris, comme tout le monde, par la presse, la catastrophe du *Titanic* et par un coup de téléphone de Faustin Dubard la disparition de Marie-Virginie. Venant après la noyade de Dan, cette mort, à la fois différente et semblable, l'avait consterné. La défunte appartenait à l'univers bagatellien de son enfance. Le trouble bizarre et inavouable qu'il ressentait autrefois quand elle l'accablait de sa tendresse inemployée, il pouvait aujourd'hui le définir. Cette belle amie de sa mère avait éveillé en lui, sans qu'il s'en doutât plus qu'elle, les réflexes d'une sensualité précoce.

Dans son souvenir, elle restait la première femme à s'être innocemment manifestée en tant que telle dans sa vie. S'il avait été plus âgé lors de leur cohabitation à Bagatelle, il l'eût désirée, comme plus tard il avait désiré Dolores. Maintenant, il imaginait ce corps, dont sa mémoire avait retenu les formes entrevues, livré aux abîmes. Cette pensée lui faisait mal. En accueillant tristement Félix, il sut exprimer une affliction dont le veuf accepta avec un peu de gêne l'authenticité et les nuances.

Tandis que le meilleur tailleur de La Nouvelle-Orléans, qui d'après Félix ne pouvait égaler les coupeurs de Savile Row, confectionnait les vêtements commandés, Osmond et le fils de Gustave apprirent à mieux se connaître.

Des relations confiantes, basées sur une mutuelle

sympathie, s'établirent très vite entre l'esthète de trente-cinq ans et l'étudiant de dix-neuf ans. Respectueux des prescriptions du deuil qui interdisent à un veuf d'apparaître dans le monde ou les restaurants à la mode pendant les semaines qui suivent le décès de son épouse, Félix prit tous ses repas avec Osmond. Bob Meyer, qui, depuis la mort de Dan et sa rupture avec Otis, appréciait davantage encore l'intimité de la maison de l'avenue Prytania, se joignait souvent aux deux autres. Silencieux et mélancolique, le garçon souffrait du handicap de sa main gauche qui, depuis l'accident, conservait une certaine raideur. Félix indiqua des exercices susceptibles de rendre aux muscles meurtris assez de souplesse pour que Bob puisse se remettre au piano.

L'étendue des connaissances de Castel-Brajac junior permit aux étudiants de vivre d'intéressantes soirées en la compagnie de cet homme raffiné. Les deux garçons découvrirent, à travers les propos de l'esthète, qu'il se passait en Europe dans le domaine des arts, de la littérature et des mœurs des événements dont ils ne soupçonnaient ni l'existence ni la portée. Félix, qui fréquentait les artistes d'avant-garde aussi bien que les salons non conformistes de Paris, Londres et Venise, reconnut que c'était en France que l'on pouvait le mieux apprécier une évolution faite de petites révolutions. En novembre 1911, le salon d'automne du Grand Palais avait démontré la vitalité d'une nouvelle école de peinture. Les « Cubistes », comme on les appelait depuis que Matisse et Vauxelles avaient parlé d'une peinture « réduite à des cubes », étaient en train de créer un nouvel ordre plastique en pratiquant un art cérébral à base de décompositions géométriques colorées, qui faisait hurler les amateurs d'œuvres figuratives. Félix citait des noms inconnus de ses auditeurs : Braque, Picasso, Metzinger, Lhote, Léger et bien d'autres, dont les audaces déclenchaient de violentes controverses. Des sculpteurs comme Alexandre Archipenko ou Constantin Brâncusi emboîtaient le pas aux Cubistes et abandonnaient la représentation naturaliste pour une stylisation parfois déconcertante des formes. En musique aussi, des compositeurs nouveaux faisaient craquer les vieilles structures classiques. Félix citait Richard Strauss, dont il avait vu l'opéra *Le Chevalier à la rose*, l'Anglais Elgar, Stravinski et surtout un Allemand, Gustav Mahler, dont les symphonies touchaient aussi bien le cœur que l'intelligence. D'après Félix, le musicien atteignait, en usant d'une nouvelle écriture orchestrale, les purs sommets d'un romantisme débarrassé des langueurs italiennes et des ouragans wagnériens. Le fils de Gustave voyait encore poindre une collaboration salutaire entre les créateurs de la mode et les peintres. Raoul Dufy gravait des bois pour Paul Poiret qui habillait les jeunes femmes les plus élégantes. Avec trois cents autres privilégiés, il avait assisté à la fameuse « Mille et deuxième nuit » que le fastueux couturier avait organisée dans son hôtel de l'avenue d'Antin.

« Tous les invités étaient vêtus de voiles et coiffés de turbans comme les personnages des légendes persanes. J'avais composé pour Marie-Virginie un prodigieux costume, que Paul Poiret eut la gentillesse de remarquer. Ah! Cette célébration de la nouvelle élégance, de la liberté des corps, quel souvenir! »

M. de Castel-Brajac parlait encore de la danse, de Karsavina et Nijinsky dans *Le Spectre de la rose*, du vol de *La Joconde* au Louvre, du cinéma des magasins Dufayel où il avait vu Réjane reprendre à l'écran le rôle de *Madame Sans-Gêne* qu'elle avait créé à la scène. Il s'enthousiasmait en évoquant les héros du

Tour de France cycliste, les duels du dramaturge Henry Bernstein avec les critiques Téry et Léon Daudet, la témérité des automobilistes qui avaient participé au rallye de Monte-Carlo, la colère des étudiants de la Sorbonne contre le pangermanisme du *Strasburger Post* qui vilipendait « l'idéal de la bohème parisienne et du Quartier latin ».

« Face aux barbares, nous avons conspué Wagner, crié « Vive l'Alsace » et nous avons fait un triomphe à l'étudiant alsacien Munck, expulsé d'une université allemande; croyez-moi, mes amis, il y avait de la ferveur patriotique dans cette manifestation où j'ai eu conscience de représenter mon père, qui s'est battu en 1870 contre les Germains.

– Que font les aviateurs? interrogea Bob Meyer.

– Ils battent des records, mon cher; Roland Garros est monté à 3 910 mètres, Védrines a atteint la vitesse extraordinaire de 315 kilomètres à l'heure, Gobé a parcouru 740 kilomètres sans escale, Géo Fourny a tenu l'air pendant onze heures et une minute. Une femme, Hélène Dutrieu, a remporté la coupe Fémina en volant pendant 254 kilomètres. J'ai vu les hommes volants au Troisième Salon de l'aéronautique, près de leurs nouveaux avions en métal et des appareils militaires de Nieuport et Breguet qui vont, disent les généraux, constituer la cinquième arme. »

Toutes ces révélations laissaient rêveur l'étudiant en droit et l'élève de l'Institut polytechnique, avides d'en savoir plus sur cette société d'outre-Atlantique pleine d'imagination et de vitalité par rapport au Vieux Sud qui remâchait ses rancœurs et faisait la moue devant le dynamisme industriel du Nord, les exigences des syndicats ouvriers et l'étalage de fortune des nouveaux riches.

En littérature, Félix de Castel-Brajac conseillait

Henry James, Kipling, Katherine Mansfield, Barrès qui venait de publier un ouvrage sur le Greco et souhaitait ardemment que ses jeunes amis puissent voir un jour, à La Nouvelle-Orléans, une pièce de George Bernard Shaw, *Pygmalion*, dont l'humour grinçant amusait les Londoniens.

Parfois, le soir, le souvenir des morts récents se glissait entre les propos badins des trois convives. Osmond et Bob, qui ignoraient tout de l'absence de liens conjugaux réels entre Félix et sa défunte épouse, n'étaient pas surpris par l'émotion de cet homme qui parlait de la morte comme eux-mêmes s'entretenaient de Dan.

« Aimons ceux qui nous aiment autant que nous le pouvons, comme si chaque jour devait être le dernier passé en leur compagnie. Quand la mort les arrache à notre affection, que de regrets nous assaillent. Toutes les prévenances, toute l'amitié, toute la tendresse que nous aurions pu leur dispenser et que nous avons retenues nous brûlent le cœur, nous torturent l'esprit comme une flamme à jamais captive. Telle phrase espérée que nous n'avons pas prononcée, tel détournement d'un moment d'intimité qu'ils escomptaient nous apparaissent comme des occasions à jamais manquées d'avoir fait leur bonheur. Le péché d'omission est en amitié... ou en amour, le moins patent et le plus irréparable. Ne le sentez-vous pas ?

– Oui, et la mort avec son « jamais plus » satanique rend impossible l'absolution que nous voudrions nous accorder », reconnut Osmond.

Quand, fin mai, Félix de Castel-Brajac regagna l'Europe où l'appelaient ses affaires, Osmond et Bob promirent de lui rendre visite, soit à Paris, soit à Londres quand, leurs études terminées, ils pourraient enfin accomplir, comme autrefois les fils de planteurs, le tour des vieux pays dont semblaient venir maintenant tant de nouveautés.

Depuis que George Mestach, un aviateur louisianais, avait transporté d'un seul coup d'aile, de La Nouvelle-Orléans à Baton Rouge, vingt-deux livres de courrier en une heure et trente minutes, Bob Meyer ne tenait plus en place. Aussi, Osmond ne fut-il pas étonné quand un soir son ami ouvrit avec fracas la porte de son bureau et lui jeta en bafouillant d'émotion.

« J'ai volé! Oui, mon vieux! J'ai volé cet après-midi! »

C'était la première fois depuis la mort de Dan Foxley qu'Osmond voyait Bob vraiment joyeux. Le vol, effectué par l'étudiant au-dessus du champ de foire de Métairie, n'avait duré que quelques minutes, mais il prit à travers son récit les dimensions d'un voyage transcontinental.

Vu d'en haut, le lac Pontchartrain n'était qu'une flaque, le Mississippi qu'un ruisseau, la ville ressemblait à un puzzle mal assemblé, les trains à des vers de vase et les automobiles à des cafards; quant aux humains, ils perdaient toute existence quand on s'élevait dans les airs.

« Et la semaine prochaine, je prends ma première leçon de pilotage, conclut Bob, l'œil plein de lueurs conquérantes.

– Ta mère est au courant?

– Non, il n'y a que toi qui saches. Je paierai mes leçons en travaillant avec les mécaniciens. Ce sont des empiriques... Je crois que je pourrais leur être utile!

– Et si... un accident... Tu me vois allant prévenir ta mère! »

Bob s'assit. Son exaltation était brusquement tombée et, quand il parla, ce fut d'un ton sérieux et mesuré.

« Ce serait le dernier service que tu aurais à me rendre, Osmond, mais je compte bien t'en dispenser. Je tiens à la vie, mon vieux. J'ai trop de choses à conquérir ou à reconquérir.

– Quoi par exemple?

– L'amour d'Otis... et la gloire! »

Après le départ de Bob, Osmond se rendit chez Dolores. Pendant le séjour de Félix de Castel-Brajac, il l'avait un peu négligée et, tandis qu'il cheminait, les phrases prononcées par le fils d'oncle Gus quant à la façon d'aimer ceux et celles qui vous aiment lui revinrent à l'esprit. Aussi ce soir-là se montra-t-il particulièrement tendre avec sa maîtresse. Cependant, il eut conscience, tout au long de la soirée et de la nuit qui suivit, de faire des efforts pour dire les phrases ou accomplir les gestes qui, un an plus tôt, lui venaient avec une spontanéité qu'il ne pouvait pas toujours calmer.

Avec lucidité, il admit que sa liaison avec Mlle Ramirez virait à la routine conjugale. Elle paraissait, comme toutes les femmes qui n'espèrent plus le mariage, s'y complaire et y trouver une sécurité affective, alors que lui-même ressentait l'affadissement de l'habitude.

Depuis la mort de Dan Foxley, beaucoup de choses auxquelles il avait attaché de l'importance lui paraissaient dérisoires. La mort de son ami le forçait à s'interroger sur le sens de sa vie, à partir de nouvelles références, et la disparition soudaine de Marie-Virginie ajoutait à son scepticisme face à la construction d'une existence humaine. Il aurait voulu, comme Bob Meyer, sentir l'attrait d'une vocation, connaître l'exaltation irrépressible de ceux qui se croient désignés pour une mission, une œuvre à accomplir, une cause à défendre. Il espérait un engouement qui prendrait le relais de la passion amoureuse déclinante. Le droit pourrait peut-être, en lui donnant le sentiment de participer à l'entreprise de justice, mobiliser ses facultés et ses connaissances, sinon à quoi servirait-il dans une société où la fortune dispensait aisément de tout engagement civique? Il enviait parfois Silas Barthew et son assurance pour qui le métier des armes restait le plus noble, Lorna et l'ardeur qu'elle mettait à l'étude des insectes, Félix de Castel-Brajac et son enthousiasme de zélateur de la beauté, et même l'ambition du pouvoir politique qui animait certains de ses condisciples.

Marie-Gabrielle, à qui il rendait régulièrement visite, avait vite compris qu'il ne s'intéressait que par courtoisie aux affaires qu'elle gérait dans leur commun intérêt. Elle ne retrouvait pas chez le petit-fils de Charles l'excitation du financier roué. Elle ne parvenait pas à intéresser le garçon aux jeux de la Bourse ni aux prévisions économiques dont elle-même faisait ses nourritures quotidiennes. Osmond accueillait avec la même indifférence l'annonce des gains ou des pertes et ne faisait jamais aucune suggestion. Quand il l'interrogeait en prenant le thé, c'était sur sa jeunesse, sur la Suisse, sur les événements qu'elle avait vécus, sur ses lectures du moment. Un après-midi, elle le convia chez elle à une réunion des « Old Regulars », membres dirigeants du Choctaw-Club qui venaient d'ouvrir une souscription en vue de l'érection d'une statue à la mémoire du sénateur Charles de Vigors. Au milieu de ces hommes trop bien nourris, pleins d'assurance, flatteurs et qui jouaient les chattemites pour décerner des hommages ambigus à son grand-père, dont ils avaient tous envié l'intelligence, la prestance et l'audace, il se sentit mal à l'aise. La plupart de ces industriels, de ces banquiers, de ces armateurs ou de ces négociants devaient à Charles de Vigors des sièges au parlement de l'Etat, des fonctions ou des réussites que, seuls, leurs maigres mérites n'auraient pu leur procurer. Spéculant sur la vanité, la cupidité, le goût de l'intrigue des uns, sur l'admiration béate et quelquefois sur le dévouement inconditionnel des autres, son grand-père s'en était servi, comme le joueur qui avance des cartes basses pour s'assurer une levée plus importante. La mort du bienfaiteur intéressé les incitait à renverser les rôles et, aujourd'hui, tous ces redevables, avec plus ou moins d'aplomb et parfois même d'impudence, donnaient à entendre qu'ils avaient « fait » le sénateur. En élevant une statue à ce dernier, ils comptaient exploiter encore à leur profit une notoriété posthume et inoffensive. En associant Osmond à l'hommage public, ils s'assuraient la caution sentimentale de la famille. Quand Charles s'était retiré de la vie politique, plusieurs de ces nantis avaient cru pouvoir prétendre à la succession mais le sénateur, qui tenait à ménager ses intérêts privés, avait imposé un dauphin en la personne d'un avocat jovial et docile, initié par ses soins au maniement de la machine politique. Le nouveau sénateur, taciturne et discret, utilisait les méthodes de son prédécesseur. On le disait cependant prêt à s'effacer le jour où l'héritier de M. de Vigors manifesterait le désir d'entrer en lice. C'est dans cette perspective que le club entendait promouvoir Osmond, dont l'apparition pourrait intervenir le jour où l'on inaugurerait la statue de son grand-père.

Au cours du cocktail, quelques membres influents du club proposèrent sans détour à Osmond de s'inscrire au parti démocrate, en l'assurant qu'au bout de quelques années il pourrait briguer un mandat qu'ils sauraient bien lui faire obtenir.

« Votre nom, l'œuvre accomplie par votre aïeul vous désignent tout naturellement. La dynastie politique des Vigors peut s'imposer », dit un armateur.

Osmond sourit et sa réflexion jeta un froid dans l'assistance.

« La politique ne m'intéresse pas, monsieur... J'ai assez de difficultés à me gouverner moi-même pour ne pas oser prétendre gouverner les autres.

– Mais le service de l'Etat, de nos vieilles familles...

– Je ne suis le serviteur de personne, monsieur! »

Osmond eut l'impression, au cours de cette réunion mi-mondaine, mi-politique, que la plupart de ces détenteurs d'une puissance occulte enviaient sa jeunesse, son aisance, sa désinvolture, tout en trouvant incompréhensible son indifférence à ce qui constituait le fond de leurs préoccupations quotidiennes.

Quand il vit entrer M. Foxley dans le salon de Marie-Gabrielle, il ne put s'empêcher de demander à cette dernière si le père de Dan était un habitué.

« Non seulement un habitué, cher Osmond, mais un fondateur. Il a une grande estime pour votre famille. Je ne l'avais pas revu depuis la mort de son fils, votre ami. »

M. Foxley ne put dissimuler l'étonnement que lui causa la présence d'Osmond, dans un lieu où il ne s'attendait pas à le rencontrer. Il vint au jeune homme les mains tendues.

« Cher garçon, quel plaisir de vous revoir. Savez-vous qu'on vous réclame au bayou Saint-Jean? Ma femme, bien que toujours très affligée, vient de rouvrir son salon. Il faut que la vie continue. Margaret a eu un petit garçon... Avez-vous oublié le chemin de ma maison?

– Oui, monsieur, je l'ai oublié. »

M. Foxley eut un haut-le-corps.

« Je ne comprends pas... que voulez-vous dire?

– L'attitude de votre famille à l'égard de Bob Meyer est injuste et insultante, monsieur. Au malheur de la mort de Dan...

– Ne me parlez plus de Meyer, Osmond. Laissons-le avec ses remords... s'il en a! »

Osmond se raidit et M. Foxley subit avec une gêne évidente le regard net et dur de son interlocuteur.

« Bob Meyer a fait son devoir d'amitié, monsieur, et je ne remettrai les pieds chez vous qu'en sa compagnie, quand vous serez revenu à de meilleurs sentiments!

– Quel sentiments?... un juif... qui a laissé mon fils se noyer... vous plaisantez, Osmond?

– Il n'y a rien de plaisant dans cette affaire et juif, je le suis autant que Bob, sachez-le!

– Vous vous égarez, jeune homme! Dois-je vous rappeler au respect du nom que vous portez?

– Je vous en dispense, monsieur.

– Vous êtes insolent... je pourrais vous demander raison.

– Ce serait ajouter le ridicule à l'aveuglement! »

Le ton de la discussion commençait à faire tendre l'oreille aux invités de Marie-Gabrielle. M. Foxley s'en aperçut.

« Je n'ai plus rien à vous dire, Osmond, sinon que l'honneur commande que nous brisions là!

– C'est mon avis, monsieur, en matière d'honneur les Vigors sont aussi compétents que les Foxley et toujours prêts à le défendre. »

Ayant parlé, le jeune homme tourna les talons et

rejoignit l'hôtesse qui, à distance, tout en bavardant avec quelques financiers, avait suivi l'altercation.

Au moment de prendre congé, Osmond ne put éviter une question de Marie-Gabrielle.

« Que s'est-il passé avec M. Foxley?... Il avait l'air très en colère contre vous?

– Il l'est en effet, madame, et a des raisons de l'être..., mais un jour il le sera contre lui-même... il souffrira davantage!

– Amenez-moi votre ami Meyer, j'aimerais le connaître.

– Je ne voudrais pas qu'il coure le risque de rencontrer M. Foxley, madame.

– Je n'inviterai plus M. Foxley, Osmond. Ma maison n'est pas le Boston-Club... Je ne demande pas de certificat de baptême... »

Le jeune homme sourit et remercia. Il se sentait assez proche de cette vieille dame intelligente et généreuse.

L'attitude des Foxley à l'égard de Bob Meyer devait encore susciter, quelques mois plus tard, un incident pénible à Bagatelle. Cet été-là, Osmond de Vigors, qui venait de réussir brillamment ses examens, se rendit seul à Pointe-Coupée. Bob Meyer s'était fait engager dans un atelier de mécanique qui travaillait pour les aviateurs et ne prendrait que de courtes vacances avec sa mère. Dolores, comme chaque année, se rendait chez sa tante à Saratoga. Il n'avait donc aucune raison de demeurer à La Nouvelle-Orléans pendant la saison chaude. Et puis, il sentait le besoin de se replonger dans l'atmosphère de la vieille plantation, de retrouver ses forces sur le court de tennis, de réfléchir sous les chênes en regardant couler le Mississippi.

Au cours du premier dîner qu'il prit en famille avec sa mère, son beau-père et ses sœurs, Alix, dont le chagrin causé par la mort de Dan s'était transformé en une réserve hautaine, comme si la jeune fille rendait l'humanité entière responsable du drame, annonça qu'elle désirait inviter Otis Foxley à passer l'été à Bagatelle.

Osmond posa vivement sa fourchette et dit d'une voix sèche :

« Ce n'est pas souhaitable. J'ai rompu toute relation avec les Foxley. Je te prie de n'en rien faire. »

Cette déclaration surprit aussi bien Stella que son mari, qui se préparaient à approuver la proposition d'Alix. Cette dernière réagit avec véhémence.

« Naturellement, tu as pris le parti de Meyer... mais moi je m'en moque, Otis est mon amie, sans cette catastrophe, elle eût été ma belle-sœur..., et je partage l'avis de ses parents quant à la responsabilité de Bob... »

Elle se mit à sangloter.

« Tu ne vas pas, toi aussi, lui reprocher d'être juif, ni t'associer à ces fariboles d'un autre âge?

– Un chrétien aurait tout tenté pour sauver Dan; Bob, lui, est resté cramponné au bateau... Les juifs ne sont pas courageux, c'est connu! »

Le docteur Dubard, Osmond le devinait, eût aimé intervenir, mais sa position de beau-père des enfants Vigors le retint. Il se contenta de froncer le sourcil tandis que les cicatrices de sa joue s'empourpraient comme chaque fois qu'il était ému. Stella, que cette scène troublait également, se mêla à la conversation.

« Voyons, Alix, tu ne peux pas parler ainsi de l'ami de ton frère... Otis, dont je suis certaine qu'elle aime Bob... »

A travers ses larmes, Alix lançait des regards furieux.

« Otis?... Elle ne veut plus en entendre parler...

d'ailleurs, Bob s'était mis des idées dans la tête... Mme Foxley n'aurait pas donné sa fille à un garçon ayant du sang juif... »

Osmond était devenu blême et, sous la peau, ses maxillaires se contractaient nerveusement.

« Et cependant elle aurait donné son fils à une fille ayant du sang indien? »

Brusquement, Alix cessa de pleurer.

« Du sang indien... que veux-tu dire?

– Demande à maman, elle t'expliquera!

– Voyons, mes enfants, calmez-vous, cette querelle est stupide. »

Alix s'était levée en triturant sa serviette. Son menton tremblait comme celui d'un bébé qui va se mettre à hurler.

Elle cria :

« Maman, que veut dire Osmond... je veux savoir... »

Stella restait calme, hiératique, son regard doux enveloppait sa fille d'une tendresse un peu mélancolique. Puisque le moment autrefois redouté était venu, elle ne se déroberait pas.

« Ma grand-mère, que je n'ai pas connue, était une Choctaw et mon père un métis... voilà ce que veut dire Osmond.

– Une princesse Choctaw de Prairie du Chien, descendante d'une noble famille qui régnait entre le Mississippi et le Missouri, bien avant que les Foxley ne mettent les pieds dans ce pays », précisa Osmond.

Alix s'assit, abasourdie. Elle imaginait son arrière-grand-mère vêtue de peau de bête, assise au pied d'un tipi et ressemblant à ces femmes aux cheveux huilés, au front tatoué qui venaient au marché de La Nouvelle-Orléans vendre des nattes et des paniers.

254

« C'est vrai... maman? »

Faustin Dubard, sa femme étant en cause, se décida à parler.

« C'est exact, chère Alix, et vous ne pouvez qu'en être fière. Les Choctaws n'étaient pas des sauvages. »

Céline, qui découvrait en même temps que sa sœur cette ascendance qui ne la choquait pas, se leva, fit le tour de la table et vint embrasser sa mère.

« Maman, pourquoi ne nous avez-vous jamais raconté ça?

— A cause de tous les préjugés qui ont cours dans vos collèges, je ne voulais pas qu'on puisse... vous... offenser. D'ailleurs, ça ne regarde personne.

— Mais Dan ne le savait pas! gémit Alix.

— Il le savait, je le lui avais dit. »

Osmond jugea de l'effet produit par ses paroles.

« Et les Foxley, savent-ils?

— S'ils l'ignorent encore, ils finiront bien par l'apprendre et alors peut-être te rangeront-ils dans la même catégorie que les juifs! »

Alix se leva et quitta la salle à manger. On entendit son pas dans l'escalier, puis le claquement sourd de la porte de sa chambre.

Céline, dont le caractère paisible hérité de son père apparaissait même dans sa façon de parler, lente et réfléchie, posa la main sur l'avant-bras de son frère.

« Tu as déclenché une belle scène... mais il faut excuser Alix, tu sais, elle a tellement de chagrin de la mort de Dan... peut-être te montres-tu trop rigoureux à l'égard des Foxley... Ils pensent que si tu avais été à la place de Bob, leur fils aurait été sauvé.

— Et s'il ne l'avait pas été, ce qui est probable, car placé dans la même situation que Bob, je n'aurais pu faire mieux, se seraient-ils avisés de m'en tenir rigueur? Non, parce que je ne suis pas juif! Vois-tu, sœurette, cette perversion de l'esprit et du cœur, qui consiste à prêter aux êtres des qualités ou des défauts en fonction de leur race ou de leurs croyances, il faut la combattre violemment dès qu'elle apparaît. C'est un germe maléfique, qui conduit aux abus de l'Inquisition, aux pogromes, à l'injustice organisée. Voilà pourquoi je suis dur avec les Foxley. J'ose simplement espérer qu'un jour ils comprendront que j'ai raison et que j'ai été malheureux d'avoir à m'éloigner d'eux. Je voudrais tant qu'Otis revienne à Bob. Personne ne peut imaginer son désarroi. »

Un silence s'établit, pendant lequel tous les convives méditèrent les phrases qui venaient d'être échangées. Stella ne s'étonnait guère de la connaissance qu'Osmond avait de ses origines. Elle supposait bien que l'oncle Gus n'était pas étranger à l'information de son fils. De la même façon que ce dernier avait su, trois ans plus tôt, intervenir auprès de Faustin Dubard, il venait de l'aider à clarifier pour ses filles une situation dont elle souhaitait depuis longtemps sortir. Elle approuvait l'attitude loyale d'Osmond et cette intransigeance, héritage – oncle Gus l'affirmait – de Clarence Dandrige.

« Osmond a eu raison de parler comme il l'a fait. Bien que j'aie le cœur gros pour Alix, nous n'inviterons pas Otis cet été. Qu'en pensez-vous, Faustin ? » dit-elle en se tournant vers son mari.

Le médecin avait apprécié, lui aussi, la courageuse intervention de son beau-fils, et puisque l'être qu'il aimait par-dessus tout l'invitait à donner son opinion, il la donna.

« L'ostracisme social, et en tant que Cajun, parlant moins bien français que vous, j'ai dû le subir parfois de la part des « bourbons », n'est rien auprès de l'ostracisme racial et de l'ostracisme religieux. Je comprends la brutalité de langage d'Osmond et je crois en effet qu'il ne pourrait accueillir à Bagatelle cette pauvre Otis sans ressentir une gêne permanente. Laissons faire le temps... en nous taisant, puisque maintenant ce qui devait être dit a été dit. »

L'apparition de Lorna quelques jours plus tard réjouit Osmond. Cet être sain et droit, digne de toutes les confiances, avait acquis à dix-neuf ans un rayonnement auquel il fut immédiatement sensible. La fille d'Augustine était une vraie fille du Sud, robuste, pleine de bon sens et parfaitement à l'aise dans cet univers des vieilles plantations où les jeunes filles de la ville paraissaient empruntées comme des figurantes.

Bien qu'on eût renoncé à organiser cette année-là un tournoi de tennis, les deux amis d'enfance s'affrontèrent sur le court avec cet entrain spontané qu'ils mettaient l'un et l'autre aux exercices physiques. On les vit aussi galoper au long des berges et le soir, quand les ouvriers noirs avaient regagné leurs cases, souvent ils montèrent aux Trois-Chênes, comme lorsqu'ils étaient enfants. Lorna parlait de ses études et se montrait intarissable sur les parasites du coton qu'elle donnait l'impression de connaître intimement. Elle discourait sur l'*Aletia argillacea*, la chenille du cotonnier vert bleuâtre avec des taches noires, qui dévore les feuilles tendres et finit par se transformer en papillon grisâtre de quatre centimètres d'envergure, lequel, en pondant de trois cents à six cents œufs, répand une population prédatrice capable d'anéantir des champs entiers. La jeune entomologiste révélait encore à Osmond les méfaits de l'*Héliothis argimer* ou larve de la capsule, et ceux du charançon qui avait ruiné des planteurs mexicains. Elle semblait passionnée et Osmond écoutait, le sourire aux lèvres, les exposés savants émaillés de noms latins.

« En somme, tu t'amuses bien avec tes petites bêtes?

– Tu peux te moquer, mais si un jour les cotonniers de Bagatelle sont attaqués par mes petites bêtes, comme tu dis, je saurai te les désigner et les faire périr.

– Tu seras la Jeanne d'Arc de nos paroisses... sus aux parasites! Nous demanderons à Félix de te dessiner un étendard.

– Qui sait, vous serez peut-être bien contents de profiter de ma science. »

Un soir, la conversation prit un tour plus grave et Osmond demanda à Lorna comment elle envisageait son avenir.

« L'avenir? Tout le monde est d'accord pour que je reprenne les ruchers de Castelmore et les fabriques de miel et de pastilles. J'aurai de quoi m'occuper, surtout qu'il doit être possible d'améliorer les rendements, car mon cher grand-père en est resté aux méthodes du siècle passé.

– Femme d'affaires alors! Et tu resterais à Fausse-Rivière?

– C'est là où je suis née et nulle part ailleurs je ne me sens aussi bien. Je me ferai construire une maison et un laboratoire... pour étudier toutes les petites bêtes que je rencontrerai.

– Mais, tu te marieras? N'y penses-tu pas? Aucun des brillants étudiants de Woodeville ne te fait-il la cour? Ce doit être facile, en évoquant les parades nuptiales des frelons, d'en venir à envisager celles des humains. Je vois ça d'ici, quelque beau jeune homme déployant ses élytres pour séduire la belle Lorna Barthew!

– Heureusement qu'on me fait la cour, ça distrait... mais le mariage ne me tente pas. Je compte rester fille.

258

Le seul homme qui me plaise vraiment à Woodeville est mon professeur. Il a bientôt soixante-dix ans et sa femme se porte bien! Et toi que comptes-tu faire?

– Terminer mon droit. M'inscrire au barreau, plaider pendant quelques années, voyager dans le Nord et en Europe, puis, peut-être, revenir ici, finir dans la peau d'un planteur. »

Osmond n'avait mis aucune chaleur dans l'évocation de ce programme banal. Lorna le remarqua.

« Tu n'as pas l'air très enthousiaste. On dirait que tu es plus résigné qu'entreprenant.

– C'est vrai, je suis résigné. Résigné à suivre une voie toute tracée, une destinée semblable à celle de milliers de garçons de ce pays, qui n'ont pas plus que moi de vocation personnelle et se contentent de faire ce que leur père et leur grand-père ont fait avant eux. »

Lorna, assise sur la tombe de Dandrige, croisa les mains sur ses genoux et fixa son ami d'un regard apitoyé.

« Tu me parais désabusé comme une vieille fille. Et votre « serment de la rivière Chitto »? Ne vous étiez-vous pas promis Dan, Bob et toi d'être de grands hommes, d'accomplir des actions époustouflantes, de nous étonner tous?

– Nous étions des gamins, Lorna. Des gamins présomptueux. Dan est mort aussi bêtement qu'on puisse mourir, Bob se prépare à être aviateur et moi, je rentre dans les rangs confortables de la médiocrité. Je mène exactement l'existence que je ne voulais pas avoir. C'est drôle, n'est-ce pas? Je fais du droit, j'ai une maîtresse et de l'argent... Je suis un homme tout à fait ordinaire, duquel il n'y a pas grand-chose à attendre d'original, je le crains. A toi, je peux bien le dire, parfois j'ai honte! »

Lorna se leva, vint s'asseoir près d'Osmond sur le vieux banc de bois à la peinture écaillée et lui entoura les épaules de son bras nu.

« La mort de Dan t'a éprouvé et celle de Marie-Virginie n'a pas arrangé les choses... mais fais confiance à la vie. Elle te réserve des surprises, j'en suis sûre. Je crois en toi... »

Osmond eut un sourire mélancolique et déposa sur la joue fraîche de Lorna un baiser fraternel.

« Tu es la meilleure, Lorna. Tu me tends ta natte comme autrefois pour me sortir du bourbier... Il me semble que c'était hier... Je me souviens de ce que tu m'as dit quand j'ai saisi tes cheveux. Tu as dit : « Je tiendrai » et tu as tenu, malgré la douleur. Aujourd'hui, j'ai la même sensation d'enlisement...

– Je tiendrai », dit Lorna en lui rendant son baiser.


6


Contrairement à ce qu'il avait fait l'année précédente, Osmond ne rendit pas de visite impromptue à Dolores au milieu de l'été quand elle regagna La Nouvelle-Orléans. Il se contenta de téléphoner, plus pour plaire à sa maîtresse que parce qu'il ressentait l'impérieux besoin d'entendre sa voix, comme il le lui dit en exagérant un peu.

A Bagatelle, il reprit en quelques semaines conscience d'exister et ce sentiment d'inutilité qui lui pesait s'estompa, tandis qu'il surveillait, avec Faustin Dubard, la récolte du coton. Il prit même un certain plaisir à cueillir au milieu des Noirs, accomplissant avec lenteur et régularité les gestes autrefois imposés aux esclaves, quelques touffes soyeuses de middling dont le destin serait de vêtir les hommes et les femmes d'un autre continent.

« J'apprécie ce qu'il y a de concret dans ce don de la nature et je comprends combien peuvent paraître vaines aux gens d'ici nos élucubrations et nos spéculations d'intellectuels. »

Gustave de Castel-Brajac, à qui il faisait cette confidence, leva un sourcil étonné.

« Les vérités premières sont celles qu'on tarde le plus à découvrir, fiston, et je suis heureux de t'entendre parler ainsi. J'avais un peu peur ces temps-ci que tu te mettes, comme on dit, à vivre dans ta tête. Tu as trop lu Edgar Poe. Mais dis-moi, tu n'as pas fait de fugue à La Nouvelle-Orléans, la dame de tes pensées serait-elle en voyage?

— Non, elle est rentrée, oncle Gus, mais...

— Tu t'aperçois que tu peux respirer sans elle?

— Je la retrouverai avec plaisir en septembre et... je n'ai pas oublié son parfum.

— Ouais, ouais, je comprends ça... et puis Bagatelle te fait du bien, pas vrai?... C'est comme un bain qui détend... et tu n'as pas envie d'en sortir.

— C'est un peu ça... mais il n'y a pas de rivalité entre Bagatelle et Dolores, oncle Gus, ce sont deux bonheurs différents.

— Différents, en effet. Peut-être même complémentaires, non? Mais l'an dernier, la complémentarité de la dame devait te paraître plus évidente?

— Où voulez-vous en venir, oncle Gus... j'aime Dolores de la même façon...

— De la même façon... complémentaire, hein? »

Osmond comprit que le Gascon avait perçu l'espèce d'asthénie dont souffrait sa passion et qu'il ne voulait pas accepter.

« Je ne veux pas la rendre malheureuse, oncle Gus; elle s'est attachée à moi et je tiens à elle. J'ai une sorte de responsabilité à son égard.

– Tu es un honnête amoureux, Osmond. Un amoureux à scrupule... c'est bien! »

En disant ces mots, Gustave avait dans l'œil une lueur malicieuse, exactement celle qu'on y décelait quand, en jouant aux échecs, le Gascon voyait approcher le moment où son adversaire serait amené, pour sauver son roi, à sacrifier sa dame.

Au début du mois de septembre, Silas Barthew, bénéficiant d'une permission, fit une brève apparition à Bagatelle. La vie militaire, la rigoureuse discipline et le régime alimentaire assez fruste de West Point avaient affiné la silhouette du jeune homme. Sanglé dans son uniforme de cadet, il avait, comme le fit remarquer Nancy Tampleton, la prestance d'un futur major.

« Ah! Il me faudrait une petite guerre dans deux ou trois ans pour mettre en pratique ce que j'apprends. Mais on ne se bat plus contre les Indiens. Les Philippins sont assagis, l'Union n'a pas d'ennemis et il y a peu de chance pour qu'on nous envoie prêter mainforte au tsar contre les révolutionnaires. »

L'enthousiasme guerrier de Silas amusait tout le monde, sauf Stella et Faustin Dubard qui, pour des raisons inoubliables, savaient que la guerre ne procure pas que de l'avancement aux jeunes officiers ambitieux.

Au cours de l'été, la politique, bien qu'on n'y eût jamais attaché à Bagatelle une importance primordiale, alimenta beaucoup de conversations. En juin, quand la convention républicaine réunie à Chicago s'était, dès le premier tour de scrutin, ralliée à Taft, le président sortant désireux de briguer un second mandat, en négligeant Theodore Roosevelt qui proclamait depuis des mois sa capacité à sortir le parti « du désert et du doute », l'ancien colonel des Rough Riders avait été un moment décontenancé.

Mais Teddy, réagissant avec promptitude, s'était aussitôt fait admettre par le parti progressiste. En quelques semaines, il avait pris le pas sur le fondateur de la nouvelle formation, Robert La Follette, et fait acclamer une profession de foi, inspirée par le livre[1] d'un écrivain peu connu, Herbert Croly, qui proposait de « domestiquer » les trusts au lieu de les détruire, afin de les mettre au service de la nation. Trouvant le vocable « progressiste » un peu dévalué, M. Roosevelt avait choisi comme mascotte du parti *Bull Moose*[2], animal intrépide et résistant, auquel ses supporters le comparaient. Ainsi l'élan irait à l'assaut de l'éléphant républicain et de l'âne démocrate[3]. L'ancien chef des Rough Riders, disposant de fonds importants pour sa campagne, s'était répandu à travers les Etats pour prêcher avec la vigueur qu'on lui connaissait la bonne parole progressiste. Il emportait dans ses bagages un massacre d'élan qu'on accrochait à la tribune quand il parlait. Les foules américaines, expansives et chaleureuses, donnaient l'impression à Teddy qu'il avait de fortes chances de retourner à la Maison Blanche, d'autant plus que les démocrates venaient de désigner comme candidat un ancien professeur d'histoire de Princeton devenu gouverneur du New Jersey, dont une bonne partie des électeurs découvrait le nom, Thomas Woodrow Wilson.

Quand le 14 octobre, au cours d'une réunion élec-

1. *The Promise of American Life.*
2. Elan.
3. Ces deux symboles caricaturaux ont été créés par le dessinateur Thomas Nast (1840-1902).

torale dans le Wisconsin, à Milwaukee, Teddy fut blessé par une balle tirée par un certain Joseph Schrank, on apprécia le sang-froid du candidat. Le projectile, amorti par un épais manuscrit, blessa légèrement l'orateur qui prononça le discours prévu avant d'être conduit à l'hôpital. L'élan ne se laissait pas impressionner par les chasseurs! Par un reste d'atavisme latin, les Louisianais francophones goûtaient plus que les autres les péripéties de la campagne.

Le candidat démocrate ne soulevait pas leur enthousiasme dans un Etat qui, par discipline, lui donnerait ses suffrages. Woodrow Wilson, qui avait été avocat à Atlanta avant de devenir professeur à Princeton, passait pour un libéral et un réformateur. Dans le New Jersey, il avait fait modifier la loi électorale, réprimé la corruption, réorganisé les services publics et rendu obligatoire une assurance contre les accidents du travail. Son programme, rédigé par Louis Brandeis, un juriste juif éminent, avait de quoi inquiéter les conservateurs du Sud. A ce qu'il appelait « la malédiction de la grandeur », il entendait substituer une « nouvelle liberté ». En adaptant à l'époque et à l'économie les principes chers à Jefferson, il souhaitait faire de l'Union une démocratie industrielle, en intéressant aux affaires aussi bien les capitalistes que les syndicats et le public. « Le rôle du gouvernement, disait-il, c'est de créer des motifs d'espérance, de garantir au peuple que la justice sociale triomphera, de donner aux citoyens l'égalité des chances. »

En quelques semaines – Osmond l'apprit par Marie-Gabrielle – cet homme distingué, à la mâchoire volontaire, au sourire un peu contraint, dont les yeux clairs derrière son lorgnon s'embuaient de larmes quand sa femme lui lisait un poème sentimental, fit cependant la conquête des membres du Choctaw-Club.

« S'il est élu, beaucoup de postes importants iront à des Sudistes », expliqua la Suissesse.

Face à Taft qui disposait de « la grande machine » de la Maison Blanche, à Roosevelt qui se démenait comme un jeune homme, à Eugene Victor Debs, le socialiste inquiétant, on accordait peu de chance au gouverneur du New Jersey.

Aussi quand, le 4 novembre, furent connus les résultats, le Sud en jouit comme d'une aubaine. Avec 6 286 214 suffrages populaires et les 435 voix des électeurs d'Etat, M. Wilson battait Theodore Roosevelt, arrivé en deuxième position avec 4 216 020 suffrages populaires et 88 voix de grands électeurs. Taft, qui ne recevait que 8 voix des électeurs d'Etat et 3 483 922 suffrages populaires, ridiculisait le parti républicain. En Louisiane, comme dans tous les Etats du Sud, les écarts étaient plus considérables : Wilson : 60 971 voix, Roosevelt 9 323, Taft : 3 834. Le socialiste Debs, soutenu par les quelque 730 Noirs – sur les 100 000 en âge de voter – admis sur les listes électorales, avait obtenu d'une façon tout à fait inattendue 5 249 voix, ce qui ne manqua pas d'inquiéter les « bourbons » qui voyaient dans les socialistes de dangereux révolutionnaires.

Cet hiver-là, quand Bob Meyer eut obtenu sa licence pour piloter les avions, Osmond lui conseilla de cesser ses cachotteries vis-à-vis de sa mère, qui pouvait d'un jour à l'autre apprendre les activités de son fils en ouvrant une gazette donnant le compte rendu d'un meeting aérien. La bonne Mme Meyer faillit s'évanouir au moment de la révélation, faite en présence d'Osmond.

« Mais enfin, mon petit, quelle folie, tu vas te tuer,

voler... voler! N'y a-t-il pas assez des accidents de chemin de fer et d'automobile pour risquer sa vie de nos jours? »

Osmond de Vigors la rassura de son mieux et au moment de Noël, il convainquit Bob de l'accompagner à la découverte de New York. Les deux garçons revinrent éblouis de cette métropole prodigieuse. La ville énorme, l'intense animation des rues, le chantier du building Woolworth qui, terminé, serait haut de deux cent quarante mètres et compterait soixante étages, les représentations du Metropolitan Opera, les concerts, l'élégance des restaurants, la frénésie des boursiers à Wall Street, tout leur parut encore plus formidable que ce qu'ils avaient imaginé.

Au jour anniversaire de la mort de Dan, ils prirent un bateau pour faire une excursion à la statue de la Liberté. Sur les eaux douteuses du port, ils eurent le sentiment d'être plus proches de leur ami défunt.

De retour à La Nouvelle-Orléans, Osmond apprit simultanément que le pétrole jaillissait enfin en grande quantité à Bagatelle – on comptait une centaine de barils par jour pour commencer – et la mort, à Fausse-Rivière, de Nancy Tampleton.

Clotilde, la dernière des nièces du général, ne pouvant demeurer seule dans la grande maison familiale, avait décidé de se retirer chez les ursulines. Elle souhaitait qu'Osmond vînt au plus tôt recueillir l'héritage que la défunte demoiselle lui avait laissé.

Une mauvaise grippe avait emporté en quelques jours cette vieille amie de Bagatelle. A quatre-vingts ans, elle était de celles qui avaient vécu l'âge d'or du Sud, la guerre de Sécession, la cruelle défaite des soldats gris, la difficile période de la reconstruction et la restauration de l'autorité des « bourbons ». Témoin partial certes, mais mainteneur intransigeant des traditions sudistes, elle avait toujours eu pour Osmond une affection particulière. A Bagatelle, un tiroir de commode renfermait encore ce trésor fait de souvenirs du général Tampleton et de quelques autres objets hétéroclites, auxquels Osmond attachait dans son enfance la même importance qu'un collectionneur de gemmes attache aux pierres précieuses. Comme si le jeu puéril se poursuivait au-delà de sa disparition, Nancy avait légué au jeune homme son musée personnel. Dans son testament, elle le faisait dépositaire, en tant que Cavalier du Nouveau Sud, de ce qui avait appartenu au parfait Cavalier du Vieux Sud, son oncle Willy.

Par un jour de printemps pluvieux, Osmond reçut donc, avec une malle pleine d'uniformes portés par le général de West Point à sa dernière campagne contre les Indiens, un sabre de parade, des pistolets, des buffleteries, deux selles rendues souples et lustrées par d'innombrables chevauchées et un coffre contenant des objets que le militaire avait rassemblés et soigneusement étiquetés. Le bric-à-brac dans lequel Osmond hésita un moment à mettre les mains se révéla être une étrange collection de reliques historiques, à travers laquelle le passé de l'Union et du Sud s'imposait, comme autant de chapitres d'un livre connu. En tirant un à un les objets et en lisant les étiquettes autrefois calligraphiées par Willy Tampleton avec une application de sergent-major, Osmond découvrit : un morceau de bois provenant de la maison du pasteur protestant de Salem (Massachusetts) où, en 1792, vingt-quatre personnes avaient été condamnées à mort pour sorcellerie; un autre éclat de bois donné pour parcelle du cercueil de George Washington; un flacon contenant des feuilles de thé ramassées sur les eaux du port de Boston après qu'en 1773 les Bostoniens eurent fait sauter un vaisseau anglais; un troisième morceau de bois arraché au pont de Concord sur lequel en 1776 les paysans révoltés avaient tiré le premier coup de feu de l'Indépendance américaine; un bouton de l'uniforme que portait le général Lee au jour de la reddition d'Appomattox; des journaux de 1862 relatant les exploits du général Stuart; un chapeau de paille tressé par un esclave pour Willy Tampleton en 1861; une copie du testament, daté de 1672, d'un des « pèlerins » du *Mayflower*; un morceau de bronze provenant de la cloche brisée d'une église d'Atlanta; des autographes de La Fayette, de Rochambeau et du général Lee; un tomahawk; des colliers de verroterie; une ceinture indienne en cuir et perles; une flèche brisée et une bouteille de porto vide, au col de laquelle était nouée, comme une cravate, un mouchoir de batiste. L'étiquette attachée à ce curieux assemblage indiquait : « offerts par ma chère Virginie en 1876 au jour de mon départ pour la guerre contre les Indiens ».

Tout au fond du coffre, Osmond trouva encore, dans une grande enveloppe, un dessin au fusain signé W.T. et représentant le visage d'un homme aux yeux clairs et incroyablement durs, aux traits harmonieux mais sévères, aux cheveux légèrement ondulés. Le croquis portait des rousseurs. Osmond, vaguement troublé, remit le portrait dans son étui. Il lui trouvait une certaine ressemblance avec son propre visage.

Dès que Bob Meyer avait eu sa licence, Osmond s'était proposé pour être son commanditaire. L'idée du futur ingénieur était de fonder une entreprise de transports aériens, qui assurerait l'acheminement du courrier entre les principales villes de Louisiane et La Nouvelle-Orléans. Pour cela, un avion était nécessaire, que Bob entendait faire construire sur ses propres plans.

« C'est bon, je t'avance l'argent nécessaire et, quand

tu seras prêt, nous fonderons une société. Je serai ton principal actionnaire, si tu veux bien.

– Il coulera sans doute beaucoup d'eau dans le Mississippi avant que je puisse te rembourser, dit Bob.

– Ne t'inquiète pas. Comme disent les Cajuns : « Il « vaut mieux devoir toute sa vie que faire perdre! »

Le 1er mars 1913, Bob Meyer, qui menait de front ses études d'ingénieur et ses travaux de mécanicien-pilote, présenta à sa mère, comme une grande conquête de la sécurité, l'exploit du capitaine Albert Berry qui, à Saint Louis, avait sauté en parachute d'un avion en vol.

« Je t'offre un parachute, lança Osmond, comme ça, ta mère et moi nous serons plus tranquilles! »

Mme Meyer remercia avec un sourire un peu contraint l'ami de son fils.

Un soir de mai, Bob Meyer arriva chez Osmond très ému.

« J'ai revu Otis cet après-midi dans une librairie... Elle m'a embrassé... oui, mon vieux... Elle m'aime toujours... elle me l'a dit. »

Ayant lancé la nouvelle, Bob esquissa un pas de gigue, en tournant autour du bureau devant lequel Osmond était assis.

« J'en suis heureux pour toi, Bob... je savais bien que les choses finiraient par s'arranger.

– Ça, c'est une autre affaire. Ses parents lui interdisent de me voir et il n'est pas question que nous reprenions des relations. Nous devrons nous rencontrer en cachette.

– C'est un commencement.

– Oui, merveilleux... mais sais-tu à qui je dois ce retour?... A Alix, mon vieux. Elle lui a écrit une longue lettre prenant résolument mon parti... C'est rudement gentil de la part de ta sœur. Otis est convaincue que j'ai tout fait pour sauver Dan.

– Les Foxley finiront par l'admettre aussi et vous vous marierez... »

Meyer se laissa choir dans un fauteuil, sa joie parut brusquement dissipée.

« Si je n'étais pas juif... je pourrais espérer... mais ce n'est pas le crime d'Atlanta qui va arranger les choses. »

L'affaire à laquelle Bob faisait allusion, tout le Sud en parlait et les communautés israélites y accordaient une grande attention. Le 27 avril, dans une usine de Géorgie, on avait trouvé le cadavre d'une jeune ouvrière de quatorze ans, Mary Phagan. Le médecin légiste ayant établi que l'adolescente avait été violée, les soupçons s'étaient aussitôt portés sur un Noir. Mais l'enquête ne pouvant rien prouver, la police avait arrêté le contremaître de l'usine, Léo Franck, qui était juif. Ce dernier, contre lequel ne pouvaient être retenues que des présomptions, venait d'être condamné à mort, après un procès rapide.

« Ils ont assimilé les juifs aux nègres, constata Osmond. Si ce n'est pas un nègre qui a tué, c'est donc un juif. Ça me rappelle l'affaire Dreyfus... la justice française recherchait un traître...

– La campagne de Watson dans *The Jeffersonian* a incité les juges à condamner Franck... une chance pour lui qu'il n'ait pas été lynché [1]. Nous faisons circuler des pétitions pour que la peine de mort soit commuée en prison à vie.

_____

1. Léo Franck ne devait pas échapper au lynchage. Quand, en 1915, le gouverneur Slaton se décida enfin à commuer la peine capitale en prison perpétuelle, cinq mille personnes manifestèrent leur réprobation et, le 16 août, vingt-cinq hommes s'emparèrent de Léo Franck dans sa prison et le pendirent à Marietta, près d'Atlanta, où Mary Phagan avait vécu.

– Je la signerai », dit Osmond.

Au mois de juin, son diplôme de juriste en poche, Osmond de Vigors eut à prendre une importante décision. Il s'agissait pour lui maintenant de choisir une carrière. Le droit lui ouvrait un éventail de possibilités, y compris celle de regagner Bagatelle, afin de participer à la gestion de la Oswald and Vigors Petroleum Company qui, du fait de l'augmentation de la production, prenait de l'extension. Omer Oswald avait en effet à faire face à de nombreux problèmes posés par le transport de l'huile qu'il convenait d'évacuer vers la raffinerie de Baton Rouge.

Il avait été décidé que le puits de Bagatelle serait raccordé au pipeline qui, depuis 1910, transportait le pétrole de la paroisse de Caddo jusqu'à Baton Rouge, mais les travaux paraissaient compromis par les voituriers et les camionneurs, qui crevaient régulièrement les tuyaux. Le pipeline risquait en effet de les priver d'une activité rentable et ils entendaient conserver celle-ci par tous les moyens.

Quand Omer Oswald et Faustin Dubard exprimèrent le désir de faire intervenir la police pour mettre les voituriers à la raison, Osmond s'y opposa et prit le train pour Pointe-Coupée avec l'intention de régler le conflit sans violence.

« Je suis curieux de voir comment vous vous y prendrez avec ces énergumènes », dit Oswald en accueillant son associé.

Après quelques jours de réflexion et une étude des comptes, le jeune homme décida de réunir les voituriers, une trentaine de robustes gaillards, qui paraissaient décidés à imposer leurs vues. La plupart étaient des Blancs de condition modeste, qui s'étaient parfois endettés pour acquérir un grand chariot.

Certains d'entre eux en possédaient plusieurs, qu'ils

faisaient conduire par des Noirs. Trois disposaient de camions automobiles et criaient plus fort que tous les autres réunis.

Convoqués au pied du derrick, ils furent étonnés de voir apparaître un garçon de vingt ans, long et mince, au regard peu aimable et qui ne paraissait pas disposé à s'en laisser conter.

« Je dois vous annoncer, messieurs, qu'il ne se produira plus de sabotage sur le pipeline et que ceux d'entre vous qui en approcheront risqueront leur vie. Tous vos noms ont été communiqués aux autorités et des patrouilles armées assureront désormais la surveillance des travaux. Dans deux mois, toute l'huile extraite de cette terre sera acheminée à la raffinerie de Baton Rouge par nos installations, que cela vous convienne ou non. »

Il y eut un brouhaha, quelques cris séditieux, des menaces confuses, lancées par ceux des voituriers qui ne se tenaient pas au premier rang.

D'un geste Osmond imposa le silence.

« Nous concevons cependant, mes associés et moi, que le pipeline vous cause un préjudice et rend inutile votre activité. Aussi nous avons décidé, pour vous garantir du travail, de créer un consortium de transport qui louera vos services afin d'assurer les livraisons d'essence et de pétrole aux usagers de la paroisse. Au lieu de transporter de l'huile brute d'ici à Baton Rouge, vous transporterez des produits utilisables de la raffinerie aux dépôts que nous vous indiquerons. Ces plans de transport seront mis au point en accord avec deux de vos représentants, que vous aurez à désigner, afin que les tournées soient établies équitablement en fonction de vos lieux de résidence dans la paroisse. »

Les hommes se regardèrent les uns les autres, prêts à

réfuter une proposition qui menaçait de changer leurs habitudes.

En frappant du pied sur une caisse, Osmond rétablit leur attention.

« Demain, à la même heure, je recevrai vos délégués. Jusque-là, il n'y aura pas de chargements disponibles pour vous. Les assurances qui protègent vos activités ont déjà été suspendues et la production du puits sera arrêtée jusqu'à l'achèvement du pipeline si ma proposition est refusée. Vous pouvez rentrer chez vous. »

Son discours achevé, Osmond tourna les talons et regagna Bagatelle, laissant les voituriers décontenancés. L'autorité de ce jeune homme, qui ne faisait pas de phrases, était celle d'un « boss » dont il ne fallait pas attendre d'autres concessions.

Dès que Faustin Dubard et Omer Oswald eurent disparu à leur tour, la discussion s'ouvrit. Les plus sages tentèrent de faire admettre aux autres que transporter de l'huile brute ou des produits finis ne changeait pas grand-chose, même si l'essence et le pétrole raffinés demandaient plus de précautions au cours des manipulations.

Deux meneurs, qui étaient propriétaires de plusieurs chariots, se récrièrent qu'ils n'étaient pas des garçons livreurs et qu'il fallait détruire le pipeline et forcer la compagnie à conserver les vieilles méthodes de transport.

« Ils arrêteront la production et nous n'aurons pas de travail, dit quelqu'un.

— Ils perdront beaucoup d'argent.

— Moins que nous... eux ils peuvent voir venir!

— Y mériteraient qu'on foute le feu à leur sacré puits », lança un excité.

Ce soir-là, après le dîner, Osmond prit son beau-père à part.

« Pouvons-nous trouver, en plus du contremaître de la plantation, une demi-douzaine d'hommes de confiance? Je crains que nos voituriers ne tentent quelque chose cette nuit.

— Contre le pipeline?

— Contre la maison ou le puits. Armez-vous, prenez trois hommes avec vous et cachez-vous aux alentours de la maison. Envoyez-moi le contremaître et un ingénieur. Nous irons nous poster près du puits.

— Vous pensez au feu, Osmond?

— Au feu ou à la dynamite. Soyons sur nos gardes. »

Dans son petit logement, Osmond changea de vêtements, prit au râtelier la Winchester que M. Foxley lui avait offerte, vérifia le bon fonctionnement de l'arme et mit dans sa poche une poignée de cartouches.

Une demi-heure après, assis dans l'obscurité au pied du chevalement du puits, il prit son poste en mâchonnant un cigare qu'il ne pouvait allumer. A quelque distance, deux autres veilleurs, tapis derrière des barils vides, attendaient, comme lui, d'éventuels visiteurs.

A travers les frondaisons, dans la nuit claire, il apercevait la masse blanche de Bagatelle; la grande maison endormie était-elle un havre paisible menacé par la bêtise d'êtres frustes? Osmond connaissait trop peu la mentalité des gagne-petit pour imaginer leur comportement, et c'est un peu pour se prémunir contre cette ignorance qu'il avait pris ces précautions qui, au fur et à mesure que le temps passait, lui paraissaient inutiles, voire insultantes pour les voituriers. En bonne logique, ils ne pouvaient qu'accepter la proposition qu'il leur avait faite, après accord avec les dirigeants de la raffinerie. Il imaginait même que le consortium de transport pourrait devenir une sorte de coopérative des voituriers, car son idée, une fois l'expérience rodée, était de leur laisser les responsabilités d'une entreprise que la Oswald and Vigors Petroleum n'avait pas vocation de gérer. Si les convoyeurs du pétrole se montraient assez débrouillards, ils trouveraient dans cette organisation une force qui leur permettrait d'améliorer leur condition. Osmond paraissait tout prêt à sourire de ses craintes, quand des moqueurs, qui somnolaient dans les branches des arbres, poussèrent le caquetage sec qui est leur cri d'alarme. Le jeune homme se mit sur pied et ne tarda pas à distinguer une silhouette, qui progressait lentement en bordure du chantier.

L'homme se dirigeait vers la machinerie du derrick et la pompe à vapeur, sans trop chercher à se dissimuler. Osmond le vit s'arrêter près d'un bac de décantation où l'huile noire subissait un filtrage rudimentaire après son extraction. A l'abri des barils empilés, le jeune homme rejoignit les deux autres guetteurs. L'ingénieur et le contremaître avaient, eux aussi, aperçu le visiteur. Leur index était sur la détente de leurs armes.

« Ne bougez pas, ne tirez pas, souffla Osmond. Je m'en occupe. »

Et il continua d'avancer vers l'endroit où l'inconnu se tenait. Quand l'éclair d'une allumette frottée perça la nuit en crépitant, Osmond n'était qu'à trois pas de l'homme.

« Soyez aimable de me donner du feu, pour mon cigare! »

L'homme sursauta. A la lueur de la petite flamme, Osmond reconnut un des voituriers. Il lui planta le canon de sa carabine dans l'estomac.

« Allons, donnez-moi du feu... s'il vous plaît. »

Le voiturier tendit l'allumette qui lui brûlait les doigts et le jeune homme, posément, aspira une bouffée qu'il recracha au visage du saboteur.

Le contremaître et l'ingénieur, émergeant de leur cachette, approchèrent rapidement. Le premier portait une lampe tempête qu'il leva afin d'éclairer la scène.

« Vous auriez dû tirer, monsieur, ce salaud allait mettre le feu aux puits, voyez, il a un pain de résine... tout aurait pu sauter. On devrait le pendre au derrick », cria le contremaître.

L'homme se taisait, hébété, jetant à droite, à gauche, des regards inquiets.

« Si vous tentez de fuir, dit Osmond, vous ne ferez pas trois pas. Quel est votre nom?

— Philip Krantz, de New Roads... je voulais pas!...

— Non, bien sûr, vous ne vouliez pas mettre le feu, vous veniez poser des collets sous le derrick, n'est-ce pas. Le shérif sera certainement enchanté de parler lapin avec vous... les collets, il connaît ça. Il en passe au cou des malfaiteurs qu'on pend aux branches du gros orme!

— Qu'est-ce qu'on en fait? demanda l'ingénieur qui, plus qu'Osmond, pouvait imaginer les conséquences qu'aurait eues le geste de l'incendiaire.

— Attachez-le au chevalement, poings et pieds. La nuit est belle, il pourra méditer jusqu'à ce que demain ses compagnons viennent m'apporter leur réponse. Et allons nous coucher. »

Quelques heures plus tard, les voituriers venant au rendez-vous furent étonnés de découvrir un des leurs, étroitement lié à l'un des montants du derrick, comme un captif des Indiens au poteau de torture.

Quand Osmond prit la parole, un silence pénible régnait sur le chantier. Face aux ouvriers, qui montraient des faces hilares, les voituriers mains au dos regardaient alternativement leur compagnon enchaîné et la pointe de leurs brodequins.

« Je ne vais pas vous présenter Philip Krantz, messieurs, puisque vous l'aviez sans doute délégué pour mettre le feu au puits... »

Une houle de désapprobation secoua l'assemblée.

Osmond fit mine de ne pas l'entendre et poursuivit :

« ... puisque vous semblez avoir choisi la voie stupide et illégale de la violence, j'imagine que vous rejetez ma proposition d'hier... Nous n'avons donc plus rien à nous dire. »

Cette fois les protestations se firent plus véhémentes et un homme s'avança vers Osmond.

« Mes camarades m'ont chargé de vous dire, m'sieur, que nous acceptons de travailler pour le consortium à condition qu'on fasse un contrat qui nous garantisse notre travail et notre paie, car on n'a pas tellement confiance aux gens de la raffinerie.

— Nous ferons un contrat, un bon contrat, je vous expliquerai comment, à condition que le pipeline ne soit pas saboté. »

Les voituriers acquiescèrent et les visages inquiets se détendirent.

« Maintenant, que faisons-nous de celui-là ? » demanda Osmond en désignant Krantz toujours attaché au derrick.

Dans les murmures de l'assemblée, le nom du shérif revint à plusieurs reprises, des voix s'élevèrent même pour qu'on fouette l'incendiaire, d'autres, plus criardes, pour qu'on le laissât où il se trouvait jusqu'à ce que les oiseaux viennent lui crever les yeux ou becqueter certaines parties de son individu dont aucune dame n'aurait pu entendre prononcer le nom.

Osmond interrompit cette surenchère, qui tournait heureusement à la gaudriole.

« Est-ce un bon voiturier?

– Oui, oui, crièrent plusieurs de ceux qui, l'instant d'avant, proposaient des châtiments exemplaires.

– Ce serait donc une perte pour le consortium. J'oublie ce qui s'est passé cette nuit. Qu'on le détache et qu'il reprenne son travail... mais ne le laissez plus jouer avec des allumettes... sauf pour allumer un cigare! »

Une ovation accueillit cette déclaration et, quand Osmond se retourna vers l'homme libéré de ses liens, il vit sur ses joues noires de barbe deux larmes couler.

« Allez, Krantz, et souvenez-vous qu'on ne gagne rien à détruire et qu'il n'est pas de conflit qui ne se puisse régler sereinement entre gens honnêtes.

– Ça, c'est un homme! » lança un voiturier en désignant Osmond au moment où le groupe se dispersait.

Omer Oswald et l'ingénieur du chantier trouvèrent que M. de Vigors avait fait preuve d'une trop grande indulgence en ne livrant pas l'auteur de la tentative d'incendie au shérif.

« Ceux qui ont fondé Bagatelle, messieurs, ainsi que mes ancêtres, ont toujours fait justice eux-mêmes sur leur terre quand ils étaient seuls concernés. J'entends suivre le même principe. »

Tandis que le jeune homme regagnait la maison, Faustin Dubard le rejoignit. Le médecin avait approuvé la conduite de son beau-fils, tout au long de l'affaire.

« Vous devriez faire de la politique, Osmond, comme votre grand-père. J'ai admiré la façon dont vous avez mis ces braillards de votre côté.

– Je ne les ai pas mis de mon côté, je leur ai parlé avec franchise et ils ont compris où était leur intérêt, c'est tout. Quant à la politique, elle est devenue dans ce pays une dialectique hypocrite à laquelle je ne saurais souscrire. Pour être juste, il faut parfois oublier la justice. »

7

Au cours de l'hiver, après que le cuirassé *Oregon* de la marine des Etats-Unis eut franchi le canal de Panama, enfin navigable, les nouvelles venues d'Europe ne furent pas toutes aussi réjouissantes que celles annonçant qu'on avait retrouvé à Florence *La Joconde* de Léonard de Vinci, dérobée au musée du Louvre deux ans plus tôt.

Le vieux continent semblait atteint par la démangeaison de la guerre. Depuis des années, les conflits balkaniques et les rivalités coloniales entre des puissances à la recherche de débouchés commerciaux, ou désireuses, sous les prétextes les plus variés, d'agrandir leur territoire, créaient des tensions entre la France et l'Allemagne, d'une part, l'Autriche et la Russie, d'autre part. En 1911, l'Italie, qui s'était emparée de la Tripolitaine, après une guerre meurtrière contre la Turquie, avait fait entériner ses conquêtes par le traité de Lausanne, en octobre 1912. Profitant de la défaite des Turcs, la Russie, soutenant les Serbes, les Bulgares et les Grecs, réclamait un accès à la mer.

Pendant des semaines, les gouvernements français, anglais et allemand avaient prêché, avec plus ou moins de sincérité, la modération, tout en acceptant de voir

Russes, Serbes, Grecs et Bulgares se partager, en se disputant, les dépouilles de la Turquie. Après une mêlée générale, un nouveau traité de paix avait été signé en août 1913 à Bucarest. Il établissait un équilibre précaire. Les Turcs ne songeaient qu'à prendre leur revanche; les Serbes ne renonçaient pas à s'installer sur les bords de la mer Egée; les Bulgares rêvaient de construire la Grande Bulgarie; l'Autriche s'efforçait de nuire à la Serbie; les Russes pratiquaient le panslavisme et le tsar souhaitait un conflit qui mettrait sa dynastie hors d'atteinte de la crise socialiste, même si Lénine parlait de « transformer la guerre impérialiste en révolution mondiale »; les Habsbourg désiraient en finir avec le nationalisme serbe; la France, amputée en 1871 de l'Alsace et de la Lorraine, guettait le moment favorable pour récupérer ces provinces; les Anglais s'efforçaient de construire une flotte qui soit « double de la flotte continentale la plus puissante »; les Allemands augmentaient leurs effectifs militaires, et Krupp produisait des canons qu'il vendait à qui pouvait les payer comptant.

A travers le vieux continent, les passions nationalistes s'exacerbaient, et l'on pouvait raisonnablement s'attendre à un embrasement prochain, si le bon sens ne l'emportait pas, en dépit des solennelles déclarations de l'Internationale socialiste dont la plupart des adhérents votaient, il est vrai, dans leur pays respectif, des budgets de guerre.

En Louisiane, les descendants des Alsaciens-Lorrains, qui avaient soutenu de leurs deniers leurs anciens compatriotes germanisés, approuvaient les revendications françaises et traitaient les Allemands de barbares.

Si Osmond de Vigors, inscrit au barreau, préparait dans un cabinet d'avocat de La Nouvelle-Orléans des dossiers de divorce et plaidait sans grande conviction des procès commerciaux et de mitoyenneté, Bob Meyer suivait les progrès de l'aviation civile et militaire. En octobre 1913, Dancourt avait ouvert l'ère des grands raids en tentant de relier Paris au Caire, tandis qu'on présentait au V$^e$ Salon de l'aéronautique un appareil Morane-Saulnier équipé pour la reconnaissance photographique, un Nieuport blindé armé d'une mitrailleuse, un Breguet muni d'un poste de télégraphie sans fil, un Blériot capable de se poser aussi bien sur terre que sur l'eau. Comme l'aviation militaire venait de naître aux Etats-Unis, le futur ingénieur pensait prendre un engagement dans cette nouvelle arme... pour voler gratuitement! Osmond réussit à l'en dissuader, avec la complicité d'Otis que Bob voyait en cachette, généralement dans la Ford d'Osmond, aimablement prêtée aux amoureux.

Entre ses travaux d'avocat, ses visites à Dolores, ses entrevues hebdomadaires avec Marie-Gabrielle, les matches de tennis, les soirées passées avec Bob, quelques sorties pour des concerts ou des représentations à l'Opéra français, Osmond de Vigors avait le sentiment que la vie s'écoulait avec une incroyable rapidité et une affligeante monotonie. A vingt ans, il jouissait cependant d'une existence qui passait pour fort agréable aux yeux des étrangers. Disposant d'une belle demeure, à l'abri de tout souci matériel, élégant et racé, il aurait pu figurer très honorablement dans la coterie huppée de la ville, où tant de jeunes hommes tentaient de s'introduire, aussi bien pour faire carrière que trouver une épouse. Mais M. de Vigors fuyait les mondanités, déclinait les invitations à dîner et ne recevait avenue Prytania que la vieille Clara Oswald et ses jumelles moustachues, son ami « le petit juif », ou des gens de Pointe-Coupée de passage à La Nouvelle-

Orléans. On rapportait qu'il avait refusé d'adhérer au Boston-Club, et les dirigeants des « Chevaliers de Colomb » ne réussissaient pas à l'attirer dans leur loge. Quand il apparaissait dans le monde, à l'occasion d'un vernissage ou d'un cocktail, il n'était jamais accompagné, se montrait distant, peu prolixe, se cantonnait dans des propos superficiels et s'esquivait à la première occasion. Les hommes, qui eussent aimé trouver chez le petit-fils du sénateur de Vigors un peu plus d'ambition et de flamme, le tenaient pour un jeune homme taciturne et pédant, indifférent à la politique et aux affaires, capable de reparties surprenantes, énoncées d'une voix neutre mais avec un sourire sarcastique. Les femmes et les jeunes filles s'interrogeaient sur le peu d'intérêt qu'il semblait porter à leur sexe, malgré ses manières courtoises. Elles lui attribuaient sans savoir une maîtresse cloîtrée ou des aventures de hasard. Une commère, qui connaissait la famille Castel-Brajac, soutenait qu'il était fiancé « avec cette petite-fille du marchand de miel qui s'adonne d'une façon dégoûtante à l'étude des cafards et des puces ».

Certaines maîtresses de maison, ayant essuyé des refus pour des dîners ou des *parties*, expliquaient que le jeune baron avait l'estomac faible et ne vivait que de bouillies de maïs et de lait. Les membres du Tennis-Club le tenaient pour un joueur de classe et les escrimeurs qu'il avait affrontés à la salle d'armes assuraient qu'il était un redoutable bretteur. Mais aucun de ces sportsmen ne pouvait se vanter d'avoir des relations, autres que sportives, avec ce partenaire sobre, rigide et dénué de chaleur.

De cette réputation, Osmond s'accommodait fort allégrement, car elle garantissait sa tranquillité et décourageait les « marieuses » toujours prêtes à s'employer, dans l'intérêt des mères trop largement pourvues de filles. Quand, en le servant, Hector lui rapportait les potins diffusés par les voies ancillaires, il s'amusait franchement. Calquant son attitude sur celle de son maître, le jeune majordome noir, intelligent et discret, entretenait, par une réserve hautaine, l'irritant mystère d'une existence abusivement indépendante.

Un événement judiciaire, qui fit quelque bruit à La Nouvelle-Orléans, devait cependant révéler un aspect jusque-là insoupçonné de la personnalité de M. de Vigors. Un dossier, habilement repoussé par maître Couret et ses collaborateurs expérimentés, finit par atterrir sur le bureau du novice. Il s'agissait de la plainte d'un planteur de Plaquemines contre l'administration pénitentiaire, qui louait des prisonniers noirs aux cultivateurs ayant besoin d'un renfort de main-d'œuvre saisonnière. Le plaignant reprochait à l'Administration de lui avoir fourni de mauvais ouvriers, insolents, paresseux et chapardeurs.

Dans un accès de colère, le planteur avait décidé d'engager une action en justice, mais quand Osmond le reçut il ne souhaitait plus qu'un arrangement à l'amiable et un dédommagement financier.

« Votre dossier est excellent, remarqua le jeune avocat au contraire de ses confrères plus âgés et moins audacieux qui s'étaient ingéniés à décourager le plaignant.

– Vous croyez? dit l'homme impressionné par l'assurance du petit-fils d'un sénateur qui avait été son idole politique.

– L'occasion se présente, monsieur, de faire cesser des pratiques préjudiciables aux propriétaires terriens, nous allons plaider. »

Du côté des juges, on s'efforça de mettre en garde maître Couret contre une procédure de nature à

283

indisposer l'Administration, mais le vieil avocat, qui ne portait pas les démocrates dans son cœur, expliqua que ses collaborateurs restaient libres de décider en conscience des suites à donner aux affaires qui leur étaient confiées. Il ne lui déplaisait pas non plus de voir comment Osmond défendrait une cause qu'il jugeait d'avance perdue.

Pendant une quinzaine de jours, M. de Vigors enquêta sur le louage des prisonniers en faisant mine de ne pas entendre les avis que lui donnaient, sans qu'il les eût sollicités, des membres du Choctaw-Club. Au jour du procès, Bob Meyer se trouvait dans la salle à quelque distance de Mme Grigné-Castrus. Marie-Gabrielle, comme l'ami d'Osmond, avait été conviée, en termes sibyllins, à venir au tribunal par le jeune avocat dont c'était la première plaidoirie sortant de la routine.

Une quantité de fonctionnaires, curieux de voir un garçon de vingt ans s'en prendre à l'Administration, s'étaient déplacés ainsi que des planteurs que la cause intéressait. Maître Couret ayant fait adroitement informer les journaux, des représentants de la presse locale se tenaient au premier rang de l'assistance, tandis que, chose inouïe et qui ne manqua pas de surprendre, quelques Noirs, correctement vêtus mais timides et effarouchés, se serraient au fond de la salle. A la demande du juge, l'appariteur avait bien tenté de les faire sortir, mais quelques Blancs du peuple s'y étaient opposés, aucune loi ne permettant d'appliquer la ségrégation raciale aux salles d'audiences.

Les deux parties ayant, d'un commun accord, renoncé à la convocation d'un jury, ainsi que la procédure le permettait pour les affaires civiles, le procès put commencer. Le juge ayant constaté avec un peu d'ironie qu'aucun témoin n'était inscrit, le plaignant eut à subir l'interrogatoire de son avocat, ce qui lui permit d'exposer ses griefs, et le contre-interrogatoire de l'avocat de l'Administration qui essaya, comme c'est la règle, de le faire se contredire. Le représentant de l'administration pénitentiaire, un homme glabre et hautain, assez mécontent de prendre place dans le fauteuil des témoins, ne répondit aux premières questions d'Osmond qu'en se retranchant derrière les règlements du *convict lease system*[1] qu'il estimait assez généreux pour des condamnés de droit commun.

« Les réclamations du genre de celles que vous a adressées mon client sont-elles fréquentes?

– Non.

– Mais il en existe?

– Oui.

– Combien, chaque année?

– Une douzaine, plus ou moins justifiées.

– Que répond l'Administration à ce genre de doléances?

– Rien.

– Vous les tenez pour négligeables?

– Oui.

– Mais vous percevez tout de même... le loyer des prisonniers loués, même s'ils ne donnent pas satisfaction à leur loueur?

– Oui, bien sûr.

– Cette main-d'œuvre à bon marché, tirée des prisons, constitue-t-elle un appoint appréciable pour l'économie de notre Etat? »

Le fonctionnaire eut un geste d'irritation et se tourna vers le juge, comme s'il en attendait un secours.

---

1. Système d'affermage des prisonniers.

Mais la question paraissait anodine, et le magistrat invita le témoin à répondre.

« Tous les nègres étant, par nature, paresseux et menteurs, on ne peut pas attendre de condamnés, qui ont été punis pour avoir transgressé les lois, plus d'assiduité au travail que de la part des affranchis, contraints de gagner leur vie. Il appartient aux planteurs, auxquels nous les louons, d'en tirer le meilleur parti possible », conclut le délégué des services pénitentiaires. Il y eut dans l'assistance un murmure d'approbation, et le client d'Osmond commença à regretter de s'être lancé dans une aventure qui ne pouvait lui valoir qu'une déception.

M. de Vigors, en revanche, paraissait fort à l'aise, et, quand il prit la parole pour réfuter les arguments de l'Administration, on l'écouta. Sa voix métallique et nette, son débit assuré et son refus des effets faciles impressionnèrent. Le juge lui-même, habitué aux envolées lyriques des défenseurs, comprit qu'il avait affaire à un juriste de qualité. Quand Osmond expliqua qu'il convenait, pour apprécier les responsabilités, d'évoquer la situation des prisonniers noirs loués au planteur, son adversaire fit objection. Le juge la rejeta, et M. de Vigors entra dans le vif du sujet.

« Près d'un demi-siècle après l'émancipation et la guerre qui a considérablement appauvri notre Etat, le *convict lease system*, approuvé par la législature, donne lieu à des abus qui nous ramènent aux tristes temps de l'esclavage. Des centaines d'hommes et de femmes noirs sont arrêtés pour avoir commis des délits dont la gravité n'est pas toujours évidente. Le plan d'affermage des condamnés assure à l'Etat un revenu déterminé et lui permet, en plus, d'économiser les sommes qui devraient être consacrées à l'entretien des prisonniers.

« Nous savons tous qu'un nègre jeté en prison perd son droit de vote, ce qui incite les shérifs à se montrer d'une intransigeance exagérée et à participer activement à l'élimination des électeurs noirs. »

Un brouhaha, fait de réflexions irritées, monta dans la salle, et l'avocat de l'Administration cria encore, suivant la formule consacrée :

« Objection, Votre Honneur! »

Avant même que le juge ait rendu sa décision, Osmond, dont le regard froid vrilla le confrère si zélé, reprit :

« Nous sommes entre citoyens respectueux des lois et capables d'entendre des vérités qui ne sont pas flatteuses.

— Poursuivez », dit le juge, ayant repéré quelques journalistes dans l'assistance et ne voulant pas les priver d'un débat qui promettait d'être scabreux.

Osmond s'inclina pour remercier.

« Dans d'autres Etats, les prisonniers sont employés dans les mines de houille, de fer, de phosphates, dans les distilleries de térébenthine; chez nous, ils travaillent dans les champs, les scieries, les sucreries, ils construisent les chemins de fer ou chargent les bateaux. C'est peut-être moins dur, mais comme partout l'Etat fermier est maître des prisonniers. J'ai voulu savoir dans quelles conditions ces hommes et ces femmes travaillent. Je puis vous dire qu'on leur impose des horaires qui dépassent de beaucoup ceux des travailleurs libres. Sans égard ni pour l'âge ni pour le sexe, on les loge la nuit dans des locaux moins confortables que nos prisons. Il y a beaucoup de malades, et la mortalité est importante. Je sais qu'on fouette des femmes et des jeunes filles nues en public, et, comme au temps de l'esclavage, les gardiens disposent d'armes et de chiens. Dans notre Etat, suivant les employeurs, les nègres travaillent de seize à vingt heures par jour, et la nourriture qu'on leur distribue est maigre et insipide. Chacun doit cuire son repas soi-même sur un petit feu, en traînant son boulet ou sa chaîne. Ils n'ont ni bancs, ni tables, ni matelas et, dans les camps, des dizaines d'enfants viennent au monde, si bien que grandit peu à peu une population dont il serait vain d'attendre un comportement civique normal... »

Le juge leva la main pour interrompre l'orateur, comprenant aux réactions de l'assistance qu'on pourrait lui reprocher d'avoir laissé l'avocat développer des thèses rappelant par trop celles des socialistes et des républicains radicaux.

« Là n'est pas le procès; veuillez, je vous prie, vous en tenir à la plainte de votre client.

– Tout le procès est là, au contraire, car pourquoi voulez-vous que des gens ainsi traités, nourris et hébergés, aient goût au travail? Non! Leur intérêt et même leur sauvegarde leur commandent de se montrer mauvais ouvriers, afin de se faire renvoyer dans les prisons où ils sont moins tourmentés que chez leurs employeurs. Si l'Administration n'humanise pas ses méthodes et n'oblige pas les employeurs de prisonniers à mieux traiter ceux-ci, elle ne trouvera bientôt plus de fermiers désireux de louer cette main-d'œuvre, les bons maîtres, comme mon client, ayant à pâtir des agissements des mauvais. Vos prisons, alors, seront trop étroites pour contenir tous les nègres dont personne ne voudra plus. C'est aussi l'intérêt économique de l'Etat, de faciliter la réhabilitation des condamnés par le travail, et non de leur rendre celui-ci aussi odieux que l'esclavage qu'ont connu leurs pères. En condamnant l'Administration à rembourser à mon client une partie des frais qu'il a engagés, sans grand profit pour son exploitation, vous ferez œuvre de justice et même, j'ose le dire, de prudence. »

Osmond regagna sa table et ferma son dossier. Il sentait dans son dos la colère de tous ceux qui n'admettaient pas qu'un Blanc, petit-fils d'un sénateur auquel on se préparait à élever une statue, ait osé, par le biais d'un procès banal, prendre la défense des Noirs les plus méprisés. D'un coup de maillet vigoureux, le juge réclama le silence et annonça, en se levant, que l'audience était suspendue. Les assistants noirs s'étaient prudemment éclipsés, peu soucieux d'avoir à supporter les conséquences d'un discours qui leur avait réchauffé le cœur, mais dont ils n'auguraient rien de bon. Bob Meyer vint serrer la main d'Osmond.

« Dis donc, tu as été formidable... mais après cela tu n'auras plus un client parmi les « bourbons », te voilà devenu l'avocat des nègres.

– Quand j'ai prêté serment, je ne me suis pas engagé à défendre les gens en fonction de la couleur de leur peau, Bob. La justice doit être la même pour tous, et j'entends bien me comporter comme s'il en était ainsi. »

Marie-Gabrielle interrompit l'entretien, qui se déroulait sur un fond de brouhaha peu favorable à Osmond. C'était courageux, de la part de cette vieille dame élégante, connue de beaucoup comme l'égérie du Choctaw-Club, de venir ainsi dans le prétoire saluer un homme qui avait tenu des propos aussi scandaleux. Osmond, étonné de la voir apparaître, lui présenta Bob. Elevant volontairement le ton pour être entendue des premiers rangs de l'assistance, et notamment des journalistes, elle ne cacha pas son approbation.

« Vous avez fait honneur à la justice, monsieur, et je suis certaine que trop de braves gens, qui ignoraient la situation des prisonniers, vous seront reconnaissants de les avoir informés. »

Puis elle ajouta à voix basse :

« Votre grand-père aurait été fier de vous.

– De ça, je suis moins sûr », dit Osmond avec son bizarre sourire.

Quant au client d'Osmond, qui hésitait à se manifester, il se montra courroucé quand l'avocat se tourna vers lui.

« Vous vous êtes servi de ma cause, monsieur, pour développer des théories qui ne sont pas les miennes. Quelle que soit l'issue du procès, je ne poursuivrai pas.

– J'ai plaidé en conscience, monsieur. Ne regrettez pas l'étincelle de courage que vous avez eue. Vos travailleurs noirs vous en seront reconnaissants... Vous aurez toujours gagné ça !

– Mais je vais perdre mon procès et me ridiculiser aux yeux de mes amis. »

Quand le juge réapparut, le silence revint. Il ne faisait aucun doute que le plaignant serait débouté, mais, à la stupéfaction générale, le magistrat, qui était un vieux renard, comprit que, en condamnant l'Administration à rembourser au planteur un quart des frais engagés pour la location d'une main-d'œuvre plus que médiocre, il désamorcerait le débat ouvert par un jeune avocat présomptueux et se verrait octroyer à bon compte, par les radicaux, un certificat de courage et d'impartialité. Ce n'est pas parce que les démocrates voyaient leur autorité accrue depuis que Woodrow Wilson occupait la Maison Blanche qu'il ne fallait pas se prémunir contre un retour en force, un jour, des républicains.

En entendant l'énoncé du jugement, qui ne faisait bien sûr aucune allusion à la condition des prisonniers loués, mais s'en tenait strictement à des considérations contractuelles, l'avocat de l'Administration, comprenant les mobiles du juge, n'émit qu'une protestation de pure forme. L'important n'était-il pas que le dossier soit refermé devant une juridiction primaire, avant qu'il n'enfle dangereusement jusqu'à la cour fédérale ? Car le jeune Vigors, nanti de l'autorité d'un nom célèbre, ayant assez de connaissances pour tenir tête aux juristes rompus à toutes les arguties, séduisant en diable, froid comme une lame, était bien capable de s'entêter.

Le planteur plaignant ne fut pas le moins étonné d'un succès qui lui permettait de récupérer quelques centaines de dollars.

« Je vous avais dit que votre dossier était bon, monsieur », lui lança ironiquement Osmond qui, lui, comprenait la manœuvre du juge.

Au lendemain de ce procès, dont on parla beaucoup au Boston-Club et dans les bureaux de la ville, maître Couret convoqua son collaborateur.

« Vous avez lu les journaux ?

– Oui, ils ne sont guère aimables, mais je m'attendais à pire.

– Votre réputation est faite, mon cher. En d'autres temps, on vous eût rangé parmi les radicaux et conspué publiquement, maintenant, on se contente de vous associer aux jeunes socialistes corrompus par les idées européennes ; un plumitif écrit même que vous trahissez votre classe et que vos propos d'hier ont dû donner des frissons de dépit à votre ancêtre le sénateur...

– Vous souhaitez sans doute que je quitte votre cabinet, monsieur, et que j'aille accrocher ma plaque ailleurs ?

– Pourquoi ? Non, pas du tout. Il ne me déplaît pas d'avoir un idéaliste parmi mes collaborateurs. Je suis certain que vous mettrez le même talent et la même ardeur à défendre toutes les causes que je vous confierai.

– Ce matin, plusieurs de vos assistants ont oublié de me saluer, monsieur.

– Ce sont des cuistres, mon cher, moi, je vous serre la main. »

Joignant le geste à la parole, le vieil avocat se leva et tendit ses doigts maigres à Osmond.

« Je vous remercie, monsieur, je ne pensais pas recevoir votre approbation.

– Chaque procès est un match, Osmond, qu'il s'agit de gagner. Vous avez gagné loyalement, sans donner de coup bas à votre adversaire. »

Maître Couret regagna son fauteuil et mit la main sur un gros dossier.

« Après ce succès, mon cher, j'aimerais autant qu'on vous oublie un peu au palais de justice. Il ne faut pas demander aux gens qui ont été fustigés de faire bonne figure à leur censeur. Voilà une affaire que j'aimerais vous voir plaider devant la cour de l'Etat de New York. C'est un procès en contrefaçon, ennuyeux au possible, compliqué par les experts. Il mettra à rude épreuve vos aptitudes à la procédure et votre patience. Emportez-le et filez à New York, où il y a de bons théâtres pour vos soirées. Ils n'aiment pas les avocats du Sud, là-bas, et les Yankees sont durs aux coups. Montrez-leur que nous connaissons leur droit anglosaxon aussi bien que le Code Napoléon. »

Osmond se chargea du lourd dossier et se dirigea vers la porte.

« Je vous autorise à descendre au Waldorf Astoria, mon cher. Notre client ne lésine pas sur les frais, et, quand il saura que le petit-fils du sénateur de Vigors va plaider pour lui, il sera fier comme un sergent auquel le général Lee aurait apporté son café du matin. »

En regagnant son bureau, Osmond jeta négligemment un coup d'œil aux noms écrits sur la chemise en carton. Il faillit éclater de rire en lisant : « Foxley contre Bernheim Limited. »

« Ce procès-là aussi, se dit-il, il faut que je le gagne ! »

8

Lorna fut assez surprise de recevoir à Woodeville une longue lettre d'Osmond. Le beau papier du plus grand palace de New York l'impressionna, et elle s'enferma dans sa chambre pour lire et relire les lignes tracées d'une écriture ferme et régulière. Il y avait bien longtemps que son ami ne lui avait pas écrit aussi abondamment, et elle crut percevoir, à travers les phrases, le besoin qu'il avait eu de s'épancher. Il parlait du sentiment de solitude qui l'étreignait dans la grande ville, des pièces qu'il avait vues à Broadway, des concerts entendus, des musées et des galeries visités entre les audiences d'un procès qui menaçait de durer encore des semaines.

*Figure-toi que je défends les intérêts du père Foxley, lequel s'est fait admirablement plagier par un gros industriel qui s'est emparé, sans verser une piastre, des brevets d'un système de téléphone à longue distance que détient une société dans laquelle le père de Dan est majoritaire. Les contrefacteurs ont été astucieux, au point d'apporter au système copié des modifications de détail qui sont du tape-à-l'œil et grâce auxquelles le procédé Bernheim paraît une nouveauté.*

*« Bernheim est juif, ce qui excite Foxley, tu t'en doutes; mais c'est aussi un requin, ce qui m'autorise à plaider sans douceur. J'ai déjà démontré qu'il a soudoyé les experts et obtenu que le juge en désignât de nouveaux qui, je l'espère, seront moins cupides et plus loyaux. Naturellement, quand le vieux Couret m'a confié ce dossier, il ignorait tout de mes liens et de ma rupture avec les Foxley. J'aurais voulu voir la tête du père Foxley apprenant que j'étais chargé de plaider son affaire contre un juif. Naturellement, il n'a rien dit à Couret, simplement qu'il me trouve un peu jeune. Mais il a imaginé, j'en suis certain, qu'ayant pris le parti de Bob parce qu'il est juif je vais me montrer timoré vis-à-vis de Bernheim. C'est drôle, ou plutôt c'est triste, cette façon qu'ont certains de considérer les actes des individus en fonction de leur race, de leur religion ou de leur classe sociale. On trouve chez les Noirs, les Blancs, les Peaux-Rouges, les juifs, les mormons, les chrétiens et les athées sans doute la même proportion de gens estimables et de canailles. En est-il de même, ma chère, chez les fourmis et les coléoptères?*

A la fin de sa lettre, Osmond citait deux livres qui lui avaient plu : *Les Copains*, de Jules Romains, et *La Colline inspirée*, de Barrès, de genres très différents mais dont il recommandait la lecture à Lorna. En post-scriptum, il ajoutait :

*Je crois n'avoir jamais écrit à quiconque une aussi longue lettre, mais, en laissant courir ma plume et mes idées décousues, j'avais l'impression que nous étions assis aux Trois-Chênes et que tu m'écoutais, tenant*

*ton genou gauche entre tes mains croisées, les cheveux
ébouriffés par le vent, calme, patiente et compréhensive
comme toujours.*

Le long message, assez banal quant à son contenu
mais chargé de confiance, rendit Lorna heureuse et
pensive. Quel genre de lettre pouvait écrire son ami à
cette Dolores de La Nouvelle-Orléans, qui occupait
son cœur et souvent son lit ? Comment maniait-il les
mots pour parler d'amour ? Voilà ce qu'elle ne saurait
sans doute jamais.

Après avoir laissé pendant quelques jours la lettre de
New York sur la table de chevet, au pied de la lampe,
et l'avoir relue jusqu'à la savoir par cœur, elle l'enferma, dans un coffret de cuir, avec quelques billets reçus
d'Osmond à l'occasion des fêtes de Noël ou de son
anniversaire, des plumes qu'il lui avait offertes quand,
enfants, ils s'aidaient mutuellement à constituer leur
trésor et une mèche soyeuse tombée de la tête du
garçonnet le jour, bien lointain déjà, où Stella avait
fait couper les cheveux de son fils.

Si l'étudiante avait su, à ce moment-là, que Mlle
Dolores Ramirez ne recevait de son amant que des
cartes postales, peut-être eût-elle compris qu'elle
tenait plus de place qu'elle ne le supposait dans les
pensées d'Osmond. Plus sans doute qu'il ne croyait
lui-même en accorder à une amie d'enfance.

Osmond gagna le procès de M. Foxley, obtint du
jury de l'Etat de New York une condamnation humi-
liante pour Bernheim Limited, 100 000 dollars de
dommages et intérêts et la destruction, sous contrôle
d'huissier, de tous les matériels contrefaits. Le jeune
avocat s'était servi, suivant la devise des Vigors, « des
griffes et des dents », et des juristes new-yorkais qui
avaient suivi l'affaire vinrent le féliciter. L'un d'entre

eux, son plus redoutable adversaire au cours du procès, l'interpella :

« Où avez-vous appris le droit, cher confrère?

– A l'université Tulane, à La Nouvelle-Orléans.

– On vous y a enseigné l'âpreté en même temps que les codes. Vous avez loyalement emporté le morceau. Je cherche un correspondant pour les Etats du Sud. Si vous ne craignez pas, à l'occasion, de défendre des Yankees, faites-le-moi savoir.

– Je ne considère pas, comme certains Sudistes nostalgiques, que tout ce qui vient du Nord est mauvais et que tout ce qui vient du Sud est bon. Ce sont les causes qui sont bonnes ou mauvaises, monsieur.

– Topez là, jeune homme. Vous êtes un Américain selon mon cœur. Je vous emmène dîner à mon club. »

Cet avocat, un ténor du barreau de New York, se nommait Richard William Butler, et Osmond osa lui poser la question qui serait venue à l'esprit de tout Sudiste.

« Ne comptez-vous pas un général parmi vos ancêtres?

– Si, hélas! Un grand-oncle, qui a laissé, je crois, de mauvais souvenirs à La Nouvelle-Orléans... vous en avez sans doute entendu parler?

– On l'appelait « le boucher »... il ne se conduisait pas très bien avec les planteurs esclavagistes, ni avec les dames...

– C'était un soudard, je le sais, mais à l'heure qu'il est il a rendu ses comptes à Dieu depuis longtemps. Le fantôme galonné vous empêcherait-il de dîner avec moi?

– Nullement, monsieur, je considère votre invitation comme une réparation aimable et suffisante. »

Au cours de la soirée, une sympathie réciproque se

développa entre les deux hommes, et, quand Osmond prit le train pour le Sud, il comptait un ami à New York.

Cette année-là, les Américains découvrirent que l'homme qu'ils avaient envoyé à la Maison Blanche n'était pas le gentleman rêveur et le professeur dépourvu d'expérience politique qu'ils croyaient. Dès son arrivée au pouvoir, M. Wilson fit abaisser le tarif douanier, mit en vigueur un amendement modifiant l'impôt sur le revenu, créa le Federal Reserve Bank pour assainir le marché financier et réglementa la concurrence illicite.

Sans ménager ceux qui l'avaient soutenu pendant sa campagne, car il se considérait comme élu « sans engagements d'aucune sorte », il avait fait établir une nouvelle législation antitrust. Premier Sudiste appelé à conduire le pays depuis la guerre civile, il ne craignait pas de confier des postes importants à ceux que les républicains avaient longtemps écartés, par rancune contre les sécessionnistes.

En Louisiane comme ailleurs, on se réjouissait d'avoir un président qui croyait à la mission universelle de l'Amérique et souhaitait que tous les Américains, ceux du Nord comme ceux du Sud, participent à la prospérité de la nation en oubliant tout ce qui avait pu les opposer dans le passé. Une révision de la constitution louisianaise, proposée pour améliorer l'instruction publique, libéraliser le droit de vote des Noirs, faciliter la création de grandes routes et réorganiser le système judiciaire, était en cours de discussion quand Osmond retrouva La Nouvelle-Orléans. Maître Couret lui réserva un accueil chaleureux et exprima au nom de son client, M. Foxley, les félicitations décernées par ce dernier à l'avocat qui avait su habilement faire triompher sa cause.

« J'imagine que M. Foxley aimerait vous dire lui-même de vive voix sa satisfaction, vous devriez lui rendre visite.

– M. Foxley connaît l'adresse de votre étude et celle de mon domicile, monsieur, s'il tient à me féliciter...

– Oui, je sais que vous êtes en froid avec sa famille, il me l'a dit et le regrette beaucoup. Ce procès gagné est peut-être une occasion d'effacer cette fâcherie. »

Osmond regarda le vieil avocat droit dans les yeux.

« M. Foxley connaît les conditions que j'ai mises à une réconciliation, monsieur. Quand il y souscrira, je le verrai. Jusque-là, il ne représente pour moi qu'un dossier que vous m'aviez confié et que je suis fort aise, pour la réputation de votre cabinet, d'avoir clos honorablement. »

Maître Couret eut un geste évasif de la main, qui signifiait « vous êtes seul juge en la matière », et fit verser à son collaborateur les honoraires qui lui revenaient.

A partir de ce jour, Osmond de Vigors se vit proposer d'autres affaires délicates, et l'on commença à le considérer, dans les milieux judiciaires, comme un avocat qu'il valait mieux avoir pour défenseur que pour adversaire. Cette renommée et le surcroît de travail qu'elle lui valut le tinrent souvent éloigné de La Nouvelle-Orléans. Il dut même renoncer cette année-là à prendre des vacances à Bagatelle, d'où Stella et Faustin Dubard suivaient l'évolution de sa carrière à travers lettres, coups de téléphone et comptes rendus de presse.

Dolores, qui se résignait mal à ne voir son amant qu'entre deux voyages au Texas ou en Californie, se résolut à accepter des invitations d'amis qu'elle avait longtemps négligés. L'ombre dans laquelle elle vivait depuis plusieurs années lui parut moins douillette. Elle cessa de jouer les Pénélope, et son frère Miguel, qui avait trop souvent essuyé des refus quand il proposait des sorties ou des dîners en compagnie d'universitaires, fut satisfait du changement d'attitude de sa jolie sœur.

C'est à Chicago, où il plaidait pour un marchand de tableaux de La Nouvelle-Orléans victime d'un faussaire, qu'Osmond de Vigors apprit, le 4 août 1914, la déclaration de guerre de l'Allemagne à la France, intervenue la veille, puis celle de l'Angleterre à l'Allemagne. Ainsi, comme le lui avait écrit Gustave de Castel-Brajac, qui suivait attentivement ce qui se passait outre-Atlantique, les nations européennes, peuples cependant issus d'une même civilisation, allaient s'engager, avant peu, dans une nouvelle ère de massacres fratricides.

Tous les événements qui avaient précédé l'ouverture des hostilités étaient analysés avec plus ou moins de subtilité par la presse américaine. L'assassinat de l'archiduc François-Ferdinand, héritier de la double couronne d'Autriche-Hongrie, à Sarajevo, le 28 juin, l'ultimatum autrichien à la Serbie, le 23 juillet, la mobilisation générale en Russie, l'assassinat de Jean Jaurès à Paris, la mort du caporal Peugeot, tué en territoire français par un uhlan, la violation de la neutralité de la Belgique, la grève des cheminots en Italie, les troubles en Irlande, de tout cela, les journalistes faisaient un amalgame, d'où il ressortait que les Empires centraux, qui, d'après Guillaume II de Prusse, « tenaient leur poudre sèche et leur épée aiguisée », avaient enfin trouvé prétexte à mettre au pas les nations qui s'opposaient à leur hégémonie.

Osmond, comme beaucoup de citoyens américains, ne savait que penser de ces déclarations de guerre, enchevêtrées comme des surenchères dans une vente à la criée. L'Allemagne militariste et matamore ne lui plaisait guère, et la France, dont il parlait la langue depuis son enfance, demeurait, malgré la légèreté que lui reprochaient les puritains, la terre de ses ancêtres, des fondateurs de Bagatelle et de ce marquis de La Fayette que l'oncle Gus considérait comme un des artisans de l'indépendance américaine.

Quant aux Anglais, sans les détester comme les Irlandais, nombreux dans les Etats du Nord, il appréciait peu leur arrogance. Aussi fut-il étonné quand il croisa, dans les rues de Chicago, un groupe de jeunes gens dont on lui dit qu'ils étaient polonais, serbes, transylvains, tchèques, slovaques et yougoslaves, et qui clamaient leur désir d'aller se battre pour défendre leur pays d'origine. « Pourquoi, se dit-il, les quelques millions d'immigrants allemands que compte l'Union n'en feraient-ils pas autant ? »

A l'hôtel où l'avocat était descendu, les événements d'Europe alimentaient la plupart des conversations des voyageurs et des hommes d'affaires. Cependant, ces gens aisés semblaient conserver un parfait sang-froid et approuvaient sans réserve la déclaration que venait de faire, à Washington, le président Woodrow Wilson : « Les Etats-Unis doivent rester neutres, en actes et en pensées. » Ils discutaient seulement pour essayer de savoir dans quel camp se trouvaient la justice et le droit, et décrivaient les sentiments complexes qui les agitaient. Près de 20 p. 100 des 100 millions de citoyens américains étaient nés dans ces pays d'Europe qui allaient en découdre. Seule la neutralité prônée par le président assurerait la cohésion de la nation.

A La Nouvelle-Orléans, Osmond trouva la même atmosphère pacifiste, bien que la déclaration de guerre de l'Allemagne à la France eût rempli les bureaux du consul général français d'Alsaciens-Lorrains désireux de s'engager immédiatement pour aller aider la vieille mère patrie à reconquérir les provinces annexées en 1871 par les Germains. Cependant, on semblait davantage intéressé dans les salons par la fusion du *Picayune* et du *Times Democrat* en un seul journal, le *Times-Picayune*, que par ces guerres lointaines dont on craignait surtout qu'elles troublent les relations commerciales. L'invasion de la Belgique par les Allemands, qui faisaient fi de la neutralité d'un petit peuple, avait ému la colonie belge, et les dames de la bonne société proposaient déjà la création d'ouvroirs, où l'on confectionnerait des colis pour les habitants de Liège.

Dolores Ramirez reçut Osmond avec un visage serein. Elle paraissait s'être résignée aux absences prolongées de son amant. Ce dernier la trouva plongée dans les œuvres de Miguel de Unamuno dont un ami de son frère, venu de Salamanque, lui avait recommandé la lecture. Dans *Le Sentiment tragique de la vie*, qui était pour l'heure son livre de chevet, elle semblait trouver un écho à son désenchantement du moment. De l'Europe, elle ne voulait connaître que l'Espagne de ses ancêtres qui, tout en se lamentant poétiquement sur sa splendeur et son empire caraïbe perdus depuis 1898, demeurait dans sa misère hautaine, à l'abri des Pyrénées, hors d'atteinte de la conflagration.

Bob Meyer soutenait, en revanche, que toutes les valeurs qui faisaient à la fois le sens et le charme de l'existence étaient maintenant en jeu de l'autre côté de l'océan.

« Je ne comprends pas que tu hésites à choisir ton camp. C'est clair. Il y a d'un côté les barbares, de l'autre les civilisés. Ceux qui défendent la justice, le droit, le beau, le bien, le noble, et ceux qui soutiennent la force brutale et déchirent les traités, dit-il à Osmond.

– Crois-tu que ce soit aussi simple ? Ton attitude me rappelle celle de nos vieux Sudistes manichéens. Le Nord était le Mal, le Sud le Bien. Aujourd'hui, le Mal est allemand, le Bien français. Je n'aime pas qu'on affuble un peuple tout entier de défauts ou de qualités qui se rencontrent dans toutes les nations.

– Allons, il ne te suffit pas que la Belgique soit envahie, que les troupes allemandes soient arrivées à la Marne et marchent sur Paris, pour décider qui est l'agresseur et qui est la victime ? Moi, j'ai choisi. Maintenant que j'ai mon diplôme d'ingénieur, rien ne m'interdit d'entrer dans l'aviation militaire. Ma mère ne s'y oppose pas...

– Que représente l'aviation de l'Union ? Peux-tu me le dire ?

– Vingt pilotes et trente avions, mais on bâtit des usines qui construiront d'autres appareils, et je puis être utile.

– L'Amérique n'est pas en guerre, que je sache, remarqua Osmond.

– Non, et tous ces braves industriels qui voient miroiter des profits commerciaux le regrettent, mais on peut y participer individuellement.

– Tu veux t'engager ?

– Quand le moment sera venu, je m'engagerai. Nous n'allons pas rester les bras croisés, à regarder les dames et demoiselles faire de la charpie pour les blessés belges et à poursuivre tranquillement nos petites carrières, tandis que se joue le sort de la civilisation ? »

Osmond sourit affectueusement. Avec ses épaules étroites, ses mains fines, son teint d'hépatique et son crâne en pain de sucre, Bob n'avait rien d'un foudre de guerre. Il ressemblait plutôt à ces adolescents qui se mêlent à des bagarres, sans imaginer que le premier coup reçu les mettra hors de combat.

« Otis partage-t-elle tes sentiments belliqueux? s'enquit l'avocat.

– Ce ne sont pas des sujets que l'on peut évoquer avec les femmes. Pour elles, il n'existe pas de justes guerres. Elles ne voient jamais plus loin que leur amour. »

L'emballement et l'indignation de Meyer avaient troublé Osmond, aussi voulut-il avoir le sentiment de l'homme en qui il avait le plus totalement confiance, M. de Castel-Brajac. Lors d'un bref séjour qu'il fit à Bagatelle, au début du mois de novembre, il se rendit à Castelmore, où il trouva le Gascon morose et bougon. Dans sa dernière lettre expédiée de Londres, Félix s'étendait davantage sur les adieux de la cantatrice Adelina Patti, au cours d'un gala donné au profit de la Croix-Rouge, à l'Albert Hall, que sur le blocus économique de l'Allemagne, que venaient de décider la France et la Grande-Bretagne. Il signalait qu'avec un groupe d'intellectuels, dont l'écrivain Henry James, il s'occupait d'œuvres pour les soldats britanniques et concluait :

*La guerre moderne est affreusement inesthétique. Avec les canons à longue portée, on s'entre-tue sans se voir. Ce n'est plus une aventure pour gentilhomme qui veut identifier son ennemi, le combattre face à face, c'est une affaire de calibre d'obus, de potentiel industriel et de mécanique. Sans les taxis parisiens, le général Gallieni n'aurait pas pu transporter des troupes fraîches à Nanteuil-le-Haudoin pour soutenir la contre-offensive qui a arrêté la progression allemande. A mon avis, les seuls chevaliers de cette guerre*

*moderne sont les aviateurs. Chez nous, ils ne man-*
*quent pas de marraines parmi les ladies.*

« C'est justement d'un de ces chevaliers que je veux
vous entretenir, oncle Gus, dit Osmond, tandis que le
Gascon repliait la lettre de son fils.

– Tu veux parler de ton ami Bob, sans doute?

– Exactement. Le voilà prêt à s'engager. Je soup-
çonne cependant que la guerre l'intéresse moins que
l'occasion d'aventures aériennes qu'elle peut procurer.
Je me demande si je pourrai longtemps encore le
dissuader de se lancer dans une aussi téméraire entreprise. »

M. de Castel-Brajac, qui se déplaçait de plus en plus
difficilement, se mit debout et, appuyé sur la canne
devenue indispensable, s'en fut jusqu'au guéridon où
trônait la carafe de porto. Il s'en servit un demi-verre
en déclarant avec un clin d'œil :

« J'en profite pendant que Gloria n'est pas là. »

Puis il revint s'asseoir lourdement dans son fauteuil.

« Si j'avais vingt ans, comme ton ami Bob, tu ne me
retiendrais pas, Osmond. Un jour ou l'autre cette
guerre sera aussi la nôtre. En 1870, je suis allé me
battre contre les Prussiens. Ce sont de vaillants soldats,
mais ils se croient invincibles, et aujourd'hui leur
orgueil les égare. Ils prennent plaisir à faire le mal. Il
est temps qu'on leur inflige une correction. Malgré
tous les défauts des Français, leur vanité, leur légèreté,
leur goût du plaisir, leur refus d'admirer ce qui vient
d'ailleurs, la petitesse de leurs ambitions par rapport à
leur appétit de gloire et de réputation, leur propension
à la critique, on ne peut pas les abandonner à leur
destin. Il faut que la France survive. C'est une nation
douée, sans laquelle l'Amérique ne serait pas ce qu'elle

est. Il faut réveiller Némésis et faire en sorte que la démesure barbare ne triomphe pas.

– Vous désapprouvez Wilson quand il prêche la neutralité?

– Ponce Pilate s'est lavé les mains devant le Christ, ça n'a pas empêché Tibère de l'exiler. Aujourd'hui, aucune nation ne peut demeurer tranquillement dans son coin et ignorer ce qui se passe ailleurs. Les peuples se rapprochent autant pour se haïr que pour s'aimer, pour se combattre que pour s'aider. Je ne crois pas aux embrassades universelles, mais je crois au respect que se doivent mutuellement les nations. Et il faut contraindre à l'observer celles qui ne l'éprouvent pas spontanément ou s'en moquent! »

Ayant parlé, M. de Castel-Brajac but une gorgée de porto, en lorgnant Osmond que ce discours laissait pensif.

« En somme, vous encourageriez Bob à aller risquer sa vie pour une cause aussi... floue.

– Boun Diou, il n'y a rien de flou là-dedans. C'est assez clair, non? Tu m'as habitué à un meilleur jugement. Les tergiversations procédurières t'auraient-elles corrompu l'esprit? Je n'éprouve aucun plaisir à voir de jeunes hommes partir pour la guerre, mais ceux qui se conduisent comme l'autruche, animal stupide entre tous, me déçoivent grandement.

– Je vous déçois donc, oncle Gus? »

La voix d'Osmond traduisait une telle inquiétude que le Gascon en fut ému.

« Je ne redoute aucune déception venant de toi, fiston, tu as besoin de réfléchir à ces choses et je sais que tu y réfléchiras. »

Avant de rentrer chez lui, Osmond aurait aimé rencontrer Lorna, mais la jeune fille effectuait un voyage d'études avec le professeur Vernon au parc naturel de Yellowstone, dans le Wyoming[1].

Bagatelle, où les nouvelles des conflits européens arrivaient atténuées par la quiétude des grands espaces, était en pleine prospérité. La cueillette du coton avait été abondante, et la production de pétrole augmentait chaque mois. Stella et Faustin paraissaient enfermés dans leur bonheur comme dans un cocon. Tous deux détestaient la guerre et déploraient la folie des vieilles nations incorrigibles.

La grande maison blanche semblait défier le temps et les événements. Telle une arche ancrée au milieu des champs, solidaire de la nature environnante, auguste rêveuse des bords du fleuve, forte de tous les destins accomplis sous son toit depuis bientôt deux siècles, elle ressemblait à un temple édifié pour l'éternité. Osmond s'y trouvait bien, par ces journées pluvieuses de l'hiver, en contemplant, assis près de la cheminée, le portrait de Virginie, dont le regard avait pesé sur son enfance. Cette arrière-grand-mère, figée dans son éclatante jeunesse, avait traversé une époque troublée, connu des passions, éprouvé des chagrins, mais son image semblait attester que seule compte la vie dans ce qu'elle a de triomphant.

En quelques jours, tout en chevauchant sous les ondées ou en feuilletant de très vieux livres dans la bibliothèque, il se persuada que l'existence n'est qu'un jeu dans lequel, de gré ou de force, il faut entrer avec les atouts que le destin vous a distribués. Pour l'instant il jouait l'avocat, comme Bob jouait l'aviateur et Lorna l'entomologiste. Il fallait profiter des relances,

1. Ce fut le premier parc naturel créé dans le monde par un décret du président Ulysses Grant, en 1872, « pour le profit et l'agrément du public ».

306

saisir les opportunités ou passer la main sans envisager d'autre gain que l'approbation de sa conscience, puisque au bout du compte l'enjeu était fallacieux et qu'au terme de la partie il n'y aurait, face à la mort, que des perdants.

Il regagna La Nouvelle-Orléans avec un sentiment de disponibilité et persuadé qu'il aurait un avenir à sa mesure, que d'avance il acceptait.

A peine avait-il retrouvé ses dossiers et ses habitudes que Bob Meyer lui annonça son départ pour la France.

« Deux aviateurs, Curtis et Norman Prince, ont offert leurs services à l'aviation française « pour rendre la politesse qu'ont faite autrefois à notre pays Rochambeau, de Grasse et La Fayette », et ils ont été acceptés. Des étudiants de Harvard et d'autres universités ont décidé de se joindre à eux. Ma candidature a été retenue, je pars. Nous serons les dix premiers aviateurs américains en France.

— C'est bien, je ne puis que te souhaiter bonne chance, Bob.

— Je voudrais que tu t'occupes un peu de ma mère, qui va se ronger d'inquiétude, et que tu serves de boîte aux lettres pour Otis. Tu n'auras pas besoin de la voir, Hector pourra lui porter mes messages à l'ouvroir de la Croix-Rouge, où elle va commencer à travailler dès le 1er janvier. »

Les deux amis passèrent les fêtes de fin d'année ensemble, Dolores n'ayant pu différer un voyage à Saratoga où sa vieille parente la réclamait.

« Tu mangeras douze grains de raisin en pensant à moi pendant la nuit de la Saint-Sylvestre », avait exigé la jeune femme, et Osmond avait tenu le puéril engagement, sans y mettre autant de ferveur amoureuse que les années précédentes.

Dans sa première lettre envoyée de Paris, Bob Meyer expliqua qu'il avait été affecté avec ses camarades américains à la défense aérienne de la capitale, que menaçaient périodiquement les dirigeables et les avions allemands. La ville, qu'il s'était autrefois promis de découvrir avec Osmond et Dan, l'enthousiasmait, et les Parisiens lui paraissaient disposés à tous les sacrifices, bien que vingt mille kilomètres carrés du territoire national fussent occupés par l'ennemi. Face à face dans leurs tranchées, de la frontière suisse à la mer du Nord, les alliés et les Allemands hivernaient.

*La guerre pourrait durer jusqu'à l'été,* écrivait Bob, *car au printemps les offensives reprendront, et l'on chassera l'envahisseur que tout le monde ici appelle « boche ».*

Quelques semaines plus tard, alors que La Nouvelle-Orléans découvrait la tiédeur d'un nouveau printemps, Meyer envoya à sa mère sa première citation. Les aviateurs américains avaient été dispersés dans des escadrilles françaises, et Bob appartenait maintenant à une unité de reconnaissance. Mme Meyer, la gorge nouée par l'émotion, lut à Osmond la copie du texte officiel :

*Le caporal Meyer a toujours fait preuve des plus belles qualités de bravoure et de sang-froid. A deux reprises, au cours de vols de reconnaissance, a eu son avion violemment canonné et atteint par des éclats d'obus causant de gros dommages; a néanmoins continué à observer les positions ennemies et n'est rentré qu'après l'accomplissement intégral de sa mission.*

« Vous pouvez être fière de votre fils, madame.

– Je serais surtout fière de le serrer dans mes bras, Osmond; pourvu qu'il ne se fasse pas tuer. Dites-lui d'être prudent, je vous en prie. »

« Que signifie être prudent à la guerre? » pensa Osmond qui fit recopier la citation par sa secrétaire et la fit porter à Otis afin qu'elle sache que ce courage, autrefois dénié par sa famille à Bob, était maintenant reconnu sur le front français.

Au début de l'été, Osmond revenait de plaider à Philadelphie et se préparait à ouvrir d'autres dossiers quand, un soir, un peu avant l'heure du dîner, Hector lui annonça qu'un monsieur souhaitait le voir. La carte gravée, que le Noir lui présenta sur un plateau d'argent, lui procura assez d'étonnement pour qu'il demande au domestique de différer de cinq minutes l'introduction du visiteur : « Miguel Ramirez y Rorba », relut-il, comme pour s'assurer qu'il s'agissait bien du frère de Dolores.

Osmond, qui venait de quitter sa maîtresse depuis moins d'une heure, sans qu'elle eût fait la moindre allusion au professeur, se convainquit aisément que la jeune femme devait tout ignorer de cette visite inattendue. Il avait même trouvé Dolores plus gaie que d'habitude, moins désabusée, et leur entretien autour de la table à thé avait porté sur les dangers que couraient les navires de commerce des pays neutres, depuis que l'amirauté britannique considérait la mer du Nord comme zone d'opérations navales. Comme Miguel Ramirez était censé ignorer encore la qualité exacte des relations que sa sœur entretenait avec lui, Osmond demeurait perplexe. Sa curiosité était en éveil, quand Hector livra passage au visiteur.

Le frère de Dolores appartenait à cette race espagnole dont aucun exil, prolongé de génération en génération, n'avait pu entamer le caractère ni modifier l'apparence physique. Grand, sec, un peu dégingandé, il conservait l'allure racée des hidalgos qui, en d'autres temps, avaient disputé aux Français la possession de la Louisiane. Ses cheveux de jais strictement plaqués par un fixateur, son costume noir un peu défraîchi, ses longues mains blanches émergeant de manchettes empesées rappelaient l'antique rigueur des universitaires puritains. Son regard sombre et velouté ressemblait à celui de Dolores, comme sa voix chaude, teintée d'un léger accent.

M. Ramirez s'assit avec précaution, posa son feutre, tout à fait hors saison, sur ses genoux et, sans jeter aucun regard sur le décor du salon, aborda, aussitôt les politesses échangées, le sujet dont il était venu entretenir Osmond.

« Je viens, monsieur, vous parler de ma sœur Dolores et vous excuserez, j'espère, l'indiscrétion de ma démarche quand vous saurez que c'est avec son consentement que je l'effectue.

— De quoi s'agit-il, monsieur? dit Osmond en se raidissant pour dissimuler son étonnement.

— Il s'agit de son avenir, monsieur. Je n'ignore rien des tendres sentiments qui vous lient à Dolores. Elle m'en a fait confidence il y a quelques mois, en même temps qu'elle a reconnu combien votre... affection réciproque était, dès l'origine, privée de tout aboutissement. Il me paraît exclu, étant donné la différence d'âge qui vous sépare, que vous songiez à l'épouser, elle-même ne souscrirait pas à une telle offre. Dolores a toujours été raisonnable et sensée. Elle a goûté à la passion qui a pris bien des formes diverses dans notre famille, mais elle s'est résolue maintenant à mener une existence sans doute plus banale, mais aussi plus conforme à la sécurité à laquelle aspire toute femme qui prend de l'âge.

— Vous venez en somme m'annoncer, monsieur, que Dolores souhaite rompre nos relations. C'est une chose qu'elle aurait pu me dire elle-même, ne croyez-vous pas?

— Elle n'en a pas eu le courage, monsieur, et vous devinez que l'ambassade dont elle m'a chargé m'est assez odieuse. Seul l'amour fraternel m'a forcé à l'accepter. »

Osmond quitta son fauteuil et vint se planter devant Ramirez.

« C'est une décision bien soudaine... il y a une heure encore, je ne pouvais imaginer que Dolores ait fait un tel choix. Est-ce une demande en mariage qui a provoqué ce brusque besoin de... respectabilité?

— Oui, monsieur, un de mes vieux amis, professeur à Salamanque, qui est venu passer l'été en Louisiane, a demandé la main de Dolores. C'est un veuf, pieux et assez fortuné. J'ai engagé Dolores à l'accepter pour époux. Elle va avoir trente-sept ans, monsieur.

— Et... le mari lui convient?

— C'est un mari, monsieur.

— Elle s'est engagée... déjà?

— S'il n'en était pas ainsi, ma démarche serait assez inélégante, monsieur.

— Quelle preuve puis-je avoir de ce revirement qui me stupéfie. Après tout, il y a longtemps que vous souhaitiez marier Dolores, elle me l'avait dit. Ne lui forcez-vous pas la main?

— J'aime assez ma sœur, monsieur, pour souhaiter son bonheur, même si celui-ci est en contradiction avec nos principes religieux, et j'ai assez de respect pour l'amour qui peut unir deux êtres, en dehors des conventions, pour me taire quand il le faut. Non, monsieur, Dolores a pris seule sa décision. D'ailleurs cette lettre, qu'elle m'a chargé de vous remettre, vous le confirmera. »

Osmond saisit l'enveloppe mauve que Ramirez lui tendit. Le contact avec le papier à lettres parfumé de Dolores le fit frémir.

« C'est bien, monsieur. »

Miguel Ramirez se leva. Il avait l'air compassé d'un homme venu offrir des condoléances.

« Reverrai-je votre sœur? » s'enquit Osmond en raccompagnant son visiteur jusqu'à la porte du salon.

L'homme jeta un regard sur la pendule-lyre posée sur une console.

« A l'heure qu'il est, monsieur, elle est dans le train de New York... c'est mieux ainsi... je crois.

– C'est peut-être mieux ainsi », concéda Osmond abasourdi.

Dès que la porte du salon fut refermée, l'avocat ouvrit la lettre, la dernière lettre, peut-être, de Dolores. Elle ne comptait que quatre lignes hâtivement tracées sur le bristol mauve.

*Pardonne-moi cette fuite. Il fallait que l'un de nous deux s'élançât le premier hors du merveilleux piège de notre amour. Je conserverai à jamais de toi un souvenir ébloui. Adieu. Dolores.*

Longtemps, Osmond demeura tapi dans le grand fauteuil de son bureau. Au jour de la mort de Dan, il avait ressenti ce même engourdissement physique, cette même sensation de vide et de froid intérieur. Dolores sortait de sa vie sans ménagements après avoir, jusqu'au dernier moment, joué son rôle de maîtresse aimante et soumise. Il se souvenait maintenant qu'elle l'avait embrassée avec plus de douceur que d'habitude à la fin de l'après-midi, qu'elle lui avait même envoyé un dernier baiser du bout des doigts alors qu'il descendait l'escalier. Comme il ne doutait pas de l'amour que cette femme lui portait, Osmond se dit qu'elle avait eu beaucoup de courage... « il fallait que l'un de nous deux s'élançât le premier hors du merveilleux piège de notre amour... ». Elle s'était élancée, alors que lui-même temporisait inconsciemment, en essayant de réchauffer une passion déjà refroidie. Grâce à elle, leur amour demeurait un moment clos, achevé comme un objet d'art. Elle lui avait épargné la lente dégénérescence des habitudes, l'artifice des prolongements pitoyables, la corrosion inévitable. Il demeurait net et accompli comme une sphère de cristal de laquelle on ne peut rien retrancher, à laquelle on ne peut rien ajouter, un tout unique que chacun d'eux possédait en entier et qui subsisterait jusqu'au dernier souffle du survivant.

Quand Hector vint annoncer le dîner, il trouva son maître assis dans l'obscurité.

« Puis-je allumer les lampes, m'sieur? Tout va bien?

– Donne de la lumière, Hector, je dînerai dans dix minutes. »

Lentement, Osmond se leva, fit le tour du bureau et prit un volume de poésie de Francis Thompson qu'il avait acheté à Chicago lors de son dernier voyage. Il l'ouvrit au hasard, comme un homme qui compte sur un poète pour le distraire un instant de ses pensées. Il lut :

*Elle prit son chemin d'oubli*
*Et partit me laissant souffrir*
*La douleur des adieux passés*
*De tous les adieux à venir.*

*Et je restai seul sans comprendre*
*Devant son bonheur, ma détresse.*
*Et la tristesse en la douceur*
*Et la douceur en la tristesse.*

« C'est sans doute ce que l'oncle Gus appellerait un hasard exagéré », pensa-t-il en se dirigeant vers la salle à manger. Ce soir-là, la solitude était son invitée.

9

Le 8 mai 1915, la Louisiane, comme toute l'Amérique, fut frappée de stupeur en apprenant le naufrage du paquebot britannique *Lusitania*, de la Cunard Line, torpillé au sud-ouest de l'Irlande par un sous-marin allemand. Ce transatlantique très apprécié des Américains, et dont un journaliste enthousiaste écrivait, en 1907, qu'il était « plus beau que le temple de Salomon », avait quitté New York le 1er mai. Il touchait au terme de la traversée quand, le 7 mai à quatorze heures dix, une torpille, lancée par le *U-20* qui patrouillait dans les eaux britanniques, l'avait atteint de plein fouet.

1 198 personnes, dont 35 des 39 enfants qui se trouvaient à bord, avaient péri. On comptait 761 rescapés, mais 124 Américains, dont le millionnaire Alfred G. Vanderbilt, figuraient parmi les victimes. Les journaux de La Nouvelle-Orléans criaient

leur indignation devant cet acte de piraterie, et dans les rues de petits groupes spontanément formés conspuaient l'Allemagne. Certains hommes politiques, comme le maire Martin Behrman, d'origine alsacienne, demandaient l'entrée en guerre des Etats-Unis. Les journaux, qui n'étaient pas avares de détails sur l'odieux torpillage, racontaient que M. Vanderbilt avait reçu le 1er mai, alors qu'il se préparait à embarquer sur le *Lusitania*, un télégramme anonyme lui conseillant d'annuler son voyage, le paquebot courant les plus grands risques d'être torpillé. D'autres passagers avaient reçu des messages portant le mot « mort », mais ne s'en étaient pas inquiétés outre mesure. Tous les gens informés des performances du paquebot, qui s'était à trois reprises adjugé le ruban bleu, estimaient qu'aucun sous-marin ne serait assez rapide pour le rattraper à la course. Mais tous les passagers ignoraient que le *Lusitania* emportait, dans ses cales, des munitions destinées à l'armée britannique.

Cette catastrophe, qui rappelait par son ampleur le naufrage du *Titanic*, fournit à M. de Castel-Brajac, de passage à La Nouvelle-Orléans, l'occasion d'une de ces colères tonitruantes qui, en d'autres temps, amusaient Gloria et terrorisaient les domestiques.

« Boun Diou! Les voilà démontrées, la déloyauté et la brutalité de cette race barbare! L'Amérique est truffée d'espions allemands qui signalent à Berlin tous les gestes d'assistance que les Etats-Unis peuvent avoir en faveur des Alliés. Pendant ce temps, M. Wilson ne s'aperçoit pas que les Américano-Allemands, que l'on trouve à la tête de certaines universités, dans les banques, les affaires, les journaux, servent leur ancienne patrie en soutenant le secrétaire d'Etat Bryan, dont l'aveuglement et la bêtise sont manifestes. Macadiou, ces pacifistes benêts sont des complices passifs des barbares qui se moquent bien des protestations diplomatiques de Wilson. »

Osmond constata que l'hostilité envers l'Allemagne se développait de jour en jour, et, quand au mois de juillet le *World* de New York publia les plans de sabotage, d'espionnage et de propagande trouvés sur un agent secret et prouvant que l'Allemagne et l'Autriche-Hongrie avaient dépensé près de 30 millions de dollars pour organiser des réseaux d'espions et de saboteurs aux Etats-Unis, M. Wilson réagit en exigeant le rappel de certains diplomates allemands.

A l'automne, une nouvelle lettre de Bob Meyer apprit à Osmond que son ami se trouvait en permission à Paris. Le jeune aviateur venait d'obtenir son galon de second lieutenant et de recevoir la croix de guerre. La citation, jointe à la lettre, justifiait ce grade et cet honneur.

*Excellent pilote dont le courage face à l'ennemi impressionne tous ses camarades. Le 26 juin 1915, rencontrant simultanément deux avions allemands, les attaqua et les força successivement à descendre. A eu son avion et son moteur endommagés par les tirs des adversaires et a reçu plusieurs éclats dans son casque.*

Bob ne s'étendait guère sur cet exploit et décrivait la vie dans la capitale française.

*On fait encore des brioches mais plus de croissants, et les boulangers ne cuisent qu'une sorte de pain grossier. Les Parisiens redoutent de manquer de sucre, à cause de l'occupation des départements du Nord où pousse la betterave. Les cafés ferment à huit heures et demie, les restaurants à dix heures, mais les cinémas fonctionnent. On a supprimé l'absinthe, mais les débrouillards s'en procurent. La pénurie de tissu oblige les Parisiennes, qui sont diablement jolies, à se vêtir plus sobrement. La mode est aux robes droites, sans ornements.*

A la réception de cette lettre, Osmond décida de convier Otis à prendre le thé, avec la discrétion qui s'imposait. C'était la première visite de la jeune fille avenue Prytania et, ne pouvant dominer son émotion en revoyant Osmond, elle se jeta en pleurant dans les bras de ce dernier.

« Comme vous aviez raison de défendre Bob. Si mon père savait comment il se conduit au front, il aurait honte des mauvaises pensées qu'il eut à la mort de Dan. Un jour il saura. En tout cas, quoi qu'il dise ou fasse, j'épouserai Bob. J'ai vingt et un ans, et je suis libre de mes actes et de mes décisions. »

Il fut convenu qu'Otis, dont la beauté et l'élégance de bon ton prenaient, dans l'austère salon du célibataire, un rayonnement inattendu, viendrait, toujours en cachette de ses parents, prendre les lettres de Bob, qui arrivaient très irrégulièrement à cause de la censure militaire. Celle-ci imposait aux combattants de ne pas situer leur position. L'adresse de l'aviateur était un numéro de secteur postal, quelque part en France. Osmond livra à la jeune fille les lettres que son ami lui avait adressées personnellement, et dans lesquelles il parlait toujours avec délicatesse de son amour.

Osmond décida aussi, à cette époque, de rétablir les relations entre Otis et Mme Meyer. N'étaient-elles pas, la mère et la fiancée, les deux femmes qui au monde aimaient le plus son unique ami? C'est ainsi qu'en arrivant avenue Prytania, un après-midi, Otis trouva Mme Meyer dans le salon. L'attitude des deux femmes fut telle qu'Osmond l'avait escomptée. Elles s'étreignirent affectueusement et, dès lors, passèrent des heures à parler de l'absent, l'une calmant les inquiétudes de l'autre.

Depuis le départ de Dolores, Osmond de Vigors menait à La Nouvelle-Orléans une vie monacale. Il travaillait de longues heures, chaque jour, à son bureau, chez maître Couret, dont il était devenu le principal collaborateur. Au palais de justice, où l'on avait oublié le scandale causé par sa première plaidoirie, il jouissait d'une grande considération, et, le jour où il avait dévoilé, en présence des autorités de l'Etat, la statue élevée à son grand-père, près de Jackson Square, toute la colonie française s'était rassemblée. Souvent contraint de s'absenter de la ville pour aller plaider dans d'autres Etats, il commençait à mieux connaître l'Union et percevait aisément les différences de caractères qui opposaient les gens du Wyoming à ceux de l'Arkansas ou les habitants du Maine à ceux de la Californie. Un soir, dans un cinéma de New York, il avait vu le film de Griffith, *Naissance d'une nation*, œuvre passionnément sudiste, réalisée par un homme dont le père avait été capitaine dans l'armée confédérée et dont la famille avait été ruinée par la guerre civile. Loin d'en retirer un sentiment de fierté, comme beaucoup d'habitants du Sud, il avait désapprouvé l'exaltation des sentiments racistes exprimés dans cette belle tragédie cinématographique.

L'avocat se trouvait à La Nouvelle-Orléans le 29 septembre 1915 quand un ouragan, qui avait pris naissance dans le golfe du Mexique, traversa le delta du Mississippi et déferla sur la ville. Le vent, qui soufflait à la vitesse stupéfiante de cent vingt miles à l'heure[1], provoqua une véritable panique dans les bas

1. Environ cent quatre-vingt-dix kilomètres à l'heure.

quartiers, où les cases de bois habitées par les Noirs s'effondrèrent, tandis que les rafales propulsaient à travers les rues des débris de toutes sortes, panneaux ou enseignes arrachés aux boutiques, planches, tuiles, tonneaux, stores et volets. Les beaux quartiers eux-mêmes ne furent pas épargnés, et plus d'une maison perdit sa cheminée. Rue du Canal, entre la rue Prieur et la rue Roman, une façade se détacha brusquement, et l'on vit, livrés aux intempéries et à l'indiscrétion des passants, des intérieurs désertés par leurs occupants. Quand on fit le compte des dégâts, alors que des pluies diluviennes succédaient au vent et provoquaient des inondations, on atteignit la somme de 13 millions de dollars, considérée comme un record par les Louisianais.

Au cours de l'hiver, on suivit avec intérêt l'entreprise d'un ardent pacifiste, M. Henry Ford, le richissime constructeur d'automobiles, qui se disait capable de ramener les belligérants à la raison et de les contraindre à faire la paix. Pour ce faire, il avait créé une commission où siégeaient le célèbre Thomas Edison et le fabricant de pneumatiques Harvey Firestone, ainsi qu'une romancière hongroise, moins désintéressée, Rosika Schwimmer. « Ford est prêt à stopper la guerre », titrait l'*Evening Post*, et l'industriel de Detroit déclarait : « Tous les combattants doivent être rentrés chez eux pour Noël. » Les généreux utopistes embarquèrent au début de décembre sur un paquebot spécialement affrété, *Oscar II*, devenu le siège flottant d'une commission des pays neutres animée par les « pèlerins de la Paix ». Hélas! quand *Oscar II* jeta l'ancre dans le port d'Oslo, personne ne parut se soucier de la médiation proposée par M. Ford, et le bateau revint aux Etats-Unis après une croisière désenchantée. Les mauvaises langues s'empressèrent de dire que le voyage en Europe n'était pas sans profit pour M. Ford. Il avait constaté que la Grande-Bretagne, menacée de famine par le blocus des sous-marins allemands, devait défricher au plus vite des terres incultes. Le 22 décembre, au cours d'une conférence de presse, le pèlerin de la Paix éconduit annonça que ses usines allaient produire en série des tracteurs agricoles qui « bouleverseraient la vie des campagnes en débarrassant les paysans des tâches les plus exténuantes ».

Car l'Amérique commençait à tirer quelques bénéfices du conflit qui ensanglantait l'Europe. La maison Morgan, chargée des achats de matériels de guerre et de denrées aux Etats-Unis pour le compte des Alliés, faisait de bonnes affaires. Ainsi, la France, qui en 1913 importait pour 900 millions de dollars de marchandises américaines, avait importé au cours de l'année qui s'achevait pour 3 milliards de dollars. La Grande-Bretagne faisait de même, et à La Nouvelle-Orléans on constatait que le volume des exportations à destination de l'Europe était en train de doubler, ce qui avait pour conséquence de faire monter les prix du coton et ceux du sucre. Le riz, jusque-là peu cultivé dans l'Etat des Bayous, faisait maintenant l'objet d'un ensemencement accéléré, les profits qu'il promettait stimulant les producteurs.

Cet affairisme et cet appât du gain, qui poussaient parfois des industriels et des négociants se disant « neutres comme le président » à fournir des biens de consommation aux deux camps, décevaient Osmond. En accord avec Marie-Gabrielle, il décida que la compagnie de navigation dans laquelle ils possédaient des intérêts n'accepterait aucune cargaison à destination de l'Allemagne. Aux autres actionnaires qui trouvaient cette mesure discriminatoire préjudiciable à la compagnie, Osmond répondit qu'il était prêt, avec Mme Grigné-Castrus, à leur racheter toutes leurs actions. Les financiers se résignèrent en maugréant, quand ils surent que M. de Vigors, qui entretenait de bonnes relations avec le Syndicat des marins du commerce, était capable de susciter une grève qui immobiliserait les navires de la compagnie.

Mais ces conflits, nés des choix que provoquait la guerre en Europe, n'étaient pas les seuls. Il en existait d'autres, au sein des familles, dont le public ignorait tout. C'est ainsi qu'Osmond apprit, par Otis, que tout n'allait pas pour le mieux dans le ménage de Margaret.

Le mari de cette dernière, Bert Belman, d'origine germanique, bien qu'il eût toujours affirmé être suisse, avait épousé, dès le premier jour de la guerre, la cause allemande. Dans les discussions familiales, qui dégénéraient souvent en querelles, il opposait l'Allemagne, sérieuse, laborieuse, réfléchie, méthodique et intègre, à la France, sénile, frivole, rebelle au progrès et vaniteuse. Quand, dans un salon, quelqu'un citait le nom de La Fayette, que tous les écoliers connaissaient, en expliquant que l'Amérique devait quelque gratitude à la France, il rappelait avec humeur que l'état-major du grand Washington comptait aussi un général allemand, M. Steuben, dont l'Histoire, à cause de cette façon qu'avaient les Français de se mettre en avant, semblait avoir oublié le nom. Ce parallèle provoquait parfois l'hilarité, car ce brave Steuben s'était plutôt comporté, au cours de la guerre d'Indépendance, en observateur qu'en combattant. D'après Otis, Belman passait ses soirées penché sur la carte d'Europe, piquant de petits drapeaux frappés de l'aigle aux ailes éployées pour délimiter le front. Il proclamait que l'hégémonie allemande n'était qu'une manifestation naturelle du génie d'un peuple capable de régénérer l'Europe corrompue par les plaisirs. Il exaltait la poésie, la musique, la science et la philosophie allemandes, car il convenait, disait-il, de rendre justice au pays de ses ancêtres et de détourner enfin les Louisianais de la niaise admiration qu'ils vouaient depuis trop longtemps à la France.

« Ce qui inquiète et irrite le plus Margaret, confia Otis à Osmond, c'est qu'elle croit son mari capable de participer, avec d'autres Allemands exaltés, à des opérations de sabotage contre les usines ou les sucreries qui fournissent des denrées aux Alliés. Cela met papa dans une fâcheuse position, depuis qu'il a accepté de travailler avec M. Forest Pendleton, du F.B.I. [1], pour faire la chasse aux espions et aux propagandistes allemands. »

Osmond dissimula sa jubilation. Il ne lui déplaisait pas que les Foxley, et surtout l'arrogante Margaret, soient aux prises avec un nationalisme qui s'apparentait au racisme. Le colonel Pendleton dirigeait depuis 1913 le contre-espionnage en Louisiane et passait pour un officier incorruptible, assez prompt à envoyer en prison ceux qui transgressaient les lois. Il disposait de trente-cinq enquêteurs fédéraux et contrôlait, en sous-main, l'American Protective League, forte dans l'Etat de deux mille volontaires discrets, ayant reçu pour mission de repérer les espions allemands et ce qu'ils appelaient « les dévoués au Kaiser ». Deux agents allemands, arrêtés par leurs soins sur le port, purgeaient une longue peine de prison au pénitencier d'Atlanta, ainsi que des anarchistes tombés dans les filets du F.B.I. M. Pendleton avait baptisé « aliénés dangereux » une cinquantaine d'Allemands, déjà

_____
1. Federal Bureau of Investigation, créé en 1908.

internés, dont il négociait l'extradition vers leur patrie d'origine.

Si Bert Belman donnait un jour prise à soupçon, il ne faisait nul doute pour Osmond que le gendre de Foxley se verrait traiter comme un quelconque hors-la-loi.

« Je suis désolé pour Margaret, finit par dire Osmond avec un sourire qui atténuait cette assertion.

– Oh! ma sœur est revenue de beaucoup de préjugés; souvent elle me parle de vous, et j'envisage de lui dire que je vous revois et que je corresponds avec Bob.

– Prenez garde à son caractère entier. Vous savez combien elle déteste les juifs, les Noirs, les Porto-Ricains... en somme tout ce qui n'est pas créole. Il ne faudrait pas dévoiler votre secret prématurément. »

Ce soir-là, Otis quitta Osmond en promettant seulement de réfléchir, car les cachotteries faites à sa famille commençaient à lui peser. Elle redoutait que ses parents ne découvrent par hasard ce qu'elle leur dissimulait avec tant de soin.

Quand Mme Bert Belman se fit annoncer, un matin, à l'étude de maître Couret, Osmond devina qu'Otis avait parlé.

« Cette dame n'a pas de rendez-vous, dit la secrétaire d'un ton aigre... mais elle insiste. »

Osmond fit introduire la visiteuse, comme s'il se fût agi d'une cliente venant consulter un avocat. Il n'avait pas oublié sa dernière entrevue avec Margaret, qui remontait à plus de trois ans, et n'éprouvait aucune envie de se montrer aimable. Quand elle pénétra dans son cabinet, il se contenta de se lever derrière son bureau et de lui désigner un siège avant qu'elle ait le temps de lui tendre la main.

En observant l'élégante jeune femme, qui le fixait de ses yeux d'un bleu profond, Osmond se dit que le mariage semblait avoir fort bien réussi à Margaret. Elle offrait toujours le même visage un peu anguleux, le même petit nez retroussé aux ailes fines, les mêmes cheveux blonds tombant en volutes sur les côtés de la tête, mais la bouche avait perdu de sa dureté et toute arrogance avait disparu de son expression.

« Osmond, je suis venue chercher votre pardon. En fait, j'aurais dû le faire depuis longtemps. Je retire tout ce que j'ai dit de Bob Meyer. Jusque-là l'orgueil m'a retenue, car je craignais que vous ne preniez ma démarche pour un simple désir d'arrangement. Je savais que ma sœur revoyait Bob – votre Ford T stationnait trop souvent derrière notre parc –, mais j'ai conservé le secret et j'ai même favorisé, sans qu'Otis le sache, des rencontres que ma mère et mon père eussent désapprouvées. Le racisme est aussi stupide que le nationalisme intransigeant. Vous m'avez donné, il y a trois ans, une leçon que je n'oublierai pas. J'espère que Bob et Otis se marieront un jour... quand il reviendra de la guerre.

– Voilà de bonnes paroles, Margaret.

– Me pardonnez-vous, Osmond?

– Je vous absous, Margaret, et je suis heureux de pouvoir enfin le faire, car j'ai souffert de nos dissensions. »

La jeune femme se leva brusquement et fit deux pas vers le bureau. Ses lèvres tremblaient, des larmes apparaissaient dans ses yeux. Il eût fallu un cœur de pierre pour résister à son charmant désarroi.

Osmond fit le tour de sa table de travail, tira sa pochette et sécha les yeux de la jeune femme puis il la ramena à son fauteuil.

Ils bavardèrent un grand moment de choses et

d'autres, de l'héroïsme de Bob Meyer, de cette guerre qui menaçait de durer longtemps, de l'évolution de leurs vies. Quand Osmond demanda : « Etes-vous heureuse, Margaret? », elle répondit « Oui » un peu trop vite et s'empressa de parler de son petit garçon, comme si le bonheur ne pouvait venir, pour une femme, que de son enfant.

« Otis a-t-elle aussi parlé à vos parents?

– Non, et je lui ai déconseillé de le faire pour le moment. Mieux vaut attendre le retour de Bob. Je saurai les convaincre. »

Quand Margaret quitta son siège, l'entretien terminé, Osmond lui prit familièrement le bras pour la raccompagner. Elle se serra contre l'avocat comme une chatte frileuse.

« C'est bon de vous retrouver, Osmond. Vous m'avez toujours inspiré un sentiment de sécurité. Vous êtes un homme maintenant, qui doit toujours savoir ce qu'il doit faire et dire.

– Croyez-vous, Margaret? Ce serait trop simple s'il en était ainsi. Le jugement est une manifestation de l'instinct, tempéré par le savoir et l'expérience. »

Au seuil de l'étude, elle lui fit face et il lui posa un baiser sur la joue.

« C'est le baiser de paix, dit-il en la fixant.

– C'est un baiser », répliqua Margaret sans ciller.

Puis elle descendit les trois marches, et ses talons firent tinter allègrement les dalles tandis qu'elle s'éloignait sous le porche.

Dans son cabinet, l'avocat retrouva sa secrétaire rigide, une chemise de carton sous le bras.

« J'ouvre un dossier, monsieur, au nom de Belman?... sans doute un divorce?

– Pas de dossier, Miss Sagebrush, c'est une affaire réglée, Mme Belman a renoncé à sa plainte. »

Ce soir-là, Osmond s'en fut dîner chez Galatoire. Il se fit donner une table à l'écart, composa avec soin son menu et choisit un pomerol de douze ans pour accompagner les filets de dinde aux truffes qui étaient une des spécialités de la maison.

Souvent, depuis le départ de Dolores, il lui était arrivé de ressentir physiquement le brusque désir de serrer la jeune femme dans ses bras. Mais il avait assez de lucidité et de volonté pour éloigner de sa pensée des images que la générosité de son sang autant que le vide de son cœur ramenaient périodiquement.

Tandis qu'il dégustait une crème de chou-fleur onctueuse à souhait, le souvenir de Margaret lui revint à l'esprit. Il s'avoua que le charme de la sœur d'Otis avait quelque chose de troublant. Ce soudain retour d'affection qu'elle avait eu à son égard était certes à mettre au compte du plaisir des retrouvailles, mais il traduisait aussi le désenchantement d'une femme malheureuse et qui assumait orgueilleusement sa déception. Il imagina qu'elle pourrait être une maîtresse agréable, mais rejeta aussitôt cette pensée, indigne d'un gentleman qui doit s'interdire de profiter du désarroi d'une épouse éloignée un moment de son mari par un conflit hors des normes sentimentales. Si Margaret aimait profondément Belman, se dit Osmond, elle l'accepterait prussien et nationaliste outrancier. La divergence d'opinions, évoquée par Otis mais tue par Margaret, n'était que le révélateur d'une opposition plus secrète et plus profonde. Après tout, ce qui lui importait le plus était la réconciliation dans l'intérêt de Bob. Il alluma son cigare et, par la rue du Canal et l'avenue Saint-Charles, les mains enfoncées dans les poches de son pardessus, son feutre bien campé, il rentra chez lui à pied, se demandant quels dangers courait Bob et dans quels bras dormait Dolores. Dans le grand jeu des existences enchevêtrées, il n'était plus, lui-même, qu'un pion en réserve, qui attendait d'être engagé.

Au cours des mois qui suivirent, il revit souvent Margaret. Elle accompagnait parfois Otis, quand cette dernière venait chercher les lettres de Bob avenue Prytania. L'aviateur avait envoyé des photographies. Sur l'une d'elles, on le voyait en uniforme noir, au milieu de ses camarades, devant un hangar. Ce n'était plus l'adolescent malingre à la peau triste, un peu voûté et le cou emmitouflé dans une écharpe de laine, que l'on avait connu à La Nouvelle-Orléans.

« Bob a forci, constata Otis, et il a l'air bien sûr de lui. Et puis ce dolman, ces culottes de cheval, ces bottes, cette bizarre boîte à visière dont il se coiffe...

– Ça s'appelle un képi, dit Osmond.

– ... Et ces ailes brodées, qu'il porte au col, et ces deux galons lui donnent vraiment belle allure.

– Il est maintenant premier lieutenant, semble-t-il », dit Margaret.

Une autre photographie montrait Bob aux commandes d'un avion biplan, au gros nez rond décoré de cocardes.

« Quand je pense qu'il vole sur cet engin d'une fragilité épouvantable, j'ai des frissons, commenta Otis.

– Fais confiance à Bob », dit Margaret.

Quelques jours plus tard, le *Times-Picayune* publia une autre photographie du lieutenant Meyer que l'on voyait, cette fois, adossé à la carlingue d'un avion, sous le titre : « Un jeune ingénieur louisianais dans l'aviation française. » Suivaient cinquante lignes très élogieuses et la dernière citation de Bob.

Osmond venait à peine de prendre connaissance de l'article quand le téléphone sonna.

« C'est Margaret; avez-vous lu le journal, ce matin?

– Je l'ai sous les yeux... Je me demande qui a bien pu renseigner aussi exactement l'auteur de l'article.

– Devinez?

– On peut imaginer qu'il s'agit d'une personne qui porte intérêt à Bob, non?

– Grand intérêt... Il se trouve que sa sœur est la fiancée du héros et que les parents de la jeune fille ont besoin d'être informés du sort de leur futur gendre!

– Bravo, Margaret. Vous avez eu une riche idée... Que dit M. Foxley?

– Il est tout fier que Bob ait été l'ami de Dan... mais nous en reparlerons. »

Il y eut un silence, puis Margaret reprit timidement.

« Je serais heureuse si vous m'invitiez à dîner, Osmond... chez vous!

– Mais... votre mari?

– Mon mari est à Philadelphie, pour ses affaires.

– Venez à sept heures et demie... discrètement. Je ne veux pas me retrouver avec un duel sur les bras! »

Margaret apparut dans une robe de soie vert d'eau, qui flattait sa blondeur et mettait en valeur, par un décolleté qu'Osmond jugea audacieux, son buste de peu d'ampleur. Quand, après le dessert, ils passèrent au salon, la jeune femme, dès qu'Hector eut servi le café, vint s'asseoir près d'Osmond sur le canapé.

« C'est gentil à vous de m'avoir invitée. Vous ne pouvez pas comprendre toute l'importance qu'a pour moi ce retour à l'amitié.

– Je l'apprécie aussi, croyez-moi, Margaret... mais si Belman apprenait... il pourrait imaginer...

– Que vous me faites la cour?... Et si Mlle Ramirez apprenait? »

Osmond hésita à confier à la jeune femme sa rupture avec Dolores, mais il s'y résolut et, sans laisser paraître d'émotion, raconta qu'il avait perdu de vue la sœur du professeur d'espagnol des Foxley.

« En somme, vous voilà bon à marier, maintenant, remarqua Margaret en riant.

– Rien ne m'y oblige, ma chère, et j'ai peu de goût pour la vie conjugale. Le célibat convient à mon caractère.

– Et l'amour, Osmond?

– Je l'ai vécu, Margaret, intensément. Mais il ne faut pas se dissimuler que c'est, si j'ose dire, une denrée périssable. Il n'existe pas d'amour absolu et... définitif... sinon peut-être l'amour platonique. »

La jeune femme prit un air grave.

« Je sais aussi. J'en fais actuellement l'expérience. On aime et puis brusquement, un jour, on s'aperçoit qu'on n'aime plus. Et le pire héritage que puisse laisser l'amour est le mépris de soi-même. Je ne supporte plus d'avoir un mari germanophile à tout crin... c'est idiot, n'est-ce pas, que la mésentente entre un homme et une femme naisse à cause d'une guerre qui se déroule à des milliers de kilomètres de leur foyer.

– La guerre finira, Margaret.

– Certes, mais il y aura un vainqueur et un vaincu, un humilié et un triomphant, et je ne veux être ni l'un ni l'autre.

– Envisagez-vous de divorcer?

– Je n'ose y penser, Osmond. Mais peut-être devrons-nous en arriver là. Continuer à jouer le jeu mondain du couple uni me déplaît. Et puis, Osmond, vous me connaissez mal. Vous avez toujours vu en moi la jeune créole fade, arrogante, dominatrice... si, si... ne démentez pas, par courtoisie... je sais l'impression que je donnais quand il m'est arrivé d'être votre cavalière autrefois. Vous ne m'invitiez d'ailleurs que pour faire nombre, avant que Mlle Ramirez n'apparaisse dans votre vie.

– Peut-être vous connaissais-je trop peu... ou peut-être avez-vous changé... en tout cas je préfère la Margaret d'aujourd'hui, je la trouve plus douce, plus séduisante. »

La jeune femme lui prit la main et sourit.

« Savez-vous, Osmond, que j'ai été amoureuse de vous... autrefois? Vous ne vous en êtes même pas aperçu. Il est bien tard maintenant pour évoquer ces choses, n'est-ce pas? »

Tout en parlant à voix presque basse, elle avait rapproché son visage de celui du jeune homme. Plus encore que gracieuse, il la trouva émouvante dans sa quête de tendresse.

Entre ses mains, il saisit avec douceur le visage offert, l'inclina et posa ses lèvres sur le front de la jeune femme.

« Margaret, ne détruisons pas étourdiment cette chaleureuse fraternité que je sens depuis quelques semaines entre nous. L'adultère est un égarement indigne de vous et de moi. Je vous trouve fort désirable en cet instant, mais je vous propose plus de grandeur et de confiance. »

Elle recula sur le canapé et, les yeux baissés, voulut s'excuser pour cet élan dont il avait bien deviné le sens.

Osmond entoura de son bras les épaules nues de Margaret, l'attira contre sa poitrine et de sa main libre lui caressa les cheveux comme il l'eût fait à une enfant.

« Je veux que vous trouviez là un refuge sans

équivoque, une affection loyale et attentive, une vraie tendresse dont vous n'ayez jamais à rougir. Nous pourrions, comme des gens ordinaires, nous adonner au plaisir des corps. Nous n'aurions rien de plus que maintenant. »

Elle se redressa, rassérénée, presque gaie.

« Oh! Osmond, comme vous êtes fort... et comme je suis heureuse que vous m'aimiez ainsi, en chevalier. Je ne sais comment définir le sentiment qui me rapproche de vous... Je n'ai rien à offrir que moi-même, et...

– Les poètes appellent cela amitié amoureuse, Margaret : c'est plus que l'amitié et c'est moins que l'amour. C'est un sentiment qui trompe les sens et emplit le cœur. Dans les moments difficiles, c'est l'antidote secret du poison de la solitude. »

Quand, un moment plus tard, Mme Belman s'assit dans la Ford T pour se faire reconduire par Hector jusqu'à sa jolie maison de Carrollton, elle fut reconnaissante à Osmond de l'avoir aidée à maîtriser le petit démon concupiscent qui la tourmentait depuis qu'elle avait interdit la porte de sa chambre à son mari.

10

Au début de l'année 1916, alors que les nouvelles venues de France faisaient état d'une grande bataille qui se livrait autour de Verdun, les Castel-Brajac virent arriver à Castelmore Miss Keyflower, une gouvernante anglaise aux allures de Junon accompagnant Doris, la fille de Marie-Virginie. Félix leur confiait l'enfant jusqu'à la fin des hostilités, car il avait choisi de s'engager dans l'armée britannique. Dans une lettre pleine d'humour, il affirmait que les Alliés ne viendraient pas à bout des Allemands sans son aide. Peut-être attiré, en tant qu'esthète et couturier, par les kilts des soldats écossais, il avait opté pour le « Bruce and Wallace Highlanders » un des plus fameux régiments d'Ecosse.

« Les *bag-pipers*, affirma la gouvernante, appartiennent à la race immortelle des joueurs de cornemuse dont notre grand romancier R.L. Stevenson a chanté les vertus guerrières dans *Catriona*.

– Voilà maintenant que mon fils s'en va à la guerre en jupons... Qu'est-ce que j'ai fait au Bon Dieu pour avoir pareil héritier, macadiou, s'écria Gustave.

– Comme il doit avoir froid aux genoux », gémit Gloria.

Doris, belle enfant d'une dizaine d'années, n'était pas habituée aux débordements verbaux du Gascon. Comme elle ne comprenait du français qu'un mot sur trois, elle se mit à pleurer.

« Vous faites peur à cette petite, Gustave, avec votre grosse voix. »

La gouvernante, qui se déplaçait dans la maison avec la grâce d'un artilleur, expliqua que M. de Castel-Brajac était officier de liaison et qu'il portait au front des pantalons comme tous ces messieurs qui faisaient la guerre.

« Les highlanders ne mettent leur kilt que pour dîner, monsieur. Votre fils ayant de beaux genoux ronds et blancs, cette tenue lui est fort seyante... et d'ailleurs ce n'est pas au jupon, comme vous dites, qu'on mesure le courage des Ecossais! »

Pour l'édification de ces Américains ignares, elle se lança ensuite dans l'histoire des origines du kilt et la signification des couleurs des tartans. Désormais, Gustave s'abstint d'émettre des considérations sur l'uniforme des highlanders et entreprit de séduire sa petite-fille et d'amadouer la gouvernante.

Doris fut vite conquise grâce à la lunette astronomique; quant à la Junon dont l'appétit stupéfiait les domestiques, elle démontra à M. de Castel-Brajac père que les Anglaises sont capables d'absorber n'importe quelles boissons fortes aussi bien que du thé.

« Mes bouteilles ont trouvé à qui parler. Notre Miss lève le coude comme une garde-malade », confia Gustave à Osmond venu embrasser Doris.

Depuis le début de l'année, M. Osmond de Vigors avait pris la succession de maître Couret et se trouvait de ce fait à la tête du premier cabinet d'avocats de La Nouvelle-Orléans. Il se préparait, à la fin du mois de février, à partir pour New York, quand on apprit que le président Wilson avait envoyé en Angleterre le colonel Edward House avec mission d'inviter les belligérants à faire la paix. Cette offre de bons offices n'avait pas eu plus de succès que la croisade pacifiste de M. Ford. Les amis de ce dernier, qui animaient en Europe « la conférence des neutres pour une médiation permanente » composée des Etats-Unis, du Danemark, de la Norvège, des Pays-Bas, de la Suède, de la Suisse et de l'Espagne, siégeaient à Stockholm. Ils avaient reçu l'appui d'un écrivain français vivant en Suisse, M. Romain Rolland, dont l'ouvrage *Au-dessus de la mêlée* était considéré par beaucoup de ses compatriotes comme un livre détestable et propre à démoraliser les combattants. En dépit des efforts de l'envoyé de Wilson et des représentants officieux des pays neutres, aucun des belligérants ne songeait à arrêter les combats. Quant au projet de convention internationale sur la liberté des mers, le Kaiser, bien conscient de l'efficacité de sa flotte sous-marine, l'avait rejeté sans discussion.

Malgré cet échec diplomatique et l'obstination de quelques idéalistes comme Louis P. Lochner, Evans ou Guilbeaux, aux Etats-Unis mêmes, la « ligue pour le triomphe de la paix », créée l'année précédente à Philadelphie par les démocrates neutralistes et à laquelle l'ex-président républicain Taft avait apporté son soutien, continuait assez naïvement à étudier les conditions auxquelles la guerre pourrait être interrompue et les mesures propres à garantir l'impossibilité de son retour.

Comme M. de Castel-Brajac qui avait approuvé l'engagement de son fils dans l'armée britannique, beaucoup de Louisianais ne cachaient plus leur sympathie pour les Alliés. Ils considéraient que les jeux diplomatiques de Washington comme les pieuses résolutions des ligues pacifistes ne servaient qu'à donner bonne conscience à Woodrow Wilson et à ses amis. On prêtait d'ailleurs au président l'intention de briguer un second mandat en faisant campagne sur le thème « je tiendrai l'Union hors de la guerre ».

« Je déteste la guerre autant que M. Wilson et, comme l'écrit Fénelon au chant XI de *Télémaque*, « elle épuise un Etat et le met toujours en danger de périr, lors même qu'on remporte les plus grandes victoires », mais le jour est proche où les neutres ne seront plus à l'abri des périls. Alors, il faudra que l'Amérique entre en guerre à son tour. Temporiser, c'est encourager le camp des barbares », dit Gustave que les atermoiements d'Osmond commençaient à irriter.

Dès cette époque, l'avocat se prit à envisager sérieusement l'abandon de ses activités professionnelles pour souscrire un engagement. Il ne parvenait pas cepen-

dant à se persuader que quelques combattants américains supplémentaires puissent apporter aux Alliés un
renfort appréciable. Il fallait que la nation américaine
tout entière, douillettement occupée de son confort et
de sa prospérité, choisisse d'aider de toutes ses forces
ceux qui défendaient les valeurs auxquelles il croyait
autant que son ancien mentor.

Lors d'un bref séjour à Bagatelle, Osmond avait eu
un entretien avec Lorna. La jeune fille, qui devait
passer un an encore à Woodeville pour achever ses
études avant de venir à Castelmore seconder son
grand-père, ne partageait pas complètement les opinions belliqueuses de ce dernier.

« Penses-tu que je dois m'engager? lui avait
demandé Osmond.

– Je serais... nous serions tous affreusement inquiets
de te voir au front, mais toi seul peux prendre une
décision dans ce domaine.

– Mais oncle Gus semble le souhaiter, son fils est au
combat comme Bob, et j'ai parfois l'impression qu'il
voudrait m'y voir aussi. Je me demande s'il n'en fait
pas une question d'honneur.

– Grand-père est vieux et fatigué... mais il a gardé
son tempérament mousquetaire. Tirer l'épée pour
défendre le bon droit ou la veuve et l'orphelin lui a
toujours paru un réflexe. Mais il ignore tout de la
guerre moderne. D'après ce que disent les journaux, la
nouvelle manière de se battre, les énormes canons, les
avions, les armes perfectionnées, les gaz asphyxiants
ont, j'imagine, changé beaucoup de choses. On a
l'impression que tous les combattants sont soumis à
une sorte de fatalité.

– On peut aussi se battre contre la fatalité », avait
répondu Osmond.

Les journaux ne donnaient pas que des nouvelles des

batailles acharnées qui se déroulaient sur la Marne. Ils faisaient souvent état d'explosions et d'incendies qui affectaient des usines de munitions travaillant pour les Alliés ou des bateaux prêts à transporter des cargaisons en Angleterre ou en France.

Ces actes de terrorisme étaient le fait d'agents allemands, comme les grèves fomentées parmi les marins et les dockers par des meneurs à la solde de l'ambassadeur d'Allemagne.

Quand les enquêtes du F.B.I. eurent formellement établi les responsabilités des diplomates allemands, Constantin Douma, l'ambassadeur, l'attaché militaire Boy-Ed et l'attaché naval Franz Von Papen furent invités à quitter le territoire de l'Union.

Comme l'avait craint Margaret Belman son mari participait à cette guerre de l'ombre déclenchée aux Etats-Unis par le gouvernement de Berlin. Par son père, elle apprit un soir que Bert, en voyage comme souvent, était recherché à la suite de la prise sur un espion de documents et de plans prévoyant le sabotage de la grande usine de munitions de Bethlehem, dans le Middle West.

« Sais-tu où se trouve ton mari? demanda M. Foxley à sa fille.

– Pas exactement, je sais qu'il doit visiter des tisseurs de Boston et des industriels dans le New Jersey, mais je n'ai pas d'adresse précise. Vous n'allez tout de même pas le livrer au F.B.I.?

– Quel scandale ce serait pour notre famille... maudite guerre », dit rageusement Mme Foxley en dégustant son sorbet à la noix de coco.

Ce soir-là, avant de rentrer chez elle et malgré l'heure tardive, Margaret se fit conduire chez Osmond. Devant prendre un train matinal pour New York, ce dernier allait se mettre au lit et dut recevoir la visiteuse en robe de chambre.

« Que dois-je faire, Osmond? » demanda Margaret après avoir mis l'avocat au courant de la situation.

Osmond alluma une cigarette et parut réfléchir un moment.

« Savez-vous où se trouve votre mari?

— Oui... mais je n'ai pas voulu le dire à mon père. Je porte le nom de Bert... et... puis la délation me répugne... Que puis-je faire? Aidez-moi.

— Où est-il?

— A Washington; j'imagine qu'il doit rencontrer des gens à l'ambassade d'Allemagne. C'est là-bas que tout est orchestré d'après les journaux.

— Et vous savez où le joindre?

— J'ai un numéro de téléphone... chez un courtier.

— Je pars pour New York demain matin. Vous allez l'appeler et lui dire qu'il a un rendez-vous de la plus extrême importance avec quelqu'un chargé de lui remettre un message confidentiel. Dites-lui de se trouver après-demain, 2 mars, à New York, au Carnegie Hall. Il y a un concert auquel je dois assister avec mon ami Butler. Précisez que le messager le rencontrera au bar, à l'entracte. Mais n'en dites pas plus.

— Qu'allez-vous faire, Osmond?... je ne veux pas que vous soyez mêlé à d'aussi répugnantes affaires.

— Ne vous inquiétez pas, Margaret... mais dites-moi, aimez-vous encore votre mari? »

La jeune femme détourna son regard de celui d'Osmond.

« Non, je ne l'aime plus, et après ce dernier coup je suis fondée à demander le divorce, mais je ne veux pas qu'il lui arrive malheur... Il croit se battre pour une cause noble. C'est un patriote. Nous n'avons pas le droit de le juger, encore moins de le livrer à la police.

– Il ne lui arrivera rien de fâcheux, mais peut-être ne le verrez-vous pas de longtemps.

– Je ne tiens pas à le revoir, Osmond. »

Quarante-huit heures plus tard, M. de Vigors était assis à côté de Butler dans la salle de concert du Carnegie Hall. La première partie de la soirée, consacrée à une œuvre de Charles Edward Ives, car le chauvinisme américain obligeait les organisateurs à promouvoir les compositeurs du cru, fut brève. *Washington's birthday,* malgré son titre éminemment patriotique, reçut, à cause des dissonances surprenantes de cette musique, un accueil assez frais. Quand survint l'entracte, Osmond se tourna vers son confrère new-yorkais :

« Je dois rencontrer un Louisianais au bar, pardonnez-moi de vous abandonner.

– Ce Sudiste ne peut pas se joindre à nous pour souper, Dixie?

– C'est un Sudiste un peu... particulier. Je ne suis pas sûr qu'il vous plairait! »

Tandis que M. de Vigors s'efforçait de retrouver Bert Belman dans la foule élégante, les musiciens et les choristes de l'orchestre philharmonique de Philadelphie, que dirigeait Leopold Stokowsky, se mettaient en place pour interpréter l'ouvrage qui avait incité les mélomanes à se déplacer : la *8e Symphonie* de Gustav Mahler. Ce compositeur allemand, au contraire de son compatriote Wagner, n'avait pas vu ses œuvres éliminées du programme. Les New-Yorkais le connaissaient et, bien qu'étonnés parfois par sa musique, l'appréciaient comme un symphoniste de haute qualité. Mahler avait dirigé de 1907 à 1910 la saison lyrique du Metropolitan Opera avant de se produire à New

York et à travers les Etats-Unis avec un orchestre symphonique constitué pour lui par de richissimes ladies. Depuis la mort du musicien, en 1911, aucun chef d'orchestre n'avait osé s'attaquer à cette *8ᵉ Symphonie* dite « des Mille », dont l'interprétation vocale exigeait sept solistes, une foule de choristes, un orgue, des trompettes de cavalerie et quantité de musiciens, ce qui faisait dire à l'imprésario Emil Gutman que l'entreprise pouvait être apparentée à un spectacle de Barnum.

Osmond finit par apercevoir Belman. Il se tenait à proximité d'une baie vitrée, un verre à la main, prêt, sembla-t-il à l'avocat, à se dissimuler derrière le grand rideau cramoisi qui encadrait la fenêtre.

Le mari de Margaret parut surpris de le voir s'approcher.

« C'est vous le messager?

– C'est moi, monsieur. Je suis chargé de vous dire que le F.B.I. vous recherche et qu'il vaut mieux pour vous ne pas retourner à La Nouvelle-Orléans.

– Je suis au courant; c'est Margaret qui vous envoie?

– J'ai pris l'initiative de cette démarche devant son désarroi. Vous comprendrez qu'il faut éviter le scandale pour elle et pour les siens. Je ne discute pas vos raisons, mais vos activités pro-allemandes étant connues...

– C'est la guerre, monsieur. Puisque vous êtes français par vos origines, vous pouvez comprendre mon choix, n'est-ce pas?

– Un gentleman fait la guerre sur les champs de bataille, pas à coup de lâches attentats dans un pays neutre, ni en torpillant des navires marchands. »

Bert Belman blêmit et vida son verre d'un geste sec.

« La guerre n'est pas une partie de tennis, chacun la fait là où il se trouve et avec les armes dont il dispose.

– Chacun sent la guerre selon sa nature, monsieur. Ce qui explique peut-être que, pour servir la patrie de vos ancêtres, vous trahissiez le pays qui vous a accueilli et dont vous êtes citoyen depuis deux générations. Mais ne discutons pas de ces choses. Je vous conseille de quitter les Etats-Unis pendant qu'il en est temps. L'armée allemande vous fournira l'occasion de servir plus loyalement. »

Belman, le visage tendu par la colère, se rapprocha d'Osmond.

« Ça vous arrangerait, hein, vous et Margaret, que je disparaisse. Croyez-vous que j'ignore vos relations et le retour d'affection de ma belle-sœur pour votre ami le petit juif Meyer qui combat dans l'aviation française? »

Le regard d'Osmond prit soudain une dureté qui impressionna son interlocuteur. Ce dernier évalua la force qui émanait de ce grand corps mince, de ce visage aux traits nets, de ces maxillaires brusquement contractés.

« Margaret est une amie, monsieur, rien de plus, rien de moins. Il faut une âme bien basse pour imaginer l'infidélité d'une femme qui ne pense qu'à vous sauver et à épargner le déshonneur à l'enfant que vous lui avez donné. Si dans quarante-huit heures vous n'avez pas quitté le pays, le F.B.I. saura où vous trouver. »

Belman changea aussitôt d'attitude et ne chercha plus à dissimuler son inquiétude.

« Mais il faut trouver un passage pour l'Europe. Où irai-je, en Angleterre?

– Vous avez un passeport américain. De Londres,

vous pourrez rejoindre un pays neutre, la Norvège, par exemple, et de là, l'Allemagne. Quant au passage, le voici, votre cabine est retenue sur le *Carmania*, de la Cunard. L'appareillage a lieu demain à onze heures. Je veillerai à ce que vous soyez à bord. »

Quand Osmond tendit à Belman l'enveloppe contenant son billet transatlantique, le mari de Margaret la prit sans hésiter.

« Croyez-vous que Margaret veuille demander le divorce ?

– J'ignore ses intentions, monsieur. »

Belman devint pensif, et un sourire mélancolique apparut sur sa face carrée.

« J'ai encore de l'amour pour elle.

– L'amour est comme la guerre, monsieur, chacun le sent suivant sa nature. Adieu. »

Osmond rejoignit Butler au moment où s'interrompait la sonnerie marquant la fin de l'entracte.

« Alors, votre cher compatriote sudiste, qu'en avez-vous fait ?

– Je l'ai expédié là où il devrait être », dit Osmond.

Déjà le chef levait la baguette, un puissant accord d'orgue emplit la salle et, d'une seule voix passionnée et puissante, les chœurs lancèrent « Veni creator spiritus » le cri par lequel commence la symphonie la plus impressionnante de Gustav Mahler.

Pendant son séjour à New York, après que Belman se fut embarqué, Osmond eut le sentiment que de jour en jour les Américains se rendaient davantage compte que la cause des Alliés devenait la leur, celle des peuples épris de liberté et de justice. Les juristes qu'il fréquentait commentaient les atrocités allemandes commises en Belgique et en France sur des civils sans défense ou des prisonniers, et redoutaient une victoire de l'Allemagne comme une menace future pour les Etats-Unis eux-mêmes. La guerre sous-marine, en dépit des assurances données au gouvernement américain par le gouvernement allemand après le versement d'indemnités aux victimes du torpillage du *Lusitania*, se poursuivait. En coulant le vapeur britannique *Falaba*, les Allemands avaient tué un civil américain et un autre en torpillant le *Sussex*, petit paquebot français de la Manche. Quant à la perte du *Gulf-light*, appartenant à une compagnie américaine, elle était ressentie comme un nouvel acte gratuit de barbarie.

Theodore Roosevelt et son ami le général Wood, ancien gouverneur de Cuba, exigeaient dans leurs discours, devant les membres de la Ligue de sécurité nationale, une armée et une marine plus fortes.

Au milieu de l'année, cette agitation aboutit à l'adoption par le Congrès de la loi Hay, destinée « à fortifier l'organisation militaire de l'Union », et à la mise en chantier de dix dirigeables, de six croiseurs de combat et la commande de cent sous-marins ou bâtiments de guerre. Tout en s'efforçant de maintenir les principes de neutralité qui lui paraissaient encore valables, M. Woodrow Wilson, que le parti démocrate venait de désigner comme candidat à l'élection présidentielle, disait en privé : « Il faut, je crois, nous tenir prêts. »

Sans avoir encore pris de décision, Osmond soutenait ouvertement ceux qui prêchaient en public ou en privé pour l'entrée en guerre des Etats-Unis. Sa nature individualiste et son habitude de conserver les distances, de ne pas être une fourmi dans la fourmilière le retinrent cependant de participer au défilé organisé le 3 juin à La Nouvelle-Orléans.

Ce jour-là, quatre mille personnes, parmi lesquelles de nombreux créoles français dont bon nombre de descendants d'Alsaciens-Lorrains, parcoururent la rue du Canal et tinrent meeting devant le Cabildo. Au même moment, à Washington, le Congrès adoptait le « National Defense Act », qui prévoyait l'organisation d'une armée de cent soixante-quinze mille hommes et celle d'une garde nationale forte de quatre cent cinquante mille volontaires. On disait que le nouveau secrétaire d'Etat à la Guerre, M. Newton Baker, était un chaud partisan du renforcement du potentiel militaire américain. En attendant, l'armée s'employait au Mexique à réduire la rébellion déclenchée par Pancho Villa, qui avait tué dix-huit Américains et conduit des raids contre le Texas et le Nouveau-Mexique. Très irrité, Wilson avait ordonné une expédition punitive contre le chef de bande et chargé le général John Joseph Pershing de capturer le rebelle.

Quand, le 22 juillet, une bombe explosa à San Francisco au cours d'une parade pour l'entrée en guerre des Etats-Unis et tua dix personnes[1], la fureur publique fit comprendre aux autorités que les propos neutralistes de M. Wilson ne pèseraient pas lourd lors de la campagne électorale. Une explosion due à un sabotage perpétré par des agents allemands dans une usine de munitions à Black Tom Island (New Jersey) mit les habitants de la côte Est dans la même colère. Cet acte terroriste avait causé 22 millions de dollars de dégâts.

Malgré ces événements et une évidente préparation à la guerre, les Américains s'indignaient de la création à New York, par Margaret Sanger, d'une organisation pour le contrôle des naissances. La directrice du

_____

1. L'auteur de cet attentat, Tom Mooney, un leader syndicaliste, fut arrêté et condamné à mort en 1917. En 1918, sa peine fut commuée en prison à vie. Il fut gracié au début de la Seconde Guerre mondiale, en 1939.

journal *Woman Rebel*, féministe ardente, venait d'être condamnée à trente jours de prison pour « nuisance publique ». Percival Lowell, l'astronome constructeur de l'observatoire de Flagstaff (Arizona), qui avait prévu mathématiquement l'existence de la planète Pluton, mourait à l'âge de soixante et un ans sans avoir vu dans son télescope l'étoile qu'il guettait. Quant à la mort de l'écrivain Jack London, elle fut éclipsée par la réélection de Woodrow Wilson à la présidence des Etats-Unis. Non seulement les démocrates conservaient la Maison Blanche, mais ils obtenaient de plus la majorité dans les deux chambres du Congrès.

Pendant ce temps, les Français desserraient l'étreinte allemande autour de Verdun, et, au prix de milliers de morts, reprenaient le fort de Vaux. Dans une lettre, Bob Meyer annonçait à Osmond qu'il avait abattu son troisième avion ennemi, « ce qui, ajoutait-il, me laisse bien loin du record de l'as des as, le lieutenant Guynemer, lequel, le jeudi 23 novembre, a descendu dans la même journée ses vingt-deuxième et vingt-troisième appareils allemands ». Bob donnait l'impression d'être engagé dans une mortelle compétition avec les autres aviateurs dont il donnait les palmarès, comme s'il se fût agi d'un championnat de tennis. « Dorme compte seize victoires, Heurtaux douze, Deullies dix, et Georges Carpentier, le sympathique boxeur spécialiste des reconnaissances risquées, a reçu la croix de guerre. Ce veinard est en permission à Paris où il a donné une exhibition de boxe au Trocadéro. »

Depuis qu'il avait renoué des relations avec Otis et Margaret Foxley, Osmond s'était empressé d'inviter sa sœur Alix à le rejoindre à La Nouvelle-Orléans, et il lui arrivait souvent le soir de dîner en compagnie de ces trois femmes. Il invitait parfois Louis Dubard, le neveu de Faustin, qui avait été au tennis le partenaire d'Alix et qui dirigeait maintenant une compagnie de transports automobiles à La Nouvelle-Orléans. Ce grand garçon, un peu rougeaud, toujours souriant et d'une parfaite éducation, faisait une cour discrète et intelligente à la sœur d'Osmond, avec laquelle il s'était montré fort prévenant depuis la mort tragique de Dan. Stella et Faustin Dubard voyaient d'un assez bon œil ces relations et imaginaient, sans oser le dire, que Louis ferait un bon époux pour Alix qui reprenait goût aux frivolités de l'existence.

Un matin, Osmond apprit par un « carnet mondain » du *Times-Picayune* le mariage célébré à Salamanque (Espagne) de Mlle Dolores Ramirez y Rorba avec le professeur Felipe Mendez. Cette annonce mit un terme à l'incertitude que connaissait l'avocat quant au destin de la femme qu'il avait follement aimée.

Malgré sa volonté d'ensevelir les souvenirs d'une passion qui avait longtemps occupé sa vie, Osmond ressentait certains soirs la nostalgie de l'heureux temps où, à la fin de la journée, il rejoignait Dolores. Il se mettait alors au piano et jouait pour lui seul les pièces de Chopin qu'elle aimait ou cette sonate de Schubert empreinte d'une mélancolie distinguée qu'elle lui réclamait. Chaque fois qu'il passait devant la maison de Dolores, il ne pouvait s'empêcher de lever les yeux vers une fenêtre à travers laquelle, si souvent, après une nuit voluptueuse, il avait vu poindre le jour.

Derrière les rideaux tirés, d'autres s'aimaient, car la boutique de parfums avait été vendue et transformée en librairie. Un regard furtif sur l'escalier – qu'il gravissait autrefois, en s'efforçant de dominer la fébrilité qu'éveillaient en lui l'intensité du désir et l'attraction magnétique du corps de sa maîtresse – suffisait à faire surgir des sensations oubliées.

Depuis la séparation, il avait possédé d'autres femmes à New York, à Chicago ou à Philadelphie, car il ne manquait pas d'épouses délaissées ou insatisfaites, ni de jeunes bourgeoises affranchies pratiquant l'amour comme un sport, pour accueillir les hommages virils d'un beau garçon de passage. Les dîners et les cocktails lui fournissaient l'occasion de rencontres agréables que prolongeaient parfois des cinq-à-sept discrètement organisés. Mais son cœur, pas plus que celui de ses partenaires, ne se trouvait engagé dans ces aventures de célibataire. En ce domaine, il avait suivi les avis d'un expert, son ami l'avocat new-yorkais Butler, qui se méfiait du mariage comme d'une peste.

« On doit jouir des femmes comme des roses des jardins, on les respire, on les caresse, on leur demande les divins plaisirs de Vénus, mais on les laisse sur leur rosier », disait le juriste qui confessait ne jamais pouvoir s'enivrer deux fois du même corps.

Seule Margaret, qui avait lu dans le journal l'annonce du mariage de Dolores, osa y faire allusion.

« Vous ne pouvez que souhaiter son bonheur, comme j'imagine elle doit souhaiter le vôtre.

– J'ai toujours désiré la voir heureuse, et je regrette de n'avoir pu lui offrir ce qu'elle souhaitait. Mais cela appartient au passé, nous n'allons pas revenir sur la fugacité de la passion, ni rechercher une définition du bonheur satisfaisante pour tous. »

Margaret avait exhalé un soupir en fixant Osmond d'un regard affectueux.

« Chacun se fait une idée du bonheur, n'est-ce pas? Car il n'existe pas de bonheur absolu, définitif. La vie remet tout en question... à chaque instant. De la même façon qu'on ne capture pas le bonheur, on ne peut le retenir. On peut tout juste espérer le protéger... quelque temps.

— Peut-être faut-il le chercher ailleurs que dans l'amour, Margaret. Dans l'accord intime de soi-même avec l'existence, en faisant la part des appétits charnels, en s'efforçant d'atteindre une félicité plus haute de l'esprit.

— C'est le renoncement des saints que vous proposez là, Osmond, combien d'êtres sont capables d'y parvenir?

— On peut toujours essayer! En tout cas, Margaret, je vous serais reconnaissant de ne plus jamais me parler de Dolores, de la même façon que je n'évoque plus Bert Belman. On ne visite pas le cimetière des amours mortes. »

Margaret se le tint pour dit.

A la fin de l'année, M. Woodrow Wilson fit une dernière tentative pour inciter les belligérants à terminer la guerre. « Tentative maladroite de la part d'un homme qui fait bon marché des sentiments patriotiques des peuples combattants », fulmina Gustave qui, ayant de plus en plus de difficultés à se mouvoir, regrettait de n'avoir pas pu participer à une manifestation pour l'entrée en guerre de l'Union organisée à Pointe-Coupée.

Le 22 décembre, l'ambassadeur des Etats-Unis à Paris, M. Sharp, avait porté à M. Briand, président du Conseil, un message du président Wilson conviant les belligérants « à faire connaître leurs buts de guerre ». Dans cette note, l'Américain, « en tant qu'ami et représentant d'une nation neutre sincèrement affectée par la guerre », disait redouter que « la lutte continue vers des fins indéfinies par une lente agonie jusqu'à ce que l'un des groupes belligérants soit épuisé ».

Le message avait été fort mal accueilli, et, dans *Le*

*Petit Journal*, M. Stephen Pichon traduisait assez bien la réaction française qui était aussi celle de M. de Castel-Brajac en écrivant : « Comment peut-on confondre nos buts de guerre connus de tous puisqu'ils visent simplement à la restauration des droits violés, alors que ceux de nos ennemis tendent à l'universelle domination sur des nations asservies et assassinées? »

« Bravo! s'écria Gustave en prenant connaissance de ce texte. Wilson croit être impartial en mettant dans le même panier l'agresseur et l'agressé, le bourreau et la victime; il avait besoin d'une leçon, il l'a eue.

– La Suisse s'est associée au message de notre président, fit observer Gloria de Castel-Brajac qui tremblait en permanence pour la vie de Félix.

– Boun Diou, qu'ils vendent leurs fromages et prennent leurs commissions commerciales, ces fils émasculés de Guillaume Tell... Il ne s'agit pas cette fois d'un arbitrage autour d'un bateau ayant participé à la guerre de Sécession. On se bat ou on se tait. D'ailleurs, les Suisses, je ne les admets que dans les églises et au Vatican! Tous les souverains d'Europe en ont fait l'expérience, les Suisses ne se battent que dans deux cas : si on leur prend leurs vaches... ou si on les paie!

– Avec la Croix-Rouge, ils font beaucoup pour les prisonniers, intervint la gouvernante de Doris entre deux bouchées de tarte aux noix de pécan.

– Je suis tranquille qu'après la guerre ils enverront les factures... Comme comptables y'a pas meilleurs! Regardez Marie-Gabrielle... Ce n'est pas Osmond qui me contredira.

– Savez-vous, oncle Gus, que Mme Grigné-Castrus donne chaque mois 1 000 dollars à la Croix-Rouge et

qu'elle envoie des colis de nourriture en Belgique...
pour les enfants? répliqua Osmond.

– C'est parce que Charles lui a appris les bonnes
manières et que tu la dorlotes comme une aïeule... de
la cuisse gauche, fiston! »

Osmond sourit devant l'irascibilité coutumière du
Gascon qui, à soixante-quatorze ans, n'avait rien
perdu de sa fougue.

11

Le 3 février 1917, Osmond de Vigors se trouvait à
Bagatelle où il venait de plus en plus souvent se
reposer et faire de l'exercice entre deux procès, quand
on apprit que le *Housatonic*, un navire américain,
venait d'être torpillé par un sous-marin allemand. Ce
jour-là, la grande maison était pleine d'amis et de
parents à l'occasion du vingtième anniversaire de
Clary Barthew auquel les Dubard offraient un dîner.

La nouvelle du torpillage rappela à la joyeuse
assemblée qu'une guerre sans merci ensanglantait l'Europe. Faustin, qui ne manifestait que rarement son
émotion, réagit en marin qui ne supportait plus « que
l'on assassinât sur les mers comme dans les quartiers
mal famés de Chicago ».

« Boun Diou, ce qui me surprend, c'est que ça vous
étonne. Les Allemands ont dit clairement au gouvernement américain qu'ils couleraient sans préavis tous
les navires de commerce neutres ou belligérants qui
entreraient dans la zone dite de guerre. Nous étions
prévenus, non? s'écria M. de Castel-Brajac.

– Cette fois, c'est la guerre, dit tristement Stella qui

pensait à son fils et aux garçons présents autour de la table, tous en âge de porter les armes.

– Je crois que le moment est en effet venu d'en finir avec les barbares », reconnut Clarence Barthew qui avait jusque-là soutenu les pacifistes.

Cependant, il fallut encore que soit saisi et divulgué un télégramme codé du ministre des Affaires étrangères d'Allemagne, Arthur Zimmerman, adressé à l'ambassadeur de l'Empire à Mexico pour que les réactions s'intensifient. Dans le message intercepté par les services secrets américains, le ministre demandait l'intervention du Mexique contre les Etats-Unis et promettait aux Mexicains de leur faire restituer le Texas, l'Arkansas et le Nouveau-Mexique. Une telle outrecuidance passait les bornes diplomatiques et, quand le 16 mars trois autres bateaux américains furent coulés par la marine allemande, le président Wilson se décida enfin à convoquer le Congrès, alors en vacances, pour le 2 avril. Ce jour-là, une pluie printanière tombait sur la capitale quand l'ancien professeur de Princeton, ayant posément poli les verres de ses lunettes cerclées d'or, lut son message devant une assemblée pénétrée de la conviction qu'elle allait vivre un moment historique.

Après avoir rappelé les efforts de l'Amérique en faveur de la paix et fait l'historique du conflit, le président stigmatisa l'attitude de l'Allemagne : « La présente guerre que l'Allemagne fait au commerce est une guerre contre le genre humain », dit-il, puis il invita tous les élus à considérer que la situation de belligérant était imposée aux Etats-Unis. Il conclut son discours « parfait de forme comme de fond », commenta plus tard l'ambassadeur de France, M. Jusserand, en s'écriant : « Le jour est venu où l'Amérique a l'honneur de donner son sang et sa force pour les principes auxquels elle doit sa naissance, son bonheur et la paix qui fut son trésor. Dieu l'aidant, elle ne peut rien faire d'autre. »

Très applaudi, sauf par quelques opposants irréductibles, le président laissa les élus méditer son message, et, le 4 avril, quatre-vingt-deux sénateurs contre six votèrent la déclaration de guerre à l'Allemagne imités quarante-huit heures plus tard par trois cent soixante-treize représentants contre cinquante. Les Etats-Unis sortant de leur superbe isolement se préparaient à marcher au combat.

Dès qu'il connut la décision du Congrès, Osmond de Vigors sentit le besoin impérieux d'aller se battre. Avant de quitter Bagatelle pour La Nouvelle-Orléans, il se rendit à Castelmore pour informer Gustave de Castel-Brajac de son désir de s'engager. Le Gascon le reçut avec émotion.

« Boun Diou, fiston, quand nous formions autrefois le projet de faire ensemble un tour d'Europe, qui aurait pu imaginer que tu irais à la découverte du vieux pays, le fusil à la main?

— Je n'ai guère le choix, oncle Gus, d'autres comme Félix et Bob se battent déjà depuis longtemps. Si j'ai temporisé, c'est parce que je voulais me conduire en citoyen américain. Aujourd'hui, je suis bien aise d'être en accord avec le reste de la nation.

— Va et prends garde à toi », dit simplement Gustave les larmes aux yeux.

Comme d'autres aristocrates d'origine française, Osmond refusa de rejoindre la garde nationale de Louisiane ou le Washington Artillery qui, dès la déclaration de guerre, avaient ouvert à La Nouvelle-Orléans des bureaux de recrutement. Ces troupes de l'Etat, placées sous l'autorité du gouverneur, ne l'attiraient guère. Depuis toujours, on y distribuait des brevets d'officiers comme des sinécures en fonction de considérations politiques. L'esprit qui régnait dans les états-majors était plus mondain que militaire. Après avoir demandé à maître Couret de reprendre du service à l'étude, il mit ses dossiers en ordre et écrivit au bureau de recrutement de l'armée fédérale, en y joignant un curriculum vitae afin qu'on puisse l'affecter là où il serait le plus utile. Quelques jours plus tard, il reçut une convocation pour le camp de Little Rock, en Arkansas. Pour sa dernière soirée à La Nouvelle-Orléans, il invita Margaret à dîner.

La jeune femme l'assura que pendant son absence, qui pourrait être longue, elle prendrait soin d'Alix décidée à rester à La Nouvelle-Orléans.

« Bien que cela soit improbable, dit-elle, que feriez-vous, Osmond, si vous vous trouviez un jour par un hasard extraordinaire en présence de Bert sur un champ de bataille?

– Je ferais mon devoir, Margaret, simplement. Il a choisi son camp, j'ai choisi le mien... Mais j'espère qu'une telle rencontre me sera épargnée.

– Cependant, si un tel affrontement devait se produire, souvenez-vous, Osmond, à ce moment-là que c'est à vous que je tiens... le plus. »

Le baiser qu'elle lui donna ce soir-là au moment de la séparation était un baiser de femme amoureuse. Osmond, qui savait depuis longtemps à quoi s'en tenir quant aux sentiments de la sœur d'Otis à son égard, en fut plus gêné que troublé. Son départ dissipait l'équivoque d'une amitié, et c'est d'un cœur allégé qu'il boucla sa valise et se fit conduire à la gare.

Dès son arrivée au camp de Little Rock, on le fit mettre nu ainsi qu'un esclave, au milieu d'autres jeunes gens du Sud qui découvraient avec lui la vie militaire. Les médecins chargés d'apprécier les qualités physiques des volontaires semblaient extrêmement exigeants, comme s'il se fût agi de recruter une armée d'athlètes. Les refusés trop maigres ou mal bâtis paraissaient honteux. Ceux qui n'étaient admis qu'avec réticence et dirigés immédiatement sur le camp de Leon Springs (Texas), où, assurait-on, on leur ferait prendre du poids, étaient classés dans la catégorie des « canards boiteux », appellation aussi injurieuse à leurs yeux que celle d'« enfant naturel » chez les puritains.

Convoqué par un colonel, Osmond constata que son nom constituait là, comme à La Nouvelle-Orléans, une bonne référence.

« Etes-vous parent du défunt sénateur Charles de Vigors? demanda l'officier.

– C'était mon grand-père, monsieur.

– Parfait. Nous avons besoin, jeune homme, de nouveaux officiers non seulement pour encadrer les troupes, mais aussi dans l'administration d'une armée qui, soit dit entre nous, n'existe pas encore. »

Le mot « administration » amena sur les lèvres d'Osmond une moue que le colonel remarqua.

« Oui, je comprends. Vous voulez vous battre tout de suite avec un fusil. Mais puisque vous souhaitez être affecté au poste où vous serez le plus utile au pays, permettez-moi d'en décider. Vous allez suivre un entraînement intensif et obtenir votre brevet d'officier. Nous allons vous enseigner en trois mois ce qu'on apprend en trois ans à West Point. Ce sera dur pour quelqu'un qui a dû mener une vie douillette... dans le Sud. Ensuite, nous verrons. »

Le ton était courtois mais ferme, et le colonel inspirait d'emblée confiance. Il ne restait qu'à obtempérer, ce que fit Osmond. « L'armée, c'est d'abord l'obéissance, obéissons », se dit-il. Le lendemain, dépouillé de ses vêtements civils, l'avocat se retrouva vêtu d'un uniforme kaki rêche et peu seyant, coiffé d'un chapeau à larges bords rigides, chaussé de brodequins qui n'avaient rien de la souplesse du chevreau et pourvu de jambières de toile imperméable, raides comme du bois. Avec docilité, Osmond se plia aux exigences d'un sergent instructeur nommé Harris, dont l'autorité agressive et les éclats de voix n'étaient pas sans rappeler ceux des contremaîtres de plantation. Apprendre à marcher au pas, à manipuler un vieux Springfield, parcourir vingt kilomètres avec sur le dos un paquetage de trente kilos, tirer à balles sur des silhouettes de bois, attaquer des mannequins à la baïonnette, escalader des talus au pas de charge, ramper dans l'herbe humide lui procura des courbatures. Il vit des volontaires s'évanouir de fatigue, d'autres retirer de leurs chaussures des pieds ensanglantés en pestant contre l'inhumanité du traitement, d'autres, encore, refuser la nourriture assez semblable à celle que servaient les pères jésuites du collège de l'Immaculée-Conception.

Osmond accepta sans rechigner de soumettre son corps aux épreuves qui, de jour en jour, lui parurent moins pénibles. Il finit même par apprécier la vacuité que laissait à l'esprit cet entraînement destiné aux muscles et aux réflexes. De la même façon, il développa cette faculté innée qu'il avait de s'abstraire du groupe, et la promiscuité du cantonnement, le bruit et les plaisanteries de chambrée lui devinrent tout à fait supportables. Cette vie en communauté lui rappelait certains aspects des années du collège. Distant et peu porté aux confidences, il avait su, dès les premiers jours, décourager les inévitables curiosités et se réfugiait dans la lecture tandis que ses camarades bavardaient ou jouaient au craps pendant les rares moments de loisir. Quand on en vint aux exercices de commandement, au cours de stratégie élémentaire, à l'inventaire de l'armement, à l'étude de l'organisation de l'armée en temps de guerre et aux problèmes d'intendance, il se distingua par sa faculté d'assimilation et posséda bientôt les règlements militaires dont le bon sens et la logique rudimentaire dispensaient de toute spéculation intellectuelle. Comme la plupart des élèves officiers du Sud, il obtint au bout de quelques semaines l'autorisation de fréquenter le manège. Excellent cavalier, il sut seconder l'instructeur, estimant qu'il était de son devoir d'aider à la formation des garçons qui avaient choisi comme lui de risquer utilement leur vie.

A la fin du mois de mai, tandis qu'il était occupé à graisser ses chaussures, accessoires sacrés aux dires du sergent, le colonel commandant le camp le fit appeler. L'officier avait discrètement suivi le comportement de cet engagé qui, même aux pires moments des exercices, conservait l'allure d'un aristocrate à l'aise en toutes circonstances.

Osmond salua avec rigueur, ôta son bonnet de police et se tint au garde-à-vous ainsi que l'exigeait le respect dû à un supérieur.

« Asseyez-vous », dit le colonel en désignant un fauteuil et en poussant vers lui une boîte de cigarettes.

L'officier souleva son sous-main, en tira un document frappé de l'aigle fédérale.

« J'ai le plaisir de vous annoncer que pour vous le stage est terminé. Je ne crois pas que nous ayons ici beaucoup plus de choses à vous apprendre. Vous savez tirer au fusil et à la mitrailleuse, saluer un général, reconnaître les grades et commander une manœuvre. Vous êtes, m'a-t-on dit, un excellent cavalier et vous parlez français à la perfection. J'imagine sans peine que vous savez danser, baiser la main d'une dame, écrire un rapport – c'est votre métier – et tourner une lettre délicate. Le moment est venu de vous employer, car le temps presse. Voici votre brevet d'officier. »

Osmond crut nécessaire de se lever pour recevoir le parchemin. L'officier apprécia cette attitude et sourit.

« Vous savez que les seconds lieutenants n'ont aucun insigne de grade parce qu'ils sont au pied de l'arbre. La barre d'argent des lieutenants et les deux barres des capitaines sont les premiers barreaux d'une échelle qui mène aux feuilles, celles d'or pour les commandants et d'argent pour les lieutenants-colonels. Plus haut se tiennent les aigles d'argent des colonels, puis, plus haut encore dans le ciel, les étoiles des généraux... Dans le Sud, on sait grimper aux chênes, je crois. »

Osmond, qui connaissait la méthode mnémotechnique qui permettait aux recrues d'apprendre les grades, assura l'officier qu'il ferait tout pour ne pas rester « au pied de l'arbre ».

« Asseyez-vous, lieutenant. Je dois faire les choses sans cérémonie, ce qui ne vous déplaît pas, j'en suis certain. Prendrez-vous un verre de whisky... ou de bourbon ?

– Plutôt bourbon, colonel.

– Ah ! je reconnais bien là le Sudiste... au-dessous de la vieille Mason and Dixon Line, on préfère le bourbon. »

Quand l'ordonnance eut quitté le bureau après avoir servi les boissons, l'officier vint s'asseoir près d'Osmond.

« Ce que je vais vous dire maintenant est confidentiel. Dans une semaine, vous vous présenterez au War State Building à Washington. Vous êtes affecté à la mission qui accompagnera le général Pershing en France. Je n'en sais pas davantage. Cela vous donne le temps de passer chez votre tailleur et d'embrasser votre fiancée si vous en avez une. Laissez-moi vous dire, Vigors, que je vous envie. »

Osmond remercia, vida son verre et se leva pour prendre congé.

« Quand puis-je quitter le camp, colonel?

– Immédiatement si bon vous semble. On vous conduira à la gare... J'imagine que vous allez à La Nouvelle-Orléans?

– Puisque j'en ai le temps!

– Profitez-en, mais attention, personne, même pas la belle à laquelle vous allez faire vos adieux, ne doit connaître votre affectation. J'ai votre parole d'officier?

– Soyez sans crainte, colonel, je me considère comme un combattant. »

Avant de laisser Osmond franchir la porte de son bureau, le colonel tint à lui remettre sa carte de visite personnelle.

« Quand tout sera fini, lieutenant, j'aurai plaisir à vous revoir. Que Dieu vous garde... Vous pouvez vous mettre en civil pour rentrer chez vous... Ce sera tout de même plus élégant. »

Deux heures plus tard, M. de Vigors, qui se sentait le pied léger depuis qu'il avait quitté ses brodequins de « private », prenait le train pour La Nouvelle-Orléans.

Quand, au début du mois de mai, on avait appris dans les milieux militaires que le président des Etats-Unis avait désigné John Joseph Pershing comme chef du corps expéditionnaire, beaucoup de gens avaient paru étonnés. On s'attendait à voir offrir ce poste au général Leonard Wood, l'ami de Roosevelt, qui s'était illustré dans les Rough Riders avant de devenir gouverneur de Cuba. Mais ce soldat avait eu tort de se mêler de politique et de faire campagne pour les républicains, ce qui le rendait peu sympathique aux démocrates. Pershing, qui était lui aussi un protégé de Roosevelt, s'était toujours tenu à l'écart de la politique. Il ne devait à Roosevelt que d'être passé du grade de capitaine à celui de général de brigade, ce qui avait mécontenté les huit cent quatre-vingt-deux officiers supérieurs que la protection présidentielle lui avait permis de « doubler » d'un seul coup.

Devenu major général, il se trouvait au fort Houston, à San Antonio (Texas) après sa vaine poursuite de Pancho Villa, quand il avait reçu de son beau-père, F.E. Warren, président de la Commission des affaires militaires au Sénat, un message sibyllin : « Télégraphiez-moi aujourd'hui si et dans quelle mesure vous parlez français. » Pershing, qui avait fait un séjour en France et se doutait bien de la raison qui incitait son influent beau-père à poser cette question, répondit sans vergogne dans les délais : « J'ai passé plusieurs mois en France en 1908 et j'y ai étudié le français. Je parlais tout à fait couramment, et à cette époque j'étais capable de lire et d'écrire d'une façon parfaite. Je pourrais facilement réacquérir une connaissance suffisante pour me rendre utile. » Les officiers interprètes de l'état-major devaient constater rapidement que le général avait fait preuve ce jour-là, en matière linguistique, d'un optimisme qui n'était cependant pas dans sa nature.

John Joseph Pershing, descendant d'une famille alsacienne qui s'était installée en Amérique au milieu du XVIIIᵉ siècle, avait vu le jour en 1860 dans un petit village du Missouri. Ses parents ne possédaient aucune fortune, et il avait été cultivateur avant de devenir instituteur. Entré à West Point en 1882, il en était sorti quatre ans plus tard trentième sur soixante-dix-sept et avait connu la vie de garnison dans l'Arizona, avant d'être nommé professeur à l'université du Nebraska.

En 1897, il n'était encore que lieutenant et rongeait son frein dans des emplois subalternes quand la guerre hispano-américaine et la campagne de Cuba l'avaient mis en rapport avec Theodore Roosevelt auquel, affirmaient les mauvaises langues, il avait donné un fameux coup de main avec les soldats noirs du 10ᵉ régiment de cavalerie, quand les Rough Riders s'étaient lancés à l'assaut de la colline de San Juan. D'aspect sévère, travailleur, pointilleux comme un adjudant sur la tenue et les signes extérieurs de respect dû aux gradés, il était devenu incroyablement taciturne depuis qu'en 1915 sa femme et ses trois filles avaient péri dans l'incendie du quartier Presidio à San Francisco. Seul son fils avait échappé aux flammes. Tel était le chef militaire sous lequel Osmond de Vigors allait servir dans la cohorte des officiers subalternes auxiliaires de l'état-major.

Osmond trouva La Nouvelle-Orléans dans l'excitation de la conscription. Il n'y avait pas eu, comme à New York, des manifestations de protestation rappelant, en beaucoup plus timides, les émeutes qu'avait provoquées pendant la guerre civile une tentative d'instauration du service militaire obligatoire. Depuis le 18 mai, le conseil de révision fonctionnait en Louisiane, et par milliers des jeunes hommes enthousiastes ou résignés se pressaient dans les bureaux militaires pour montrer leur anatomie aux médecins de l'armée. Trois sur sept des « registrants »[1] étaient des Noirs, et déjà la garde nationale et le Washington

---

1. Appelés inscrits sur les listes de mobilisation.

Artillery avaient été expédiés par le gouverneur au camp de Beauregard, près de Pineville, où s'organisait l'instruction des recrues.

Les collèges et les universités passaient pour les meilleurs fournisseurs de volontaires, et six mille cinq cents étudiants se préparaient à devenir soldats. Deux cent quarante élèves de l'université Loyola[1] s'étaient engagés, d'autres constituaient un hôpital de campagne et avec des sœurs de charité attendaient de partir pour le front italien. Les jeunes filles du collège de Newcomb rejoignaient les rangs de la Croix-Rouge et demandaient à servir en France. Celles de la « Girl National Honor Guard » se proposaient pour des tâches administratives, et le « Southern Industrial Institute » formait hâtivement des conducteurs d'ambulances et des mécaniciens d'automobiles.

Dans tous les ouvroirs, on tricotait pour les combattants et l'on confectionnait de la charpie pour les blessés. Ceux et celles qui ne pouvaient, en raison de leur jeune âge, prétendre à servir dans l'armée ou les services auxiliaires vendaient des bons du « Liberty Loan[2] ». La Croix-Rouge, les scouts, le Fonds juif, l'association des jeunes chrétiens (Y.M.C.A.), l'Armée du Salut, les chevaliers de Colomb, les francs-maçons, les fidèles des différentes églises rivalisaient de zèle. On ne pouvait faire dix pas sur la rue du Canal ou traverser Jackson Square sans être abordé par des vendeurs ou des vendeuses de « bons de la liberté » ou de « timbres de guerre ». Pour la souscription à l'emprunt national de guerre lancé par le Congrès, la part de La Nouvelle-Orléans avait été fixée à

---

1. L'université Loyola, à La Nouvelle-Orléans, avait été créée en 1911 par les pères jésuites déjà fondateurs du collège de l'Immaculée-Conception.
2. « Emprunt de la liberté ». Il rapporta, entre 1917 et 1919, 20 milliards de dollars.

91 millions de dollars, mais les Orléanais comptaient faire mieux afin de prouver le civisme d'une population plus attachée que les autres au souvenir des vieilles mères patries européennes[1]. Des acteurs de cinéma parcouraient les villes de l'Union pour stimuler la générosité des souscripteurs. Si Douglas Fairbanks et Mary Pickford opéraient dans le Nord, Charlie Chaplin, qu'assistait l'écrivain Rob Wagner, visitait les Etats du Sud où l'on projetait comme ailleurs des films propres à éveiller les ardeurs patriotiques : *Etoiles de gloire, La rescapée du « Lusitania »* ou *Civilisation* de Thomas Ince.

Osmond, que toute cette agitation irritait un peu, se rendit chez son tailleur où il commanda deux uniformes à confectionner en quarante-huit heures et chez son chapelier qui s'engagea à lui fournir dans les mêmes délais casquette et bonnet de police. Ennemi de toute fantaisie, le sous-lieutenant se procura cependant chez son bottier des chaussures et une paire de bottes. Pendant son bref séjour, il ne souhaitait rencontrer personne, mais Hector l'informa un soir que Mlle Lorna Barthew, qui séjournait en ville, résidait à la maison Pritchard. Osmond ne put résister au désir de la voir. La jeune fille accompagnait à La Nouvelle-Orléans la présidente de la Croix-Rouge de la paroisse de Pointe-Coupée, Mme A.B. Lacour. Vingt et une demoiselles blanches et vingt-trois jeunes filles noires des environs de Fausse-Rivière avaient déjà choisi de s'engager dans les ambulances que l'on se préparait à envoyer en France.

« Ainsi nous voilà prêts à participer à la grande stupidité de la guerre. Qui peut dire ce qu'il adviendra

---

1. A La Nouvelle-Orléans, les sommes collectées atteignirent 300 103 000 dollars.

de nous au cours des mois à venir, observa Lorna, conviée par Osmond à partager un dîner.

– Nous ne pouvons nous dérober, Lorna. L'océan est finalement plus étroit que nous ne pensions quand nous étions enfants. La guerre nous a surpris occupés à nos études, à la construction d'avenirs que rien ne permettait d'envisager autrement que paisibles et heureux. Il nous faut changer nos habitudes, fermer nos livres, ranger nos raquettes de tennis, sortir de notre égoïsme. La guerre remet tout en cause. Que vas-tu faire?

– Je dois organiser, au port où embarqueront les troupes du corps expéditionnaire, un service d'accueil, une cantine ou je ne sais quoi. Et toi? »

Osmond hésita un instant à divulguer sa destination, mais il s'était engagé à la taire.

« Je dois rejoindre un camp d'instruction dans le Nord, mais je donnerai de mes nouvelles... dès que ce sera possible. »

La soirée fut paisible et mélancolique. Ils la passèrent à évoquer des souvenirs d'enfance et d'adolescence. Les promenades avec l'oncle Gus, les tournois du Baga-Club, les barbecues de Bagatelle. L'un et l'autre éprouvaient les mêmes sentiments; ils vivaient la fin d'une époque qui resterait à jamais gravée dans leur mémoire. Dans le douillet salon de la demeure des Vigors, cette femme et cet homme que tant de liens unissaient savaient bien que, quelle que soit l'issue de l'aventure dans laquelle ils allaient se lancer, rien ne serait plus comme avant. Si le sort en décidait, peut-être ne se reverraient-ils jamais, car la mort accompagne toute guerre.

Osmond ne s'était jamais senti aussi proche de Lorna. Dans la jeune femme robuste assise en face de lui, ses grandes mains fortes nouées sur les genoux, il retrouvait la petite fille d'autrefois, sérieuse et fidèle. Son regard couleur café plein de scintillements dorés, sa chevelure brune toujours à demi croulante, son buste dur qui tendait la soie du corsage, ses longues jambes croisées sous la jupe, ses lèvres rouges et charnues faisaient d'elle une femme désirable. La pensée lui vint qu'elle aurait pu lui être destinée. De son côté, elle dominait la crainte qui l'assaillait de perdre à jamais ce garçon qu'elle aimait depuis l'enfance et qui ne pouvait deviner la force secrète de ses sentiments.

Après un long silence, Osmond se mit au piano.

« Joue-moi cet impromptu de Schubert, tu sais, celui que je préfère à tous les autres. »

Osmond s'exécuta et, dans le silence de la maison, la mélodie romantique prit soudain la signification douloureuse et envoûtante d'un adieu.

Quand le jeune homme, après le dernier accord, fit pivoter son tabouret, il vit le regard de Lorna embué de pleurs. Il se leva, se pencha sur elle et embrassa l'un après l'autre les yeux de son amie. Les larmes lui mirent aux lèvres un goût doux-amer. Elle lui sourit, troublée et ravie par cette manifestation de tendresse dont elle ne le croyait pas capable.

« Je suis idiote... cette musique... n'est pas celle qui convient aux... guerriers, dit-elle doucement.

– C'est celle qui nous convient en tout cas, dit Osmond. Elle est nôtre et jamais je ne pourrai l'entendre maintenant sans penser à cette soirée. »

## 12

Le 13 juin 1917, à dix heures quinze du matin, Osmond de Vigors posa le pied avec une certaine émotion sur la terre de ses ancêtres paternels. En débarquant à Boulogne-sur-Mer dans la suite du général Pershing qui comprenait cent soixante-dix-sept généraux, colonels, commandants ou officiers subalternes et quelques hommes de troupe, il se répéta à plusieurs reprises mentalement : « Je suis en France » comme pour s'en persuader. Le nom de ce vieux pays qu'il avait tant souhaité connaître produisait une assonance harmonieuse, deux syllabes parfaites, douces et sonores comme un accord en majeur. Trois semaines plus tôt à Washington, un général du War State Building lui avait fait une agréable surprise en remplaçant sur-le-champ son brevet de second lieutenant par un brevet de premier lieutenant. Cette promotion, inusitée pour un militaire sans aucune expérience, était justifiée par le fait que les interprètes de l'état-major du chef du corps expéditionnaire devaient être, au minimum, de ce grade. Les autorités militaires qui avaient discrètement enquêté sur le passé du volontaire tenaient à s'assurer ses services.

« Agrafez cette barre d'argent sur vos pattes d'épaule et tâchez de vous en montrer digne... lieutenant... » avait commenté l'officier supérieur d'un ton sec, car il désapprouvait ce passe-droit imposé par le secrétaire d'Etat à la Guerre.

Comme tous les membres de l'expédition, Osmond s'était embarqué à Governor's Island le 17 mai sur le *Baltic,* un paquebot britannique. Il lui avait été prescrit, comme aux autres officiers, de ne porter que des vêtements civils, afin que le secret du départ soit conservé. Les salves d'artillerie tirées par les batteries de Governor's Island avaient un peu nui à la discrétion de l'appareillage, mais les journalistes s'étaient engagés à ne rien publier avant que le bateau ait atteint l'Europe. Comme on redoutait que les sous-marins allemands, alertés par des espions opérant en Espagne et au Portugal, viennent intercepter le navire, le commandant Finch, vieux loup de mer flegmatique et circonspect, fit naviguer en zigzag à l'approche des côtes européennes. Le 8 juin, le *Baltic* avait mouillé à Liverpool, où un détachement du 3e bataillon du Royal Welsh Fusiliers avait rendu les honneurs au général Pershing et aux officiers supérieurs devant l'accompagner par train spécial jusqu'à Londres.

Chaleureusement reçus à Buckingham Palace par le roi George V puis par le gouvernement britannique, le général et sa suite avaient rejoint Folkestone où les attendaient ceux qui, comme Osmond, avaient été chargés du transfert des bagages de Liverpool au port de la Manche. La traversée d'Angleterre en France sur un petit bateau dans une zone infestée de sous-marins allemands s'était effectuée sans encombre. A Londres, un officier français, le capitaine Charles de Marenches, délégué par le général Pétain, avait été intégré à l'état-major américain.

A Boulogne, d'autres officiers envoyés par le maréchal Joffre et le général Pétain accueillirent avec enthousiasme les arrivants qui apprécièrent au plus haut point la présence du colonel Jacques Aldebert de Chambrun, descendant direct de La Fayette dont la famille bénéficie à perpétuité de la citoyenneté américaine en vertu d'une loi adoptée par le Congrès des Etats-Unis. Le colonel de Chambrun, promu aide de camp personnel du général Pershing pour la durée de la guerre, se révéla un précieux collaborateur.

Osmond, qui devait à chaque instant traduire pour le colonel auquel il était attaché les souhaits de bienvenue et les considérations sur les opérations militaires en cours, regardait avec curiosité des paysages inconnus découverts par les fenêtres du train qui emmenait à Paris le contingent américain.

Si la réception à Boulogne avait été rapide et d'une sobriété militaire comme il convenait, celle de Paris lui parut délirante. Le comité d'accueil, conduit par le ministre de la Guerre Paul Painlevé et le maréchal Joffre, un homme chaleureux à la moustache impressionnante, avait fait prévenir par la presse la population parisienne de l'arrivée des Américains.

Jamais Osmond n'avait vu pareille foule rassemblée. Les voitures qui transportaient les Américains à l'hôtel Crillon eurent les pires difficultés à traverser la place de la Concorde, où des hommes et des femmes agglutinés criaient leur joie de voir enfin débarquer ceux dont ils attendaient aide et assistance. A peine eut-il pris possession de sa chambre que le lieutenant entendit la foule acclamer Pershing qu'on avait poussé sur un balcon de l'hôtel.

« Nous pourrons offrir à ces Français toute l'aide qu'ils espèrent, dit Osmond à son colonel.

– Pas avant des semaines, hélas! » répondit l'officier.

Ce dernier savait que les Etats-Unis ne possédaient alors que 285 000 fusils Springfield, 400 canons légers, 150 canons lourds, 1 500 mitrailleuses et une aviation ridiculement faible avec 65 officiers et 55 avions, dont 51, aux dires des experts, étaient des modèles « désuets » et 4 véritablement surannés.

Or les Français avaient déjà chiffré leurs besoins

immédiats dans ce domaine : 4 500 avions, 5 000 pilotes et 50 000 mécaniciens qui devraient être à pied d'œuvre avant l'année suivante.

Dès qu'il fut installé, le colonel souhaita se reposer, et Osmond se précipita dans la rue. Il voulait voir Paris, humer l'air de cette capitale mirifique dont l'oncle Gus ne parlait jamais sans avoir l'œil humide. Traversant la place de la Concorde en fixant le temple du parlementarisme qu'est le Palais-Bourbon, il vint se pencher sur la Seine. Accoudé au parapet au milieu du pont, il découvrit, dans la lumière de fin d'après-midi, la perspective des berges ombragées, le Louvre, les beaux immeubles aux façades percées de grandes fenêtres et, au loin, les tours de Notre-Dame. Son uniforme, encore inconnu des Parisiens habitués à reconnaître dans les rues les soldats de toutes les armées alliées, retint l'attention d'un couple de gens âgés qui marchaient à petits pas.

L'homme lui adressa sans façon la parole.

« Etes-vous belge ou anglais, mon adjudant ? Ma femme et moi nous avons fait un pari. »

Osmond se redressa.

« Vous avez perdu tous deux, je suis américain et lieutenant.

– Un Américain... le premier que nous voyons. Vous êtes venu avec le général Pershing ?... Vous allez nous aider à chasser les boches ?

– Nous sommes venus pour ça, monsieur. »

La femme s'avisa soudain que cet Américain parlait français sans aucun accent.

« Mais... vous parlez français... comme nous.

– Dans ma famille, nous parlons toujours français, madame ; je viens de Louisiane.

– De Louisiane ? C'est au nord, près du Canada,

hein, bien sûr, tous les Canadiens parlent français à ce qu'on dit. »

Osmond eut un instant d'étonnement.

« Assez loin du Canada, au sud plutôt, entre le Texas et l'Alabama... monsieur.

– Vous savez, l'Amérique, c'est si grand... et si loin qu'on s'y perd... et on parle français en Louisiane?

– Ce fut une terre française jusqu'en 1803, jusqu'à ce que Bonaparte la vende aux Etats-Unis.

– Comme c'est drôle, je ne me souviens pas de ça, fit la dame... on a vendu une colonie, ça alors.

– Et... que pensez-vous de Paris, mon lieutenant... et de notre Seine? demanda l'homme pour masquer ce qui aux yeux d'Osmond pouvait passer pour une surprenante ignorance.

– Je n'ai encore rien vu de Paris, monsieur. Quant à la Seine, elle paraît être une jolie petite rivière... si petite que chez nous elle n'aurait même pas de nom. Le Mississippi est dix fois plus large à La Nouvelle-Orléans. »

Les Parisiens froncèrent le sourcil, et l'officier comprit qu'ils ne le croyaient pas ou le prenaient pour un farceur. Il sentit soudain que ce vieux monsieur et cette vieille dame modestement vêtus ne feraient plus grande confiance aux Américains pour chasser l'Allemand qu'ils appelaient « boche » avec un accent de haine. Ils s'éloignèrent après un salut compassé.

Jusqu'à la nuit, Osmond arpenta les rues, identifiant au passage les monuments dont l'oncle Gus lui avait montré des photographies ou des gravures : l'église de la Madeleine, le Grand et le Petit Palais, cette bizarre tour métallique, qui ressemblait à un très haut et très fin derrick et due au génie de M. Eiffel, l'Arc de Triomphe, le Louvre, les arcades de la rue de Rivoli. Il remarqua que beaucoup de femmes étaient jolies, qu'elles portaient des jupes étroites, ce qui leur donnait une démarche curieuse, et aussi que, sans être effrontées, elles lui rendaient regard pour regard sans la moindre gêne. Il regagna l'hôtel Crillon fatigué, à la fois heureux et déçu. Heureux de se trouver dans une capitale où il y avait tant à découvrir, déçu que le valet de chambre et le maître d'hôtel, qui s'étaient eux aussi étonnés de la qualité de son français, n'aient pas su non plus situer la Louisiane. Ce nom n'éveillait aucun souvenir particulier chez les Français rencontrés ce jour-là. La mère patrie semblait avoir perdu la mémoire. Il n'y avait tout de même que cent quatorze ans que la Louisiane n'était plus française.

Pendant les jours qui suivirent son arrivée en France, Osmond fut absorbé par des tâches diverses. Il dut à plusieurs reprises accompagner son colonel à des conférences avec les militaires français, traduire des rapports, régler des problèmes juridiques. Il constata que le général Pershing semblait avoir renoncé à s'exprimer en français, et qu'il était fort préoccupé autant par l'ampleur des exigences françaises que par la situation des Alliés. On avait caché, « pour ne pas encourager l'orgueil allemand » et surtout pour ne pas affoler les populations civiles, qu'au cours des mois d'avril et de mai les sous-marins ennemis avaient envoyé par le fond un million cinq cent mille tonnes de navires. Un officier anglais avait confié au jeune lieutenant : « Si les destructions continuent à ce rythme, la flotte britannique n'aura bientôt plus assez de bateaux pour transporter l'armée américaine en Europe. » Quant au front, il paraissait à nouveau stabilisé après un recul stratégique des Allemands consécutif aux offensives françaises et britanniques du printemps. Le moral des troupes passait pour médiocre, et l'on signalait des cas de mutinerie dans l'armée française. Le bruit courait qu'on avait dû fusiller des soldats. Cinquante, disaient les uns, cent, affirmaient les autres. On ne cachait plus que la bataille de Verdun avait coûté six cent mille morts, soit le double de toutes les victimes de la guerre de Sécession. En Russie, le tsarisme semblait avoir vécu. Le socialiste Kerenski venait de former un gouvernement dont on ignorait encore les intentions. En Italie, on s'attendait, à plus ou moins longue échéance, à une nouvelle attaque austro-allemande.

Bien que le lieutenant de Vigors n'eût pas de rapport direct avec le général Pershing, il n'éprouvait, à l'égard de ce militaire toujours tiré à quatre épingles et très soucieux des préséances, qu'une sympathie mitigée. Il fut cependant satisfait quand le chef de la mission américaine décida d'installer ses services 27, rue de Constantine et d'établir ses quartiers 73, rue de Varenne dans un hôtel particulier – propriété d'un Américain de Paris, M. Ogden Mills –, magnifique bâtiment ouvrant sur un parc planté d'arbres centenaires. L'ensemble datait de Louis XV et avait été la résidence de la veuve du maréchal Lannes. Réaliste et rigoureux dans ses vues, John J. Pershing, las des cérémonies, des réceptions et des dîners où les Français semblaient se complaire, réunit son état-major et déclara qu'il était urgent de jeter immédiatement les bases de la constitution et de l'emploi d'une armée américaine.

Naturellement, il fallait que tout soit organisé avant l'arrivée des premiers contingents : l'accueil des troupes dans les ports, la construction de hangars et d'entrepôts, les circuits de ravitaillement en vivres et en munitions. Il devenait nécessaire de conclure des marchés pour procurer au corps expéditionnaire du bétail, des canons, des aéroplanes; prévoir l'utilisation du réseau ferroviaire français. Chaque jour, une quantité incroyable de questions étaient soulevées. La première mission que reçut Osmond fut, en raison de ses compétences de cavalier, de négocier l'achat de chevaux et de mulets. Les prix lui parurent exorbitants. Il trouva les négociants français trop enclins à rechercher la bonne affaire face à ces Américains que l'on disait cousus de dollars depuis que le major Murphy de la Red Cross avait mis 1 million de dollars à la disposition des familles des combattants français.

Comme la plupart des officiers subalternes de la mission, Osmond dut se mettre en quête d'un logement parisien, la vie d'hôtel ne lui plaisant guère. Il se souvint fort à propos d'une phrase prononcée deux mois plus tôt par oncle Gus. « Si on t'envoie un jour à Paris, va donc loger chez Félix, rue Cambon, dans l'hôtel particulier de Gratianne que Charles a légué à Marie-Virginie. »

La rue Cambon étant proche de la rue de Constantine, il s'en fut un soir tirer la sonnette d'un immeuble austère à portail de chêne verni. Un vieux concierge peu aimable accepta de le conduire à travers une petite cour pavée jusqu'au perron où le reçut un éphèbe italien remplissant les fonctions d'intendant. Très courtois, le jeune homme lui offrit aussitôt le gîte et le couvert.

« Monsieur, qui sert présentement dans un régiment écossais, est venu en permission il y a quelques semaines et m'a donné pour consigne de recevoir tous ses amis américains. Vous êtes donc ici chez vous. Je vais vous donner la chambre bleue. »

Osmond, sur les pas du gracieux factotum, gravit un escalier de marbre à rampe de bronze doré en jetant des regards pleins de curiosité sur les tableaux suspendus aux murs. Tous étaient de facture extrêmement moderne, la plupart des écoles cubiste et fauviste dont, il le savait, Félix de Castel-Brajac faisait grand cas. Les couleurs vives formant d'incompréhensibles géométries ou rehaussant des représentations quasi caricaturales d'êtres ou d'objets tranchaient sur la blancheur froide des murs.

La chambre que lui destinait le maître d'hôtel lui parut tout de suite douillette comme un boudoir. Les murs de la pièce éclairée par une seule fenêtre étaient tendus de chantoung bleu pastel. Un grand lit aux panneaux de laque blanche et une table bureau également laquée blanc constituaient l'ameublement. Les sièges, fauteuils et chaises avaient été recouverts de velours d'un bleu plus soutenu que celui des tissus muraux, mais identique à celui des doubles rideaux.

Le maître d'hôtel assura son hôte que les salons et la bibliothèque situés au rez-de-chaussée étaient à sa disposition, et qu'un valet de chambre pourrait s'occuper de son linge et de l'entretien de sa garde-robe.

« Je ne possède pour l'instant que deux uniformes, dit Osmond en découvrant une penderie pouvant contenir cinquante costumes.

– Le tailleur de Monsieur pourra fournir au lieutenant tout ce qu'il désire. A Paris, les officiers étrangers préfèrent souvent sortir en civil, les Parisiens sont si curieux! »

En raccompagnant M. de Vigors, le domestique s'enquit de l'existence d'une ordonnance qu'il conviendrait aussi d'héberger.

« Je n'ai pas encore d'ordonnance, mon ami. »

L'Italien eut un haussement de sourcil indiquant sa surprise devant un tel dénuement.

« Je m'appelle Carlo Mila, lieutenant, dit-il en battant des cils comme une gitane, et je suis à votre entière disposition. »

Osmond s'installa dès le lendemain chez Félix de

Castel-Brajac et se trouva tout de suite à l'aise dans cette maison confortable où chaque bibelot était un objet d'art parfaitement adapté au décor à la fois sobre et cossu, et où l'on retrouvait le goût du maître de céans aussi bien dans les boutons de porte en cristal que dans la statue antique d'Apollon, seul ornement du hall. Il imagina, dans cet intérieur composé par un esthète du XXᵉ siècle, les fantômes désorientés de la belle Gratianne de Damvilliers dont le portrait ornait son cabinet de travail à La Nouvelle-Orléans et ceux, plus anciens, de Mme Drouin, la première propriétaire qui sous ce toit avait initié sa nièce, Virginie Trégan, future marquise de Damvilliers, aux rites mondains de la vie parisienne.

Loin de Bagatelle, dans ce pays où, malgré l'affection atavique qu'il lui avait portée sans le connaître, malgré la pratique qu'il possédait de la langue française, il se sentait parfaitement étranger, Osmond ressentait plus que jamais l'irrépressible écoulement du temps. Les miroirs lui renvoyaient l'image d'un officier de haute stature, au visage grave, dans lequel, lui qui ne perdait pas de temps à considérer son physique, il avait peine à se reconnaître.

Il avait parfois conscience d'habiter un corps qui ne lui appartenait pas, de porter la défroque d'un figurant engagé dans un grand drame à épisodes. Et cependant, son esprit fonctionnait avec lucidité. Il accomplissait les tâches qu'on lui confiait, dormait, mangeait, bavardait à l'aise dans une parenthèse que sa volonté avait ouverte dans sa vie et qu'un hasard refermerait. Que signifiait aujourd'hui le serment de la rivière Chitto? Qu'étaient devenues les ambitions de sa jeunesse? L'exemple des grands hommes ne lui était plus d'aucun secours, et toutes les philosophies apprises lui paraissaient fallacieuses.

Il tentait, sans y parvenir, de se persuader de l'importance que revêtait sa participation à une lutte gigantesque qui ne représenterait plus tard qu'un avatar sanglant, que d'autres non moins sanglants feraient oublier. Qu'avait-on retenu de tel centurion de la VIᵉ légion romaine ou de tel capitaine carthaginois ? Comme eux, fourmi dans la fourmilière, fouaillé par la guerre, il agitait sa petite personne et trahissait sa propre humanité.

Félix de Castel-Brajac, dont il habitait la maison parisienne, lui avait dit un jour, citant Nietzsche : « La seule justification du monde ne serait-elle pas esthétique ? » Et cette question ne lui paraissait plus aussi saugrenue qu'autrefois. Toutes les laideurs de la guerre composaient peut-être dans l'espace et dans le temps un grand duel harmonieux. Il lui fallait assimiler la guerre comme une substance qu'il finirait par ne plus distinguer de lui-même jusqu'à devenir « cette ombre, mon image, qui va et vient cherchant sa vie » dont parlait Walt Whitman.

Au contraire de ces Français qu'il côtoyait chaque jour, il ne ressentait aucune haine pour l'Allemand coupable du crime imprévu de lèse-civilisation. Le terme « ennemi » désignait une entité mauvaise et anonyme. Pour la combattre, il fallait aussi oublier qu'elle était faite d'êtres de chair et de sang, qui savaient réciter des poèmes et jouer du piano.

La remarque faite par Carlo quant à l'absence d'ordonnance conduisit Osmond à examiner la situation des autres officiers subalternes de la mission. Il s'aperçut que tous disposaient déjà d'un homme de troupe ou d'un sous-officier remplissant les fonctions de chauffeur, livreur, courrier et valet.

Ayant fait cette découverte, il s'en ouvrit à son colonel, qui l'encouragea vivement à recruter ce que les officiers français appelaient familièrement un « tampon ». Le soir même, le secret de la résidence de la mission américaine étant maintenant levé, il expédia un télégramme à Hector, à La Nouvelle-Orléans, lui enjoignant de prendre le premier bateau à destination de la France et de se présenter à Paris, 24, rue Cambon. Le colonel, informé de ce choix, tiqua un peu en apprenant qu'Hector était noir.

« Vous autres, gens du Sud, vous avez conservé le goût des esclaves. Quand les troupes noires arriveront, vous trouverez à vous employer. D'après ce qu'on en dit, les nègres n'aiment pas faire la guerre.

– Il y en a dans l'armée française qui sont d'excellents soldats, monsieur. »

Malgré ces considérations raciales, le colonel assura Osmond qu'il régulariserait la situation. Hector deviendrait auxiliaire civil de l'armée américaine, à condition que son maître souscrive une assurance-vie, cette ordonnance ne pouvant être considérée comme un militaire à part entière.

L'assurance-vie des membres du corps expéditionnaire était un des dadas du général Pershing, qui avait demandé au gouvernement fédéral d'en souscrire une pour chaque combattant envoyé en Europe[1].

Le 28 juin débarquèrent à Saint-Nazaire quatorze mille cinq cents soldats américains. Ils avaient traversé l'Atlantique à bord de quatorze navires escortés par le croiseur *Seattle* battant pavillon de l'amiral Albert Fleares. Les 16e et 28e régiments d'infanterie et le 5e régiment de marines constituaient les premiers éléments de la 1re division.

---

1. Le gouvernement des Etats-Unis souscrivit en effet 80 millions de dollars d'assurance pour les troupes du corps expéditionnaire. 90 p. 100 des combattants américains de la guerre 1914-1918 étaient assurés.

Le général Pershing, qui savait que les deux tiers des effectifs de ces unités hâtivement formées étaient composés de recrues sachant à peine marcher au pas et présenter les armes, aurait voulu envoyer les « dough-boys [1] » compléter leur instruction au camp de Gondrecourt « avant de les montrer aux Parisiens », mais il ne put refuser aux autorités françaises la présence d'un bataillon du 16e d'infanterie aux cérémonies qui, le 4 juillet, marquèrent le 141e anniversaire de l'indépendance américaine.

Si Pershing et sa suite avaient été acclamés quinze jours plus tôt, les Américains faillirent ce jour-là périr étouffés sous l'enthousiasme de la foule. Ce fut une grande fête populaire de l'amitié et de l'espérance qui déferla sur Paris. Tout le monde voulait voir les « sammies [2] », les toucher. On leur jetait des fleurs, les femmes les embrassaient à pleine bouche, les barbouillaient de rouge à lèvres, leur prenaient le bras et se mêlaient au défilé qui n'avait plus rien de martial. Les hommes criaient, applaudissaient, offraient du vin. Ce n'était plus un régiment qui défilait, c'était un cortège de carnaval qui louvoyait dans les rues. Abasourdis, mal remis de la traversée, embrassés, choyés, bousculés, interpellés, les soldats avaient peine à maintenir sur leur tête leurs grands chapeaux couverts de fleurs, oubliaient les règles de l'alignement, ne savaient plus que faire de leurs fusils.

Osmond, qui avait horreur de la foule et n'était pas tenu de figurer dans ce défilé, finit par se mettre à l'abri sous un porche de la place des Invalides, où avait eu lieu la prise d'armes. Repéré, entouré, congra-

---

1. Littéralement : « garçons courageux ». C'est ainsi que l'on appelait les Américains du corps expéditionnaire.
2. Argot : sobriquet du soldat américain.

tulé par un groupe d'hommes et de femmes, il s'efforçait de sourire en évitant de parler français, ce qui eût déchaîné un enthousiasme supplémentaire. Il envisageait sérieusement de se frayer de force un chemin quand, dans son dos, un vantail du porche s'ouvrit.

« Come, come, lieutenant », dit une voix douce à son oreille.

Sans se faire davantage prier, il pénétra sous la voûte obscure et referma la porte sur ses admirateurs. Une jeune femme blonde et frisée, à l'œil d'un bleu vif et au nez petit et retroussé, lui sourit.

« Merci, madame. Je n'ai pas encore rencontré d'Allemands, mais croyez-vous qu'ils soient aussi dangereux que vos compatriotes? »

Il s'était spontanément exprimé en français, et la jeune femme lui en fit la remarque. Comme chaque fois depuis qu'il était en France, il dut expliquer, en exagérant un peu, que la Louisiane était un Etat francophone.

« Je me préparais à sortir. Puis-je vous conduire quelque part, monsieur... pour vous éviter une nouvelle agression? dit-elle en désignant une automobile rangée dans la cour de l'immeuble et près de laquelle se tenait un chauffeur en livrée.

— Je dois me rendre au cimetière de Picpus pour une autre cérémonie... mais j'ai aussi une automobile... de l'autre côté de la place.

— Vous ne pourrez jamais l'atteindre avec cette foule, venez, je vous emmène, vous avez fait un si long voyage pour venir jusqu'à nous. »

La jeune femme, dont la silhouette impressionna Osmond, dit quelques mots à voix basse au chauffeur, puis invita l'officier à s'asseoir à côté d'elle. Tout en bavardant, tandis que l'automobile traversait la Seine, puis par la Concorde et la rue de Rivoli, filait vers le cimetière où le général Pershing devait fleurir la tombe de La Fayette, Osmond observait l'aimable inconnue. Elle lui parut jolie, fraîche et d'une élégance de bon ton. Sous une capeline de dentelle noire, un petit visage rond, un regard brillant de poupée de porcelaine, des lèvres un peu trop rouges et le nez au retroussis insolent qu'il avait déjà remarqué composaient pour l'Américain le portrait idéalisé de la vraie Parisienne comme la voyaient les dessinateurs de mode du *Lady Home Journal.*

« Le cimetière est à l'autre bout de Paris, dit-elle.

— Je suis désolé, je n'aurais pas dû accepter.

— Si vous saviez comme je suis contente d'avoir un Américain pour moi toute seule, monsieur. Les journaux parlent si souvent de vous, de votre armée formidable, de la richesse de votre pays. Je suis bien contente de vous avoir chipé à la foule.

— Chipé ? »

Elle sourit.

« Ah ! c'est qu'à Paris nous parlons un français... pas très français... chipé, ça veut dire enlevé, volé.

— Je suis enchanté d'être enlevé par une Parisienne. C'est la première fois que ça m'arrive. Mon nom est Osmond de Vigors.

— De Vigors... vous êtes noble ? Je croyais que ça n'existait pas en Amérique... la noblesse ?

— Ma noblesse est française et très ancienne, madame.

— Moi aussi je suis noble. Je m'appelle Armande de Pressy...

— C'est un joli prénom, Armande... Madame ou mademoiselle ? »

Osmond remarqua que la jeune femme marquait un instant d'hésitation assez incompréhensible.

« Madame... oui, madame. Je suis mariée et mon

mari est très jaloux... mais vous pouvez m'appeler Armande.

— Après ce que vous venez de dire de votre époux, je n'oserai jamais... déjà... s'il venait à apprendre que vous circulez seule en voiture avec un Américain... Etes-vous certaine de la discrétion de votre automédon ?

— De quoi ?

— Du chauffeur.

— Ah! Lui... vous pensez... muet comme une carpe. »

Mme de Pressy parut à Osmond tout à fait conforme à l'image qu'il s'était faite des Parisiennes en entendant discourir ses camarades de l'état-major, dont plusieurs pouvaient déjà se vanter de bonnes fortunes faciles. Jusque-là, il n'avait vu de bourgeoise affranchie que sur la scène, dans les vaudevilles. Mais le type existait, semblait-il, à l'état naturel.

Comme l'automobile s'arrêtait devant le cimetière dont un cordon de gardes mobiles à cheval interdisait l'accès à la foule déjà dense, Armande se pencha vers Osmond.

« J'aimerais bien aller avec vous... pour voir. »

Il était difficile de refuser, et Osmond, dont l'uniforme constituait un laissez-passer suffisant, entraîna la jeune femme dans son sillage. Deux lieutenants déjà arrivés lui firent des clins d'œil égrillards, et un capitaine, avec lequel il avait sympathisé lui glissa au passage en anglais une phrase qui signifiait à peu près : « Tu ne t'embêtes pas, Dixie! »

« Qu'est-ce qu'il a dit? fit Armande.

— Mais vous entendez l'anglais?

— Non, je sais dire une douzaine de mots, mais quand on parle je ne comprends pas... Qu'est-ce qu'il a dit, le petit gros?

— Il a dit : Le général arrive, dépêchez-vous. »

Près de la tombe de Marie-Joseph Paul Yves Roch

Gilbert Motier, marquis de La Fayette, se tenait déjà un groupe de personnalités civiles et militaires.

« A tout à l'heure », souffla Mme de Pressy en se faufilant entre les tombes pour trouver un observatoire discret.

Quelques instants plus tard, le général Pershing, sanglé dans son uniforme, la moustache bien taillée et le menton relevé, s'avança vers la tombe de l'illustre marquis en compagnie du colonel Stanton, son aide de camp, et de représentants du gouvernement français. Quand la tombe fut fleurie et la minute de recueillement observée, on comprit que tout le monde attendait quelques mots du général américain dont les journaux, qui avaient rappelé ses origines alsaciennes, affirmaient qu'il parlait français.

Mais Pershing, taciturne comme à son habitude et excédé par une journée de cérémonies, ne semblait pas décidé à prendre la parole. M. Sharp, l'ambassadeur des Etats-Unis, et M. Painlevé finirent par le convaincre, et le général, bien qu'il eût désigné le colonel C.E. Stanton pour parler à sa place, dut improviser un speech avant de céder la petite tribune à son aide de camp.

Ce dernier, visité par l'inspiration et peut-être conscient que l'assistance escomptait une déclaration plus lyrique que les propos tenus par son chef, apostropha soudain d'une voix forte le mausolée : « La Fayette, nous voilà[1] ! » Les applaudissements crépitè-

---

1. On a souvent attribué à tort cette phrase au général Pershing. Lui-même raconte dans ses *Mémoires* publiés en France par Plon en 1931 : « C'est à cette occasion (cérémonie au cimetière de Picpus) que furent prononcés les mots mémorables que l'on ne pouvait trouver que sous le coup d'une profonde émotion. C'est à moi que beaucoup de personnes ont attribué cette phrase lapidaire, et j'ai souvent regretté de n'en avoir pas la paternité. Mais je n'ai pas souvenance d'avoir dit quelque chose d'aussi bien. Ces mots, je crois pouvoir l'affirmer, ont été prononcés par le colonel Stanton, et c'est à lui que doit revenir l'honneur d'une phrase si heureuse et si bien frappée. »

rent, couvrant les sanglots de quelques femmes en deuil.

Le lieutenant de Vigors constata immédiatement que le salut, un peu familier mais plein de fougue, adressé par un officier américain à l'ami du grand Washington, auquel l'Amérique venait payer une dette de reconnaissance par-delà le Temps et la Mort, faisait très bon effet sur tous les Français présents.

A la sortie du cimetière, comme il rejoignait Armande, celle-ci dit en désignant un homme vêtu de noir.

« Celui-là, je le connais.

– C'est un membre du gouvernement français.

– Je sais... c'est aussi un ami de ma... de ma tante.

– Si nous allions prendre une tasse de thé? proposa l'officier conquis par le charme un peu acide de la Parisienne.

– Oh! oui. Allons chez Rumpelmeyer, rue de Rivoli, il y a de ces choux à la crème! »

Autour de la table à thé le badinage se poursuivit, et Mme de Pressy se laissa baiser la main à plusieurs reprises au moment de l'au revoir.

« Vous reverrai-je? » demanda Osmond décidé par jeu à poursuivre son avantage.

La jeune femme minauda un peu puis elle fit une moue rieuse, que le lieutenant trouva tout à fait inattendue chez une femme du monde.

« Eh bien, invitez-moi à dîner... disons dans une semaine. »

La date fut fixée, et il fut convenu que le 12 juillet, à dix-neuf heures trente – comme disaient les Français – l'automobile de service d'Osmond, une Cadillac kaki, stationnerait devant la maison de la place des Invalides.

Armande s'éloigna sous les arcades à petits pas vifs, et Osmond regagna son bureau tout étonné qu'il soit si facile d'entrer dans les bonnes grâces d'une Parisienne à laquelle il n'avait pas l'intention de demander plus que ces petits plaisirs désignés par les Français sous le nom innocent de cinq-à-sept. A l'état-major, Osmond était attendu par son colonel.

« Vous partez demain en mission pour Gondrecourt, près de Bar-le-Duc. C'est là que les boys de la 1re division sont à l'entraînement. Le général veut savoir comment ils sont reçus par les civils français et s'il y a des problèmes; on attend votre rapport dans cinq jours. »

Osmond salua et s'en fut quérir un chauffeur et une automobile. Le lendemain soir, il dînait dans une petite maison au toit de tuiles rouges avec les officiers du 16e régiment d'infanterie. Pendant le voyage de Paris jusqu'en Lorraine, il avait pu enfin se faire une idée de ce qu'était la guerre. Le pays portait les traces des combats qui s'étaient déroulés au fil des années : villages détruits, routes défoncées, forêts calcinées par les pluies d'obus. Entre deux averses, le soleil de juillet atténuait un peu la désolation de certains secteurs particulièrement éprouvés et, dans les champs, des femmes travaillaient aux cultures. Des convois militaires encombraient les routes, et des ambulances tentaient de se frayer un passage pour aller charger dans les hôpitaux de campagne les blessés qui devaient être conduits à l'arrière. Certains, apprit Osmond, attendaient depuis des semaines d'être évacués vers des centres hospitaliers bien équipés.

Dans les hameaux des environs de Gondrecourt où les Américains avaient pris leurs quartiers, le calme régnait depuis deux ans, mais les villages dans les vallons n'étaient plus peuplés que de vieillards silencieux et de gosses en sabots. Les jeunes femmes travaillaient dans les usines de munitions, et la vie se déroulait au ralenti. Les soldats américains qui distribuaient aux enfants de la gomme à mâcher semblaient admis, mais leur vitalité tranchait sur l'apathie générale d'une population clairsemée. Les paysans savaient maintenant la valeur du dollar et, dans les cafés, les « sammies », auxquels on reprochait de faire monter les prix, payaient le vin et le café deux fois plus cher que les autochtones.

L'entraînement des troupes, dirigé par des officiers français et britanniques, parut à Osmond bien organisé. Les Américains apprenaient à creuser des tranchées, à combattre en rase campagne, à se servir des mitrailleuses Hotchkiss et Chauchat, à établir des réseaux de fil de fer barbelé, à lancer la grenade.

Au tir, les « sammies » se révélaient assez adroits, mais ils répugnaient à se servir de la baïonnette que les soldats français avaient surnommée « Rosalie ». Quant au casque britannique qui remplaçait leur chapeau à larges bords, il leur paraissait lourd et encombrant.

Les officiers français connaissaient les réticences de Pershing quant à l'emploi immédiat des régiments américains. Un capitaine, rescapé de l'offensive lancée au printemps par le général Nivelle qui avait coûté sans aucun profit cent soixante-dix-sept mille hommes aux Anglais et cent quatre-vingt mille aux Français, exprima devant Osmond l'opinion de ses compatriotes :

« La meilleure aide que vous puissiez nous apporter est de déléguer, dans les armées aguerries anglaises et françaises, des unités américaines qui seraient engagées au combat, car nous ne pouvons attendre que vous ayez constitué cette armée autonome d'un million d'hommes à laquelle rêve votre général. A vous parler franchement, nous n'avons pas encore grande confiance dans votre efficacité. Il faudra que vous nous donniez des preuves de votre volonté de combattre à nos côtés, sous nos généraux expérimentés... qui ne sortent pas de West Point. Vous devez dissiper l'impression que répandent chez nous certains intellectuels cocardiers quand ils disent que vous n'êtes entrés dans la guerre que pour figurer parmi les vainqueurs au jour de la victoire. Que voulez-vous, mon cher, vous êtes venus un peu tard!

– Maintenant, nous sommes là », répondit Osmond assez gêné en se souvenant de ce que disait oncle Gus.

Les officiers français, qui tous avaient subi l'épreuve du feu et dont les blessures plus encore que les décorations attestaient le courage, plurent au lieutenant. Il découvrait en eux cette détermination tranquille des combattants prêts à s'exposer sans forfanterie.

On ne pouvait à Paris se faire une idée de la confiance que ces hommes avaient dans l'issue heureuse du conflit. Ils ne pensaient à rien d'autre qu'à chasser l'ennemi, et ils entendaient le faire en évitant de se poser les questions qui agitaient les cercles parisiens.

Le rapport qu'il rédigea en quarante-huit heures, avant de regagner Paris, traduisait ses sentiments. Les Américains devaient aller au combat sans plus attendre. C'était le geste fraternel qu'espéraient les Français.

A son retour de Lorraine, Osmond de Vigors eut l'heureuse surprise de retrouver, rue Cambon, Félix de Castel-Brajac qui avait un bras en écharpe mais paraissait en excellente santé.

« J'ai reçu ce que les Français appellent « la bonne blessure », mon cher, un éclat de « pot de fleur[1] » qui m'a fracturé l'humérus. Cela me vaut un mois et demi de convalescence à Paris. Croyez-moi, avec le temps qu'il fait en Artois, c'est rudement bon à prendre. »

Contrairement à ce que croyait Osmond, Félix ne portait pas le kilt, mais une tunique rouge à parements relevés sur un pantalon de tartan aux couleurs de son régiment : grands carreaux rouges sur fond de carreaux vert clair et vert sombre. Trois étoiles à quatre branches sur ses pattes d'épaule indiquaient son grade de capitaine, et deux chevrons dorés sur sa manche attestaient qu'il avait déjà reçu deux blessures. Il était coiffé d'un coquet bonnet « glengarry » vert foncé à bandeau rouge, noir et blanc agrémenté sur la nuque de deux rubans flottants.

« Je ne porte le kilt qu'au combat, expliqua-t-il, ça donne de l'aisance, mais à Paris je ne veux pas montrer mes genoux écorchés aux demoiselles. »

Par Félix qui parlait de la guerre comme d'un grand match de cricket, Osmond eut des nouvelles de Bob. Il appartenait maintenant à l'escadrille « La Fayette » constituée par des aviateurs américains et commandée par un capitaine français. Le fiancé d'Otis était basé près de Lunéville, et l'on pouvait s'attendre à le voir bientôt arriver en permission à Paris.

Félix de Castel-Brajac connaissait toutes les ressources de la capitale. Il entraîna Osmond dans plusieurs restaurants où se rencontraient les officiers anglais de passage à Paris. Quand, dans l'après-midi du 12 juillet, le lieutenant lui confia qu'il avait un dîner galant, le fils de Gustave lui conseilla Maxim's.

---

1. C'est ainsi que les combattants appelaient le « shrapnel », sorte d'obus à balles utilisé par l'artillerie allemande.

Bien qu'il ne fût encore jamais entré dans cet établissement de la rue Royale, Osmond savait par d'autres officiers que c'était le rendez-vous des aviateurs depuis que le Brésilien Santos-Dumont l'avait mis à la mode. Quand il y pénétra avec Armande de Pressy, qui portait ce soir-là un manteau de faille blanche sur une robe fort décolletée et un curieux chapeau fait d'un gros chou de mousseline agrémenté de roses, il eut le sentiment que la guerre n'existait plus qu'en tant que pourvoyeuse d'uniformes et de décorations. La plupart des tables étaient occupées par des officiers de tous grades et de toutes armes accompagnant de jolies femmes. On reconnaissait aisément les aviateurs à leur tenue bleu sombre, à leur culotte de cheval et à leurs jambières de cuir fauve, ainsi qu'aux ailes d'or qu'ils portaient sur le côté droit de la poitrine. La plupart, jeunes et décorés, jouissaient des attentions particulières du personnel. Quant aux femmes, elles les regardaient comme des êtres célestes qui faisaient aux Terriens ordinaires la grâce d'une visite et condescendaient, après avoir déposé leurs ailes au vestiaire, à profiter de leurs charmes. Le décor du restaurant, inchangé depuis 1899, créait une ambiance quiète et propice aux tête-à-tête amoureux. Les rideaux et les banquettes de velours rouge, les boiseries d'acajou à volutes, les miroirs biseautés, les lampes de cuivre à globe de cristal, l'argenterie, la fine porcelaine, la blancheur des nappes, tout concourait à donner une impression de luxe de bon ton.

Osmond avait choisi une table d'angle et, quand la petite marchande de fleurs se présenta, il offrit à Armande une rose d'un rouge éclatant. La jeune femme paraissait heureuse de le revoir.

« J'ai beaucoup pensé à vous, dit-elle, je me demandais si vous seriez au rendez-vous. »

Il lui prit tendrement la main, étonné par cette déclaration si naïve et spontanée. Quand on servit le champagne, elle voulut boire la première gorgée dans le verre du lieutenant.

« Comme ça vous connaîtrez mes pensées, dit-elle avec un regard prometteur.

– J'aimerais autant que vous ne connaissiez pas les miennes à cet instant.

– Pourquoi, mon Dieu?

– Parce que, chère Armande, elles pourraient vous effaroucher, vous faire supposer que je ne suis pas un gentleman.

– Ça veut dire que vous avez envie de m'embrasser?... Vous pouvez... j'en ai envie moi aussi.

– Ce n'est peut-être pas le lieu... tous ces gens, on peut vous reconnaître... »

Mais, avant qu'il en dise davantage, Armande lui plaqua sur la bouche ses lèvres fraîches avec un petit mouvement de la langue qui mit ses sens en émoi. Les Parisiennes, se dit-il, sont vraiment sans façon.

Au cours du dîner, Armande, qui semblait dotée d'un robuste appétit et n'hésitait pas à parler la bouche pleine, se fit raconter l'Amérique. Elle imaginait la patrie d'Osmond comme un vaste pays couvert de plaines arides et poussiéreuses entre des montagnes gorgées de pépites d'or et parcourues par des Indiens, des troupeaux de bisons et des aventuriers à cheval. Elle y voyait, par-ci, par-là, quelques villes hérissées d'immeubles de trente étages et peuplées d'immigrants faméliques d'Europe centrale. Le cinéma lui avait appris que tous les hommes y portaient un revolver dans leur poche, que toutes les femmes y étaient blondes et lascives, mais capables de se faire respecter à coups de rouleau à pâtisserie. Elle admirait l'autorité des millionnaires, mais détestait les pasteurs protestants qui semblaient se mêler de tout.

Osmond s'efforça de lui démontrer que les Etats-Unis pouvaient honorablement figurer parmi les pays civilisés, même si on y mangeait plus de sandwiches que de poulardes demi-deuil.

Comme ils s'apprêtaient à quitter le restaurant et se dirigeaient à travers les tables vers le vestiaire, Osmond entendit un dîneur rire à leur passage. C'était un aviateur accompagné d'une femme élégante et qui paraissait légèrement éméché. Osmond lui jeta un regard dédaigneux et vit que le militaire fixait Armande d'un air amusé.

Mme de Pressy avait remarqué elle aussi la mimique du dîneur. Elle pressa le pas, mais Osmond, qui n'admettait pas que l'on s'amusât à ses dépens, se retourna vers l'inconnu au moment où celui-ci disait à sa compagne :

« La camériste de Laure a levé un Américain. »

L'aviateur, croyant sans doute qu'Osmond n'entendait pas le français, avait fait cette réflexion à haute voix. Aussitôt, le lieutenant vint se planter devant le couple assis.

« Que voulez-vous dire par : « Elle a levé un « Américain », monsieur? »

Le lieutenant, dont la vareuse sombre était éclairée de la croix de guerre avec deux palmes, s'adossa à la banquette.

« Tiens, vous parlez français... assez bien, ma foi.
– Je vous ai posé une question, monsieur, et j'attends une réponse. »

Les conversations s'étaient interrompues aux tables voisines, autour desquelles festoyaient joyeusement plusieurs aviateurs.

« Ça veut dire, monsieur, car j'ignore votre grade, que vous manquez singulièrement de flair en Améri-

388

que pour amener ici une jeune gourgandine, domestique d'une demi-mondaine, qui a l'audace d'emprunter les vêtements de sa maîtresse pour..., oui, le terme me paraît juste, lever un Américain naïf. »

Osmond comprit aussitôt que l'aviateur avait sans doute vu juste, mais ce n'était pas une raison suffisante pour qu'un Cavalier tolère qu'on parle ainsi de la femme qu'il accompagne. La colère chez Osmond se traduisait toujours par une brusque modification de la couleur et de l'intensité de son regard. L'aviateur n'y fut pas insensible, et la femme qui se trouvait près de lui parut soudain fascinée par ces yeux de jade, froids, presque cruels et par le bizarre sourire de l'étranger. Armande, revenue sur ses pas, prit le bras d'Osmond.

Il sentit que sa main tremblait.

« Venez, dit-elle d'une voix blanche... je vous expliquerai.

– C'est ça, expliquez-lui que la baronne Laure de Pressy, qui n'est baronne que pour ses domestiques, est à Monte-Carlo et que vous... chassez à sa place. C'est si simple », fit le Français goguenard.

Osmond dégagea son bras de la main d'Armande.

« Cette fois, monsieur, vous passez les bornes de la trivialité à laquelle vous ont sans doute habitué les demi-mondaines. Je vous prie de présenter des excuses à Madame si votre goujaterie vous permet de trouver des termes qui me satisfassent. »

Piqué au vif, l'aviateur se leva courroucé, tandis qu'un maître d'hôtel visiblement ennuyé s'approchait du groupe.

« Je n'ai pas l'habitude de présenter des excuses, monsieur l'Américain, ce n'est pas dans ma nature et...

– Très bien, je les obtiendrai donc moi-même d'une autre façon... voici ma carte. Mes témoins attendront les vôtres demain matin à neuf heures, 24, rue Cambon. Nous nous battrons à l'épée... votre carte, s'il vous plaît? »

L'aviateur s'exécuta rageusement, puis jeta un coup d'œil sur le bristol que lui avait tendu Osmond et parut surpris d'y lire un nom français précédé d'une particule. Quant à Osmond, il glissa la carte de l'aviateur dans sa poche, sans même la regarder, et offrit son bras à Armande pour quitter le restaurant. Autour des tables, les conversations brusquement s'animèrent. On avait depuis longtemps perdu l'habitude de voir un homme en provoquer un autre en duel. Ces Américains ne doutaient de rien.

Dans la voiture d'Osmond promptement avancée par le chasseur, Armande se mit à pleurer sans aucune discrétion.

« Voyons, calmez-vous, Armande.

— Mais, monsieur, vous n'allez pas vous battre en duel pour moi... C'est vrai ce qu'a dit l'aviateur... je suis la femme de chambre de Laure de Pressy... qui ne s'appelle pas de Pressy.

— Et alors, est-ce une raison pour qu'un militaire vous le jette à la figure? Vous êtes une femme, un peu menteuse, un peu coquette, qui voulait s'amuser. Mais vous êtes une femme, et ça suffit pour qu'on vous doive des égards. Votre Louis XIV saluait les servantes, n'est-ce pas?

— Mais un duel, monsieur, c'est dangereux.

— Cet aviateur a besoin d'une leçon, je la lui donnerai... maintenant embrassez-moi et reprenons les choses où nous les avions laissées.

— Je vous dois plus qu'un baiser, lieutenant.

— Si vous estimez le risque à plus haut prix, accompagnez-moi donc rue Cambon... j'ai une très jolie chambre bleue.

— Je vous aurais suivi sans algarade, lieutenant »,

dit Armande en se blottissant contre l'Américain.

La nuit fut courte et voluptueuse. Armande se révéla une amoureuse pleine d'imagination et d'impétuosité. Son corps blanc n'était qu'une succession de rondeurs fermes qui appelaient la caresse. Jamais Osmond n'avait vu taille aussi fine, si nettement marquée, ni des hanches aussi mobiles. Les jambes manquaient de longueur et les chevilles paraissaient un peu lourdes, mais le buste insolent était d'une fermeté marmoréenne.

Au petit matin, quand la jeune femme fut contrainte de s'échapper, Osmond lui donna un dernier baiser. Puis, ayant ôté de sa montre de gousset la chaîne d'or ouvragée, il la lui noua autour du cou.

« Vous êtes exagérément femme, Armande, acceptez ce cadeau.

– Une chaîne, c'est, comment dirais-je... un symbole d'attachement... vous reviendrez me voir si...

– Si votre insulteur ne me prive pas à tout jamais des plaisirs de l'amour... parisien, vous voulez dire?

– Oh! mon Dieu, j'avais oublié... pourvu que ça s'arrange... je vais pas vivre, moi... comment saurai-je?

– Je vous promets que si je me fais estourbir on vous portera la montre qui va avec la chaîne. Je n'en aurai plus besoin, n'est-ce pas?... mais n'y comptez pas trop... je tiens beaucoup à ma montre. »

Ayant enfilé ses bas fort gracieusement, Armande dévala l'escalier de marbre en faisant tinter ses talons, ce qui attira dans le hall le beau maître d'hôtel italien. Battant des cils comme devant une apparition stupéfiante, Carlo ouvrit la porte à la jolie soubrette.

« Ça alors, une femme... une femme a passé la nuit ici... C'est bien d'un Américain... »

Car il n'imagina pas un instant que l'aimable fugitive pouvait sortir de la chambre de son maître.

## 13

Au petit déjeuner, Osmond mit Félix de Castel-Brajac au courant de sa mésaventure de la veille.

« Vous allez donc, mon cher, vous battre en duel pour une suivante! C'est beau comme un roman de Dumas! Je reconnais bien là le Cavalier sudiste cher à mon père... d'Artagnan va risquer sa vie pour Constance Bonacieux... Mais il vous faut des témoins.

— Je comptais sur vous, Félix!

— J'en suis, bien sûr, mais il en faut deux. Voyons, mon ami Lord Pims, qui habite à deux pas, acceptera certainement. C'est un vieil Anglais très parisien, qui a déjà assisté quelques bretteurs.

— Il me paraît tout indiqué.

— Bon. Mais au fait, qui est votre adversaire?

— Hervé de Compigny, un lieutenant aviateur superbe et décoré.

— Compigny... Compigny... ce nom me dit quelque chose... oui... oui... une vieille famille de l'Yonne. Des gens pauvres... un fils bohème, joueur, un peu débauché, qui vit avec sa sœur car les parents sont morts. Votre homme doit savoir tenir une épée si c'est celui auquel je pense. Et vous?

— Je suis assez bon escrimeur, mais il y a des mois que je n'ai pas livré d'assaut.

— Je connais un maître d'armes. Batissou, rue de Latour-Maubourg. Il est rompu à la préparation rapide pour duels mondains. Je vous annonce par téléphone, courez faire quelques passes avec lui. Je recevrai les témoins de Compigny. Nous pourrons fixer la rencontre à demain matin cinq heures.

– Mais où? Je ne connais pas Paris.

– De l'autre côté de la rue de Rivoli, dans les jardins des Tuileries, derrière le Jeu de paume. A cette heure-là c'est un désert. Pourvu que votre aviateur, ou quelque serveur de Maxim's n'ait pas prévenu les journalistes! Car, mon cher, il faut être discret. Nous ne sommes pas en Louisiane, au temps de M. de Marigny. Ici, le duel est considéré comme tentative d'homicide. Vous vous voyez en prison? Sans compter que ce serait idiot de vous faire abîmer pour une gentille gourgandine et que la France compte sur vous pour trucider les Allemands, pas pour exterminer les aviateurs français! Je vais réfléchir aux clauses du combat afin d'éviter que trop de sang soit répandu. Vous me faites confiance?

– Pleinement. Les Castel-Brajac sont gens d'honneur, vous l'avez vous-même prouvé. Je m'en remets à vous et je file chez le maître d'armes.

– Mettez-vous en civil, Osmond. Votre affaire n'engage pas l'armée américaine », conseilla Félix en vidant sa tasse de thé.

M. Batissou, professeur d'escrime et grand manieur de sabre, jaugea Osmond du regard.

« Avez-vous déjà tenu une épée?

– Je pratique l'escrime. J'ai seulement besoin d'une révision. »

M. Batissou qui se méfiait des Rodomont, décrocha deux fleurets mouchetés et mit son masque.

Pendant une heure, il força Osmond à livrer un échantillonnage complet de ses connaissances en attaque. Aux attaques simples avec coup droit et dégagement succédèrent les attaques composées : battement tiré droit, menacé dégagé, menacé coupé, tour d'épée en tierce et en quarte. Puis, le professeur, prenant l'offensive, obligea l'Américain à pratiquer toutes les parades classiques de la quarte basse à la contre de tierce. L'assaut terminé, M. Batissou parut satisfait.

« N'oubliez pas, monsieur, que " le duel est fait de loyales perfidies ", comme disait mon maître le baron de Bazancourt. Vous me paraissez très capable de vous bien conduire. Je ne vous donnerai qu'un seul conseil, parez en rompant pour donner à la parade une double sécurité et à la riposte plus de liberté d'action. Faites-le de pied ferme, lorsque vous croirez avoir jugé un coup et tenir votre adversaire dans une impasse dont il ne peut s'échapper. Vous êtes-vous déjà trouvé sur le pré ?

– Oui, monsieur, mais j'avais quatorze ans et pour épée, une règle munie d'une pointe de compas. »

Le maître d'armes parut étonné par une telle révélation, mais il se dit que ces Américains semblaient avoir, en matière d'escrime, une assez bonne éducation.

Pendant qu'Osmond se rassurait en tirant contre M. Batissou, Félix de Castel-Brajac avait mis la rencontre au point avec les témoins de Compigny, deux officiers aviateurs assez ennuyés par cette affaire où le point d'honneur relevait plus d'une susceptibilité ombrageuse que d'une offense grave. Ils admirent qu'il serait désolant de voir deux aristocrates s'entre-tuer pour une cause aussi futile.

« Voilà ce que je propose. Les deux adversaires porteront chacun une rose à l'épaule et le premier qui, de son épée, dépouillera l'autre de la divine fleur sera déclaré vainqueur. Ensuite, nous prendrons tous ensemble le breakfast, ici même, car je suis certain que M. de Vigors éveillera la sympathie de M. de Compigny. Acceptez-vous ce duel ? »

Les deux officiers apprécièrent la fantaisie et l'élégance de l'idée, mais demandèrent à en référer à leur mandant.

Une heure plus tard, ils revinrent et déclarèrent que M. de Compigny acceptait la formule originale de Félix. Rendez-vous fut pris pour le lendemain matin aux Tuileries.

Quand, à l'aube du samedi 14 juillet, les adversaires se retrouvèrent derrière le Jeu de paume, M. de Compigny observa qu'il n'était pas mécontent de se mesurer au lieutenant américain le jour de la Fête nationale. L'aviateur, de taille moyenne et assez frêle, paraissait très à l'aise. Il salua aimablement Osmond. Au moment de fixer les roses apportées par Lord Pims, un Anglais bedonnant à toison blonde, au teint coloré, et que l'affaire semblait réjouir, M. de Vigors eut une exigence inattendue.

« Je porterai ma cible non sur l'épaule mais sur le cœur. Je n'oblige pas M. de Compigny à en faire autant, dit-il un peu sèchement.

– C'est autrement dangereux, observa Félix en essayant de dissuader son ami.

– Un duel n'est pas un jeu de foire et comme l'a dit Corneille : " à vaincre sans péril on triomphe sans gloire. " »

L'aviateur, mis au courant par ses témoins de cette témérité de dernière minute, y souscrivit immédiatement.

Les roses rouges à peine écloses furent donc fixées par des épingles sur la poitrine des adversaires qui, au commandement, tombèrent en garde. Le spectacle de ces deux hommes en pantalon noir et chemise blanche, prêts à s'affronter dans la lumière dorée de l'aube estivale et brandissant, sans émotion apparente, les souples lames de Solingen fournies par M. Batissou, paraissait désuet. Alors que des milliers d'hommes s'entre-tuaient avec des armes moins nobles, ce combat singulier prenait même un caractère frivole.

Félix de Castel-Brajac ayant été désigné, au bénéfice de l'âge, comme directeur de la rencontre, donna le signal de l'assaut.

Le combat s'engagea aussitôt, assez serré, les adversaires paraissant de force égale et sachant, l'un et l'autre, manier l'épée dans les règles. Pas une seule faute ne fut commise au cours de la première reprise dont la tenue fut parfaite. Osmond, ayant tâté son adversaire en rompant de deux pas, qu'il reprit aisément sur des ripostes, estima que M. de Compigny ne se laisserait pas surprendre facilement. Dès le début du deuxième assaut, l'aviateur s'engagea à fond et déchira la manche d'Osmond à hauteur du biceps. L'Américain avait senti le froid de la lame tandis que son adversaire commençait à se rendre compte que, décapiter une rose de la pointe de l'épée, n'était pas chose simple. Le coup devait être net, d'une grande précision et, en même temps, retenu car une mauvaise évaluation de la distance pouvait entraîner la catastrophe, que d'un commun accord les duellistes tenaient à éviter. Osmond conservait son sang-froid, fixant de son regard intense la lame de M. de Compigny. La troisième reprise le trouva résolu à en finir au plus vite. Amusant son adversaire par des changements d'épée répétés, l'aviateur rapprochait lentement sa jambe droite de la gauche pour avoir plus d'allonge et finalement se détendre vivement. Mais Osmond connaissait cette tactique assez élémentaire. Il fit mine d'en être dupe et au moment où les deux jambes de l'aviateur allaient se joindre, il lui passa un dégagement d'une vivacité déroutante et trancha d'un mouvement sec du poignet la tige de la rose.

Son coup avait été cependant trop appuyé d'un petit

centimètre et la pointe de l'épée perçant la chemise avait touché la poitrine de M. de Compigny. La vue du sang fit se précipiter les témoins. Il ne s'agissait que d'une estafilade sans profondeur que le médecin pansa sur place tandis qu'Osmond de Vigors, un peu pâle, serrait la main tendue par son adversaire dont le pouls ne battait pas plus vite qu'à l'accoutumée.

Le plus ému était M. de Castel-Brajac.

« Vous êtes satisfait, Osmond, au rouge de la rose s'est mêlé celui du sang. Vous avez pleine réparation. »

Avant d'entraîner tout le monde chez lui, Félix ramassa la rose coupée et recueillit celle intacte d'Osmond, estimant qu'il s'agissait de reliques à ne point négliger.

Le breakfast, servi par Carlo, fut des plus animés, M. de Compigny se montrant parfait gentleman.

« Si nous dînions ce soir chez Maxim's pour prouver publiquement notre réconciliation ? proposa-t-il à Osmond.

– A condition que vous soyez mon invité, monsieur. »

Hervé de Compigny accepta, en ajoutant qu'il serait bien aise de présenter à l'officier américain une authentique baronne, sa propre sœur Irène.

Au cours des jours qui suivirent, Osmond de Vigors et Hervé de Compigny se rencontrèrent souvent. Entre ces deux aristocrates si différents, l'amitié était née et l'Américain avait été admis dans le petit appartement où Hervé vivait avec sa sœur. Le logement, situé rue de Richelieu, parut à Osmond étonnamment modeste par ses dimensions, mais arrangé avec goût. De beaux meubles anciens, des tableaux signés Gros, Gérard, Girodet, Ingres, des vases, des lampes, des sièges de style attestaient l'ancienne fortune des Compigny. Hervé ne cachait pas sa pauvreté actuelle, qui condamnait Irène à tenir le ménage sans domestique et à porter des robes démodées. A sa mort, le père Compigny n'avait laissé que des dettes et, pour les éponger, ses enfants s'étaient résolus à vendre leurs terres de l'Yonne. Quand la guerre avait éclaté, ils ne possédaient plus un sou vaillant, Hervé ayant dilapidé ses derniers francs sur les champs de courses ou dans les cercles de jeux.

« Je suis sans doute un des rares Français que la guerre a sauvés du dénuement, voire de la saisie, mon cher. La guerre me nourrit et finira peut-être par assumer les frais de mes funérailles. Si j'en reviens, je devrai me résoudre comme certains de mes amis à épouser une héritière américaine. Peut-être m'en trouverez-vous une ? »

M. de Compigny était démuni mais gai, et Osmond devina que rien ne le ferait se départir de l'insouciance bohème qui le conduisait à emprunter sur sa solde, pour dîner dans les bons restaurants pendant ses permissions. L'Américain sentait croître sa sympathie pour ce gentilhomme au sang vif, dont la désinvolture distinguée s'accommodait aussi bien du manque d'argent que des risques des combats.

Irène n'était pas étrangère à cet engouement de l'Américain. Dès qu'il lui avait été présenté par son frère comme « un noble descendant des pionniers qui ont civilisé l'Amérique », Osmond était tombé sous le charme austère de la jeune fille. Grande, blonde, d'une minceur qui confinait à la maigreur, Irène assumait sa situation avec orgueil, en dépensant des trésors d'imagination pour masquer son impécuniosité chronique. C'est ainsi que, n'ayant pas les moyens d'acheter les petits fours pour accompagner le thé, elle cuisait elle-même des galettes au sucre ou des meringues et transformait ses chapeaux d'une saison à l'autre, en s'inspirant des modèles aperçus dans les devantures des modistes. Sous prétexte de faire apprécier à ses nouveaux amis des produits américains, Osmond se procurait au magasin de l'état-major des thés, des cigarettes, des conserves et des alcools destinés au mess des officiers et faisait porter, rue de Richelieu, des paniers de fruits ou des boîtes de friandises, que Mlle de Compigny recevait comme béatilles, en appréciant le tact de l'ami d'Hervé.

Ce dernier, qui n'était pas dupe de ces attentions et dont la permission arrivait à son terme, finit par confier ses inquiétudes à Osmond.

« J'ai le sentiment que ma sœur vous a pris en affection, aussi je voudrais, avant de retourner au front, vous demander un service. Si le mauvais sort se liguait avec les Allemands pour m'empêcher de revenir, pourriez-vous veiller sur Irène? Elle acceptera de vous des soins qu'elle ne se résoudra jamais à supporter d'amis français auxquels, plus qu'à un étranger, elle tient à cacher notre dénuement. Le peu d'argent que je lui fais parvenir chaque mois lui permet de subsister, mais si je disparais, elle sera vraiment sans un sou. Nous avons déjà prévu ce cas extrême et il est certain que la vente de quelques tableaux ou de quelques meubles lui assurera un répit... mais après? Elle ne constitue pas un beau parti et repousserait, comme une dérogeance impardonnable, l'idée d'épouser un roturier, si riche soit-il.

— Partez tranquille, Hervé. Je m'arrangerai pour que votre sœur ne manque de rien. J'ai la chance d'avoir de la fortune. Je trouverai bien un moyen pour lui faire accepter une aide pécuniaire sans l'effaroucher. »

Lors du dernier repas pris en commun rue Cambon — car à la veille de rejoindre son régiment écossais Félix de Castel-Brajac voulut donner un dîner — Hervé de

Compigny prit la main de sa sœur, la posa sur celle d'Osmond et dit avec une gravité inhabituelle chez lui :

« Je te confie à l'oncle Sam, sœurette... c'est notre allié et notre ami. »

Osmond pressa les doigts de la jeune fille, qui répondit à son geste d'une pression identique accompagnée d'un sourire confiant.

Au cours des semaines qui suivirent, le lieutenant de Vigors, quoique très occupé par les problèmes d'intendance que posait l'arrivée de la 26e division américaine composée de membres de la garde nationale de la Nouvelle-Angleterre, tint parfaitement son rôle de chevalier servant. Plutôt que chez Maxim's, rendez-vous des aviateurs, Osmond emmenait Irène à La Tour d'Argent, restaurant fondé en 1582 sur l'emplacement d'une tour de l'enceinte de Philippe Auguste. On y dégustait le canard au sang, selon un rituel créé par Frédéric et amélioré par le maître des lieux, André Terrail, dont la cave, recommandée à Osmond par l'oncle Gus, contenait de divines bouteilles.

L'établissement, fréquenté par les gens de goût, avait abrité sous le Second Empire les dîners fins du duc de Morny et les soupers de Milord l'Arsouille. Il y régnait, malgré la guerre et la crainte des raids des Zeppelins, une ambiance qu'Irène qualifiait de « vieille France » et dont Osmond appréciait la quiétude feutrée.

L'officier retrouvait avec la sœur d'Hervé le charme d'une amitié amoureuse et constatait que, peu à peu, la jeune fille, naturellement distante et hautaine, abandonnait un peu de la raideur qui lui tenait lieu de rempart contre l'adversité. Il réussit même à lui faire accepter 1 000 dollars, en expliquant que la somme était le bénéfice d'un placement à court terme opéré par Hervé de Compigny sur ses conseils.

Comme Irène s'étonnait d'une pareille spéculation, Osmond mentit effrontément.

« Je ne fais qu'observer les consignes données par Hervé. Quand je l'ai invité à acquérir quelques actions d'une fabrique de munitions américaine qui, d'après moi, devaient doubler dans un court délai, il m'a dit : « Vendez au bon moment et s'il y a profit, donnez « l'argent à ma sœur. » Je ne suis donc qu'un intermédiaire, chère Irène. »

La jeune fille accepta de se laisser convaincre et prit les billets avec une indifférence feinte.

Lorsque Osmond l'invita la semaine suivante à dîner, elle arborait une robe neuve et un chapeau qui ne devait rien aux rafistolages habituels.

Bien qu'assez jolie de traits, Irène s'était appliquée, dès l'adolescence, à se composer un visage inexpressif de patricienne soucieuse de dissimuler ses sentiments au vulgaire. Son évidente distinction participait d'une absence de spontanéité tant en gestes qu'en paroles. Elle possédait au plus haut point cette qualité que les Anglais appellent self-control et savait faire preuve, en toute circonstance, d'une aisance calculée qui passait pour naturelle. On redoutait son intransigeance et la franchise parfois brutale de ses propos, mais on appréciait sa dignité. Un tel caractère ne déplaisait pas à Osmond, lui-même assez enclin à la rigueur d'expression et aux attitudes nettes. Et cependant, il n'était jamais à l'aise en présence de cette femme de vingt-cinq ans. Cela tenait peut-être à ce qu'elle n'éveillait pas en lui cette subtile émotion des sens que suscite chez un homme la proximité d'un corps féminin. Irène n'inspirait pas le désir. Quand Osmond se trouvait près d'elle en automobile ou au restaurant, même quand il lui prenait affectueusement la main dans un mouvement protecteur, aucune de ces pensées, que les jésuites qualifiaient de mauvaises, ne lui venaient. Il n'imaginait pas Irène amoureuse et sa possession charnelle lui paraissait inconcevable. Le trop modeste renflement des seins sous la soie d'un corsage boutonné jusqu'au cou, l'étroitesse des hanches, la minceur des lèvres conféraient au physique de la jeune fille cette émouvante aridité qui est le lot de certaines femmes, auxquelles tempérament et éducation interdisent les abandons de l'amour.

Certains soirs, en quittant Mlle de Compigny, Osmond ressentait la nostalgie du corps voluptueux de Dolores ou, d'une façon plus vive encore, le souvenir des formes rebondies d'Armande. Mais la première demeurait à jamais inaccessible et il s'était sagement imposé de ne plus revoir la seconde. Pour satisfaire sa fringale sexuelle, il aurait pu, comme bon nombre de ses camarades, trouver quelque modiste de mœurs faciles, quelque bourgeoise esseulée ou même choisir, parmi les deux cents standardistes américaines arrivées récemment à Paris pour le service téléphonique de l'état-major, une girl-friend sans préjugés, mais ces liaisons hygiéniques lui répugnaient.

Le séjour parisien commençait à lui peser autant que ses activités bureaucratiques et les discussions des contrats de fournitures militaires. En trois mois, il avait fait le tour des distractions offertes par la capitale. Il avait couru les théâtres et les galeries de tableaux, visité Notre-Dame, le Louvre et les Invalides. A Montmartre, il était sorti peu enthousiaste d'une représentation des *Mamelles de Tirésias,* drame surréaliste de Guillaume Apollinaire. A l'Opéra, il avait apprécié *La Princesse qui ne sourit plus* de Louis Delluc et la musique de Debussy et Busser. Il avait applaudi Mary Garden dans *Thaïs,* Max et Ida Rubinstein dans *Phèdre,* mais les dessins de Picasso et les toiles de Matisse dont Félix faisait grand cas n'avaient éveillé chez lui qu'une curiosité esthétique mais pas d'émotion.

Quant aux lieux où l'on était censé s'amuser en cachette en compagnie d'hétaïres vénales, il n'y avait rencontré qu'ennui et vulgarité, comme dans ces music-halls ouverts aux permissionnaires où Marcel Herrien reconnaissait chez Dranem et les girls à bas noirs « la France de beuglant en maillot callipyge ».

Sa guerre était sans risque et sans gloire, faite de tâches fastidieuses dont l'utilité pouvait paraître certaine, mais que d'autres que lui, plus âgés et moins disponibles, auraient pu accomplir.

Il n'endossait plus son uniforme que pour le service, mais lorsqu'il déambulait en civil dans les rues, il devinait parfois aux regards des femmes qui vivaient dans l'angoisse, en sachant leur mari ou leur fils au front, qu'elles classaient cet homme, jeune et élégant, en pleine santé, dans la catégorie exécrable des embusqués. Dans le métro où il s'était aventuré en uniforme un après-midi, une matrone fixant ses bottes lustrées avait lancé à la cantonade d'un ton agressif et avec cet accent acide propre aux Parisiens : « Ils en ont pas des comme ça, nos hommes dans les tranchées. » Osmond s'était empressé de descendre au premier arrêt, gêné par l'approbation muette que tous les voyageurs donnaient à ce propos.

On ne pouvait cependant reprocher au petit peuple, qui supportait tout le poids de la guerre, ces mouvements d'humeur. Partout Osmond constatait un sérieux abattement. Les combats, les lourdes pertes en vies humaines, les restrictions alimentaires, les menaces de bombardement de la capitale, un certain défaitisme politique, les critiques émises par les intellectuels de salon dont les vaines parlotes sapaient l'énergie déployée par les gens positifs et courageux, l'irritation que provoquait l'affairisme, une certaine lassitude civique inquiétaient l'officier et surprenaient ses compatriotes fraîchement débarqués.

A Silas Barthew, qui venait d'arriver avec la 26ᵉ division et qui s'étonnait de l'amertume des Français, Osmond avait fait observer qu'il ignorait tout de l'ambiance d'une nation en guerre, dont une partie du territoire, à moins de deux cents kilomètres de Paris, était un champ de bataille inondé de sang.

« Je t'envie d'aller au seul endroit où un soldat doit se trouver », avait-il dit au frère de Lorna, en l'accompagnant à la gare de l'Est.

Quelques jours plus tard, le lieutenant de Vigors avait échangé des propos aigres-doux avec le concierge du 24, rue Cambon. Ancien employé des chemins de fer et socialiste convaincu, le vieil homme habituellement peu loquace s'était, un soir, décidé à parler.

« Vous autres Américains, vous n'allez contribuer qu'à prolonger la guerre et votre souci est peut-être bien de prendre pied en France pour des raisons économiques... d'ailleurs, déjà, vous vous emparez de nos forêts. Le seul moyen d'établir la paix, c'est de faire l'amitié entre les peuples... Regardez ce qui se passe en Russie où, enfin, les tyrans ne font plus la loi. Seuls nos députés socialistes ont le courage de critiquer le gouvernement. »

Osmond, bien qu'il se fût fait une règle de ne jamais entretenir de discussion politique, ne put s'empêcher de répliquer.

« Je trouve assez déplorable que, dans un pays en guerre, il se rencontre des élus et des hommes politiques pour apporter, avec une telle insouciance, une aide morale à l'ennemi tout en jetant le trouble dans l'esprit de la population. La presse socialiste fait grand étalage de la misère et du mécontentement, ce qui doit satisfaire les socialistes allemands qui, eux, ne pensent qu'à soutenir le moral de leur armée. Je suis pacifiste autant que vous, monsieur. Mon père est mort dans une guerre dont vous n'avez jamais entendu parler, mon arrière-grand-père s'est fait tuer pour la France au Mexique et mon pays a été ravagé, il y a cinquante ans, par une guerre civile. Voilà des raisons d'être pacifiste, à condition toutefois que d'autres ne profitent pas de mes bons sentiments pour envahir ma patrie et prétendre me dicter leur loi. Quant aux forêts que vous nous reprochez de nous approprier, sachez que notre armée a un énorme besoin de bois de charpente pour construire des docks, des entrepôts, des cantonnements, des hôpitaux, des lignes de chemins de fer et que ces forêts, nous les payons probablement plus cher qu'elles ne valent ! »

Le vieux concierge resta pantois. Il appartenait à cette race de Français tantôt exaltés et fanfarons, tantôt pessimistes, toujours prêts à dénigrer, mais capables de suivre avec sympathie les théoriciens les plus fumeux et les orateurs les plus irresponsables.

Osmond le salua et traversa la cour de l'hôtel, où Carlo l'accueillit avec son sourire enjôleur et ses battements de cils précipités. Depuis le duel à la rose, l'Italien vouait à l'Américain une admiration sans bornes. Pour le majordome, la guerre n'était qu'une lointaine manifestation de violence, d'où son maître revenait périodiquement pour prendre un bain parfumé et déguster du caviar, qu'on avait de plus en plus de difficultés à se procurer.

Le lieutenant de Vigors recevait régulièrement de Louisiane des lettres de sa mère, d'oncle Gus, parfois de Lorna, plus rarement de Margaret. Les messages affectueux, venus d'un pays qui ne vivait la guerre qu'à travers les articles des journaux et les nouvelles envoyées aux leurs par les membres du corps expéditionnaire, contenaient des échos, parfois insignifiants, d'une vie quotidienne que n'altérait pas, comme en France, la proximité des champs de bataille. De l'autre côté de l'océan régnait encore une atmosphère de paix, même si des familles, de plus en plus nombreuses, connaissaient l'angoisse parce qu'un être cher pouvait, d'un jour à l'autre, subir des risques mortels. Plus que partout ailleurs dans l'Union, on suivait, en Louisiane, sur de vieilles cartes d'Europe extraites des greniers, le déroulement des opérations. Osmond imaginait oncle Gus, qui avait autrefois parcouru les régions où se déroulaient les combats, penché sur un vieil atlas français, maintes fois feuilleté en sa compagnie. Il se représentait le vieil homme, muni d'une loupe, désignant à Gloria et à Augustine ces taches vertes ou bistre, illustrations anodines des zones des armées; ces traits ténus comme des cheveux qui étaient des rivières souvent citées dans les comptes rendus : la Marne, l'Aisne, la Somme; les hachures situant les collines perdues et reprises au prix du sang; les points rouges ou noirs désignant les villes martyrisées : Reims, Verdun, Château-Thierry, Soissons; ces lieux-dits que les combats avaient tirés de leur obscurité topographique : les Eparges, Vaux, Fleury, Douaumont, le Ravin des Vignes, le Chemin des Dames.

A distance, l'univers rustique et ordonné de Bagatelle paraissait à Osmond élémentaire et rassurant. Les événements domestiques, rapportés dans les lettres, relevaient du déroulement de la vie ordinaire. La récolte de coton serait abondante et d'un bon rapport car la guerre faisait monter les prix. Aristo II, le fils du vieil Aristo, mort au lendemain de l'enlèvement de Doris par ce fou de Tiercelin, avait été écrasé par une automobile et remplacé par une chienne dalmate baptisée Arista. Alix s'était fiancée avec Louis Dubard, le neveu de Faustin qui, mobilisé, suivait l'entraînement des recrues au camp de Beauregard. Harriet – la nouvelle pouvait surprendre – venait de se marier avec Citoyen. Le majordome de Bagatelle paraissait un peu âgé pour convoler, mais il possédait des économies qui avaient décidé la gouvernante à ces noces tardives.

Stella, comme les mères spartiates, répétait à son fils : « Sois brave, sois courageux, sois prudent » et Margaret Belman qui avait, semble-t-il, renoncé à introduire une instance en divorce et ne concevait pas l'ampleur des effectifs au combat, de part et d'autre, redoutait que son mari, engagé dans l'armée allemande, soit un jour contraint à tirer sur des soldats américains.

Lorna qui, à La Nouvelle-Orléans dirigeait une cantine réservée aux militaires en attente d'embarquement commentait avec humour les répercussions du conflit sur la vie urbaine. A la demande du secrétaire d'Etat à la Guerre, M. Baker, la municipalité se préparait à fermer Storyville. Des autorités de l'armée et de la marine avaient constaté que les aimables hôtesses des rues chaudes distribuaient trop souvent, avec leurs caresses tarifées, des maladies vénériennes.

Les « Madame » et leurs pensionnaires, chassées du quartier réservé, se répandaient en protestations et intentaient des procès, mais les magistrats leur opposaient chaque fois la loi fédérale interdisant le fonctionnement de maisons de prostitution dans un rayon de cinq miles autour des installations militaires. Aussi, l'une après l'autre, les lanternes rouges de Storyville s'éteignaient. « Mais nos futurs héros, sevrés de tendresse, se repassent déjà les nouvelles adresses des prostituées clandestines et les médecins demeurent sceptiques quant à l'amélioration de l'état sanitaire de l'armée que l'on peut attendre de la disparition du quartier honteux », écrivait Lorna.

Dans la même lettre, la jeune fille s'inquiétait de l'alcoolisme qui régnait, croyait-elle, en France. « Il paraît que les Français ont l'habitude de boire du vin à chaque repas et l'on murmure ici que nos soldats délaissent le bourbon et le whisky pour le cognac qui est, affirment certains, un breuvage plus nocif que nos alcools d'orge ou de maïs, bien que mon grand-père soutienne le contraire. »

Lorna laissait aussi transparaître dans ses phrases le souci que lui causait le sort de son frère Silas « capable d'exposer sa vie avec fougue pour un galon ou une médaille ». En revanche, sa pudeur la retenait quand il s'agissait d'Osmond qu'elle souhaitait « revoir bientôt, car les partenaires se faisaient rares pour le tennis ».

La plupart des lettres adressées au lieutenant de Vigors se terminaient par les deux mêmes questions : « Que font les Américains ? » et « Combien de temps encore la guerre peut-elle durer ? » A la première Osmond répondait « Ils se préparent à combattre » mais il devait avouer son incapacité à formuler le pronostic sollicité par la seconde.

On venait d'annoncer aux officiers de l'état-major que le général Pershing avait décidé de transporter son quartier général à Chaumont quand Hector apparut enfin, rue Cambon, coiffé d'un chapeau melon et vêtu d'une jaquette sur un pantalon rayé. Le domestique noir paraissait désorienté par les Français qui lui adressaient la parole sans façon. Il manifesta sa satisfaction en retrouvant son maître après une traversée qui avait pris, à ses yeux, les couleurs riantes d'une croisière.

Osmond le fit immédiatement incorporer comme chauffeur auxiliaire et lui fit donner un uniforme.

La présence d'une ordonnance noire près d'un officier de la mission américaine causa quelque étonnement et Osmond dut justifier son choix devant un colonel, originaire de Chicago, pour qui les Noirs n'étaient bons qu'à cirer les chaussures, jouer du saxophone ou vendre des hot dogs au coin des rues.

« Ainsi, vous avez fait venir votre valet, lieutenant. Croyez-vous que la guerre soit une garden-party?

— Jusqu'à présent, colonel, la guerre se déroule pour nous d'une façon fort civile.

— Ça peut changer; que ferez-vous de votre nègre si vous êtes affecté au front?

— Il m'accompagnera comme votre ordonnance vous accompagnera, je suppose. Mon domestique a signé un engagement sous ma responsabilité et j'ai souscrit pour lui une assurance. Il servira l'armée américaine sans être à sa charge.

— Puisque l'aide de camp du général a accepté cette formule bâtarde, je ne puis qu'y souscrire mais j'exige qu'on ne lui donne pas d'arme et qu'il s'abstienne de paraître à la cantine. La plupart de nos ordonnances sont des caporaux, quelquefois des sous-officiers qui ne souhaitent pas, j'imagine, s'attabler en compagnie d'un nègre.

— J'ignorais, colonel, que la ségrégation ait été étendue aux cantines de l'armée. »

Le ton persifleur et le sourire involontaire d'Osmond furent remarqués par l'officier.

« Vous venez du Sud?

— De Louisiane, colonel.

— Eh bien, puisque vous ne pouvez vous passer de votre esclave familier, emmenez-le. Mais vous répondrez éventuellement de ses actes.

– Des bons comme des mauvais, colonel. »

Osmond salua et s'en fut boucler ses bagages. Il n'était pas mécontent de quitter Paris et de prendre avec Hector la route de l'Est. Tandis que la Cadillac kaki, au toit de toile, roulait sur les quais de la Seine, au milieu d'une circulation trois fois plus rapide, selon Hector, qu'à La Nouvelle-Orléans, le Noir désigna Notre-Dame.

« C'est une belle église, m'sieur.

– Une cathédrale, Hector, qu'on a commencé à construire bien avant que Christophe Colomb ne découvre l'Amérique.

– Ça alors, m'sieur, c'est pas croyable! C'est rudement vieux, ce pays. »

## 14

Chaumont était une petite ville de quinze mille habitants, située en plein cœur de la zone des armées à cent vingt kilomètres à vol d'oiseau du champ de bataille de Verdun où, l'année précédente, avaient été livrés les combats les plus meurtriers puisque plus de quatre cent mille soldats français ou allemands avaient trouvé la mort. Une grande caserne ayant été affectée au quartier général américain, Osmond s'y installa confortablement dans deux pièces, l'une faisant office de bureau, où, la nuit venue, Hector dressait son lit de camp, l'autre de chambre. Tout au long de la route de Paris à Chaumont, par Provins, Troyes et Bar-sur-Aube, le convoi de l'état-major avait doublé des files de camions transportant des soldats, du matériel, des munitions et des unités d'artillerie.

A Chaumont, on se trouvait dans l'antichambre de

410

la guerre et, quelques jours après son installation, Osmond fut envoyé en mission à Neufchâteau et à Gondrecourt où la 1$^{re}$ division américaine achevait son entraînement. C'est de là qu'il rejoignit le 19 août la gare régulatrice de Saint-Dizier où se trouvait le général Pershing, convié par le général Fayolle et le général Guillaumat, commandant la 11$^e$ armée française, à assister à une offensive sur la Meuse.

Le lendemain, pour la première fois de sa vie, Osmond vit une bataille, entendit le canon, le crépitement des mitrailleuses et comprit tout ce qu'avait de cruel et de fou cette marche à la mort de milliers de petits hommes bleus, casqués d'acier, à travers un paysage dévasté, où tant d'autres avaient déjà sacrifié leur vie pour quelques arpents de terre.

Ces hommes, Osmond les avait vus la veille se préparer à l'assaut, graves et résignés, lançant parfois nerveusement des plaisanteries faites pour calmer la peur qui ne pouvait manquer d'étreindre ceux qui avaient déjà participé à une offensive. Quatre jours de bombardement continu par une artillerie précise avaient préparé le terrain, mais c'est de l'infanterie qu'on attendait la reconquête des positions tenues par les Allemands et qu'indiquaient sur les cartes d'état-major les officiers français : Champneuville, la cote 304, le Mort-Homme si justement nommé.

De la hauteur où il se tenait, interprète anonyme au milieu des officiers supérieurs français et américains, Osmond vit les soldats s'élancer en vagues ondulantes à l'attaque des lignes allemandes déjà écrasées sous les obus et utilisant les mouvements de terrain pour dissimuler leur progression. Dans ses jumelles, il choisit un sous-officier entraînant sa section et le vit tomber au flanc d'un talus dans le bruit des détonations qui, à distance, ressemblaient à des pétards de carnaval. Cette silhouette bleue couchée sur la terre grise en plein soleil d'août, ce mort tout frais ou ce blessé attendant les brancardiers, il avait l'impression de le connaître.

Il était semblable à tous les autres qui trottinaient, baïonnette au canon, vers l'horizon, à la rencontre de l'ennemi qu'il fallait coûte que coûte déloger. L'offensive, aux dires des stratèges qui l'avaient organisée, se développait normalement. Il admira le sang-froid de ces généraux, que des estafettes essoufflées venaient informer du déroulement des opérations et qui ne semblaient pas ressentir le poids des vies qu'ils avaient engagées dans la bataille.

Un capitaine français se pencha vers le colonel américain auquel Osmond était attaché et dit avec un sourire satisfait :

« Je viens de faire les comptes, nous avons tiré sur ce secteur, depuis quatre jours, pour 75 millions de dollars d'obus. »

Osmond traduisit sèchement et prit l'initiative de demander :

« Et combien de victimes prévoyez-vous? »

L'officier lui jeta un regard étonné et répliqua par une formule qu'il eut du mal à traduire en anglais :

« On ne fait pas d'omelette sans casser des œufs. »

Au soir de l'offensive, les Français paraissaient satisfaits. La plupart des objectifs avaient été atteints, les pertes étaient « acceptables » et, en réalisant une avance de cinq kilomètres, les petits hommes bleus avaient capturé six mille prisonniers que l'on voyait, harassés et miteux, s'avancer sur les chemins comme ces troupeaux que les bergers ramènent à la fin de l'été vers les villages.

En regagnant Saint-Dizier, Osmond recueillit sur la route un sergent de la Légion étrangère, qui portait son bras gauche en écharpe. L'homme fit quelques difficultés pour monter dans la Cadillac que conduisait Hector. C'était un agent de liaison qui, le matin même, avait été légèrement blessé au biceps par un éclat d'obus. Il rejoignait sa compagnie après avoir été pansé. Le sergent, qui supportait crânement sa blessure, s'exprimait en français avec un accent inconnu du lieutenant.

Au fil de la conversation, Osmond apprit qu'il était serbe, se nommait Kosta Jankevitch et enseignait, avant la guerre, le français à Belgrade. Après la défaite infligée aux Serbes par les Bulgares, il avait appartenu à ce reste d'armée qui, emportant sur une civière le roi Pierre Karageorgevitch blessé, avait fait retraite à travers les montagnes d'Albanie jusqu'à Corfou. Obstiné et courageux comme tous ses compatriotes, Kosta avait rejoint les troupes alliées à Salonique, puis gagné l'Afrique du Nord où il s'était engagé dans la Légion étrangère.

Pour Osmond, la Serbie n'était qu'un de ces Etats balkaniques toujours en ébullition dont un ressortissant, assassin de l'archiduc d'Autriche François-Ferdinand à Sarajevo, était chargé par les analystes politiques de la lourde responsabilité de l'étincelle qui avait allumé la guerre.

Le blessé s'efforça, avec éloquence, de rectifier une opinion qu'il savait partagée par beaucoup d'Européens et d'Américains.

« Notre peuple est un peuple de paysans et de poètes. Nous avons le goût de la vie et un attachement atavique à la liberté. Je me bats pour que la paix soit rendue à mes compatriotes ou que la mort m'accorde personnellement la paix définitive. »

Le sergent plut à Osmond. Il appartenait à cette catégorie d'hommes capables de se faire tuer avec

413

panache, en acceptant d'avance que la fatalité contrecarre leurs projets, mais sans tergiverser sur le bienfondé de leur engagement. Tout en risquant son existence il mettait à vivre une innocente ardeur et entretenait avec désinvolture un scepticisme juvénile à l'égard du danger.

A Saint-Dizier, ils trouvèrent ce que les Français appelaient un bistrot et Osmond convia Kosta à prendre un verre. Ils en vidèrent plusieurs, d'un alcool blanc nommé marc, qui râpait la gorge de l'Américain mais que le Serbe avalait comme s'il se fût agi d'eau claire.

Quand ils se séparèrent, la nuit était déjà avancée et Osmond savait tout de la Serbie, de ses plaines et de ses montagnes, de ses femmes aux yeux de biche, d'Etienne IX Douchan qui avait fait au Moyen Age de son pays le plus puissant des Balkans, de la tyrannie des Turcs, des rivalités entre les Obrenovitch et les Karageorgevitch.

En lui tendant sa main valide, le sergent légèrement éméché se souvint tardivement que le major lui avait interdit de boire de l'alcool pendant une semaine.

« Où serai-je dans une semaine, hein! lieutenant, je vous le demande? La guerre a ceci de bon qu'elle vous délivre de l'emploi du temps! »

Après les heures qu'il avait vécues en suivant le développement de l'offensive française sur la Meuse, Osmond fut reconnaissant au jeune Serbe de lui avoir fait prendre conscience du fait que chaque combattant pouvait se targuer d'une justification personnelle. Il y vit une charité du destin.

Deux mois plus tard, Osmond dut accompagner son colonel sur l'Aisne pour assister à une nouvelle offensive française au Chemin des Dames. Il vit cette fois les tanks Renault entrer en action, l'artillerie transformer en ruine le fort de la Malmaison et les fantassins

414

repousser les Allemands de plusieurs kilomètres. Un brouillard épais masqua la progression des vagues d'assaut et empêcha l'aviation d'intervenir, mais le lendemain, les Américains invités du général Franchet d'Esperey purent parcourir le champ de bataille encore soumis aux tirs d'artillerie de l'ennemi.

Sur le terrain labouré par les obus, hérissé de squelettes d'arbres, épouvantails dépouillés de leurs chiffons et qui rappelaient à Osmond les cyprès chauves des bayous, gisaient çà et là des cadavres de fantassins. Des infirmiers rompus aux macabres inventaires et fumant parfois leur pipe comme des ramasseurs de champignons, retournaient les corps pour les identifier et glanaient aux plaques d'identité des noms qui ne seraient plus prononcés.

Osmond ne pouvait détacher son regard de ces morts recroquevillés ou mollement étendus, de ces mains de mendiants ouvertes pour quelle aumône, de ces visages figés, maculés de terre et de sang coagulé, de ces yeux où se lisait la surprise ou l'effroi. Ces hommes, pensait-il, devaient être aimés et attendus par des femmes, mères, épouses ou maîtresses, par des amis encore dans l'ignorance du chagrin qui allait les assaillir dans quelques jours ou dans quelques semaines. Dans des maisons lointaines et quiètes, on devait encore parler d'eux au présent, prier chaque soir pour que le ciel leur accorde la protection qui leur avait fait défaut. En ce matin d'octobre, ils n'étaient morts que pour le sergent-major de leur compagnie, qui tenait l'odieuse comptabilité de la guerre, et pour leurs camarades découvrant les vides dans les rangs ou les tranchées.

Ce jour-là, un artilleur français initia Osmond au jeu qui consistait à reconnaître le calibre d'un canon ennemi au bruit du tir et à apprécier, au sifflement du vol de l'obus, son point de chute probable.

« Un 77, rival de notre 75, tire quinze coups à la minute, secs comme des claquements de fouet, alors que l'obusier lourd de 150, qui expédie des obus de 40 kilos, tonne comme une grosse caisse trois fois par minute et vous laisse le temps de vous terrer. Quant au 420 de marine qui peut lancer à 9 kilomètres des obus pesant près de 800 kilos, il est d'une telle imprécision qu'il est vain de s'en soucier.

– Comment peut-on résister sous une pareille pluie de fer? dit Osmond.

– Oh! On s'y fait comme à tout le reste. Tenez, à Verdun l'an dernier, pendant la grande bataille, si l'on en juge par les coups tirés, il est tombé plusieurs centaines d'obus au mètre carré. Eh bien, des hommes en ont réchappé. »

Au bout de quelques jours, le lieutenant de Vigors s'habitua, lui aussi, au bruit du canon et cessa de regarder les cadavres oubliés. Il appartenait désormais à la guerre, par le corps et par l'esprit.

Après ces journées passées au front, Osmond de Vigors retrouva avec un peu de gêne son bureau de la caserne de Chaumont et les traductions, toujours urgentes, à faire pour le compte du service des achats de l'armée. Hector, qui avait vaillamment supporté l'épreuve que constituait la conduite d'une automobile d'état-major dans la zone des opérations, faisait preuve d'un calme olympien. Il entretenait avec soin la garde-robe réduite de l'officier et s'arrangeait pour fournir chaque jour à son maître du linge frais. Prévoyant des séjours prolongés dans des endroits inconfortables, il s'était procuré une paire de fers à repasser et une planche qui lui permettraient, affirmait-il, de présenter au lieutenant en toutes circonstances des chemises propres et sans faux plis.

Un soir, Osmond eut la surprise de voir apparaître au mess, au milieu d'un groupe de pilotes en route pour Le Bourget où ils devaient prendre livraison de nouveaux appareils Nieuport, son ami Bob Meyer, perdu de vue depuis des mois.

Les deux hommes se donnèrent l'accolade, puis s'examinèrent mutuellement des pieds à la tête, avec l'attention affectueuse de ceux qui ont couru le risque de ne jamais se revoir.

La guerre et la vie en plein air avaient fait de l'étudiant malingre, au teint jaune et aux épaules basses, un homme mûr, vif et musclé, sûr de lui et tout à fait à l'aise dans son uniforme d'officier français.

« Te rends-tu compte que j'ai pris huit kilos et que je n'ai pas attrapé de rhume depuis un an, lança Bob en percevant l'étonnement de son ami devant une transformation physique évidente.

– Otis sera charmée de te voir ainsi. Tu es presque ce que les Français appellent un bel homme, plaisanta Osmond.

– Eh bien, toi, vieux, tu n'as pas changé. Je dirais même que, malgré l'uniforme, tu conserves une allure civile et tu n'as pas l'air plus aimable qu'autrefois. »

Les deux amis passèrent la nuit à bavarder, Bob ayant beaucoup plus de choses à raconter que son ami. Titulaire de cinq victoires homologuées et décoré de la croix de guerre, l'aviateur commenta les périlleux tournois aériens auxquels il avait participé avec ses camarades de la 1re escadrille du « La Fayette Flying Corps ». Bien qu'encore ému par la mort de Georges Guynemer – l'as aux cinquante-quatre victoires, abattu quelques semaines plus tôt, le 11 septembre, par l'Allemand Wissemann qui avait lui-même succombé le 14 octobre sous les balles de René Fonck, un autre héros volant – Bob Meyer, en digne fils du Sud, appréciait les attitudes chevaleresques de ces combattants hors série. L'élégance de Guynemer notamment qui, se mesurant en plein ciel avec l'as allemand Ernst Udet, avait cessé de tirer quand la mitrailleuse de son adversaire s'était enrayée. Un Allemand avait eu un geste semblable à l'égard de Charles Nungesser qui, blessé et sans munitions, tentait de ramener son avion au-dessus des lignes françaises.

« Nos duels ont des règles, Osmond. Nous offrons à l'ennemi l'occasion de mourir noblement et il agit de même.

– En somme, vous faites une guerre à part. Vous refusez l'anonymat des batailles d'infanterie, la fatalité des canonnades. Votre héroïsme est reconnu... je dirai même recherché. »

Bob Meyer parut surpris par cette réplique aigre-douce.

« Je n'ai pas une vocation de héros, Osmond. Je fais de mon mieux simplement en fonction de mes capacités, pourquoi me dis-tu cela?

– Parce que j'ai vu les fantassins monter à l'assaut sous les obus. J'ai vu des gens dont personne ne retiendra le nom se faire hacher par la mitraille et mourir par douzaines, sans même avoir aperçu le visage de ceux qu'ils combattaient. Et puis, je me dis, Bob, et ne le prends pas mal, que tu as voulu te prouver à toi-même que tu es courageux, que tu peux convoquer la mort pour te mesurer à elle. Entre elle et toi il y a un vieux compte à régler depuis la noyade de Dan, n'est-ce pas? »

Bob Meyer se recroquevilla dans le fauteuil d'osier où il avait pris place. L'aviateur demeura un instant silencieux, en fixant son ami de son regard intelligent et doux où se lisait une profonde affection.

« J'ai vu moi aussi, Osmond, d'en haut, alors que je

survolais les lignes, des fantassins jaillir des tranchées pour se lancer à l'assaut des tranchées ennemies où se terraient des hommes tout aussi pitoyables. Je les ai vus s'entre-tuer à la baïonnette ou s'affaler sous les tirs des mitrailleuses comme des quilles. Mais il y a du vrai dans ce que tu dis. Cette guerre m'a permis de reconquérir Otis et l'estime que ses parents m'avaient injustement retirée. Le père Foxley m'a écrit une lettre, un peu niaise mais touchante, quand les journaux de La Nouvelle-Orléans ont publié un article sur moi. Il m'a dit que, dans cette guerre je représente Dan, que je me bats en son nom et au mien pour une cause juste. En rentrant en Louisiane j'épouserai Otis. Même Margaret, et tu n'es pas étranger à ce revirement, approuve cette union. Ils savent tous maintenant que les « petits juifs » ne sont pas dénués de courage physique.

— Personnellement, je n'en ai jamais douté, tu le sais et puisque tu as voulu pour d'autres en faire la preuve, j'ai peur maintenant que tu n'ailles trop loin. Avoue qu'il serait idiot qu'une rafale t'empêchât de recueillir les fruits de ta noble témérité.

— Tu comprends bien, Osmond, que je dois aller jusqu'au bout. Le joueur qui se retire en emportant son gain alors que la partie continue est méprisable.

— Chaque fois que tu t'envoles pour une nouvelle mission, tu remets tout en jeu. C'est un banco plein de panache mais dangereux.

— Je sais. Mais quoi qu'il advienne, mon but personnel et égoïste est atteint. Maintenant, je ne suis qu'un combattant ordinaire, je ne me bats plus que pour la victoire de nos armes... comme Silas Barthew, comme Félix de Castel-Brajac... comme toi.

— Oh! moi, je ne suis guère exposé. Je ne prends d'assaut que des paperasses. Mon fusil est une plume, mes munitions, les règlements commerciaux de l'armée et des dictionnaires! Et quand je vais au front c'est en spectateur, comme les Romains allaient au Colisée. Ce n'est pas glorieux. Je suis une sorte de voyeur. »

Osmond avait prononcé ces mots avec amertume, en homme qui s'est résigné à servir au poste que le destin lui a assigné, hors d'atteinte du danger comme de la gloire.

« Tu ne vas pas faire le complexe de l'embusqué! Quand nos divisions monteront en ligne, ton métier ne sera pas de tout repos. A courir d'un secteur à l'autre, il y aura des risques. On n'arrêtera pas les combats pour laisser passer le lieutenant de Vigors dans sa grosse auto. Les obus sont aveugles et les tireurs allemands se réjouissent quand ils tiennent un officier dans leur mire. »

Osmond eut un geste de la main pour chasser ces perspectives que Bob voulait paradoxalement réconfortantes.

Quand, à l'aube, les deux amis se séparèrent, l'un et l'autre dissimulèrent la même crainte qui les étreignait.

Au cours de l'automne, Osmond de Vigors eut fort à faire. Chaque jour débarquaient dans les ports français de nouvelles unités américaines. La 42ᵉ division notamment, dénommée « Rainbow[1] » parce qu'elle était composée de volontaires originaires de tous les Etats de l'Union et neuf cents élèves pilotes sélectionnés aux Etats-Unis et qui suivaient un entraînement intensif à Issoudun. Le 3 novembre, quand une compagnie du 16ᵉ régiment d'infanterie de la 1ʳᵉ division fut attaquée par les Allemands au nord-est de Lunéville, on releva trois morts et cinq blessés, les

1. Littéralement : arc-en-ciel.

premiers soldats américains tombés en France. Tandis que Georges Clemenceau prenait le pouvoir et proclamait à soixante-seize ans : « Je fais la guerre », Pershing était nommé général en chef et autorisé à ajouter une quatrième étoile à ses épaulettes. Si l'Américain exigeait encore la constitution d'une armée autonome, il ne refusait plus que des unités soient intégrées à des corps français et britanniques, pour combattre le plus vite possible.

Osmond eut l'occasion de rencontrer, au cours de ses pérégrinations à travers les états-majors, le commandant Theodore Roosevelt junior, âgé de vingt-huit ans, affecté au 28e régiment d'infanterie de la 1re division et son frère Archibald, qui n'avait que vingt-quatre ans. Les deux fils de l'ancien président des Etats-Unis s'étaient engagés après que le secrétaire d'Etat à la Guerre eut refusé le concours de Teddy qui, dès le 17 mai 1917, avait proposé à Pershing de reconstituer les Rough Riders en levant une division de volontaires.

L'hiver 1917-1918 fut rigoureux. Un froid intense régnait sur le pays. Les jours ne duraient que quelques heures et les nuits paraissaient interminables. Osmond connut les tranchées et les abris où l'on piétinait dans une boue glacée. Comme tous les hommes du Sud, il souffrait d'un climat ignoré en Louisiane. Pour la première fois de son existence, il vit tomber une neige abondante et sa blancheur adoucir le paysage tourmenté des champs de bataille. Les soldats américains manquaient de vêtements chauds et endossaient à contrecœur des manteaux britanniques.

Une unité ayant refusé cet uniforme étranger, il fallut distribuer des boutons de cuivre frappés des lettres « U.S. » afin de « nationaliser » les capotes achetées en Grande-Bretagne.

Osmond, qui ne quittait plus la zone du front, avait troqué sa Cadillac de service, trop lourde et encombrante, contre une des nouvelles Ford que recevait par centaines l'armée américaine. Sur les chemins boueux et défoncés par les convois d'artillerie, Hector conduisait en virtuose et s'arrangeait toujours pour trouver un bivouac acceptable. Refusant les invitations à loger dans les casemates de fortune ou les abris couverts de planches et de terre que les Français nommaient « gourbis », le lieutenant préférait une grange ou les ruines d'une ferme. Hector, débrouillard et infatigable, colmatait les brèches, dressait un lit de camp et la table pliante de son maître, allait au ravitaillement, faisait le thé et entretenait la garde-robe de l'officier. Pour ne pas exposer le Noir et pour se déplacer plus aisément, Osmond se procurait, dans chaque secteur, un cheval acheté à un paysan ou réquisitionné chez un particulier. Il s'était composé une tenue hivernale que le général Pershing, opposé à toute fantaisie, eût désapprouvée. Il avait renoncé à la casquette et négligeant le casque, portait le chapeau à bord rigide que les Parisiens prenaient pour symbole des *sammies*. Un capitaine de hussards blessé lui avait offert, au moment de son évacuation, un grand manteau de cavalerie enlevé à un uhlan. Hector, toujours attentif au bien-être de son maître, faisait des prodiges pour fournir à celui-ci, chaque matin, une chemise fraîche et un cache-nez de soie blanche. Enveloppé dans sa houppelande, son écharpe négligemment rejetée sur l'épaule et flottant au vent, Osmond ressemblait à un cavalier de l'Apocalypse. Son arrivée dans un état-major de division suscitait la curiosité et l'étonnement. Indifférent aux sentiments qu'il inspirait, le lieutenant trottait, sans souci des canonnades épisodiques ou des tirs imprévisibles de quelque guetteur ennemi désœuvré, comme s'il se fût rendu de Bagatelle à Castelmore, par le chemin des berges, au long du Mississippi. Il faisait ainsi la guerre à sa façon, toujours froid, distant, évasif, n'ayant pour arme qu'un revolver dont il ne s'était jamais servi. Bientôt le lieutenant interprète du quartier général et son chauffeur noir furent connus chez les Français qui leur attribuèrent, suivant les secteurs, d'aimables sobriquets. Osmond était tantôt « le Cowboy » ou « Trompe-la-mort », tandis qu'Hector s'entendait appeler « Bamboula », « Anthracite » ou « le Négro ».

Au bivouac, les ordonnances et même les officiers souriaient en voyant Hector chauffer ses fers de fonte sur un feu de bois et repasser tranquillement les chemises de son maître en chantant des mélopées du Sud, indifférent au grondement sourd des canons comme s'il se fût agi d'un inoffensif orage.

Plus d'une fois, au cours de ses chevauchées, Osmond entendit siffler les balles ou dut rapidement abandonner sa monture pour trouver refuge dans une tranchée où, l'alerte passée, des hommes barbus et chaleureux lui tendaient des bidons remplis d'un vin âcre et fort qu'ils nommaient « pinard » et dans lequel ils disaient trouver à la fois l'audace de survivre et l'oubli du danger.

Au début du mois de mars, alors que plus de cinquante mille soldats américains se trouvaient en France et que les Allemands lançaient une offensive sur le secteur anglais des environs de Saint-Quentin, Osmond reçut un télégramme de Margaret Belman, transmis par une estafette du quartier général.

« Bert blessé. Prisonnier des Français. Hôpital de Montargis. Amitiés, Margaret. »

Osmond, qui depuis l'été précédent refusait les permissions régulièrement accordées aux officiers de l'état-major du général Pershing obtint sans difficulté de son colonel un ordre de mission lui permettant de quitter pendant trois jours la zone des armées.

« Vous n'avez plus de chaussettes et vos chemises sont usées, peut-être en trouverons-nous, m'sieur? » observa Hector toujours pratique, en s'asseyant au volant de la Ford.

Chemin faisant, sur des routes encombrées par des divisions en mouvement qui, après l'enfoncement des lignes britanniques, se portaient à la rencontre des Allemands que l'on disait à moins de cent kilomètres de Paris, Osmond se remémorait sa dernière entrevue, à New York, avec Bert Belman. Le mari de Margaret était allé jusqu'au bout de son engagement et, à ce titre, avait droit au respect. L'Américain arriva à l'hôpital de Montargis qui recevait les grands blessés pour apprendre que le major Belman du 17e régiment des chasseurs mecklembourgeois avait été amputé trois jours plus tôt de la jambe gauche et qu'il était dans un état pitoyable, ayant perdu beaucoup de sang.

Dans une grande salle contenant trois fois plus de lits qu'il n'eût été convenable et où gémissaient des blessés, Osmond, piloté par un infirmier, découvrit Belman, blême et fiévreux. Sa vareuse verte à épaulettes rouge et or recouvrait le dossier de la chaise sur laquelle Osmond s'assit au chevet de l'amputé.

« Ach! vous voilà déjà, vos services de renseignements fonctionnent bien! fit le mari de Margaret en s'efforçant de mettre dans son ton un maximum d'énergie.

— Votre femme m'a fait prévenir de votre capture et de votre blessure, c'est pourquoi je suis ici. Que puis-je faire pour vous?

— Rien... sinon me rendre ma jambe. Ce sont les Anglais qui m'ont fait ça... et puis je suis prisonnier.

Pour moi, n'est-ce pas, la guerre est finie. Dès que je serai capable de me tenir debout... si j'ose dire, on m'expédiera dans un camp. »

Osmond considéra l'homme qui gisait sur l'étroit lit de fer et pour lequel il n'avait jamais eu de grande sympathie.

« Ne croyez-vous pas qu'il est temps pour vous de rentrer à la maison, Belman ? demanda-t-il à brûle-pourpoint, d'une voix sèche.

– Rentrer à la maison... vous voulez dire en Louisiane ? On doit me détester là-bas. Je suis un sale Boche... que l'Allemagne gagne ou perde la guerre, je suis fichu... Où voulez-vous que j'aille ? Personne ne se soucie de moi. Il aurait mieux valu que l'éclat d'obus qui m'a broyé la jambe m'écrase la tête... d'ailleurs, il se pourrait bien que je meure... malgré les soins.

– Vous êtes citoyen américain, Belman, et j'ai assez d'appui au quartier général pour vous faire rapatrier. »

Bert Belman eut un tremblement du menton trahissant l'émotion que suscitaient chez lui ces propos inattendus.

« Mais... Margaret... croyez-vous qu'elle veuille encore de moi ?

– J'imagine qu'elle vous porte encore quelque intérêt, le télégramme qu'elle m'a envoyé le prouve. Ce sera peut-être difficile... mais il faut essayer, Belman... Qu'avez-vous à perdre ? »

Des larmes emplirent soudain les yeux du blessé. « Ainsi, les hommes jouent au matamore, se grisent de convictions, engagent leur vie, renoncent au bonheur banal et, terrassés par l'adversité, redeviennent en un instant humbles et sentimentaux, vulnérables comme des enfants », se dit Osmond. Bert Belman n'était plus qu'un être meurtri et mortifié, qui ne pouvait même plus figurer efficacement comme ennemi. Il aurait encore à affronter des épreuves morales pour parvenir à la quiétude, mais ne fallait-il pas l'aider à vivre?

« Dès que vous serez transportable, je vous ferai transférer à Paris, où nous avons un hôpital. Vous deviendrez provisoirement prisonnier de l'armée américaine. Ensuite, on vous embarquera pour les Etats-Unis comme un civil. Puis ce sera à vous de reconstruire ce que vous avez détruit. Peut-être nous reverrons-nous un jour à La Nouvelle-Orléans? »

L'amputé tendit à Osmond une main moite de fièvre, que l'officier serra sans grand plaisir.

« Margaret disait toujours que vous n'êtes pas un homme ordinaire, monsieur de Vigors, que votre façon de juger les hommes et les événements est déroutante, que vous voyez toujours les choses de haut, avec lucidité et indépendance. Mais puis-je savoir pourquoi vous agissez ainsi à mon égard et pourquoi vous ne me détestez pas?

– C'est un devoir d'humanité, Belman, et mes sentiments personnels ne sont pas en cause. Vous m'êtes indifférent, mais toute vie gâchée est une erreur et je ne puis négliger celle qui est en vous. »

Osmond s'éloigna du lit sans se retourner. Il avait le cœur sec mais l'esprit satisfait. En aidant Belman à retrouver une chance de paix, il n'avait fait qu'agir en fonction de son éthique personnelle, qui lui imposait d'accepter les hommes comme ils sont.

Irène de Compigny écrivait assez souvent à Osmond, pour lui donner des nouvelles de Paris. Ces lettres, dans un style un peu gourmé, Osmond devina qu'elle les rédigeait plus pour tromper sa solitude que pour transmettre des informations. La vie dans la capitale devenait de plus en plus difficile du fait des restrictions et, pendant l'hiver, le charbon indispensable au chauffage avait atteint le prix record de 450 francs la tonne. Au cours du printemps, alors que se développait une offensive qui avait amené les Allemands à Villers-Bretonnaux et que la Grosse Bertha, un canon à longue portée secrètement mis au point par Krupp, tirait sur Paris des obus de 120, Mlle de Compigny avait raconté par le détail le bombardement, le Vendredi saint, 29 mars, de l'église Saint-Gervais. Soixante-dix-sept Parisiens avaient été tués et, depuis ce jour, on vivait dans la hantise des attaques aériennes conduites par des Taube ou des Zeppelins. Même si les petits commerçants des rues, toujours pratiques, vendaient un couple de poupées de laine baptisé « Nénette et Rintintin » pour conjurer le mauvais sort, le moral des citadins paraissait éprouvé.

Osmond en entendant les soldats français présents au front dire avec ironie « pourvu que l'arrière tienne » avait compris que les militaires appréciaient peu les jérémiades des civils.

Au mois de mai, ordre lui fut donné, au quartier général, d'accompagner le colonel Stanley Potter, un Sudiste originaire de Géorgie, dans une inspection des régiments noirs fraîchement débarqués. Ces unités composées d'éléments des gardes nationales de différents Etats avaient été envoyées dans la plupart des cas par des gouverneurs désireux de prouver leur patriotisme aux autorités fédérales, tout en donnant satisfaction à la population blanche. Les politiciens escomptaient un bénéfice électoral de cette attitude et se souciaient peu du niveau d'entraînement de troupes plus habituées à parader qu'à combattre. Trop souvent, les officiers noirs qui encadraient ces régiments n'avaient reçu aucune formation militaire sérieuse et se trouvaient bien embarrassés par des responsabilités inattendues. Déjà, plusieurs unités s'étaient trouvées au contact de l'ennemi et avaient connu des revers. Quand le 369e régiment de New York se débanda à Sainte-Menehould, lors d'une attaque, le général Pershing demanda une enquête et Osmond se retrouva avec le colonel Potter au camp où ces combattants malheureux pansaient leurs blessures. L'officier blanc qui commandait l'unité ne dissimula pas les raisons de l'échec. « Que voulez-vous ? Je suis un homme politique, pas un militaire. Le gouverneur m'a demandé d'organiser un régiment, le voilà. » On détacha immédiatement des officiers d'autres unités pour reprendre en main les soldats de couleur, jetés dans une guerre dont ils méconnaissaient à la fois les causes, les buts et les dangers.

Accompagnant son colonel dans d'autres tournées d'inspection, le lieutenant de Vigors eut l'occasion de se rendre compte, d'abord, que les vieilles divergences entre les gens du Sud et les Yankees trouvaient des échos jusque dans les états-majors d'unités au combat et ensuite, que le racisme, en dépit des risques encourus en commun par Blancs et Noirs, continuait à s'exercer.

Au camp du 370e régiment d'infanterie, le colonel Potter eut une moue de dépit en constatant que tous les officiers étaient noirs y compris le colonel commandant l'unité...

« Je ne vais tout de même pas considérer ce nègre, galonné par le gouverneur de la Caroline, comme mon égal », jeta le Géorgien en voyant Osmond joindre les talons et adresser au Noir le salut réglementaire.

Quand, après l'inspection, vint le moment du déjeuner et que les envoyés du quartier général furent conviés à prendre place à une table où se trouvaient huit Noirs de différents grades, Potter devint cramoisi.

« Nous n'allons pas nous attabler avec ces fils d'esclaves », souffla-t-il.

Osmond fit mine de ne pas entendre et s'assit avec naturel à la place qu'on lui désigna, obligeant ainsi son chef à agir de même. Il observa pendant le repas que le colonel refusait tous les plats et ne desserrait pas les dents. En quittant le camp, il s'arrangea pour ne pas répondre au salut des Noirs, qui l'avaient cependant accueilli avec respect et courtoisie.

Dans la voiture qui ramenait les deux officiers à Chaumont, Potter donna libre cours à son indignation.

« Je ne comprends pas qu'un aristocrate du Sud comme vous partage le repas de nègres, qui n'ont d'officier que l'uniforme. Moi je n'ai rien mangé... bien que les tomates fraîches m'aient fait rudement envie.

— Elles étaient en effet excellentes, colonel.

— La perspective de les déguster avec des nègres me coupait l'appétit, Vigors.

— Ces hommes sont des soldats, colonel. Nous allons les envoyer demain au nord de Soissons pour participer à une offensive. Nous les trouvons assez bons pour se faire tuer!

— En tout cas, je vais faire rapatrier tous ces officiers de fantaisie des gardes nationales et nommer au 370e des officiers blancs. Avec eux, les nègres marcheront. Et puisque les Français nous réclament sans arrêt des troupes, je donnerai le 370e au général Mangin, comme nous avons confié le 369e au général Gouraud. »

Osmond savait qu'aux Etats-Unis le bruit se répandait que les unités composées d'hommes de couleur étaient toujours envoyées dans les secteurs les plus exposés. Cela ne correspondait pas à la réalité, car les états-majors n'accordaient pas grande valeur à ces troupes, surtout depuis que les Britanniques avaient refusé d'instruire en Angleterre les fantassins noirs de la 92ᵉ division. Seuls, les Français qui appréciaient la remarquable combativité de leurs propres régiments sénégalais, semblaient disposés à utiliser les Noirs américains.

Et cependant, on avait la preuve que les soldats noirs venus d'Amérique se comportaient courageusement au feu. Deux de ceux-ci, rencontrant une forte patrouille allemande, avaient pris l'initiative et s'étaient distingués en tuant ou blessant plusieurs ennemis. Cet acte de bravoure leur avait valu la croix de guerre, que les Français n'attribuaient pas facilement. Cette façon qu'avaient les civils français, d'accueillir sans manière les Noirs américains et de les traiter sur le même pied que les Blancs, irritait le colonel Potter.

Quand le magazine *La Vie parisienne* avait publié le dessin d'un soldat noir festoyant en compagnie d'une femme blanche qui lui caressait le menton, le colonel avait fait un rapport et le capitaine Metz-Noblat, officier de liaison français détaché au quartier général américain, s'était fait tancer par le chef d'état-major de Pershing. « Votre censure est folle de laisser publier de pareilles choses; nos Noirs achètent cela et vont l'envoyer chez eux en disant : Voilà la façon dont nous sommes accueillis en France. »

L'officier de liaison expliqua qu'il s'agissait d'un Sénégalais de l'armée française et non d'un Noir américain, mais on considéra comme très regrettable, au quartier général, que les Français ne fassent pas, comme les Américains, la distinction entre les races.

L'ostracisme à l'égard des Noirs s'exerçait parfois d'une façon stupide, jusque dans les hôpitaux. Depuis que l'on pratiquait la transfusion sanguine pour les grands blessés, il ne se trouvait pas un soldat originaire du Sud pour accepter, même si cela devait lui sauver la vie, le sang d'un Noir. On disait encore en Louisiane, comme dans les anciens Etats confédérés, que l'homme qui recevrait, ne fût-ce qu'une goutte de sang noir, ne procréerait plus que des mulâtres. Les médecins s'employaient à combattre cette idée erronée, qui ne reposait sur aucune base scientifique et dont l'expérience avait démontré l'inanité, mais les Sudistes s'y cramponnaient avec véhémence.

Les Noirs, en revanche, ne faisaient aucune difficulté pour recevoir du sang blanc mais les donneurs étaient rares.

En regagnant Chaumont après un séjour au front, Osmond trouva dans son courrier une lettre d'Irène de Compigny. La missive avait mis plus d'un mois à lui parvenir et contenait une triste nouvelle. Hervé de Compigny, abattu par un chasseur allemand lors de l'offensive du printemps, avait succombé à ses blessures. Irène se trouvait désormais seule dans la vie et dénuée de ressources.

Fidèle à la promesse faite à l'aviateur quelques jours après le duel à la rose, Osmond envoya une longue lettre de condoléances et donna l'ordre à son banquier parisien de virer au compte de Mlle de Compigny une somme importante. « Vous ne pouvez refuser ce service car je me suis engagé auprès de votre frère à veiller sur vous et je compte bien le faire. Ici, l'argent est sans aucune valeur, alors qu'il est indispensable à Paris. Je voudrais être près de vous pour mieux partager votre peine. Sachez que la mienne est grande et que je maudis la guerre qui tranche dans le vif des affections, aveuglément. »

Hervé de Compigny laissait pour tout héritage, à sa sœur, la croix de la Légion d'honneur que lui avaient value ses exploits et une citation très élogieuse, faite à titre posthume par un général de division possédant le sens des formules pompeuses et peut-être assez de cœur pour s'émouvoir d'une seule mort au milieu de milliers d'autres.

A la fin de l'été, Osmond put écrire à sa mère, à l'oncle Gus et à Lorna que la guerre approchait de son terme. Après les offensives allemandes du printemps, les Français et les Britanniques s'étaient ressaisis et les huit cent trente mille soldats américains présents en France avec quarante mille officiers commençaient, grâce au matériel qui arrivait à profusion, à peser dans le conflit. Depuis le 18 juillet, les troupes de Foch, nommé maréchal de France le 6 août, repoussaient les Allemands qui abandonnaient des milliers de canons et de mitrailleuses et laissaient aux mains des Alliés des dizaines de milliers de prisonniers. Les Parisiens respiraient depuis que la Grosse Bertha s'était tue.

Quand Pétain proposa à Pershing de remettre aux Américains tout le front compris entre la Moselle et la forêt d'Argonne, Osmond comprit que l'Amérique allait enfin pouvoir donner des preuves éclatantes de sa combativité. Il fut décidé qu'une offensive serait montée début septembre pour réduire le saillant de Saint-Mihiel. Déjà, les troupes américaines s'étaient illustrées à Cantigny, à Juvigny, au Bois-Belleau et dans d'autres secteurs du front au côté des unités françaises ou britanniques, mais cette fois cinq cent mille « sammies » constitués en armée autonome allaient se lancer, sous la bannière étoilée, à l'assaut d'une forte position allemande.

Le saillant de Saint-Mihiel, qui s'étendait entre la Meuse et la Moselle, formait un triangle dont les pointes étaient Pont-à-Mousson, Saint-Mihiel et Verdun. Il constituait une véritable forteresse de campagne car, au cours de quatre années d'occupation, les Allemands, utilisant les défenses naturelles, avaient construit une série d'ouvrages, établi cinq lignes de défense et couvert toute la zone de fils de fer barbelés. Des hauteurs boisées de la Meuse jusqu'aux forêts de la plaine de la Woëvre, en passant par les contreforts surplombant la Moselle et les ravins de la rive ouest du fleuve, le pays regorgeait de canons dissimulés et de troupes décidées à défendre l'accès à Metz et Thionville.

Osmond assista à la mise en place du gigantesque dispositif : trois mille pièces d'artillerie de tous calibres, quarante mille tonnes de munitions, un standard téléphonique de trente-huit circuits à Ligny-en-Barrois, dix-neuf têtes de lignes de voies ferrées pour le ravitaillement, des hôpitaux de campagne comportant quinze mille lits, des centaines de camions, soixante-cinq trains sanitaires pour évacuer les blessés. Mille quatre cents avions et deux cent soixante-sept tanks légers devaient aussi participer à la bataille et les régiments du génie étaient à pied d'œuvre pour reconstruire les routes et prolonger les voies de chemins de fer, dès que le saillant serait conquis.

Osmond de Vigors vit aussi les unités prendre leur position. Trois corps d'armée et neuf divisions devaient participer à l'attaque. La 2e division était commandée par un Louisianais, né à Pointe-Coupée, le brigadier général John Archer Lejeune qui, arrivé en France en mai, s'était déjà battu avec la 35e division dans les Vosges et la 34e brigade dans un secteur français. Plus de vingt-sept mille Louisianais blancs et vingt-huit mille Noirs avaient été incorporés dans l'armée et la marine et combattaient pour la délivrance de la vieille mère patrie.

Au cours de ses pérégrinations à travers les unités

américaines, Osmond avait déjà rencontré de nombreux officiers originaires de Louisiane : le brigadier général Andrew Hero, de La Nouvelle-Orléans, qui commandait l'artillerie de la 79e division; le colonel Thomas Milling, chef d'escadrille; le colonel Gordon Robinson, responsable des transports automobiles; le lieutenant-colonel Hugh Bayne, ancien élève de l'université Tulane; le docteur Bayne Jones, premier médecin décoré de la médaille militaire, et qui servait dans les Flandres; le colonel Marcel Garsaud, commandant le 312e régiment du génie et bien d'autres, car on estimait à plus de trois cents le nombre des officiers de haut grade et d'origine louisianaise présents en France.

La veille de l'offensive, au cours d'une ultime réunion tenue au fort de Gironville par le général Pershing, on décida d'envoyer, avec la 26e division chargée de prendre Saint-Mihiel, un officier d'état-major « parlant parfaitement français ». La mission de ce dernier serait d'entrer en contact avec les autorités françaises de la ville et d'étudier avec elle l'aide d'urgence que l'on pourrait apporter aux habitants.

Osmond aussitôt se proposa. Il guettait depuis trop longtemps le moment de jouer un rôle dans une bataille pour ne pas saisir l'occasion offerte.

« Ne vous exposez pas inutilement, laissez partir les premières vagues d'assaut avant de vous diriger vers la ville. On ne vous demande pas de vous battre, mais de représenter l'armée libératrice auprès du maire d'une commune qui supporte depuis quatre ans l'envahisseur. »

Rentré au cantonnement établi dans une ferme désertée depuis longtemps par ses habitants où Hector, suivant ses habitudes, avait établi le logement de son maître, Osmond appela le Noir.

« Il faut que tu me trouves un cheval et que tu me réveilles à quatre heures demain matin.

– Je vais pas avec vous dans la Ford?

– Non, tu attendras ici. Si tout va bien, je te ferai savoir où tu devras me rejoindre. Si tu n'as aucune nouvelle dans quarante-huit heures retourne à Ligny-en-Barrois et va voir le colonel Potter.

– On dit qu'il y aura une grande bataille demain, m'sieur, je pourrais pas aller avec vous?

– Non, Hector. Tu n'as qu'à m'attendre. Demain matin, je te donnerai des consignes pour le cas où je ne reviendrais pas. Sers-moi à dîner. Je n'ai pas envie d'aller au mess. »

Le Noir s'exécuta un peu déçu. C'était un garçon qui ne manquait pas de courage. Habitué maintenant aux canonnades et aux spectacles hideux de la guerre, il souffrait de n'être qu'un valet promu ordonnance par conformité administrative. Il se doutait que, dans les jours à venir, l'homme qu'il servait depuis longtemps allait courir de nouveaux dangers et il aurait aimé les partager.

Osmond ne dormit guère. Une pluie froide et persistante frappait les tuiles au-dessus de sa tête et, dans l'âtre de la vieille ferme, les braises rougeoyaient encore quand Hector l'appela. Il trouva, comme chaque matin, au pied de son lit de camp, du linge frais et ses bottes bien cirées. Il se vêtit et fit honneur au petit déjeuner, une assiette de jambon et du pain accompagné d'un bol de thé.

« J'ai trouvé un cheval, m'sieur. Tout pommelé, on dirait un cheval de cirque. C'est une jument, elle est douce, m'sieur.

– Combien l'as-tu payée?

– Rien, m'sieur, on me l'a donnée... ou plutôt on l'a prêtée... si on peut la rendre, bien sûr... C'est la jument de la demoiselle du château. Elle m'a dit comme ça, si c'est pour un officier américain, on veut pas d'argent. »

Quand Osmond, ayant constaté que la pluie tombait toujours et qu'une bise glaciale soufflait, eut jeté son manteau de cavalerie sur ses épaules et noué son écharpe blanche, Hector intervint.

« Faut mettre le casque, m'sieur. L'ordonnance du capitaine Budy, que j'ai vu passer tout à l'heure, m'a dit que ça allait chauffer aujourd'hui.

— Donne-moi mon chapeau et mes gants... ce casque ne tient pas sur ma tête.

— J'ai trouvé un casque français, m'sieur, si vous voulez.

— Non, Hector, je préfère mon chapeau.

— Les balles elles traversent pas les casques, m'sieur, tandis que les chapeaux ! »

Osmond sourit, se coiffa de son feutre à glands dorés et donna une tape amicale sur l'épaule du Noir, puis il lui tendit une grosse enveloppe.

« Voilà les consignes, Hector, si... une balle traverse le chapeau. Tu as assez d'argent là-dedans pour rentrer en Louisiane et des lettres que tu devras remettre ou envoyer à différentes personnes.

— Je compte bien que j'aurai pas à l'ouvrir, fit Hector ému en prenant l'enveloppe du bout de ses doigts spatulés.

— J'y compte aussi... mais il vaut mieux prévoir. »

Le Noir disparut dans l'ombre humide et revint aussitôt, en tirant par la bride une jument à la crinière abondante et soignée.

« Comment l'appelle-t-on ? demanda Osmond.

— C'est drôle, m'sieur, la demoiselle m'a dit qu'elle l'appelle Bagatelle... c'est... c'est...

436

– C'est un hasard exagéré, Hector, comme dirait M. de Castel-Brajac. »

Le lieutenant se mit en selle, caressa l'encolure de la jument et, au petit trot, rejoignit dans la grisaille de l'aube la base de départ de la 26e division. Depuis plusieurs heures déjà, le canon tonnait et, à cinq heures, les troupes se mirent en marche. La pluie fine et la brume dissimulaient le paysage, et le vent qui soufflait contre l'ennemi semblait pousser l'armée vers le saillant. A l'horizon, le ciel rougeoyait de la lueur des explosions d'obus, des incendies, de l'embrasement des dépôts de munitions. Par moments, des fusées crevant l'écran de brume et de fumée zébraient l'atmosphère de trajectoires phosphorescentes.

Osmond avait emboîté le pas à la première vague d'assaut. Déjà, des camions surchargés d'hommes s'ébranlaient, à la suite des tanks qu'encadraient des compagnies de voltigeurs. Personne ne prêtait attention à ce cavalier insolite, tant le spectacle était à la fois terrible et grandiose. Dès que la clarté du jour fut assez vive, Osmond aperçut, loin en avant, les groupes de sapeurs du génie qui, à l'aide de cisailles, tranchaient les réseaux de barbelés déjà écrasés par les bombardements, et des fantassins occupés à lancer sur les chevaux de frise des planches et des grillages qui servaient de ponts à leurs camarades.

L'artillerie allemande, très éprouvée par les tirs précis des Américains, demeurait à peu près silencieuse, mais les mitrailleuses et les mortiers crachaient leurs balles et leurs petits obus sur les attaquants. La jument d'Osmond frissonnait de peur mais ne bronchait pas. Ses oreilles fines et d'une extrême mobilité s'affolaient, sollicitées par trop de fracas divers. Déjà, des hommes étaient étendus ou prostrés et l'on réclamait des brancardiers.

Les estafettes revenaient, en déclarant que les Allemands refluaient en désordre derrière leurs premières lignes de défense enfoncées et que Saint-Mihiel était en vue.

Aussitôt, Osmond pressa le pas de sa monture et avisant un sentier, prit le trot pour dépasser les fantassins. A plusieurs reprises, il avait vu des obus de mortier soulever des gerbes de terre et entendu le tac tac des mitrailleuses, mais il voulait entrer à Saint-Mihiel parmi les premiers.

Il ne se trouvait plus qu'à deux cents mètres des maisons entre lesquelles couraient les voltigeurs baïonnette au canon quand il reçut sur l'omoplate gauche une prodigieuse claque qui le courba sur le cou de la jument. Il avait distinctement perçu le craquement des os. Avant de perdre connaissance, il eut encore assez de lucidité pour se rendre compte que son bras gauche lui refusait tout service, qu'une force inconnue le ployait. Puis, il eut le sentiment d'entrer dans la nuit en même temps que montait en lui une nausée incoercible. La jument désorientée prit le galop et son instinct la guidant vers le décor rassurant d'une écurie, elle pénétra dans la cour déserte d'une ferme où elle s'arrêta brusquement, ce qui fit choir le blessé sur les pavés arrondis et luisants de pluie.

15

Dès qu'il reprit connaissance, Osmond réalisa immédiatement qu'il ne voyait plus. Il était couché et autour de son lit, des gens parlaient.

Un mouvement de sa main droite dut attirer l'attention car une voix d'homme, rocailleuse et amicale, ordonna aux bavards de se taire.

« Le voilà qui revient à lui. »

L'homme qui avait prononcé ces mots s'approcha du chevet et dit d'un ton qu'il voulait enjoué :

« Vous ne pouviez pas mieux tomber, si j'ose dire. Je suis le médecin de Saint-Mihiel...

— Il faut lui parler anglais, il ne peut pas comprendre, c'est un Américain, dit une femme.

— Je comprends », articula péniblement Osmond un peu nauséeux.

L'homme reprit la parole.

« On va vous soigner. Ce n'est pas trop grave. A mon avis, une fracture de l'omoplate ou de la clavicule, je ne crois pas que la colonne vertébrale soit touchée... ni le poumon. Respirez un peu pour voir ? »

Osmond prit une inspiration et une douleur aiguë lui vrilla le dos, tandis que pesait sur sa poitrine la tête du médecin.

« Je ne pense pas qu'il y ait beaucoup de dégâts... et vous paraissez solide.

— Quelle heure est-il ? demanda Osmond.

— Onze heures et quart.

— Du matin ?

— Bien sûr, du matin ! On vous a ramassé il y a vingt minutes dans notre cour. Vous avez fait une fameuse chute ! »

Osmond expliqua que sa blessure devait être antérieure à sa chute de cheval. Il avait été atteint, alors qu'il était en selle, sans doute par un éclat d'obus.

« Un éclat d'obus vous aurait déchiré le dos, mon petit. Or vous n'avez pas perdu de sang... Peut-être une grosse pierre projetée par la percussion d'un obus.

— Oui, c'est possible.

« – En tout cas, pierre ou autre, si vous l'aviez pris derrière la tête, personne ne pourrait plus rien pour vous. »

Pendant cette conversation, Osmond écarquillait les yeux dans un effort de tout son être, mais sa vision semblait engluée dans un brouillard pâteux d'un gris sale. Aussitôt, lui fut restituée avec une extraordinaire intensité, la scène de sa chute devant la cheminée de Bagatelle quand, petit garçon, il avait voulu saisir le vase qui se trouvait près du portrait de son père. Sa mémoire, sans qu'il l'eût sollicitée, reproduisit pêle-mêle tous les détails de l'accident : le sourire ironique de son arrière-grand-mère Virginie, entrevu pendant que la chaise basculait, la voix de sa mère inquiète, celle du docteur Dubard rassurante, la truffe fraîche d'Aristo sur sa main et les sanglots de la cuisinière qui l'avait relevé. « C'est le choc, comme autrefois, ma vue va revenir », se répéta-t-il mentalement pour se rassurer. Et, pour ne pas avouer sa subite infirmité, il ferma les yeux.

« Puisque vous êtes assez gaillard, je vais examiner votre dos de plus près. »

Le médecin s'éloigna du lit tout en demandant qu'on lui apporte une alaise, des serviettes, de l'eau bouillie, des pansements et la trousse de chirurgie qui se trouvait dans son cabinet. Puis, il invita tout le monde à quitter la chambre.

Un moment plus tard, la porte s'ouvrit et Osmond entendit le cliquetis des instruments que l'on alignait sur un plateau.

« Nous allons, ma femme et moi, vous basculer doucement sur le côté droit. »

Osmond se laissa faire. A coups de ciseaux précis, sa vareuse fut découpée, puis sa chemise. Il sentit la fraîcheur de l'air sur son dos nu.

« Pas même une éraflure, les chairs sont seulement tuméfiées. C'est bien. Une plaie aurait tout compliqué. Je vais peut-être vous faire un peu mal. Il faut que je vous ausculte pour voir ce qu'il y a de cassé. »

Osmond serra les dents mais ne put réprimer un mouvement de dérobade.

« Il doit y avoir une ou plusieurs fractures là-dessous. Mais la colonne est intacte. Une radiographie me paraît nécessaire. Vous avez des appareils à rayons X dans vos hôpitaux modernes. Je vais vous immobiliser l'épaule par un bandage et vous allez vous reposer en attendant qu'on vous évacue. Ma fille va guetter une de vos ambulances, il en passe à chaque instant.

– L'offensive a réussi? demanda Osmond.

– Je crois bien! Vos camarades ont dépassé Saint-Mihiel. Ils marchent sur Vigneulles et d'autres ont pris Monsec. Les Allemands sont en pleine déroute. Tous ceux qui occupaient notre ville sont morts ou prisonniers... Il y a quatre ans que nous les supportons! »

Quand Osmond fut pansé, le médecin lui tendit un verre d'eau qu'il ne vit pas.

« Tenez, prenez ce cachet, ça endormira la douleur. »

Osmond avança la main dans la direction de la voix, mais dut avouer qu'il était privé de vision.

Le docteur émit un grognement.

« Ça, mon petit, c'est autre chose. L'ébranlement que vous avez subi peut expliquer ça... C'est peut-être plus sérieux qu'il ne paraît. Reposez-vous, je ne puis, hélas! rien faire de plus pour vous. C'est l'hôpital qu'il vous faut. »

Osmond avala le cachet et remercia, puis il se laissa aller sur le côté droit, seule position supportable. Périodiquement, il ouvrait les yeux guettant le retour de la lumière qui, à cette heure-là, ne pouvait manquer d'emplir la chambre. Mais chaque fois qu'il soulevait les paupières, le même rideau sombre obstruait son regard. Il finit par s'endormir, tandis que roulaient à travers l'ancienne capitale du duché de Bar, endommagée par les combats de la matinée, les convois militaires américains salués au passage par les citadins. La bataille se développait sur un front de trente kilomètres et les Allemands défendaient pied à pied la route de Vigneulles.

Quand Osmond se réveilla, il fut incapable d'évaluer la durée de son assoupissement. Son dos douloureux le rappela aussitôt à la réalité de sa situation. Il ouvrit les yeux. Le brouillard gris s'était dissipé, remplacé par de grosses fleurs, toutes semblables, mais de couleurs différentes, qui composaient un étrange massif géométrique plat et figé. Son cœur se mit à battre plus vite devant cette nouvelle étrangeté de sa vision. Couché sur le côté, il lui fallut quelques secondes pour comprendre qu'il voyait et que cette floraison n'était que le papier peint du mur. L'étroitesse de la ruelle était responsable de cette confusion qui le fit sourire.

Toute angoisse l'avait quitté. Il réussit à s'asseoir sur le lit et découvrit la chambre éclairée, à travers des rideaux de percale, par un soleil pâle. C'était une pièce quelconque, meublée d'une grande armoire et d'une table de toilette. Il constata que son bras gauche avait retrouvé une certaine mobilité, mais que tout mouvement de quelque ampleur provoquait dans l'épaule des élancements douloureux. C'était peu de chose et il se glissa hors du lit, heureux comme il ne l'avait jamais été « d'être au monde et d'y voir clair », comme disait grand-mère Liponne.

Ses hôtes lui avaient retiré ses bottes, qu'il chaussa avec difficulté, puis il s'approcha de la table de toilette et de sa main valide s'aspergea d'eau le visage. Le miroir lui renvoya l'image d'un homme pâle, à l'épaule et au torse bandés. Il se débarrassa des restes de sa vareuse et réussit à se draper dans son manteau. Ayant récupéré son chapeau et son ceinturon auquel pendait son revolver, il quitta la chambre et descendit l'escalier en grimaçant. Chaque pas réveillait dans son dos la douleur des fractures.

La première personne qu'il aperçut dans une grande salle du rez-de-chaussée fut une femme aux cheveux blancs. Elle sursauta à son approche.

« Vous n'auriez pas dû vous lever, monsieur. Ce n'est pas raisonnable, mon mari est à l'hôtel de ville. Il y a beaucoup de blessés parmi les civils, car les Boches ont fait sauter leurs réserves avant de battre en retraite.

— C'est à la mairie que je dois me rendre. J'ai une mission. Je suis chargé d'examiner, avec les autorités de Saint-Mihiel, les moyens de venir en aide aux habitants et je me sens bien.

— Mais votre épaule, monsieur? Il y a fracture.

— Mon épaule attendra. Je vous remercie pour tous vos soins. Conservez mon cheval quelques jours, mon ordonnance viendra le chercher. »

Osmond, sans plus attendre, quitta la maison. La pluie avait cessé et l'air vif le stimula. La douleur était, somme toute, supportable. Il arrêta un camion de munitions de la 82e division, se hissa à côté du conducteur et se fit conduire à la mairie. Le conseil municipal s'était réuni en hâte et le lieutenant vit un homme rondelet s'avancer à sa rencontre.

« Que faites-vous ici? Je suis le docteur Topfer. Vous devriez être chez moi, couché.

— Heureux de vous rencontrer... et de vous voir enfin, docteur, nous avons à travailler ensemble. »

Pendant l'après-midi, Osmond dressa avec les autorités la liste des secours d'urgence à faire envoyer à

Saint-Mihiel, rédigea des ordres pour le génie qui aurait à déblayer certaines rues encombrées par les éboulis et à établir quelques lignes téléphoniques. Ce n'est qu'à la tombée de la nuit qu'il consentit à monter dans une ambulance, après avoir envoyé une estafette prévenir Hector de sa destination : l'hôpital de Chaumont.

Les semaines qui suivirent, tandis que les troupes américaines livraient dans le secteur Meuse-Argonne de nouvelles offensives en essuyant de lourdes pertes, Osmond les passa douillettement soigné par des infirmières françaises, dont tous les blessés tombaient amoureux. Il avait dû livrer son épaule aux chirurgiens et portait un plâtre. Hector, toujours dévoué et débrouillard, lui avait fabriqué un poncho dans une couverture et, dès que les médecins l'autorisèrent à quitter l'hôpital, le lieutenant rejoignit son bureau du quartier général où il se mit au travail. Le colonel Potter lui proposa une permission de convalescence qu'il refusa. La déroute allemande était telle, sur tous les fronts, qu'on pouvait aisément prévoir que la guerre touchait à son terme. Le 20 septembre, la Bulgarie avait signé un armistice. Le roi Ferdinand venait d'abdiquer et les Alliés, après avoir délivré la Roumanie, menaçaient Vienne et occupaient Constantinople. La Turquie, pressée par l'armée anglaise d'Allenby et par les Arabes soulevés par Lawrence, acceptait la capitulation. Battu à Vittorio-Veneto par les Italiens, l'empereur Charles I$^{er}$ d'Autriche-Hongrie renonçait à la lutte et, depuis le 7 novembre, des parlementaires allemands discutaient, à Rethondes, des conditions d'un armistice.

Quand, le 11 novembre, on sut que l'ennemi souscrivait à toutes les exigences que mettaient les Alliés et le président Wilson à la cessation des combats, les canons se turent. La guerre était finie. Osmond fut un des premiers informés et tout de suite, alors que Chaumont pavoisait comme toutes les villes de France et que Paris vivait des heures délirantes, il s'inquiéta du sort de Bob et de Félix de Castel-Brajac. Tous deux étaient sains et saufs. Quant à Silas Barthew, nommé major sur le champ de bataille de l'Argonne, il s'apprêtait avec son unité à passer la frontière allemande, pour occuper la zone dévolue aux Américains.

Osmond, en ces jours de victoire si impatiemment souhaités depuis quatre ans, ne quitta pas la caserne. Le déchaînement de la joie populaire lui paraissait scandaleux devant l'oubli subit de tant de souffrances, de tant de morts, de tant de familles en deuil, dont on négligeait de respecter le chagrin.

Il savait que, dans la seule offensive de Saint-Mihiel, sept mille Américains avaient trouvé la mort. Déjà, on lui demandait de prévoir, pour le compte du gouvernement des Etats-Unis, l'achat de terrains, où plus de cent mille « sammies », tués au combat, devraient trouver une sépulture loin de l'Amérique.

Aussi, quand le 13 novembre, lui parvint sa nomination au grade de capitaine et que le général lui accrocha sur la poitrine la croix de guerre et la *Distinguished Service Medal,* il ne ressentit aucune fierté, et s'empressa de glisser dans un tiroir la citation à l'ordre de la Iʳᵉ armée qui faisait état de sa bravoure et du fait que, grièvement blessé au cours de la prise de Saint-Mihiel, il avait tenu à accomplir, jusqu'au bout, la mission humanitaire que lui avait confiée le général en chef. Il constata que ses décorations suscitaient un peu d'envie chez les jeunes officiers, dont quelques-uns reprochaient à Pershing de n'avoir pas insisté pour envahir l'Allemagne et marcher jusqu'à Berlin.

Au quartier général, pour fêter la victoire, les cuisiniers français se surpassèrent. On servit du saumon aux truffes, des perdreaux rôtis accompagnés de pommes Pont-Neuf, un énorme gâteau nommé « diplomate » et l'on but du bourgogne et du champagne. A la fin du repas, la plupart des convives étaient gris. Le colonel Potter, qu'une maladie d'estomac retenait de festoyer, se pencha vers Osmond.

« Allons, capitaine, ne faites pas cette mine. Jouissez de cet instant qui nous est accordé. Nous avons la chance d'être vivants! Si nous devions, en permanence, ressentir à fond la souffrance d'autrui, nous risquerions la folie. Au commencement de la guerre, je vibrais intensément, mais je me suis lâchement habitué à ce qu'on meure autour de moi. Je me demande même si ça n'ajoutait pas à mon plaisir de vivre. »

Comme toujours, Potter, qui n'était pas doué d'une grande subtilité, prit pour une critique le sourire involontaire d'Osmond.

« Ma franchise vous scandalise, hein? Cependant, vous vous êtes engagé, vous n'avez pas été mobilisé comme moi, vous avez voulu vous battre.

– J'ai voulu me battre contre la guerre, colonel, car c'est, hélas, le seul moyen de la faire cesser une fois qu'elle est déclenchée. Notre président a raison quand il dit que la paix ne peut être maintenue par la seule force des armes et que les régimes démocratiques, qui jouissent de l'appui des peuples et entretiennent avec toutes les nations des relations fondées sur le droit et la morale, sont les meilleurs défenseurs de la paix.

– Vous êtes jeune, Vigors! Vous conservez à l'égard des humains de belles illusions. Croyez-vous que cette guerre sera la dernière? Chaque défaite suscite des humiliations, chaque victoire apporte l'outrecuidance. L'Allemagne ne s'en tire pas trop mal. Son armée est vaincue, mais non détruite. Elle voudra sa revanche.

« — La Société des Nations, prônée par Wilson, pourra prévenir tous les conflits...

— Ah! Il y a une chose plus difficile à faire encore que la guerre, c'est la paix! »

Osmond, qui avait volontairement omis de parler de sa blessure à ceux auxquels il écrivait en Louisiane, fut un peu surpris de recevoir, de Lorna, une lettre postée le jour même de l'armistice qui avait, à La Nouvelle-Orléans comme ailleurs, donné lieu à de joyeux défilés. La jeune fille se réjouissait de la fin du conflit, mais se plaignait du laconisme des derniers messages de son ami d'enfance. Elle finissait par imaginer « qu'il lui cachait quelque chose » et concluait : « Tu ne m'as pas habituée à des propos superficiels et je suis toujours prête à tout entendre, j'ai le sentiment que tu es las, que tu te recroquevilles sur toi-même et, plus que jamais, doutes de tout. »

Il répondit, au fil de plusieurs pages chaleureuses donnant des détails sur ses activités du moment et conclut : « Je ne te cache rien qui vaille la peine d'être dissimulé. J'ai reçu une légère blessure qui m'a valu une décoration et un galon de capitaine. Ce n'était pas un acte de bravoure. Je me suis seulement trouvé au mauvais endroit à un mauvais moment. Garde cela pour toi. Car, si en effet je doute de beaucoup de choses et d'êtres, je ne doute pas de toi. Bientôt, j'espère, nous monterons ensemble aux Trois-Chênes pour voir si les fils de Kiki-le-Troglodyte ont vaillamment supporté la guerre. »

Au mois de décembre, Bob Meyer apparut au quartier général. Il était gai comme un écolier en vacances et portait, légèrement incliné sur l'oreille, son képi à deux galons d'or. En apercevant Osmond l'épaule et le bras caparaçonnés de plâtre, il se figea au seuil du bureau.

« Qu'est-il arrivé?

– Un gars de Chicago m'a donné une claque un peu forte sur l'omoplate.

– Ne plaisante pas, raconte. »

Osmond s'exécuta et emmena son ami déjeuner au mess. Quand Bob lui jeta son manteau sur les épaules, il remarqua l'épaulette à deux barres d'argent.

« Excusez-moi, capitaine, j'aurais dû vous saluer! Et vos décorations, où sont-elles?

– Dans un tiroir, Bob... j'ai peur que les rubans se défraîchissent... aux regards! »

Les deux amis, qui avaient en commun une semblable indifférence aux honneurs, retrouvèrent spontanément le rire de leur jeunesse. A peine attablé, Bob expliqua qu'il était en route pour Paris où le général Pétain devait lui remettre, ainsi qu'à d'autres aviateurs américains, la croix de la Légion d'honneur.

« Aussitôt la prise d'armes terminée, je cours me faire démobiliser. Je m'étais engagé pour la durée de la guerre, la guerre est finie, je m'en vais... J'ai hâte de revoir ma mère, de serrer Otis dans mes bras et d'enfiler un complet veston... On rentre ensemble, bien sûr.

– J'ai encore beaucoup de travail, Bob, on m'a confié tous les dossiers relatifs à la Louisiane. Il faut que je m'occupe des hommes du Washington Artillery et de la garde nationale, du 156e d'infanterie, du 141e d'artillerie et des Noirs de la 39e division, qui se sont bien battus. Il y a là des gens de Saint Francisville, de Houma, de Mansfield, de Shreveport, de Baton Rouge. Les officiers comptent sur moi pour activer les rapatriements.

– Comme disent les Français, tu es le père du régiment, mais pense un peu qu'on t'attend là-bas. Otis, qui travaille avec Lorna à La Nouvelle-Orléans, m'a écrit qu'on espérait ton retour. L'oncle Gus se fait vieux.

– Oui, je sais, je sais. Je suis impatient, moi aussi, de les revoir tous, mais si les combats ont cessé, les problèmes d'intendance demeurent. Que veux-tu, c'est ma partie. Sais-tu que, dans la seule paroisse de Pointe-Coupée, on compte seize morts dont Oneil Fabre, tué le 13 octobre dans l'Argonne et Thomas Fagan, un Noir du 369e d'infanterie. Nos vieilles familles de La Nouvelle-Orléans n'ont pas non plus été épargnées et des garçons que nous connaissons attendent une sépulture décente. Charles de Villeneuve, John Claiborne, Walter Cox, Howard Olivier, James Louis Pallatien, Sidney Rollins, Roubion, Rousseaux, Soniat, Gravois, Bauer, Poncet, Massicot, Patin et aussi ce pauvre Foulkes, contre qui je m'étais battu en duel avec une pointe de compas, au collège.

– Je t'admire. Tu es un homme de devoir. Moi, j'avoue ne plus penser qu'à filer.

– Toi, tu as rempli ton contrat et largement, en abattant sept avions ennemis... Et puis, je veux aussi passer quelques jours à Paris pour voir comment je peux aider la sœur de Compigny. Je n'ai aucunes nouvelles d'elle depuis trois mois et ça m'inquiète.

– Epouse-la, vieux. C'est un beau nom et le meilleur moyen de lui assurer une bonne vie. »

Osmond eut un hochement de tête qui traduisait son indulgence pour les propos de Bob.

Le soir même, il accompagna l'aviateur au train de Paris.

« Crois-tu que je puisse m'installer chez Félix? Ça me ferait des économies... il est peut-être rentré.

– A mon avis, il est encore en Belgique avec son régiment, mais le divin Carlo sera enchanté de t'accueillir. Tiens-moi au courant... pour ton départ. »

Osmond vit partir Bob avec mélancolie. Il enviait la joie qui habitait son ami, cet appétit qu'il avait de vivre, enfin, un bonheur si longtemps désiré et conquis au prix des risques les plus fous. Il ne ressentait pas la même impatience juvénile. Le fait de savoir ceux qu'il aimait rassurés sur son sort et en bonne santé lui apportait une sérénité suffisante. Si on lui avait demandé ce qu'il désirait le plus, il eut répondu sans hésiter, « revoir Bagatelle, coiffer un vieux panama, galoper sur les berges du fleuve et le soir me balancer sur un rocking-chair en regardant les cardinaux à huppe rouge voler d'un chêne à l'autre ». Sa mère, oncle Gus, ses sœurs et tous les bagatelliens souhaitaient certes son retour, mais il eût aimé qu'une femme le désirât passionnément, comme Otis désirait celui de Bob. Pendant des mois, les exigences quotidiennes de la guerre avaient occupé toutes ses pensées. L'armistice le rendait à sa solitude.

Au cours de l'hiver quand, débarrassé de son plâtre, il put se vêtir normalement et se déplacer sans susciter ces manifestations exagérées de sympathie que les Français, par reconnaissance, adressaient aux officiers et aux soldats américains, il régla le rapatriement de Bert Belman, lui fit parvenir des vêtements civils et organisa son embarquement sur un navire-hôpital à destination de New York. Il se rendit ensuite à Paris, pour discuter avec des fonctionnaires français de nouveaux marchés de matériels ferroviaires et agricoles : un quart de la France était à reconstruire et les Etats-Unis, intéressés par des débouchés économiques nouveaux et qui n'entendaient pas annuler les prêts énormes consentis aux Alliés pendant la guerre, retrouvaient leurs aspirations mercantiles.

L'Amérique, qui n'avait pas perdu 1 385 000 soldats comme la France ou 1 600 000 comme l'Allemagne, avait tiré d'énormes profits d'une guerre dans laquelle elle s'était tardivement engagée. Grâce aux fabrications et aux transports de guerre, son industrie et sa flotte connaissaient un développement extraordinaire et les experts constataient que le produit national brut de la nation américaine avait augmenté d'un tiers en deux ans.

Au cours des discussions avec les autorités françaises, Osmond sentait poindre, derrière une reconnaissance chaleureusement exprimée, une inquiétude contenue, une tendance à rétablir un protectionnisme économique face à l'agressivité commerciale de l'Union. Le capitaine, investi par les circonstances d'une autorité bien supérieure à son grade, dans un temps où les officiers généraux ne pensaient qu'à profiter dans la capitale du repos du guerrier, répétait chaque jour que les Etats-Unis n'étaient entrés en guerre que pour rendre service et souhaitaient aider à la reconstruction de la France. On croyait de moins en moins à ce désintéressement. Les Français victorieux revenaient déjà à leurs chimères, à leur frivolité, à leur chauvinisme et à leur méfiance vis-à-vis des Alliés. Tout en défendant le point de vue du gouvernement fédéral avec le maximum de conviction, Osmond se souvenait d'une phrase de Benjamin Constant dont il commençait à apprécier la sagesse : « La guerre et le commerce ne sont que deux moyens différents d'arriver au but, celui de posséder ce que l'on désire. L'une est l'impulsion sauvage, l'autre le calcul civilisé. »

Le soir où Osmond rendit son dernier dossier réglé au chef d'état-major, l'officier lui proposa, sur-le-champ, un poste permanent à Paris, en laissant entrevoir une possibilité future de carrière diplomatique.

« Je ne souhaite que rentrer chez moi, général, retrouver les miens et mes travaux. Les tâches à venir appartiennent à des professionnels de l'économie et de la politique. Puis-je obtenir un congé jusqu'à ma démobilisation ?

– Je regrette que vous ne restiez pas avec nous, mais je vous l'accorde. »

Libre de ses mouvements, Osmond téléphona à Hector de plier bagage et de le rejoindre à Paris, rue Cambon.

Carlo l'accueillit avec son urbanité habituelle et l'installa dans la chambre bleue. Il l'informa aussi que le lieutenant Meyer s'était rendu à Reims, pour régulariser sa situation, ce qui ne prendrait que quelques jours et que le commandant de Castel-Brajac lui avait téléphoné de Londres, pour annoncer son arrivée sous huitaine. Ces nouvelles réjouirent Osmond. Il allait enfin retrouver, à Paris, deux amis et préparer son retour en Amérique avec Bob. Il lui restait encore un devoir à accomplir, qu'il estimait sacré : revoir Irène de Compigny et chercher le moyen de lui assurer une existence décente. Depuis quelques jours, il s'était plu à imaginer que Félix de Castel-Brajac, rendu à la vie civile et aux affaires, trouverait un emploi à la jeune fille. Irène portait la toilette avec distinction, savait recevoir, parlait anglais et, sans en faire une vendeuse de robes ou de fanfreluches, Félix pourrait peut-être lui confier la direction d'un de ses salons de haute couture fréquentés par la gentry.

Ayant téléphoné à plusieurs reprises rue de Richelieu sans avoir obtenu de réponse, il se rendit à l'adresse où, si souvent lors de son premier séjour à Paris, il avait pris le thé en compagnie de l'aviateur défunt et de sa sœur. Après avoir vainement tiré la sonnette de l'appartement, il frappa chez la gardienne avec l'intention de laisser sa carte.

La femme peu aimable qui entrouvrit la porte de la

loge eut un mouvement de surprise quand il prononça le nom de Mlle de Compigny.

« Mais vous ne savez pas?

— Non, que devrais-je savoir? »

La porte s'ouvrit plus largement et la concierge l'invita à entrer dans une pièce minuscule et mal éclairée.

« Vous êtes un ami de ce pauvre monsieur Hervé, je parie. Vous savez que les Allemands l'ont tué?

— Oui, je sais, mais sa sœur?

— Mademoiselle Irène, la pauvre mademoiselle Irène... »

Osmond eut le sentiment que la femme ne se décidait pas à faire une révélation. Il la fixa de son regard glacé et dit assez sèchement.

« Je désire rencontrer Mlle de Compigny ou lui laisser un message. »

Soudain, la femme s'appuya à la table couverte d'une toile cirée à carreaux et se mit à pleurer sans retenue.

« Elle est morte, monsieur, de la grippe espagnole, ça fait deux mois avant-hier qu'on l'a enterrée. Elle avait pas de santé, elle mangeait rien... vous pensez, la grippe l'a emportée comme tant d'autres. »

Osmond surmonta l'émotion que lui causait cette tragique nouvelle.

« Et qui s'est occupé des funérailles?

— Un cousin qui est venu de l'Yonne. C'est l'héritier à ce qu'il paraît... héritier de quoi...? Il a pas voulu payer le loyer en retard et le propriétaire m'a disputée parce que j'avais pas exigé...

— Avez-vous encore la quittance? »

La concierge extirpa du tiroir d'un buffet un papier froissé. Osmond lut la somme indiquée, tira son portefeuille et régla sur-le-champ, en ajoutant un pourboire pour la femme visiblement décontenancée par son geste. Il devait à la mémoire des Compigny de payer cette dernière dette.

« Le propriétaire sera content, monsieur, c'est un pingre... vous ne cherchez pas un logement par hasard?

– Non, j'ai ce qu'il me faut. Dans quel cimetière a-t-on enterré Mlle de Compigny?

– Au Père-Lachaise, dans le caveau de famille... La pauvre, si j'avais pas porté des fleurs, elle en aurait pas eu une, c'est triste. »

Osmond retrouva l'animation de la rue, avec le sentiment qu'une fois de plus, la mort avait choisi une proie facile et d'avance résignée. La disparition furtive d'Irène l'atteignait comme une insulte gratuite à la vie. A la faucheuse boulimique, tous les moyens étaient bons, de la mitraille à la maladie et toute révolte paraissait vaine.

Le lendemain, il se rendit au cimetière et fleurit le caveau. Des flocons de neige descendaient en voletant sur les tombes. Il imagina le corps gracile sous la dalle humide où on lisait une série de noms. Il choisit pour l'amie de quelques mois une épitaphe, un vers de Yeats qu'il avait retenu et qui lui parut convenir à celle qui n'avait vécu que d'illusions : « Marchez à pas très doux, vous marchez sur mes rêves. » Le marbrier voisin du cimetière promit que l'inscription serait gravée avant Noël.

L'arrivée, au moment des fêtes, de Félix de Castel-Brajac et de Bob Meyer rendit à Osmond le goût de la société. Le fils de l'oncle Gus avait gagné à la guerre deux blessures, des décorations et quelques cheveux blancs que son coiffeur fit disparaître. Le *Major,* aussitôt libéré, avait renoncé à l'uniforme. Il engagea Osmond et Bob à en faire autant.

« Mon tailleur va vous confectionner quelques costumes. Allons choisir des tissus. Il nous faut du lainage fin, de la flanelle moelleuse, du cachemire douillet, du tweed confortable... et des fracs car, jusqu'à votre départ, nous allons faire la fête. »

Hector reçut lui aussi des conseils vestimentaires. Félix proposa au Noir des chemises jaune paille, qui iraient mieux à son teint que le blanc et un costume de drap beige. Le majordome, qui était coquet et courtisait avec succès les femmes de chambre, apprécia l'aubaine d'une garde-robe neuve, qui ferait bon effet en Louisiane.

Pendant quelques semaines, on vit dans tous les endroits à la mode : Maxim's, La Tour d'Argent, Le Grand Véfour, Le Café de Paris, ces trois hommes parfois accompagnés de jolies femmes renouer avec les plaisirs mondains. Osmond, qui chaque matin livrait son épaule ankylosée au masseur de Félix et pratiquait, sur les conseils de l'esthète, l'hydrothérapie, retrouva vite son aisance. Les Parisiennes de la bonne société, à la fois amies et clientes de Félix, qui déjà dessinait pour elles de nouvelles robes, paraissaient troublées par Osmond. Son air évasif, son sourire générateur de méprises, son élégance, sa manière de danser en conduisant sa partenaire du bout des doigts comme s'il se fût agi d'un objet fragile, sa causticité inquiétaient et attiraient ces femmes, dont la vocation semblait être de plaire.

L'une d'elles, qui se piquait de littérature, rencontrée dans le salon d'une Américaine de Paris, dont le père avait fait fortune en vendant des machines à coudre, lui dit un soir avec un air extasié : « On voit que vous avez une connexion aristocratique. »

L'expression amusa les trois amis et Bob Meyer en usa fréquemment quand Osmond ou Félix émettaient des opinions sur le monde et les femmes.

Après l'austérité de la vie militaire, l'inconfort des cantonnements, la privation de beaux objets, l'absence d'émotions artistiques, Osmond, comme ses compagnons, prit plaisir à choisir un agenda de cuir fin chez Kirby Beard, à acquérir pour sa mère, ses sœurs et ses amies de La Nouvelle-Orléans des parfums inédits nommés *Fleur de France* ou *Tigre* et à voir dans les grands magasins des Pères Noël à qui on avait donné les traits de Clemenceau. Le même besoin de futilité et de détente conduisit Félix et ses compagnons dans les théâtres et les cabarets. Ils applaudirent Signoret, jeune artiste au talent prometteur dans *L'Aiglon* au Théâtre Sarah-Bernhardt, Raimu et Spinelly, aux Variétés, dans une opérette légère d'inspiration hindoue : *Le cochon qui sommeille* et entendirent au Moulin-de-la-Chanson Marie Duba détailler, de sa voix prenante, des couplets sentimentaux.

Un matin, le courrier apporta à M. de Vigors une lettre de Clara Oswald. La veuve de l'ancien *carpetbagger* lui avait écrit à plusieurs reprises pendant les mois de guerre. Cette fois, sa missive contenait une sollicitation. « Maintenant que vous êtes à Paris, pourriez-vous, je vous prie, cher Osmond, rendre visite à mon fils Odilon ? Il n'a pas quitté la capitale pendant la guerre. J'aimerais avoir votre opinion sur sa situation réelle, qu'il décrit comme excellente, mais j'ai quelques doutes à ce sujet. Il ne m'a jamais donné d'autre adresse que celle de la poste restante à Montparnasse. » Osmond, qui avait appris confidentiellement par Gustave de Castel-Brajac, la raison de l'exil d'Odilon Oswald, ne se décida qu'à contre-cœur à effectuer la démarche souhaitée par la vieille dame. Une fois encore, il estima cependant qu'il s'agissait d'un devoir.

Osmond mit Félix au courant de cette demande

pensant que la connaissance qu'avait M. de Castel-Brajac des milieux artistes de Paris pourrait lui être utile.

« Nous allons faire le tour des cafés de Montparnasse, c'est bien le diable si nous ne trouvons pas trace de ce peintre. »

Au bout d'une semaine, ils allaient renoncer à leurs expéditions dans des salles enfumées où se côtoyaient modèles, étudiants, artistes en renom, débutants faméliques et joyeux démobilisés contant leurs exploits guerriers, quand un maître d'hôtel de la Closerie des Lilas leur donna une piste.

« Je ne vois qu'un artiste nommé Waldos qui puisse ressembler à l'homme que vous cherchez. C'est un Américain. Il est connu et vient dîner ici de temps en temps. »

Félix réagit immédiatement.

« Waldos, c'est le peintre des négresses! Il est très lancé. Ce ne peut être votre barbouilleur de Pointe-Coupée. »

Bob, qui suivait la conversation, intervint d'un ton péremptoire.

« Eh bien, moi, je suis certain que c'est lui. D'abord parce qu'il peint des négresses, ce qui s'explique par ce que nous a raconté Osmond du passé scabreux de cet homme, ensuite, parce que Waldos c'est l'anagramme d'Oswald! »

On rendit justice à la perspicacité de Meyer et l'adresse du peintre ayant été obtenue sans difficulté moyennant un gros pourboire, les trois amis se présentèrent à l'atelier que l'artiste occupait place Denfert-Rochereau.

Waldos était un petit homme chauve, au teint cireux, dont les mains sèches tremblaient en permanence. Il reçut les Louisianais sans marquer la moin-

dre émotion, avec une sorte d'indifférence courtoise.
Quand Osmond parla de Mme Oswald, de son fils
Omer et de ses filles jumelles, il demeura impassible
comme un bouddha. Les murs de l'atelier disparaissaient sous des toiles représentant, dans des poses
diverses, des femmes noires nues, coiffées de turbans
jaunes. Tous ces visages d'une beauté satanique exprimaient une sensualité agressive, parfois la cruauté
animale ou la lascivité la plus perverse. Odilon semblait hanté par le souvenir de la jeune Lorette, assas-
sinée au bord du Mississippi. Son remords s'exprimait
dans sa peinture.

Une très belle Noire, sénégalaise, précisa le peintre,
vint servir des alcools dont le maître de céans semblait
faire une grande consommation.

« Ma mère a tort de s'inquiéter de mon sort. Je vis
très largement. La négresse se vend bien à Paris.

– Avez-vous l'intention de revenir un jour en Louisiane? demanda Osmond.

– Jamais, j'ai oublié d'où je viens. Je vous ai reçus
par curiosité, mais je n'ai aucun plaisir à parler du
passé. Déduisez de ma peinture ce que vous voudrez,
je m'en moque. Je ne peins que des modèles noirs,
parce que ces femmes ont de plus beaux seins que les
Blanches et que leurs bouches sont chaudes comme
l'enfer! »

En parlant, l'artiste s'était animé. Une lueur
démente enflammait son regard. Dans le verre, qu'il
serrait d'une main agitée de trémulations irrépressi-
bles, le vermouth frissonnait comme un liquide prêt à
entrer en ébullition. Osmond, en se levant, donna le
signal du départ. Il était déjà décidé à ne pas rapporter
à Clara Oswald ce qu'il venait de voir.

Du seuil de l'atelier Odilon, dont la nervosité allait

atteindre la colère frénétique, cria d'une voix rauque aux visiteurs engagés dans l'escalier :

« Et ne revenez jamais... ni vous, ni personne de là-bas... ou je vous fais étrangler par mes négresses! »

Le claquement de la porte palière ponctua cette menace ridicule. Sur le trottoir, que les cantonniers raclaient pour le débarrasser de la neige tombée la nuit précédente, Félix mima un frisson.

« Brrr... quel être étrange... et inquiétant!

– C'est un malade et un alcoolique, dit Bob Meyer.

– C'est un assassin poursuivi par son crime. A mon avis, il finira par se pendre comme il aurait dû l'être il y a vingt ans », conclut Osmond.

En attendant le jour de leur départ, plusieurs fois différé au grand désappointement de Bob, car tous les bateaux américains étaient requis pour le rapatriement des blessés, Osmond et son ami eurent le temps de voir la Seine inonder les quartiers riverains et le zouave du pont de l'Alma, fétiche des Parisiens, disparaître jusqu'à la taille dans le fleuve. Ils virent aussi arriver les délégués à la conférence de la Paix, organisée à Versailles, dont Woodrow Wilson, le président des Etats-Unis, et partagèrent l'émotion populaire suscitée le 19 février par la tentative d'assassinat perpétrée contre Georges Clemenceau par un anarchiste de vingt-deux ans se disant « ami de l'humanité, y compris les Chinois et les nègres ».

Enfin, le 16 avril, ayant endossé leurs uniformes, ils firent leurs adieux à Félix qui devait retourner à Londres d'où il partirait plus tard « à bord d'un vrai transatlantique qui ne sente pas la soldatesque » pour aller chercher en Louisiane Doris devenue, d'après les photographies, une adolescente aux yeux clairs.

Le *Kaiserin Augusta-Victoria*, navire allemand récupéré par les Alliés au titre des dommages de guerre, ne manquait pas de confort. Le capitaine de Vigors et le lieutenant Meyer se virent attribuer une cabine que le brave Hector, rapatrié comme ordonnance, venait nettoyer chaque jour. A bord, les deux Louisianais retrouvèrent de vieilles connaissances parmi les officiers de la garde nationale de Louisiane, du Washington Artillery et du 14e régiment d'artillerie de campagne qui rentrait au pays avec ses 38 officiers et ses 1254 soldats. 312 infirmiers, 42 officiers et 192 soldats convalescents étaient du voyage ainsi que les personnels d'une dizaine d'ambulances.

Pour la durée de la traversée, tous ces militaires avaient été placés sous l'autorité de l'officier le plus ancien dans le grade le plus élevé, le colonel Allison Owen, commandant du régiment mascotte de La Nouvelle-Orléans : le Washington Artillery. A New York, des trains spéciaux attendaient les unités du Mississippi, de l'Arkansas et de la Louisiane.

« On s'en va avec la troupe ou on prend un train... civil ? Je n'ai guère envie de participer aux retrouvailles officielles à La Nouvelle-Orléans. Il paraît qu'on veut nous faire parader avant de nous lâcher », lança Bob qui piaffait comme un pur-sang en route vers l'écurie.

Osmond prit un temps pour répondre.

« J'estime qu'il serait désobligeant, pour tous ces garçons qui reviennent de la guerre et pour ceux qui les attendent, de ne pas tenir notre petit rôle dans la fête. Ce n'est pas que ça m'enchante. J'ai horreur de la foule et de l'émotion publique, mais vois-tu, Bob, dans quelques jours nous jouirons à nouveau de notre liberté et de nos privilèges. Je crois, comme Emerson, que tout lien social est une menace pour mon individualité, mais il existe des circonstances où l'individualisme n'est pas de mise. »

Bob grommela une phrase incompréhensible à l'adresse d'une femme qui, sur le quai, venait de lui barbouiller la joue de rouge à lèvres. A New York aussi, les aviateurs semblaient avoir plus de succès que les fantassins. L'air distant d'Osmond décourageait les effusions spontanées.

« Très bien, dit Bob. Nous boirons la coupe de la gloire jusqu'à l'écœurement, mais je vais envoyer un télégramme à Otis.

– Soyez à l'heure au train, lieutenant, c'est un ordre », lança Osmond tandis que son ami s'éloignait.

Bob porta la main à la visière de son képi.

« Comptez sur moi, capitaine, je ne déserterai pas au moment de l'assaut final! »

Depuis plusieurs jours, les Orléanais savaient, par la presse, que trois trains transportant des soldats des Etats du Sud de retour d'Europe arriveraient le 28 avril à 6 h 10, 6 h 30 et 6 h 50 du matin. Toute la ville était pavoisée. La bannière étoilée, le drapeau de l'ancienne Confédération et l'oriflamme bleue, frappée du pélican blanc de Louisiane, mêlaient leurs plis au faîte des mâts. Des calicots tendus en travers des rues et sur les façades de Jackson Square, proclamaient : « Bienvenue à nos soldats », ou simplement « Welcome ». Le petit commerce ne perdant pas ses droits, on vendait aux coins des rues des rubans tricolores et des badges reproduisant les insignes des régiments attendus.

Le maire, M. Behrman, avait veillé personnellement aux préparatifs. La rue Bienville, fermée à la circulation, était devenue un salon d'accueil en plein air où les soldats rencontreraient leurs familles. La Croix-

461

Rouge y avait dressé des buffets débordants de sandwiches et de boissons et installé des douches pour les arrivants, que l'on imaginait volontiers sales et barbus. Lorna Barthew, vêtue comme toutes les infirmières de la jupe bleue, de la longue veste ouvrant sur un col marin blanc et coiffée du feutre à calotte plate agrémenté d'un ruban, contrôlait la mise en place du matériel sanitaire. Jamais de sa vie elle n'avait ressenti pareille exaltation. Comme toutes les jeunes filles qui s'activaient sous ses ordres en virevoltant gracieusement et en riant à tout propos, elle était censée attendre des centaines de soldats. En fait, elle n'en attendait qu'un, le cœur battant. Un seul, qui probablement ne lui manifesterait pas de joie particulière, mais dont elle souhaitait depuis longtemps le retour, sans oser le dire à quiconque. Déjà, les familles se présentaient aux barrières gardées par les policiers municipaux, quand Otis apparut. Elle portait une robe blanche à manches gigot et un canotier fleuri. Elle n'avait pas fermé l'œil de la nuit et serrait dans ses mains gantées de blanc le télégramme envoyé la veille, de New York, par Bob. L'excitation lui mettait le rouge aux joues.

« Bob arrive, Lorna! Il arrive! N'as-tu pas vu Mme Meyer? Je dois la retrouver ici, mes parents sont venus. Oh! Lorna, c'est le plus beau jour de ma vie. Que je suis heureuse!

– Tu n'as jamais été aussi jolie, Otis, une vraie petite fiancée... mais Osmond est-il dans le convoi?

– Oui, bien sûr, j'allais oublier de te le dire, Osmond arrive aussi. Il paraît que les Dubard sont à La Nouvelle-Orléans. Il a dû les prévenir. »

Lorna, sollicitée pour régler un problème touchant à l'approvisionnement des buffets, dut s'éloigner. Elle jeta furtivement un regard à sa montre. Serait-il dans le premier train ?

Quand, quelques minutes plus tard, toutes les sirènes des bateaux ancrés dans la boucle du Mississippi, en face de « la ville en forme de croissant » se mirent à mugir tandis que tintaient à toute volée les cloches des locomotives, un cri jaillit de la foule qui se pressait entre la gare, au bord du fleuve, et la rue Bienville : « Les voilà ! » Tous les citadins étaient là, plus nombreux que pour Carnaval. Descendants de Français, d'Espagnols, Anglo-Saxons, mulâtres, Noirs, bourgeois et ouvriers, tous voulaient saluer les boys.

Jamais train ne s'était vidé plus promptement de ses occupants, jamais soldats ne s'étaient rués avec plus d'enthousiasme à l'assaut d'une ville. Les premiers qui apparurent au seuil de la gare faillirent périr étouffés sous les baisers, les fleurs jetées à pleines mains, les étreintes. Les femmes riaient et pleuraient en même temps, les hommes tendaient leurs mains à serrer, des prénoms fusaient, qui attiraient brusquement l'attention d'un arrivant déjà reconnu par une fiancée ou un ami.

Bob et Osmond se trouvaient dans le dernier train. Quand, du seuil de la gare, ils découvrirent le spectacle de la rue, ils marquèrent un arrêt.

« Vous devez vous rendre rue Bienville, vos familles vous y attendent, répétait une jeune infirmière déjà enrouée.

— Jamais je ne trouverai Otis là-dedans, dit Bob dont l'uniforme français intriguait les badauds.

— Allons-y, lieutenant, pour la dernière charge », lança Osmond avec un entrain qui étonna son ami.

A quelques mètres de l'entrée de la rue Bienville, Bob tendit brusquement son sac à Osmond.

« Prends ça. Je la vois ! »

Et il se mit à courir vers un canotier fleuri.

Osmond ralentit le pas. Indifférent aux gestes qui lui étaient adressés à la vue de ses décorations, comme aux mains de femmes qui lui tendaient des fleurs, il vit de loin Otis se jeter dans les bras de Bob, M. et Mme Foxley embrasser l'aviateur, puis Mme Meyer serrer son fils dans ses bras en pleurant. Le bonheur de Bob, dont il devinait en cet instant l'intensité, lui procura une bouffée de joie énorme, lui noua la gorge. Spontanément, il fit ce qu'il n'avait jamais su faire de sa vie : il remercia Dieu à défaut de savoir à qui d'autre, en cet instant, dire sa reconnaissance. Il sentit soudain peser sur lui un regard et il vit Lorna qui le fixait, les yeux pleins de larmes, droite et immobile dans son uniforme sévère. Au même instant, une main sans visage lui tendit une rose. Il la prit, s'avança vers la jeune fille et lui offrit la fleur. Puis, sans un mot il l'étreignit avec force. Il sentit sur sa joue une larme tiède, reconnut un parfum qui le ramena en une fraction de seconde sur le court de tennis de Bagatelle, quand il embrassait sa partenaire après une victoire. Il recula d'un pas et considéra cette femme, qui se mordait les lèvres pour ne pas pleurer.

« Tu es pour moi la fin d'un long hiver, Lorna. Je suis heureux que tu sois là. »

Elle sourit, incapable de prononcer une parole sans courir le risque d'éclater en sanglots. Osmond le comprit et lui prit le bras pour aller au-devant de Stella qui accourait, suivie du docteur Dubard, d'Alix et de Céline. Tous étaient radieux et émus. Osmond reconnut alors qu'ils lui avaient beaucoup manqué. Ce fut ensuite l'aimable bousculade des amis qui s'étaient glissés à la suite des familles, la jonction avec les Foxley rayonnants. Osmond et M. Foxley se serrèrent la main, en se regardant droit dans les yeux, puis le père d'Otis glissa au capitaine :

« Merci pour ce que vous avez fait. Belman est rentré bien diminué, mais repentant. Margaret est avec lui et son fils en Floride. Désormais, ils habiteront là-bas. »

A huit heures trente, on demanda aux soldats de se rassembler pour la parade que toute la ville attendait. Osmond et Bob, en qualité d'officiers, durent défiler derrière les drapeaux, de la rue du Canal à la rue du Camp, où eut lieu la dislocation.

« Cet après-midi, il y a bal au square La Fayette, seuls les gens en uniforme auront le droit de danser; mais, sommes-nous obligés d'y aller? s'enquit Bob.

– Vous êtes dispensé de ces réjouissances, lieutenant, consacrez-vous à votre fiancée. Je rentre chez moi prendre un bain et dîner en famille. Oncle Gus et tante Gloria, qui n'ont pas voulu se mêler à la foule, m'attendent. Tu te souviens encore de mon numéro de téléphone? »

Bob serra affectueusement le bras de son ami.

« Nous avons tout de même vécu une fameuse aventure, vieux. Il ne manque que Dan qui l'aurait sûrement partagée avec nous.

– Aucun bonheur n'est complet, Bob. »

En arrivant avenue Prytania, Osmond comprit tout de suite pourquoi M. de Castel-Brajac n'était pas venu l'accueillir rue Bienville. Le Gascon ne marchait plus qu'appuyé sur deux cannes. C'était un vieillard alourdi par l'âge et à qui la goutte ne laissait pas de répit. A la vue d'Osmond, il ne put contenir son émotion.

« Boun Diou, fiston! j'avais peur de ne pas te revoir. Je me demandais certains jours si ma carcasse tiendrait jusqu'à ton retour. Enfin, te voilà. Tout est bien. Tu dois en avoir des choses à me raconter?

— Contrairement à ce qu'on croit, oncle Gus, la guerre ne se raconte pas et c'est mieux ainsi. Laissons cela aux stratèges et aux historiens. Chaque soldat ne voit de la guerre qu'un ou plusieurs épisodes. Il ne retient que des anecdotes.

— Je me contenterai d'anecdotes, Osmond. Celle notamment qui se rapporte à ta croix de guerre. Il faut que tu me tiennes en haleine jusqu'à l'arrivée de Félix dont je suis aussi rudement fier. »

Sous prétexte de régler quelques affaires urgentes et de prendre contact avec maître Couret, qui avait hâte de passer la main, Osmond laissa sa famille et ses amis regagner Pointe-Coupée sans lui. Il était à la fois impatient et plein d'appréhension à l'idée de revoir Bagatelle, sa vraie patrie. Aussi voulait-il s'y rendre seul, comme un amoureux allant au rendez-vous.

Quand Hector eut emballé ses uniformes après en avoir bourré les poches de naphtaline en disant : « On sait jamais ce qui peut arriver », il fit charger la Ford et, par la nouvelle route de Baton Rouge, prit la direction de la paroisse où il était né.

Le printemps louisianais remplissait les jardins de buissons d'azalées, accrochait aux magnolias les grosses tulipes blanches près de s'ouvrir, lâchait au-dessus des forêts des milliers d'oiseaux neufs. Il y avait dans l'air des odeurs de chèvrefeuille et de laurier. Le fleuve familier, maître incontesté du décor, paressait d'un méandre à l'autre. Osmond redécouvrait des dimensions oubliées dans les paysages français, toujours cernés d'horizons précis accessibles aux regards. La Louisiane lui apparaissait comme une grande réserve de terres vierges, d'eaux dolentes, de végétation inépuisable, d'espaces libres.

Quand la vieille maison surgit au bout de l'allée de chênes dont les troncs ne paraissaient identiques qu'aux étrangers, mais dont ses paumes, depuis l'enfance, connaissaient toutes les rugosités, les excroissances, les plaies particulières, il fit arrêter la voiture.

Un long moment, il contempla la galerie, l'escalier aux marches voilées par l'alternance des pluies et du soleil, les frêles colonnettes imperceptiblement ployées par le poids du temps et cent fois repeintes depuis bientôt deux siècles, les rocking-chairs aux patins usés par le balancement monotone de générations rêveuses.

Alors que le crépuscule enrobait le décor, il savourait comme une mélodie le parfait équilibre de cette demeure, l'harmonie de ses proportions, son élégante et inimitable sobriété, sa densité faite de toutes les vies vécues entre ses murs élevés par des esclaves. Une à une, les fenêtres s'illuminèrent. C'était le signe qu'inconsciemment il attendait pour s'avancer vers le havre paisible et accueillant comme une mère.

Au cours des journées qui suivirent son retour, Osmond, ayant repris ses habitudes dans le petit logement aux meubles de citronnier où avait vécu Clarence Dandridge, fit de longues chevauchées solitaires à travers les champs et la forêt. Souvent, il déjeunait à Castelmore, passait des heures à bavarder avec oncle Gus et jouait sur le Steinway des airs appris en France. Il dînait chez les Barthew, auxquels Silas envoyait d'Allemagne des lettres ironiques décrivant l'agitation politique et les difficultés économiques du pays vaincu.

Tout au plaisir quasi voluptueux de se perdre dans les sous-bois, de caresser les premières feuilles de cotonnier, de suivre sur le fleuve les évolutions d'un arbre déraciné, de croquer une noix de la saison précédente, de siffler Arista encore indocile et toujours prête à suivre l'effluve d'un gibier, il oubliait que l'univers ne s'arrêtait pas aux limites du domaine, hérissé, à l'est, de nouveaux derricks. L'autre forme de vie qui existait ailleurs, il l'avait connue et la rejetait comme il se serait débarrassé d'un vêtement qui n'eût pas été à sa taille. Il pensait parfois à Dolores, à Marie-Virginie, à Irène de Compigny, aux amis disparus, à son père, à Charles de Vigors, à tous ces êtres qui s'en étaient allés, et le fait d'exister lui paraissait bénéfice de sursitaire. Plus souvent encore, sa pensée allait à Lorna, sylphide inaltérable, retrouvée chaque saison, sereine et fidèle, comme le fleuve et la maison.

Un jour de pluie, à Castelmore, oncle Gus qui sirotait, en faisant durer le plaisir, le demi-verre de porto hebdomadaire que lui autorisait le docteur Dubard, lui remit cinq gros dossiers.

« Voilà, fiston, ce que je t'ai depuis longtemps promis. Une bonne lecture pour quelqu'un qui semble attendre du destin un rêve ou une occupation. Tu ressembles de plus en plus à mon cher Dandrige. Voilà ce qu'il a écrit tout au long de sa vie. C'est en somme la chronique de Bagatelle. Elle est à toi. Tu n'y trouveras pas de fioritures littéraires ni d'effets de style. C'est de la vie à l'état brut, des événements, des faits et des chiffres, en somme la mémoire du domaine. »

De retour à Bagatelle, Osmond dégrafa les sangles qui fermaient le premier carton et se mit à lire d'abord distraitement, puis avec avidité. Oncle Gus avait bien jugé. L'écriture souple et régulière était d'une netteté irréprochable, sans une rature. Le style relevait davantage de la notation pleine d'acuité que de la composition littéraire, mais il restituait l'ambiance du passé de la plantation, les caractères et les tics de ceux qui l'avaient exploitée. De ces pages se levait tout un peuple de fantômes, contraints à la sincérité par un observateur à la fois impartial et tolérant, qui ne jugeait pas et laissait le Bien et le Mal se partager à leur gré les balayures du Temps. Osmond accédait ainsi à des secrets, découvrait les clefs des comportements parfois évoqués dans les conversations familiales, était admis à tous les partages et devinait que le narrateur et son arrière-grand-mère Virginie avaient été portés, leur vie durant, par la même force qui était aussi le sang de Bagatelle.

Un dimanche, Lorna, libérée de ses fonctions à la Croix-Rouge, descendit de la Lauzier de son grand-père qu'elle conduisait souvent. Elle portait une simple robe de coton, légère, au décolleté carré et serrée à la taille par une large ceinture de velours châtaine. Ses cheveux retenus sur la tête par un bandeau de soie flottaient sur ses épaules. De sa personne émanait, plus que jamais, cette assurance des êtres sains et purs de cœur. Elle pénétra dans le salon où la famille prenait le café, dont elle accepta une tasse, puis se tourna vers Osmond.

« J'ai une grâce à te demander.

– Accordée d'avance!

– Je voudrais que tu passes ton uniforme et que tu m'accompagnes chez Mme Hunter. C'est notre championne de tricot. Elle a quatre-vingt-cinq ans, elle est presque aveugle et elle a produit pour les soldats cinquante sweaters, autant de paires de moufles et des kilomètres de cache-nez. Voir un héros en chair et en os serait sa récompense. »

Osmond fit une moue, qui déclencha les rires de Stella et de Céline.

« Hector a emballé toutes mes dépouilles militaires et...

– Je te demande une heure... ce sera ta dernière mission. »

Osmond s'exécuta et grimpa dans la Lauzier à côté de son amie.

« Evite de passer par Sainte Marie, je ne tiens pas à me faire remarquer.

– Pourquoi? Tu es très beau et je suis fière de te conduire.

– Le chasseur de Maxim's est encore plus beau, Lorna! »

Mme Hunter fut pétrifiée d'émotion. Elle voulut toucher les décorations, soupeser la casquette, compter les galons et embrasser l'officier.

« Dois-je aussi faire l'exercice? » souffla Osmond à Lorna, qui retenait son rire.

Comme ils revenaient à Bagatelle, par la route des berges, Osmond posa sa main sur le bras de l'amie.

« Si nous montions aux Trois-Chênes? »

Elle rangea l'automobile sur le talus et, la première, prit le sentier.

« Tu grimpes aussi vite qu'autrefois », dit Osmond qui allait plus lentement.

Lorna se retourna et lui tendit la main avec un air de commisération.

« J'oublie que j'ai affaire à un blessé de guerre! »

Elle ne s'attendait pas à ce que le jeune homme prît les doigts offerts par boutade, mais il s'en saisit et ne les lâcha plus jusqu'à l'arrivée aux tombes.

Ils restèrent un moment silencieux, accueillant en eux-mêmes des pensées identiques : les souvenirs d'autres tête-à-tête sous les chênes.

Osmond rompit le premier le silence, en désignant les pierres tombales sur lesquelles ils étaient assis.

« J'en sais un peu plus, et même beaucoup plus, sur ces deux-là, Lorna. Ce n'étaient pas des êtres ordinaires : grâce à ce que j'ai appris, je comprends aujourd'hui un peu mieux qui je suis, ce que je suis. Je comprends aussi ce que je dois faire. »

Devant l'air sincèrement étonné de la jeune fille,

Osmond expliqua qu'il dépouillait les notes journalières de Dandrige.

« Ça doit être passionnant, ces vies qui sont liées à la tienne.

– Et à la tienne, Lorna. De tout ce passé, de ces prodigieux destins exemplaires, il faudrait qu'il restât quelque chose de grand et de sincère, pour ceux et celles qui viendront plus tard muser sous les chênes de Bagatelle.

– Oui, il faudrait. C'est presque un devoir, une fidélité due à leur mémoire.

– J'y pense et je pense aussi à beaucoup d'autres choses.

– A quoi encore?

– A renoncer au droit, à m'installer ici, à prendre le temps de vivre, à cultiver le coton, à m'occuper de l'exploitation pétrolière... à me marier peut-être! »

Lorna, qui avait pris sa pose familière et serrait son genou droit dans ses mains croisées, eut un sursaut involontaire.

« Te marier... bonne idée... qui est l'heureuse élue? »

Osmond remarqua la pâleur subite de son amie et ce petit tremblement de sa lèvre inférieure, signe, depuis toujours, d'émotion contenue. Habituée au sourire de son compagnon, Lorna ne vit pas qu'il traduisait à cet instant une secrète satisfaction.

« Ah! l'heureuse élue... Je t'en parlerai dans quelques jours. Je pense qu'elle te plaira... en tout cas, je serais désespéré qu'elle ne te plaise pas.

– Tu en fais des mystères!

– Et toi, ne songes-tu pas à convoler un de ces jours?

– Oh! non! A partir de la semaine prochaine, je

m'installe à Castelmore pour seconder grand-père. J'ai commandé de nouvelles ruches. J'aurai beaucoup de travail.

– J'espère que tes petites bêtes te laisseront le temps de venir jouer au tennis avec moi. J'ai fait rouler le court. »

Lorna posa sur Osmond un regard où se lisait un peu d'inquiétude.

« Depuis que tu es rentré, je te trouve un peu bizarre. J'ai l'impression que tu as changé.

– Peut-être, Lorna. « Nul ne demeure entièrement « celui qu'il est, quand il fait effort pour bien se « connaître », dit Thomas Mann. »

La jeune fille se leva, défroissa sa robe et fit un pas sur le sentier.

« Je dois rentrer, on m'attend pour dîner à Castelmore. »

Comme au temps de leur enfance, ils dévalèrent le tertre en courant, sautèrent dans la voiture et prirent le chemin de Bagatelle où Lorna déposa l'officier. Au moment de l'au revoir, Osmond l'embrassa sur la joue.

« C'est la dernière fois que l'on m'aura vu en uniforme.

– Tu pourras le mettre pour ton mariage!

– Seulement si ma fiancée l'exige... au revoir. »

Le lendemain, à la première heure, Osmond se rendit chez M. de Castel-Brajac. Le Gascon, qui venait de prendre un petit déjeuner frugal imposé par son médecin, eut un haussement de sourcil en voyant entrer le jeune homme vêtu de blanc comme les planteurs du vieux temps.

« Si tôt, Osmond, tu conserves des habitudes militaires!

– Oncle Gus, c'est un cas d'urgence... vous êtes seul?

472

« – Tu le vois bien, boun Diou! Qui veux-tu qui tienne compagnie à un vieillard pour partager un breakfast aussi insipide!

– Je veux dire, Lorna ne risque pas d'arriver?

– Elle est aux ruchers de Saint Maurice... elle te fait peur?

– C'est-à-dire, oncle Gus... Si je lui demandais de m'épouser, croyez-vous qu'elle accepterait? »

Le Gascon écarquilla les yeux, jeta sa serviette sur la table, se mit debout sans le secours de ses cannes et prit Osmond aux épaules.

« Macadiou, fiston, elle attend ça depuis le biberon... Je me demandais si tu te déciderais... embrasse-moi! »

L'exaltation retombée, Osmond obtint du vieil homme qu'il ne souffle mot à quiconque de son projet.

« Dites seulement à Lorna que je l'attends ce soir pour dîner à Bagatelle... qu'elle vienne sans faute.

– Elle y volera, mon garçon... comme toujours! »

De retour à la plantation, Osmond rejoignit sa mère, occupée à cueillir les premières roses de l'année dans le jardin anglais.

« Je me suis permis d'inviter Lorna ce soir. J'aimerais que ce soit une fête. Que l'on sorte les beaux cristaux et l'argenterie de Virginie, que vous composiez un menu exceptionnel...

– Repas de gala... ou dînette d'amoureux? Car vous dînerez, Lorna et toi, tête à tête. Gustave vient de téléphoner. Nous sommes conviés, Faustin, Céline et moi, avec les Barthew, à célébrer ce soir même à Castelmore le passage de je ne sais quelle comète. Oncle Gus compte que tu ramèneras sa petite-fille avant minuit. Il souhaite vous attendre pour sabler le champagne... Il m'a dit qu'il y aura une surprise. »

Osmond enleva sa mère dans ses bras et l'embrassa fougueusement sur les deux joues. Avec la complicité intelligente de l'oncle Gus se tissait autour de Lorna et de lui-même un réseau protecteur, fait de tendresse et de confiance.

« Oui, il y aura une surprise pour vous aussi, dit Osmond en reposant Stella au bord du massif de fleurs.

– Une surprise... pour moi... crois-tu que je n'ai pas deviné?... Et dire que tu as fait la guerre... mon pauvre grand.

– N'en dites rien, je vous en prie!

– Va. Ce soir je serai surprise... comme tout le monde... mais je suis déjà heureuse. »

Osmond passa le reste de la journée plongé dans les dossiers offerts par M. de Castel-Brajac. En revenant de Castelmore, il avait acheté à Sainte Marie une main de papier blanc de bonne qualité, de l'encre et des plumes d'acier. Puis, avant de regagner son petit bureau de l'annexe, il s'était assis un moment dans le grand salon en face du portrait de Virginie. Le regard de l'aïeule, qui l'impressionnait si fort quand il était enfant, lui avait paru plein d'acquiescement pour ses pensées du moment et d'une douceur inattendue.

Cela venait de ce qu'il voyait maintenant la dame de Bagatelle avec les yeux du seul homme qui avait su à la fois l'aimer et la comprendre, Clarence Dandrige.

Puis, il avait retrouvé sa table de travail. La saison était belle, l'air d'une extrême limpidité et le ciel d'un bleu soutenu, comme souvent en Louisiane après les pluies de mai. Par la fenêtre ouverte, il apercevait l'allée de chênes et les écheveaux de mousse espagnole suspendus aux branches basses, l'angle de la galerie de la grande maison et au-delà du portail qu'on ne fermait jamais, le fleuve scintillant sous le soleil.

A la fin de l'après-midi, Stella, son mari et la plus jeune de ses filles quittèrent la plantation à bord de l'automobile de Faustin. Il ne manquait qu'Alix, partie chez les Foxley à La Nouvelle-Orléans, où elle aidait Otis à préparer son mariage avec Bob Meyer.

Quand retentit la trompe de la Lauzier de Lorna, un moqueur, perché sur la gouttière, s'envola en poussant des cris courroucés et Arista, qui somnolait, se mit à aboyer.

Osmond vit la jeune fille gravir l'escalier. Elle portait une robe qu'il ne lui connaissait pas, vert céladon, très ajustée à la taille par un empiècement triangulaire, juponnante dans le bas et dont le décolleté profond était masqué par une guimpe de dentelle blanche. Un minuscule canotier fleuri reposait d'une façon instable sur les volutes brunes de ses cheveux relevés en rouleaux sur les côtés de la tête. Elle s'avança d'un pas rapide et assuré sur la galerie, les joues rosies par l'émotion et la curiosité.

Osmond admira combien sa silhouette s'imposait au décor immuable de la plantation quand Harriet, hiératique gardienne venue à la rencontre de la visiteuse, s'effaça pour la laisser entrer.

Alors, Osmond déposa le porte-plume de bois, poli par les doigts de Dandrige et qui allait si bien à sa main. Il endossa le spencer à revers de soie que lui présentait Hector opportunément alerté par les aboiements d'Arista. Avant de rejoindre Lorna, il relut la phrase qu'il venait d'écrire. La première d'un ouvrage qu'il prévoyait épais et qui serait la Romance épique de Bagatelle : « A l'époque où l'aristocratie du coton gouvernait le sud des Etats-Unis, le panama passait pour la coiffure naturelle du Cavalier. »

FIN

# OUVRAGES CONSULTÉS

Azcarate (Pablo de). – *La guerra del 98* (Alianza Editorial, Madrid).

Barr Chidsey (Donald). – *La guerra hispano-americana 1896-1898* (Grijalbo, Barcelona-Mexico; édition originale Crown Publishers, New York).

Berkebile (Don H.). – *American Carriages : sleighs, sulkies and carts* (Dover Publications, New York).

Bizardel (Yvon). – *Bottin des Américains à Paris sous Louix XVI et pendant la Révolution* (Edité par l'auteur, Paris).

Bordonove (Georges). – *Grands mystères et drames de la mer* (Pygmalion, Paris).

Brown (Clair A.). – *Louisiana trees and shrubs* (Claitor's Publishing Division, Baton Rouge, Louisiane).

Casey (Powell A.) – *Try us : the story of the Washington Artillery* (Claitor's Publishing Division, Baton Rouge, Louisiane).

Collier (Peter) et Horowitz (David). – *Une dynastie américaine : les Rockefeller* (Seuil, Paris).

Dormon (Caroline). – *Natives preferred* (Claitor's books store, Baton Rouge, Louisiane).

Douglas (Neil H.). – *Fresh water fishes of Louisiana* (Claitor's Publishing Division, Baton Rouge, Louisiane).

Guilbeau (J.-L.). – *The Charles Street car or the New Orleans and Carrollton Railroad* (Guilbeau Publisher, New Orleans).

Kaspi (André). – *Le temps des Américains : 1917-1918* (Publications de la Sorbonne, série internationale 6).

Kobler (John). – *Puritains et Gangsters* (Robert Laffont, Paris).

Lacour-Gayet (Robert). – *Histoire des Etats-Unis* (Fayard, Paris).

Lahore (Jean). – *Cuba* (P.U.F., Paris).

Lawrence (Elizabeth). – *Gardens in winter* (Claitor's Publishing Division, Baton Rouge, Louisiane).

Lomax (Alan). – *Mister Jelly Roll* (Préface de Sim Copans, Flammarion, Paris).

MALSON (Lucien). – *Histoire du jazz et de la musique afro-américaine* (10/18, Paris).

MANGAN (Franck). – *The Pipeliners* (Guyness Press, Texas).

MARTINEZ (Raymond J.). – *Portraits of New Orleans jazz* (Hope Publications, New Orleans).

MEZZROW (Milton « Mezz ») et WOLFE (Bernard). – *La Rage de vivre* (Correa, Paris, 1953).

MICHAUD (Régis). – *La vie inspirée d'Emerson* (Plon, Paris).

PARKINSON KEYES (Frances). – *All this is Louisiana* (Harper and Brothers Publishers, New York).

PERCY (William Alexander). – *Lanterns on the levee* (Louisiana State University Press, Baton Rouge, Louisiane).

PERSHING (Général John Joseph). – *Mes souvenirs de la guerre* (Plon, Paris, 1931).

RAND (Clayton). – *Sons of the South* (Holt, Rinehart and Winston, New York).

ROSE (Al) et SOUCHON (Edmond). – *New Orleans Jazz* (Louisiana State University Press, Baton Rouge, Louisiane).

ROSE (Al). – *Storyville, New Orleans* (The University of Alabama Press).

SMITH-THIBODEAUX (John). – *Les Francophones de Louisiane* (Editions Entente, Paris).

THURSTON PECK (Harry). – *Vingt années de vie publique aux Etats-Unis (1885-1905)* (Plon, Paris).

VERDEAUX (Laurent et Pascal). – *Nouvelle histoire du jazz* (Schiller-Hermes, Paris).

ZISCHKA (Antoine). – *La guerre secrète pour le pétrole* (Payot, Paris, 1933).

ET

*HISTORIA* (numéros hors série, 8, 9, 10 et 43).
*Handbook of gasoline automobiles (1904-1906)* (Dover Publications, New York).
*The Shipbuilder* (Reprint by Patrick Stephen, Cambridge).

# ARCHIVES
## ET SOURCES DIVERSES

- Louisiana State University (Baton Rouge).
- Louisiana State Library (Baton Rouge).
- Washington Artillery (New Orleans).
- Military Department State of Louisiana (New Orleans).
- Department of veterans affairs (Baton Rouge).
- Loyola University (New Orleans).
- Academy of the Sacred Heart (Grand Coteau).
- Athénée louisianais (New Orleans).
- Historic New Orleans Collection.
- Documentation privée de M. James Stouse (New Orleans).
- Documentation privée de M. George W. Pugh (Baton Rouge).
- Correspondance des Consuls de France à La Nouvelle-Orléans (ministère des Affaires étrangères, Paris).
- Service historique de l'armée (château de Vincennes, Vincennes).

# TABLE

## DU MÊME AUTEUR

*Chez le même éditeur :*

Comme un hibou au soleil *(roman).*
Lettres de l'étranger.
Enquête sur la fraude fiscale.

Louisiane :
*Tome I* : Louisiane.
*Tome II* : Fausse-Rivière.
*Tome III* : Bagatelle.

Un chien de saison.
Pour amuser les coccinelles.

*Chez d'autres éditeurs :*

Les Trois Dés *(Julliard)..*
Une Tombe en Toscane *(Julliard).*
L'Anglaise et le Hibou *(Julliard).*
Les Délices du port *(essai sur la vieillesse - Fleurus).*

Alliance Française
de
Sacramento

IMPRIMÉ EN FRANCE PAR BRODARD ET TAUPIN
58, rue Jean Bleuzen - Vanves - Usine de La Flèche.
LIBRAIRIE GÉNÉRALE FRANÇAISE - 14, rue de l'Ancienne-Comédie - Paris

ISBN : 2 - 253 - 03724 - 9